CHRIS McGEORGE

DER TUNNEL
NUR EINER KOMMT ZURÜCK

THRILLER

Aus dem Englischen
von Karl-Heinz Ebnet

Die englische Originalausgabe erschien 2019 unter dem Titel
»Now You See Me« bei Orion, London.

Besuchen Sie uns im Internet:
www.knaur.de

Aus Verantwortung für die Umwelt hat sich die Verlagsgruppe Droemer Knaur zu einer nachhaltigen Buchproduktion verpflichtet. Der bewusste Umgang mit unseren Ressourcen, der Schutz unseres Klimas und der Natur gehören zu unseren obersten Unternehmenszielen. Gemeinsam mit unseren Partnern und Lieferanten setzen wir uns für eine klimaneutrale Buchproduktion ein, die den Erwerb von Klimazertifikaten zur Kompensation des CO_2-Ausstoßes einschließt. Weitere Informationen finden Sie unter: www.klimaneutralerverlag.de

Deutsche Erstausgabe Mai 2020
Knaur Verlag
© 2019 Chris McGeorge
© 2020 der deutschsprachigen Ausgabe Knaur Verlag
Ein Imprint der Verlagsgruppe Droemer Knaur GmbH & Co. KG, München
Alle Rechte vorbehalten. Das Werk darf – auch teilweise – nur mit
Genehmigung des Verlags wiedergegeben werden.
Redaktion: Claudia Alt
Covergestaltung: ZERO Werbeagentur, München
Coverabbildung: PixxWerk, München, unter
Verwendung von Motiven von shutterstock.com
Satz: Adobe InDesign im Verlag
Druck und Bindung: CPI books GmbH, Leck
ISBN 978-3-426-22709-1

*Für die Verschollenen und
die Gefundenen …*

1

Sein Handy auf dem Tisch summte, entschuldigend sah Robin zu dem Mann vor ihm auf. Der schien davon überhaupt keine Notiz zu nehmen, sondern blickte nur mit leerer Miene zu Robin und wartete.

Robin widmete das Buch einer »Vivian«, kritzelte seinen Standardspruch unter den Namen und unterschrieb schwungvoll. Er klappte das Buch zu und schob es dem Mann hin. Der ergriff es, grunzte etwas, was sich wie Zustimmung anhörte, und eilte zur Kasse. Hoffentlich wusste Vivian seine Widmung mehr zu würdigen, dachte sich Robin.

Er unterdrückte ein Seufzen und sah genau in dem Augenblick zu seinem Handy, als es aufhörte zu summen. Auf dem Sperrbildschirm ploppte eine Nachricht auf und informierte ihn über einen Anruf von einer unbekannten Nummer, anschließend ging der Bildschirm in den Schlafmodus. Wahrscheinlich nur seine Schwester auf ihrem Telefon in der Chirurgie.

Er sah sich um. Die Signierstunde lief ziemlich schleppend. Robin saß exakt in der Mitte der Buchhandlung Waterstones in Angel, Islington, an einem runden Tisch, auf dem sich Exemplare von *Ohne sie* stapelten. Bei seiner Ankunft, etwa eine halbe Stunde vorher, war der Stapel noch lächerlich hoch gewesen. Jetzt war die Höhe etwas realistischer, aber nicht, weil so viel verkauft worden wäre. Robin hatte die meisten Bücher kurzerhand unter dem Tisch versteckt, damit der Stapel weniger bedrohlich wirkte. Trotzdem schienen sich die Kunden in alle Richtungen zu zerstreuen, wenn sie ihn erblickten – wie Büroklammern am falschen Ende eines Magneten.

Eine beherzte junge Waterstones-Angestellte, die sich als Wren vorgestellt hatte, kam voller Enthusiasmus auf ihn zu. Es schien ihr wirklich Spaß zu machen, ein gutes Buch mit einem Besitzer zusammenzubringen. Robin wünschte sich, er hätte nur halb so viel Energie wie sie, aber mittlerweile knackten seine Gelenke, die grauen Strähnen in den Haaren breiteten sich immer weiter aus, und allein bei der Vorstellung, einen Spaziergang zu unternehmen, kam er aus der Puste. Falten hatten sich an den üblichen Stellen in sein Gesicht gegraben, jeder Funke von Jugendlichkeit in den Augen war vor langer Zeit erloschen.

Oft fragte er sich, ob Samantha ihn überhaupt noch erkennen würde – würde sie beim Anblick des alten Knackers auf dem Sofa aufkreischen, wenn sie morgen ihre Wohnung betreten sollte? Manchmal musste er darüber lachen, manchmal brachte es ihn zum Weinen.

»Wie läuft es so?«, fragte Wren und betrachtete freudig den Bücherstapel. Robin setzte sich so hin, dass die Exemplare unter dem Tisch verdeckt wurden. Es war ihm egal, welches Bild er abgab, er wollte nur nicht, dass sich Wren schlecht fühlte. Es war ja nicht ihre Schuld, dass sich *Ohne sie* nicht verkaufte.

»Ganz gut«, sagte Robin. Zu einem positiveren Adjektiv konnte er sich nicht durchringen. Sein Handy summte. Ohne den Blick von Wren zu nehmen, griff er danach und lehnte den Anruf ab.

»Gut«, sagte sie. Ihr Blick huschte von ihm zum Handy und zurück, ihr Lächeln verlor ein wenig von seinem Glanz. »Also, wenn Sie was brauchen, Sie wissen ja, wo ich bin. Mal sehen, vielleicht kann ich ja ein paar Leute zu Ihnen rüberlotsen, wenn ich denke, sie könnten sich für das Buch interessieren.«

»Danke«, sagte Robin und lächelte umso mehr, je mehr

ihr Lächeln schwand. »Das wäre toll.« Aber wie wollte sie denn sein Buch den bedauernswerten Kunden anpreisen?, überlegte er, als sich Wren umdrehte und nach vorn ging. Schließlich handelte es sich nicht unbedingt um eine tolle Geschichte. Das hatte er schon beim Verfassen gewusst. Im Grunde hatte er das ganze Projekt als therapeutische Übung angesehen und es in einer Schublade wegsperren wollen. Hätte er es doch bloß gemacht. Aber seine Zwillingsschwester Emma hatte ihn dazu überredet, das Manuskript einem Agenten zu geben, und so hatte alles seinen Lauf genommen. »Es ist unheimlich gut, Robin. Sie sehen das bloß nicht. Der Schmerz – echter, wahrer Schmerz kommt darin zum Ausdruck. Wahrlich lukullisch«, sagte Stan Barrows bei ihrem ersten Treffen in seiner in einem Hochhaus untergebrachten Agentur. Er hatte noch nie gehört, dass jemand Schmerz als lukullisch beschrieben hätte, so, als wollte der alte, smarte Gentleman seinen Kummer vor seinen Augen wie ein Steak zerschneiden.

Robin mochte Barrows nicht, aber der Agent beschaffte ihm einen guten Vertrag. Was nicht schlecht war, da seine Karriere als freiberuflicher Journalist ins Stocken geraten war. Eine neue Journalistengeneration nahm den alten Typen wie ihm die Artikel weg – Youngsters, die sich an eine Zeit ohne Internet gar nicht erinnern und einen Artikel raushauen und verkaufen konnten, bevor Robin überhaupt sein Textverarbeitungsprogramm gestartet hatte. Er brauchte also etwas. Daher unterschrieb er den Buchvertrag und versuchte sich vorzustellen, dass Sam zugestimmt hätte.

Jetzt, achtzehn Monate später, saß er hier und wusste immer noch nicht, ob er die richtige Entscheidung getroffen hatte. Er nahm eines der Bücher zur Hand. Das Cover hatte einen blassblauen Hintergrund, auf dem vier Fotos von Sam – in Polaroidanmutung – verteilt waren, als hätte jemand sie nachlässig hingeworfen. Sie überschnitten sich, im Zwischenraum waren in schwarzen Lettern der Titel und sein Name geprägt. Das oberste Foto zeigte Samantha als Baby, sie war ein halbes Jahr alt, saß auf einer Spielmatte und hielt eine Spielzeuglokomotive in der Hand. Auf dem zweiten war sie, sichtlich nervös, in Schuluniform am ersten Tag der weiterführenden Schule zu sehen. Das dritte Foto war ihr Abschlussfoto an der Universität Edinburgh – Master of Science in Psychologie, als Beste ihres Jahrgangs. Das letzte Foto stammte von ihrem Hochzeitstag – Robin und Samantha Ferringham, bis dass der Tod euch scheidet. Robin betrachtete das Buch nicht gern, aber das hatte nichts mit dem Cover zu tun – die Fotos waren vom Verleger ausgewählt worden, er hatte diese Aufgabe gern abgegeben. Er hatte dem Verlag einfach alle Fotos geschickt, die er hatte, und irgendwelche Mitarbeiter hatten sich die herzzerreißendsten ausgesucht – die, die sich gut verkaufen ließen.

Es wäre zu viel, wenn man sagte, er würde das Buch hassen – er war immer noch stolz, es geschrieben zu haben –, aber eigentlich wollte er es nicht mehr sehen. Es war die gegenständliche Verkörperung des Schmerzes, seines Schmerzes, des Schmerzes der …

Das vertraute Geräusch. Das Summen. Wieder sein Handy. Wieder die »unbekannte Nummer«. Das dritte Mal jetzt – was sollte das? Wenn es seine Schwester war, würde sie nicht ohne triftigen Grund anrufen – sie wusste, dass er beschäftigt war. Und wenn es nicht Emma war, wollte ihn jemand wirklich erreichen. Er ließ das Handy noch einige Male summen, dann sah er sich um – im Laden war immer noch wenig los – und ging ran.

»Hallo«, meldete er sich.

Er erwartete eigentlich, Emma zu hören, stattdessen kam das Krächzen einer schroffen weiblichen Roboterstimme. »Sie haben einen Anruf von einem Prepaid-Telefon von ...« Die Stimme eines jungen Mannes unterbrach: »Matthew«, bevor der Roboter fortfuhr. »Insasse im Gefängnis Seiner Majestät New Hall. Nehmen Sie diesen Anruf auf einem Mobiltelefon entgegen, fallen möglicherweise weitere Gebühren an. Mit der Annahme dieses Anrufs erklären Sie sich bereit, dass das Gespräch überwacht und eventuell aufgezeichnet wird. Sind Sie mit diesen Bedingungen einverstanden, drücken Sie die 1.«

Robins Gedanken stoben in viele Richtungen auseinander. Jemand, ein »Matthew«, rief ihn aus einem Gefängnis an? Er kannte niemanden im Gefängnis – zum Teufel, er hatte noch nie einen Häftling gekannt, er kannte noch nicht mal jemanden, der dort arbeitete.

Es musste ein Irrtum sein, war sein erster Gedanke. Aber dann fiel ihm ein, dass diese Person ihn bereits dreimal hintereinander angerufen hatte. Und nach dem Roboter zu schließen, hatte er dafür bezahlt. Wer immer dieser Matthew sein mochte, er wollte wirklich mit ihm reden. Aber vielleicht hatte der arme Matthew bloß die falsche Nummer?

Die Roboter-Lady begann von Neuem: »Sie haben einen Anruf von einem Prepaid...« Robin unterbrach sie, indem er die 1 drückte. Er wartete.

Jeder Anschein, es könnte sich um einen Irrtum handeln, löste sich auf, als sich eine jugendliche Stimme meldete: »Spreche ich mit Mr Ferringham? Mr Robin Ferringham?«

Beunruhigt sah sich Robin um, als könnte er den Urheber des seltsamen Anrufs irgendwo entdecken. Aber nein –

der Laden war fast so leer wie vorher, natürlich beobachtete ihn keiner.

Da stimmte etwas nicht. Er hatte seine Handynummer sorgsam gehütet. Das war einer der heilsamsten Ratschläge gewesen, die er von Stan Barrows jemals bekommen hatte. Ursprünglich hatte er in seinem Manuskript am Ende des Textes um Rückmeldungen gebeten und dazu seine Telefonnummer angegeben. »Nein«, hatte der Verleger gesagt und erst auf Nachfrage seine Antwort erläutert. »Leute, kranke Ärsche werden ihre Spielchen mit Ihnen treiben. Die haben ihren Spaß daran. Die rufen Sie ununterbrochen an und wollen Sie nur provozieren. Und das so lange, bis es ihnen auch gelingt.« Robin hielt zunächst dagegen, aber dann sagte Barrows etwas, was er nie vergessen würde. »Robin, gehören Sie nicht zu denen, die meinen, alle Menschen hätten die gleichen Moralvorstellungen wie man selbst.« Seitdem hatte er seine Privatnummer nirgends mehr angegeben – nicht in Online-Profilen, nicht auf Verträgen, noch nicht einmal bei Take-away-Bestellungen.

»Ich hab angerufen«, sagte der andere, fast, als wollte er Robin daran erinnern, dass er da sei.

»Wer hat Ihnen diese Nummer gegeben?«, fragte Robin so harsch, dass die einzige Kundin im Laden – eine alte Frau, die den Buchstaben M in der Krimiabteilung durchging – sich umsah. Für den Bruchteil einer Sekunde sah Robin ihr in die Augen, dann wandte er sich wieder ab. »Wer?«

»Ich hab angerufen.« Der junge Mann tastete nach Worten. »Ich hab nicht gedacht, dass Sie rangehen.«

Vielleicht hätte ich es nicht tun sollen, dachte Robin. »Sagen Sie mir, wer Ihnen diese Nummer gegeben hat, oder ich lege auf.«

Robin spürte etwas ganz tief in sich, eine Wut, wie er sie schon lange nicht mehr gekannt hatte. Er wusste nicht genau, warum, bis der andere sagte: »Sie hat sie mir gegeben. Sie heißt Samantha, hat sie gesagt.«

Robin packte so fest das Handy, dass sich die Kanten in seine Hand schnitten und seine Finger weiß wurden. Sam. Sam hatte irgendeinem Typen im Knast seine Nummer gegeben? Wann? Warum? Moment, *nein* – das war ein Troll-Versuch, ganz einfach. Dieser Matthew trieb ein Spiel mit ihm. Vielleicht rief er noch nicht mal aus einem Gefängnis an – vielleicht gehörte die Roboterstimme nur zu diesem dummen Streich, der darauf abzielte, dass er alle Vorsicht fahren ließ.

Robins Finger bewegte sich zum roten Knopf, obwohl er das Handy immer noch ans Ohr hielt. Dort verharrte er. Etwas hielt ihn zurück. Die Nummer – wie war dieser Matthew an seine Nummer gekommen? Und dann fiel ihm ein, was sein Kontakt bei der Polizei gesagt hatte. Alles aufschreiben, jedes Detail, mochte es noch so unscheinbar sein, damit die Polizei vielleicht den Idioten aufspüren konnte, der für den Telefonterror verantwortlich war. Obwohl dieses Gespräch eineinhalb Jahre zurücklag und der Polizeibeamte mittlerweile auch auf seine E-Mails nicht mehr antwortete.

Mit der freien Hand tastete er seine Taschen ab, fand seinen Signierstift, aber kein Blatt, auf das er schreiben könnte. Er sah sich suchend um, sein Blick fiel auf das Buch. Ohne groß nachzudenken, blätterte er die ersten Seiten um und fand die, auf der er gewöhnlich seine Widmung hinterließ. Er setzte den Stift an und schrieb »Gefängnis New Hall« und »Matthew« und fügte ein Fragezeichen an.

»Mit wem spreche ich?«, fragte er und versuchte, seine Gefühle im Zaum zu halten.

»Hat denn nicht …? Ich bin Matthew.« Matthew war

jetzt den Tränen nah. Er klang nicht wie jemand, als hätte er seinen Spaß bei der Sache, aber Robin hatte ja keine Ahnung vom Geisteszustand eines Typen, der so durchgeknallt war, dass er so was machte.

»Den vollen Namen.«

Und jetzt begann Matthew tatsächlich zu schluchzen. Er klang wie ein verwundetes Tier. Robin ließ das nicht unberührt. Was lief hier ab?

Er versuchte es mit einer anderen Frage. »Wie haben Sie es geschafft, mich dreimal anzurufen?«

Damit drang er zu dem anderen durch. »Was?«

»Wenn Sie im Gefängnis sind, wie haben Sie mich da dreimal anrufen können? Sie haben nur einen Anruf.«

Matthew schniefte laut. »Ich ... mein Anwalt hat das hingekriegt. Sie haben mich schon vor einiger Zeit verhaftet ... und da sind Sie mir ... Das ist jetzt nicht wichtig.«

»Doch, es ist wichtig.«

»Nein, wichtig ist – dass ich es nicht war, Mr Ferringham. Sie müssen mir glauben. Ich hab die anderen nicht umgebracht.«

»Was?«, rief Robin. »Wovon reden Sie?«

»Sie glauben, dass ich es war. Aber ich konnte es doch gar nicht gewesen sein. Meine Freunde.«

»Ich ...« Robin verlor den Faden – da war etwas in der Stimme des jungen Manns. Etwas ... Vertrautes.

»Wir sind durchgefahren. Wir sechs. Und ich war der Einzige, der wieder rausgekommen ist. Nur ich bin wieder rausgekommen.«

Worum ging es hier?

»Woher kennen Sie Samantha?«

»Sie müssen mir helfen, Mr Ferringham. Bitte, ich ... bitte sagen Sie, dass Sie mir helfen.« Matthew weinte jetzt hemmungslos.

Robin schauderte. Er war nicht mehr wütend, sondern zutiefst beunruhigt. Er kam sich vor, als kommunizierte er mit einem Gespenst, als führte er ein Gespräch, das gar nicht sein konnte. »Es ... es tut mir leid, aber ich kenne Sie doch gar nicht. Und wer immer Ihnen diese Nummer gegeben hat, es kann nicht die Person gewesen sein, die es Ihrer Aussage nach war, also werde ich jetzt auflegen.« Er hielt kurz inne. »Es tut mir leid.« Überrascht stellte er fest, dass dem wirklich so war.

Robin nahm das Handy vom Ohr und wollte den Anruf schon beenden, als Matthew so laut rief, dass es klang, als wäre er auf Lautsprecher. »Clatteridges ... 19.30 Uhr, 18. August ... 1996.«

Robin erstarrte. Mittlerweile zitterte er am ganzen Leib. Er sah auf das Telefon in seiner Hand, dann zum offenen Buch auf dem Tisch. Etwas fiel auf die aufgeschlagene Seite, er brauchte etwas, bis er es als Träne erkannte.

Er verdrängte den Schmerz. Und dann war die Wut wieder da. Erneut hielt er das Handy ans Ohr. »Wo zum Teufel haben Sie das gehört?« Es stand noch nicht mal im Buch, er hatte es absichtlich nicht erwähnt. Er hatte etwas für sich behalten wollen.

»Das hat sie gesagt. Sie hat gesagt, Sie würden mir nicht glauben. Also hat sie das gesagt, genau in diesem Wortlaut. Clatteridges. 18. August 1996. 19.30 Uhr.«

Robin konnte keinen klaren Gedanken mehr fassen. Er hatte seine Hoffnung fest verpackt und verschlossen und sie ganz hinten im Schrank seiner Seele verstaut. Hoffnung war das schlimmste Gefühl, das Menschen in seiner Lage, Menschen, die zurückgelassen wurden, haben konnten. Und jetzt wühlte Matthew im Schrank und wollte genau dieses Gefühl hervorholen.

Er schloss die Augen, atmete langsam ein und aus, dachte nach. Es musste für alles eine Erklärung geben – ein Zufall oder so was. Mehr nicht. Denn etwas anderes …

»Sie hat mich angerufen«, sagte Matthew. Er klang jetzt ruhiger, so, als würde er einfach nur die Fakten aufzählen. »Mitten in der Nacht. Vor ein paar Jahren. Ich hab nicht gewusst, wer sie ist oder warum sie mich anruft, ich hatte keine Ahnung. Anfangs hab ich sie gar nicht verstanden. Ich dachte, sie wäre betrunken oder auf Drogen. Sie klang völlig verwirrt. Aber langsam hat alles irgendwie mehr Sinn ergeben. Sie hat mir ihren eigenen Namen genannt. Dann Ihren. Sie hat gesagt, ›Robin Ferringham ist der großartigste Mann, dem ich je begegnet bin‹. Der Einzige, dem man trauen kann. Robin Ferringham, hat sie gesagt, würde einen nie im Stich lassen.«

Das kann nicht sein. Es ist ein Trick. Nur ein beschissener Trick.

»Ich hab mich seit Ewigkeiten nicht mehr an den Anruf erinnert – ich glaube, ich hab mir eingeredet, alles bloß geträumt zu haben. Und dann steckt man mich hier rein, und ich hab nichts außer Zeit zum Nachdenken. Da ist es mir wieder eingefallen. Sie ist mir wieder eingefallen. Und ich hab mich an Sie erinnert.«

Ein Anruf mitten in der Nacht. Vor Jahren. Clatteridges. War das möglich – wirklich? »Ich glaube Ihnen nicht«, flüsterte Robin. Die genauere Formulierung wäre gewesen: »Ich kann Ihnen nicht glauben.«

»Können Sie sie nicht einfach fragen?«, sagte Matthew.

Robin stockte der Atem. »Samantha wird seit drei Jahren vermisst.«

Stille am anderen Ende der Leitung. Dann leise: »Was? Nein. Nein. Das ist nicht … Bitte, Mr Ferringham, Sie müssen …« Der Anrufer war nur noch undeutlich zu hören.

Robin sah auf sein Handy. Noch ein Balken Signalstärke.

Er fluchte leise und hörte ein Räuspern. Er sah auf, mit einem Mal fiel ihm wieder ein, wo er sich befand. Dieselbe alte Frau, die das Krimiregal durchstöbert hatte, stand mit einem Exemplar von *Ohne sie* vor ihm. Das Buch sah reichlich zerlesen aus, ganz klar ihr eigenes Exemplar. Die Frau wollte ihm etwas sagen, aber Robin nahm das Handy wieder ans Ohr.

»Matthew«, sagte er. Da musste mehr sein, er brauchte Gewissheit. »Matthew.«

»Wenn Sie nicht …« Die Stimme wurde lauter, leiser, dazwischen verschwand sie ganz.

Robin stand auf. Die alte Frau sagte etwas. »Ich habe meinen ganzen Mut zusammengenommen, um mit Ihnen zu reden.« Aber Robin konnte sich nicht auf sie konzentrieren.

Er warf der Frau, die immer noch redete, ein »tut mir leid« zu und schob sich an ihr vorbei. »Matthew, sind Sie noch dran?«

»Bitte«, sagte die alte Frau hinter ihm, »Ihr Buch hat mein Leben verändert. Ich habe dadurch Frieden gefunden, nachdem meine Tochter … Bitte, könnten Sie es signieren?«

»Suchen Sie bitte … Standedge.« Dann war die Leitung tot.

»Matthew«, sagte Robin, obwohl er wusste, dass es zwecklos war. Er sah auf sein Handy. Der Anruf war beendet. Verloren sah er sich um.

»Alles in Ordnung?«, fragte die alte Frau.

Robin schob das Handy in seine Tasche. »Entschuldigen Sie, das war sehr unhöflich. Natürlich signiere ich Ihr Buch.« Sam hätte zugestimmt. Er redete mit der alten Frau fast eine halbe Stunde lang über ihre vermisste Tochter und wie man damit umgehen konnte. Nachdem sie fort war, schrieb er »Standedge« auf sein Exemplar und unterstrich es zweimal.

2

Wie in einem Nebel machte sich Robin auf den Weg zum Sushi-Lokal. Emma wartete bereits. Als er neben ihr Platz nahm und die Tragetasche auf den Tisch legte, runzelte sie die Stirn. »Ich dachte, du liest nicht mehr.«

Robin zog das Exemplar von *Ohne sie* heraus, in das er seine Notizen gekritzelt hatte. Wren hätte es ihm kostenlos überlassen, aber er hatte dafür gezahlt. Er wollte nicht, dass sie Schwierigkeiten bekam.

»Hast du nicht genug davon?«, lachte sie. Sie hatte recht – der Flur seiner Wohnung war zugestellt mit Belegexemplaren, Hardcover-Ausgaben und den Übersetzungen in andere Sprachen, sodass man nur mit Mühe durchkam.

»Ich hab was reingeschrieben.«

»Sind Bücher nicht dazu da?«, sagte Emma und lächelte. »Wie ist es gelaufen?«

»Gut.« Robin versuchte, nicht an das zu denken, was Matthew gesagt hatte. »Wie üblich, weißt du. Nicht viel los. Aber ich hab einige nette Leute kennengelernt. Hast du schon bestellt?«

Sie sprachen nicht viel beim Essen. Emma erzählte ein bisschen von ihrer Arbeit – sie hatte bereits Feierabend, am Samstag hatte die Praxis nur vormittags auf –, aber sie ging nicht sehr ins Detail über ihre Patienten. Am längsten ließ sie sich über Hypochonder aus, denen absolut nichts fehlte, die aber immer mehr zu werden schienen. Und die immer mehr um sich greifenden Internet-Diagnosen machten Emma das Leben schwer.

Robin schwieg, hörte ihr nur halb zu und stocherte in

seinem Essen. Er aß etwas Lachs, das war alles, was er hinunterbrachte. Und dann – redete Emma mit ihm?

»Was ist los?«, sagte sie und starrte ihn mit einer Eindringlichkeit an, wie es nur Allgemeinärztinnen und Zwillingsschwestern schafften.

»Nichts.« Er wusste, dass es nicht funktionieren würde, aber er versuchte es trotzdem.

»Aha.«

Robin sah sich um, dann wieder zu ihr. »Hast du jemals von Standedge gehört?«

Sie dachte nach. »Nein, was ist das – eine Band?«

»Ich weiß es nicht.«

Sie musterte ihn. Sie war nur vier Minuten älter als er – aber wenn er so angestarrt wurde, fühlte es sich an, als ob diese vier Minuten einen gewaltigen Unterschied ausmachten. »Was ist passiert?«

Er sah weg. »Nichts.«

»Gut«, sagte sie, und ihr ganzes Verhalten änderte sich. »Willst du noch einen Kaffee, oder sollen wir die Rechnung verlangen?« Das war Subtext und paradoxe Intervention in einem. Manchmal hatte er das Gefühl, Emma würde sogar einem Hellseher Kopfschmerzen bereiten.

Robin knickte ein. Er schlug das Buch auf, zeigte ihr seine Notizen und erzählte von dem Gespräch mit Matthew. Mit Sam als Schlusspunkt.

Sie hörte aufmerksam zu und behielt ihre Gefühle für sich, bis sie die ganze Geschichte gehört hatte. Als Robin fertig war, schwieg sie. Nach einer kurzen Pause sagte sie: »Und das ist alles, was du hast ...?« Sie vollführte eine Handbewegung.

Robin war fassungslos. »Hast du nicht gehört ... Er hat Sam erwähnt. Er hat gesagt, er hat mit Sam gesprochen.«

Sie seufzte und betrachtete ihn traurig. »Das war doch

bloß so eine billige Nummer, Robin. Dein erster Eindruck hat dich nicht getrogen. Er hat dich auf den Arm genommen. Irgendwie – keine Ahnung, wie – ist er an deine Nummer gekommen und hat sich einen Spaß mit dir erlaubt. Und es klingt so, als hätte er es in vollen Zügen genossen.«

»Du hast ihn nicht gehört, wie er von dieser Sache gesprochen hat. Diesem Standedge. Von seinen Freunden. Er klang ... er klang, als hätte er etwas verloren. Als hätte er jemanden verloren.« Robin stolperte über das, was er sagen und zugleich nicht sagen wollte, weil es dann Wirklichkeit würde. »Er klang wie ich.«

»Robin ...«

Er fiel ihr ins Wort. »Du erinnerst dich noch, als du mit dem Laptop zu mir in die Wohnung gekommen bist und mir gesagt hast, ich soll alles aufschreiben? Der Tag, an dem ich mit *Ohne sie* angefangen habe?«

»Du hast in der Küche gesessen und auf eine Flasche Jack Daniel's gestarrt«, sagte Emma.

»Ja. Ich war verloren. Und du hast mir geholfen. Du hast mir geholfen, einen Weg zu finden. Matthew hat genauso geklungen wie ich an diesem Tag. Er ist ebenfalls verloren.«

»Und was?«, fragte Emma fast schnoddrig. »Sam hat ihn zu dir geführt?«

Robin hob die Hände. »Ich weiß es nicht – vielleicht. Ich ... hab keine Ahnung.«

Emmas Handy klingelte. Sie sah aufs Display, bevor sie den Anruf ablehnte. »Ich muss los, aber wir unterhalten uns später noch mal. Lass nicht zu, dass dadurch wieder alte Wunden aufgerissen werden, Robin. Das war bloß irgendein Idiot, der sich auf deine Kosten lustig gemacht hat. Lass dich auf solche Spielchen nicht ein. Konzentrier dich auf andere Dinge. Triffst du dich nicht am Montag mit deinem Verleger?«

Robin verschwendete keinen Gedanken daran. Der Verleger wollte über das »zweite Buch« reden, genau wie Barrows. Das Geld aus *Ohne sie* war bald aufgebraucht. Sie wollten das nächste Projekt anleiern – sie konnten es kaum erwarten.

Emma stand auf. »Mit dir ist alles in Ordnung?«

»Klar«, sagte Robin. Als sie sich umwandte und gehen wollte, rief er ihr nach: »Noch was.« Sie drehte sich um. »Hab ich dir jemals vom Clatteridges erzählt?«

Emma zuckte mit den Schultern. »Nein, hast du nicht.« Dann war sie weg.

Robin wandte sich seinem Teller zu und betrachtete seine Notizen. Emmas Worte gingen ihm durch den Kopf – ein dummer Witz, ein Streich, ein Haufen Mist.

Aber was, wenn Emma sich täuschte?

3

Kurz nach ein Uhr kam Robin nach Hause. Noch immer schwirrte ihm Matthews Anruf durch den Kopf. Emmas Worte waren dagegen in den Hintergrund getreten, und das Buch mit den darin enthaltenen Rätseln brannte ihm in der Hand.

Er warf die Schlüssel auf den Küchentisch. Der Raum versank zwar nicht im Chaos, konnte aber auch nicht als sauber bezeichnet werden. Auf dem Abtropfgitter stand ein ordentlicher Stapel dreckigen Geschirrs, was Sam nie toleriert hätte. Seitdem sie nicht mehr da war, hatte er die Zügel schleifen lassen. Er putzte und räumte nur auf, wenn er Besuch erwartete, aber außer Emma kam niemand mehr. Seine Freunde waren auch Sams Freunde gewesen, irgendwie fühlte es sich aber falsch an, wenn er sich ohne sie mit ihnen traf. Offensichtlich ging es ihnen genauso, weil er mit den meisten seit einem Jahr nicht mehr gesprochen hatte.

Er schaltete den Wasserkocher ein, drehte sich zum Küchentisch und dem Laptop um, betrachtete ihn ein paar Sekunden und ließ sich davor nieder. Er klappte das Gerät auf. Emmas Stimme in seinem Hinterkopf riet ihm, es nicht zu tun, trotzdem rief er Google auf und gab das eine Wort ein, das ihn seit Stunden beschäftigte: Standedge. Er klickte auf »Suche«.

Standedge war der Name eines Kanaltunnels in Marsden, Huddersfield.

Huddersfield.

Das konnte kein Zufall sein.

Zum letzten Mal hatte er Sam hier in der Küche gesehen. Er hatte auf genau diesem Stuhl gesessen und wie jetzt über dem Laptop gebrütet. Das war am 28. August 2015 gewesen, um 13.15 Uhr. Er hatte den gesamten Vormittag damit verbracht, einen Artikel aufzupeppen. Er hatte die gesamte Nacht damit verbracht, einen Artikel aufzupeppen. Sam war mit ihrem Koffer in die Küche gekommen, aber er hatte noch nicht mal aufgesehen.

Dafür sah er jetzt auf. Die Küche war leer, fast glaubte er, in der Tür ihren Geist zu erkennen. Sie war auf dem Weg zum Bahnhof. Als Gastdozentin war sie viel unterwegs. Robin mochte es nicht, wenn sie fort war, war aber stolz auf sie und ihre Arbeit. Sie war gut darin. Die Universitäten rissen sich um sie.

An jenem Tag … war sie zur Uni in Huddersfield aufgebrochen. Sie hatte ihm einen Kuss gegeben – den er kaum wahrgenommen hatte – und ihm erneut eingeschärft, wie er sich um ihre Kakteen zu kümmern hatte, nachdem es ihm tatsächlich gelungen war, die letzten eingehen zu lassen.

Er sah von der leeren Tür zum Küchenfensterbrett, wo ihre Kakteen aufgereiht standen. Dieselben seit jenem Tag. In voller Pracht. Auf ihre Rückkehr wartend.

Huddersfield.

Was hatte das zu bedeuten? Hatte es überhaupt was zu bedeuten? Er wusste es nicht. Aber es war ein weiteres Puzzleteil. Nie und nimmer konnten die Zahl, der Name und Huddersfield Zufall sein.

Er suchte weiter.

Die erste Website, die er anklickte, war die des Standedge-Besucherzentrums. Der Standedge war der längste Kanaltunnel Englands und anscheinend ein beliebtes Touristenziel, das im Sommer geführte Touren auf Kanalbooten anbot. Hatte Matthew davon gesprochen – *wir sind durchgefahren?*

Die zweite von ihm aufgerufene Website handelte von der Geschichte des Tunnels, die er nur überflog. Er schien auf eine lange Vergangenheit zurückblicken zu können – erbaut worden war er innerhalb von sechzehn Jahren zwischen 1795 und 1811, hatte an die £ 16 000 gekostet, war der tiefste und längste Kanal Großbritanniens und verband einen Ort namens Marsden mit einem namens Diggle. Zu jedem anderen Zeitpunkt hätte er sich mit Interesse darauf gestürzt, aber das alles war nicht das, wonach er suchte.

Er scrollte durch die übrigen Suchergebnisse, fand aber nichts Relevantes.

Also suchte er nach »Matthew Standedge«. Ihm wurden nahezu die gleichen Resultate geliefert.

Er suchte nach »Matthew Standedge Verschwinden« und fand mit dem dritten Ergebnis endlich, worauf er aus war.

Ein Artikel aus einer Lokalzeitung in Huddersfield. Je mehr er las, desto näher rückte er an den Bildschirm.

Das war es. Er schlug *Ohne sie* auf, riss die bekritzelte Seite heraus und klickte auf den Druckknopf seines Kugelschreibers.

Das Rätsel der Fünf vom Standedge
von Jane Hargreaves

Die Polizei steht vor einem Rätsel. Fünf junge Leute aus der umliegenden Gegend sind im längsten Kanaltunnel Großbritanniens verschwunden. Am 26. Juni 2018, um 14.31 Uhr, fuhren sechs Freunde und ein Bedlington-Terrier auf einem traditionellen Narrowboat von der Marsden-Seite in den Standedge-Kanaltunnel ein. Zwei Stunden und zwölf Minuten später kam das Boot auf der anderen Seite (der Diggle-Seite) mit nur einem Passagier und dem Terrier wieder heraus. Der junge Mann lag bewusstlos an Deck. Die anderen fünf Passagiere, Tim Claypath (21), Rachel Claypath (21), Edmund Sunderland (20), Prudence Pack (21) und Robert Frost (20) verschwanden spurlos im Tunnel. Der Überlebende Matthew McConnell (21) gibt an, nicht zu wissen, was mit seinen Freunden geschehen ist.

Besonders betroffen vom Verschwinden der Claypath-Zwillinge ist der örtliche Polizeichef DCI Roger Claypath, der als Vater seiner vermissten Kinder folgende Stellungnahme abgab: »Meine Frau und ich sind zutiefst bestürzt vom Verschwinden unserer Kinder und unternehmen alles, um die Verantwortlichen zur Rechenschaft zu ziehen. Wir verfolgen eine Reihe von Spuren, im Moment weist aber einiges darauf hin, dass Matthew McConnell, den wir für einen Freund unserer Kinder gehalten haben, über die Mittel und das notwendige Wissen verfügt, um dieses abscheuliche Verbrechen zu begehen. Bekanntermaßen ist McConnell beim Canals and Rivers Trust angestellt und hat Kanaltouren geleitet, weshalb die Studenten unbegleitet den Tunnel passieren durften. Es ist davon auszugehen, dass er verschiedene Wege kennt, die aus dem Standedge-Kanal ins Freie führen. Noch bleibt allerdings der zeitliche Ablauf zu klären, wenn wir den genauen Hergang der Ereignisse bestimmen wollen. Wir bitten die Presse um Rücksichtnahme auf die Familien, die wie unsere von diesem entsetzlichen Verlust betroffen sind.«

McConnell wird im Moment im Anderson Hospital wegen einer Kopfverletzung behandelt (von der die Polizei vermutet, dass er sie sich selbst zugefügt hat). Sobald er dazu in der Lage ist, wird er in eine Haftzelle verlegt, währenddessen die Anklageschrift gegen ihn ausgearbeitet wird.

Die Leichen der fünf vermissten jungen Leute sind bislang nicht geborgen worden. Laut einer Aussage »befinden sich die Leichen nicht im Tunnel. Der Kanal ist vergeblich von Polizeitauchern abgesucht worden, bei allen Beteiligen schwindet allerdings zunehmend die Hoffnung. DCI Claypath lässt seine Einsatzkräfte rund um die Uhr arbeiten, damit so schnell wie möglich herausgefunden wird, was im Einzelnen geschehen ist – mag es noch so tragisch sein.«

Die Huddersfield Press bat den Canals and Rivers Trust um eine Stellungnahme. Dort wollte man den Vorfall nicht kommentieren, man sprach den betroffenen Familien aber das Beileid aus.

Robin sah zu seinen Notizen, die er sich während des Lesens gemacht hatte. Er hatte die Namen aufgeführt: Tim Claypath, Rachel Claypath, Edmund Sunderland, Robert Frost und Prudence Pack. Um McConnell hatte er einen Kreis gezeichnet. Matthew McConnell. Alles, was er las, passte zu dem, was der Anrufer gesagt hatte. Fünf junge Leute, Studenten, verschwanden im Tunnel, nur Matthew kam zurück.

Was hatte sich am 26. Juni diesen Jahres ereignet? Vor nicht einmal zwei Monaten? Warum zum Teufel hatte er nichts davon gehört? Ein solcher Vorfall musste doch für landesweite Schlagzeilen gesorgt haben, auch die überregionalen Zeitungen hätten darüber berichten müssen. Aber er hatte nichts davon mitbekommen – er hatte noch nicht einmal gewusst, was der Standedge war.

Er verließ die Website der Zeitung und stellte fest, dass alle anderen Suchergebnisse irrelevant waren. Nur ein Resultat zum Verschwinden von fünf jungen Menschen? Das kam ihm unwahrscheinlich vor.

Er suchte nach »Matthew McConnell Claypath Standedge Tunnel 26. Juni 2018«. Nur eine Seite mit Ergebnissen. Neben dem Zeitungsartikel, den er nun schon kannte, gab es einige wenige andere, die alle von einer einzigen Seite stammten. Er klickte auf den ersten Link, es öffnete sich eine Site, die aussah wie aus der Frühzeit des Internets. Oben in großen roten Buchstaben der Name: THE RED DOOR. Sofort hatte Robin ein mulmiges Gefühl (vermutlich warteten hier eine Million Viren auf ihn), aber der erste Artikel, den er anlas, schien mit nützlichen Informationen aufwarten zu können.

Das Verbrechen des Jahrhunderts – McConnell plädiert auf unschuldig

von **The Red Door** 17.07.18, 16.44 Uhr.

Matthew McConnell, der einzige Überlebende des Vorfalls im Standedge, hat bei seiner Verlegung vom Anderson Hospital ins Gefängnis New Hall erneut seine Unschuld beteuert. The Red Door (das einzige Medium, das bei seiner Ankunft in New Hall zugegen war [Hrsg.: Was ist da los?]) hat gehört, wie McConnell schrie, dass er unschuldig sei und sich an nichts erinnern könne, nachdem er am 26. Juni 2018 in den Tunnel einfuhr.
Leute, ihr wisst, ich hab nichts gegen einen guten mysteriösen Kriminalfall, aber für McConnell sieht es in der Tat nicht gut aus. Vieles spricht nämlich gegen ihn. Der Standedge-Tunnel, müsst ihr wissen, besteht im Grunde aus vier Röhren. Die miteinander verbundenen linken beiden (von Marsden aus gesehen) sind stillgelegt, durch den rechten führt eine zweigleisige Eisenbahnlinie, und der »mittlere« ist der Kanal. McConnell hat dort als Tourguide gearbeitet, das heißt, er kennt sich in den Röhren aus und findet sich mühelos darin zurecht. Dazu war er im Besitz der Schlüssel, um die großen Tore zu öffnen, mit denen die Tunneleingänge

normalerweise versperrt sind. Außerdem haben zwei von McConnells Bekannten ausgesagt (ihr wisst schon, zwei von denen, die sich noch nicht in Luft aufgelöst haben), dass er von seinen Begleitern auf diesem letzten gemeinsamen Ausflug ziemlich genervt gewesen sei.

Trotzdem, das alles ist doch ziemlich krass. Einfach verrückt, wie McConnell sein Verbrechen abgezogen hat. Er hat alle umgebracht, hat die fünf Leichen an einen geheimen Ort gebracht, ist zurück zum Boot und hat hinter sich aufgeräumt, gerade noch rechtzeitig, um sich eins auf die Rübe zu meißeln und bewusstlos an Deck zusammenzubrechen, bevor das Boot am anderen Ende wieder aufgetaucht ist. Schon ziemlich abgefahren!

Es sei denn ... McConnell ist möglicherweise unschuldig. Vielleicht sind Tim Claypath, Rachel Claypath, Pru Pack, Edmund Sunderland und Robert Frost einfach verschwunden. Und wer immer sie hat verflüchtigen lassen, hat auch McConnell ausgeknockt. Stoff zum Nachdenken.

Vielleicht sollte ich noch etwas recherchieren! Ach, wie liebe ich diesen Job.

Was meint ihr? Gebt unten eure Kommentare ab und abonniert den Red-Door-Feed, damit ihr immer up to date seid und in den Genuss von massenhaft verrückten Nachrichten kommt, so vielen, wie ihr gerade so verkraften könnt. Peace!

Der Artikel klang weniger seriös als der aus der Zeitung, die Informationen aber stimmten überein. Und es wurde berichtet, dass Matthew nach New Hall verlegt wurde – woher Matthew ihn angerufen hatte. Es konnte unmöglich alles erfunden sein.

Was Robin in diesen Artikeln nicht fand (und zweifellos auch nicht finden konnte), war Matthews Verbindung zu Sam. Wenn Matthew die Wahrheit sagte, hatte Sam ihn aus heiterem Himmel angerufen. Er kannte sie nicht. Seiner Aussage nach war sie »völlig verwirrt« gewesen. Warum hatte Sam nicht ihn angerufen? Wenn sie in Schwierigkeiten steckte, warum hatte sie dann nicht ihn angerufen?

Den restlichen Tag und Abend verbrachte Robin im Internet. Als Emma anrief, ging er nicht ran. Er druckte die wenigen Artikel aus, die er fand, und heftete sie in einen Ordner. Der Standedge-Vorfall schien eine Art Anomalie zu sein – ein ungewöhnliches Verbrechen, das unter dem Radar der landesweiten Nachrichten durchgerutscht war. Die meisten Informationen, die er fand, stammten von The Red Door, einer Site, die ihm immer seltsamer vorkam, je länger er sich darauf herumtrieb. Warum berichteten die seriösen Medien nicht darüber? Wenn er vertrauenerweckendere Artikel fand – von Zeitungen oder Websites –, waren die Angaben immer sehr kurz und sehr vage.

In einem der Red-Door-Artikel stieß er auf ein Gruppenfoto der vermissten Studenten. Sie standen vor dem Standedge-Kanaltunnel – Robin erkannte ihn von der Website des Besucherzentrums. Im Vordergrund Tim Claypath, das dominierende Kraftfeld auf dem Bild, um das alle anderen gruppiert waren. Er war jung, attraktiv, voller Leben. Seine Augen schienen sogar auf dem Bildschirm zu schimmern. Neben ihm seine Schwester Rachel. Robin brauchte keine Bildunterschrift, um das zu erkennen. Sie hatte die gleichen Augen wie ihr Bruder, das gleiche Feuer, das gleiche gute Aussehen. Neben den Claypath-Zwillingen sah er die drei anderen Studenten. Edmund Sunderland, groß und blond, stand neben Tim. Er starrte so durchdringend in die Kamera, dass sein Lächeln etwas Aufgesetztes hatte. Auf Rachels Seite befanden sich zwei weitere Personen, leicht einander zugewandt, als hätten sie sich noch unterhalten, kurz bevor das Foto gemacht wurde. Pru Pack und Robert Frost, deren strahlendes Lächeln von der unbändigen Freude kündete, einfach nur da sein zu dürfen. Wenn Robin raten müsste, würde er sagen, Pru und Robert hatten miteinander eine Beziehung und machten keinen Hehl daraus. Vor ihnen allen sprang noch ein grauer Bedlington-Terrier ins Bild und wurde etwas unscharf für die Ewigkeit abgelichtet. Laut Bildunterschrift war der Name des Hundes »Amygdala (Amy)«. Das Bild war am 26. Juni 2018 aufgenommen worden. Am Tag ihrer Fahrt in den Tunnel, am Tag, an dem diese Personen (ohne den Hund) verschwanden.

Robin betrachtete die Gesichter der fünf. Sein Blick wanderte über das Bild, bis er bemerkte, dass noch jemand abgebildet war. Hätte die Bildunterschrift nicht auf ihn hingewiesen, wäre er Robin nicht aufgefallen. Hinter Edmund Sunderland, einige Schritte entfernt, gleich neben dem Kanal, stand ein weiterer junger Mann, der nicht in die Kamera sah. Anders als die Übrigen in ihren schicken Hemden und Hosen und Kleidern trug er nur T-Shirt und Jeans und hatte die Hände in den Taschen vergraben. Er lächelte nicht – sein Gesichtsausdruck war, so weit zu erkennen, vollkommen leer, als würde ihm absolut nichts durch den Kopf gehen. Offensichtlich war ihm nicht bewusst, dass das Foto gemacht wurde. Laut Bildunterschrift handelte es sich dabei um »Matthew McConnell«.

Robin starrte ihn an, rückte näher heran, drehte das Bild, als würde ihm das helfen, an Edmund Sunderland vorbeizusehen. Irgendwas nagte an ihm, irgendwas, was ihm gerade nicht einfallen wollte. Er sah zu den über den gesamten Tisch verstreuten Artikeln, die er ausgedruckt hatte. Nach einigen Minuten hatte er es. In einem Red-Door-Artikel war erwähnt worden, dass Matthew von den anderen genervt gewesen sei. Dieses Bild schien genau das zum Ausdruck zu bringen. Vielleicht hatten aber auch die anderen etwas gegen ihn gehabt. Matthew hatte ihm gegenüber am Telefon nichts davon erwähnt. Andererseits, wenn er im Gefängnis saß und wegen Mordes angeklagt war, wäre das etwas, worüber er vermutlich nicht als Erstes reden würde.

Robin kratzte sich am Kinn und spürte die Bartstoppeln, die seit dem Morgen gesprossen waren. Die Dämmerung setzte ein, er stand auf und machte das Licht an. Sein Blick fiel auf den Tisch. Ein einziges Chaos. Ohne dass er sonderlich viel herausgefunden hätte.

Er wusste nur, dass sich der Vorfall wirklich ereignet hatte. Matthew sagte die Wahrheit. Seine Freunde waren verschwunden. Und er war übrig geblieben. Er hatte nichts vom Hund erzählt, aber das schien kaum von Bedeutung zu sein. Seine Freunde waren fort – verschwunden. Sie fuhren in einen Tunnel hinein und kamen nicht mehr heraus.

Auf alle Fälle ein Rätsel – ein quälendes noch dazu. In einem der Artikel wurde erwähnt, wie lange die Fahrt gedauert hatte – zwei Stunden und zwölf Minuten. Zwei Stunden und zwölf Minuten an undokumentierten, ungesehenen und unbegreiflichen Ereignissen. Die einzige Verbindung in diese Welt, zu diesem Bruchstück an verlorener Zeit, war Matthew McConnell – es sei denn, der Hund würde in nächster Zeit zu reden beginnen.

Natürlich verdächtigte die Polizei Matthew. Natürlich war er verhaftet worden. Weil nach allem, was Robin an Fakten vorlagen, keine andere Möglichkeit bestand, außer dass Matthew seine Freunde umgebracht hatte. Nun stand die Polizei vor der Aufgabe, die Leichen zu finden. Daher würde sie Matthew unter Druck setzen, bis er alles erzählte, was er wusste.

Hielt er Matthew für schuldig? Oder für unschuldig? Ihm lagen viel zu wenige Fakten vor, um sich ein Urteil bilden zu können. Aber er war fasziniert. Sogar ungeachtet der Tatsache, dass er Fragen an Matthew hatte. Fragen über Sam.

»Führst du mich irgendwohin, Sam?«, flüsterte Robin.

Es kam keine Antwort. Abgesehen vom Verkehrslärm der Straße und dem Gejohle eines Passanten, der sich zweifellos an den Vorzügen des samstäglichen Alkoholgenusses erfreute (und noch nicht unter den Nachwirkungen litt).

Robin machte wieder das Licht aus und beschloss, ins Bett zu gehen.

Nachdem er kurz geduscht hatte, legte er sich auf die rechte Seite des Doppelbetts. Drei Jahre waren vergangen, aber immer noch hielt er sich an seine Seite, selbst wenn er sofort einschlief und zu keinem bewussten Gedanken mehr imstande war.

Er dachte an Matthew McConnell, daran, was er ihm erzählt, vor allem aber, wie er es erzählt hatte. Angenommen, Matthew hatte die Wahrheit gesagt, dann hatte Sam ihm erzählt, dass er, Robin, jemand sei, dem man trauen könne.

Warum hatte sie das einem völlig Fremden gesagt? Warum hatte sie Matthew angerufen?

Er lag eine halbe Stunde im Bett – an Schlaf war nicht zu denken. Eine Frage trieb ihn um: Wie konnten sechs Personen in einen Kanaltunnel fahren und nur einer wieder herauskommen?

Kurz dachte er an die Stimme des jungen Mannes, der ihn am Morgen angerufen und um Hilfe gebeten hatte, und ihm wurde klar, dass er jetzt – seit Stunden schon – wusste, was er ihm sagen würde.

Ja.

4

»Ich weiß nicht, Robin. Das alles klingt sehr merkwürdig«, sagte sie am Telefon. »Der Typ manipuliert dich doch. Vielleicht willst du es nicht sehen. Aber er benutzt Sam, damit du dich zu Dummheiten hinreißen lässt.«

»Du hast nie vom Standedge-Tunnel gehört. Das hast du selbst zugegeben. Ich habe stundenlang zu dem Fall recherchiert. Es gibt ihn wirklich. Matthew gibt es wirklich. Das alles ist wirklich passiert.« Robin nahm das Telefon in die andere Hand, damit er seinen Rucksack am Riemen höher auf die Schulter ziehen konnte.

»Warum hab ich dann nie davon gehört?«

»Keine Ahnung. Vielleicht hat jemand dafür gesorgt, dass der Vorfall gegenüber den überregionalen Medien verschwiegen wurde.«

»Wir leben nicht mehr in den Neunzigern, Robin«, sagte sie mit einem eisigen Ton, der Robin sehr an ihre Mutter erinnerte. Ihre Mutter und Emma waren nie miteinander klargekommen – wahrscheinlich weil sie sich so ähnlich waren. Beide waren äußerst pragmatisch – die Welt war ihnen bloß ein Problem, das es zu lösen galt. Er liebte seine Schwester, manchmal sah sie in ihm aber eher ein Projekt und nicht den Bruder. »Die Dinge verbreiten sich im Internet – stündlich, minütlich. Ich verstehe nicht, warum wir noch nie davon gehört haben sollten.«

»Ich glaube, diese Red-Door-Website wird von so einer Art Whistleblower geführt. Soll ich dir den Link schicken?«

»Nein«, antwortete sie prompt. »Ich will nichts damit zu tun haben. Hör zu, soll ich zu dir kommen? Ich kann bald da sein. Dann reden wir darüber.«

»Du kannst nicht kommen«, beschied Robin brüsk.

Es folgte ein langes Schweigen. »Warum nicht?«, fragte Emma mit der Stimme ihrer Mutter.

Robin wollte gerade zu einer Erklärung ansetzen, in diesem Augenblick aber verkündete eine Lautsprecherdurchsage, dass ein Zug zur Abfahrt bereitstehe. In King's Cross war so viel los, wie er es noch nie erlebt hatte. Fast-Food-Läden, Restaurants, Bars, alle voll mit Pendlern. Robin stand inmitten der Menge, die zur Abfahrtstafel hinaufblickte. Nach der Durchsage eilten an die zwanzig Personen zu den Bahnsteigen. Robin musste nichts sagen – Emma hatte alles schon mitgehört.

»Du fährst weg? Jetzt?«

»Ja«, sagte Robin.

»Was ist mit dem Treffen mit deinem Verleger?«

»Hab ich abgesagt.«

»Robin, was treibst du? Wirklich?«

»Ich tue das, was ich meinem Gefühl nach tun soll. Kannst du mich nicht einfach unterstützen?«

Emma seufzte. Und schwieg etwa eine Minute. Er wusste, was sie sich dachte – dass er verrückt war, dass das alles vergebliche Mühen waren. »Klar«, sagte sie, »aber sei bitte vorsichtig, Robin. Wenn das, was du herausgefunden hast, wirklich stimmt, dann ist dieser Typ vielleicht gefährlich.«

»Ich kann auf mich aufpassen«, entgegnete Robin und lächelte. »Bis bald.«

Er beendete das Gespräch und überlegte, ob Emma nicht doch recht hatte – ob er nicht einen schrecklichen Fehler beging.

Aber seine Überlegungen reichten nicht aus, um ihn davon abzuhalten, durch die Ticketschranke zu gehen, seinen Zug zu suchen und einzusteigen.

5

Samantha hätte ihn anrufen sollen, als sie in Huddersfield eingetroffen war. Das hatte sie auch getan. Aber Robin war nicht rangegangen. Er war immer noch so mit seinem blöden Artikel beschäftigt gewesen – über die Baugenehmigung eines neuen Hochhauses unmittelbar neben einem Wohngebiet, was sich irgendwie zur politischen Kontroverse des Jahrhunderts ausgewachsen hatte. So zumindest hatte es damals den Anschein gehabt. Das Gebäude wurde nie gebaut, man hatte nie wieder darüber gesprochen.

Er hätte rangehen sollen.

Wenn eine dreiunddreißigjährige gesunde Frau im Vollbesitz ihrer geistigen Kräfte vermisst wird, bedarf es einiger Anstrengung, damit einem überhaupt jemand zuhört. In dem Augenblick, als er zurückrief und sie sich nicht meldete – als es noch nicht einmal klingelte, sondern sich sofort die Mailbox einschaltete –, wusste er, dass sie in Schwierigkeiten steckte. Es brachte ihn fast um, zweiundsiebzig Stunden zu warten, bis er eine Vermisstenmeldung aufgeben konnte.

Auf der Polizeidienststelle wurde er zwischen vier Beamten herumgereicht, jeder gab sich gelangweilter als der vorherige. Er wiederholte seine Geschichte jedes Mal aufs Neue, und bei jedem Mal kam sie ihm realer vor. Er beantwortete ihre dämlichen Fragen – wann war ihm von der Universität mitgeteilt worden, dass Samantha nicht eingetroffen sei? Wann war ihm zum ersten Mal bewusst geworden, dass etwas nicht stimmte? Hatte sich Samantha bei ihrer Abreise anders als sonst verhalten? –, obwohl ihm diese Fragen alle schon vorher gestellt worden waren.

Sie machten sich Notizen in zahllosen schwarzen Notizbüchern. Und spielten auf einen heimlichen Liebhaber an oder auf die noch üblere Möglichkeit, sie hätte sich einfach aus dem Staub gemacht.

An die unverschämt gelangweilten Erwiderungen der Polizisten musste Robin nun auch denken, als er zum ersten Mal mit Terrance Loamfield sprach, Matthews Pflichtverteidiger.

»Sie wurden auf die genehmigte Besucherliste von Mr McConnell gesetzt, Sie müssen sich am Tor ausweisen und bei Ihrer Ankunft in New Hall einige Formulare ausfüllen, das sollte es dann gewesen sein.«

Robin hatte das Handy am Ohr, während er sich in einem überfüllten Waggon nach Leeds befand, wo sein Anschlusszug wartete. Er stand im Gang – er hatte eine Sitzplatzreservierung, nur hatte der Zug keinen Waggon, in dem sein Sitzplatz gewesen wäre.

»Danke, Mr Loamfield.« Er hätte dem Anwalt gern weitere Fragen gestellt, fühlte sich dazu aber nicht in der richtigen Umgebung.

»Mr McConnell hat nicht nach meiner Anwesenheit bei Ihren Treffen verlangt. Darf ich fragen, in welcher Beziehung Sie zu Mr McConnell stehen?«

Robin wusste nicht, was er darauf antworten sollte. Er stand mit Matthew eigentlich in gar keiner Beziehung – vor vierundzwanzig Stunden hatte er noch nicht mal von seiner Existenz gewusst. Und Matthew hatte es Loamfield auch nicht erzählt – vielleicht wollte er also nicht, dass der Anwalt es wusste. Aufgrund der fünf Minuten, die er sich mit ihm unterhielt, schätzte er Loamfield als einen sehr verschlossenen Menschen ein, der das Protokoll über Gefühle, Fakten über Meinungen stellte. Offensichtlich wurde auch, dass es dem Pflichtverteidiger persönlich einerlei war, ob Matthew freikam oder verurteilt wurde. Trotzdem hielt es Robin für unklug, ihm zu erzählen, dass er herumschnüffeln wollte. »Ich bin ... ein Freund.«

»Da scheinen Sie der einzige Freund von Mr McConnell zu sein«, erwiderte Loamfield ohne den geringsten Anflug von Emotion.

»Es hat ihn sonst niemand besucht?«

»Nein.«

»Seine Eltern auch nicht?«

»Mr McConnell ist Waise. Seine Eltern sind 1996 bei einer Massenkarambolage ums Leben gekommen. Danach hat er bei seiner Tante gewohnt, die mit ihm nichts mehr zu tun haben will und in eine andere Grafschaft gezogen ist. Es überrascht mich, dass Sie das nicht wissen.«

»Ach ja, doch«, sagte Robin und drückte sich an die Wand, als der Wagen mit den Snacks durchgeschoben wurde. »Tut mir leid, ich vergesse das immer wieder.«

Loamfield sagte lange nichts. Robin dachte schon, er hätte aufgelegt, aber er hörte die schweren, abgehackten Atemzüge des Anwalts. »Wissen Sie, Mr Ferringham, in jedem anderen Fall würde ich Sie fragen, ob Sie Journalist sind, aber ich glaube, das spielt hier keine Rolle. Es ist nicht mehr lange hin bis zu McConnells Gerichtstermin.«

»Wann ist der?«

»Nächsten Freitag. Dann wird das Datum der Verhandlung festgelegt und gegebenenfalls auch die Bedingungen einer Kaution.«

Freitag. Heute war Sonntag. Fünf Tage. Fünf Tage bis zu dem Termin, an dem sich wahrscheinlich die beste Chance bot, Matthew zu helfen. Und fünf Tage, um Antworten zu Sam zu bekommen.

»Was meinen Sie, besteht die Chance, dass er auf Kaution freikommt?«

»Auf keinen Fall«, sagte Loamfield, fast so, als würde ihn das amüsieren. Es war das erste Mal, dass er so etwas wie eine menschliche Regung zeigte. Mit dem gefühllosen Androiden, der er wenige Sekunden zuvor noch gewesen war, kam Robin allerdings sehr viel besser zurecht.

»Danke, Mr Loamfield«, sagte Robin und wollte das Gespräch beenden.

»Keine Ursache, Mr Ferringham. Wenn Sie noch Fragen haben, zögern Sie nicht, mich anzurufen.«

Robin steckte das Handy weg. Erst als er in Leeds den Zug wechselte und schon auf dem Weg nach Marsden war, fiel ihm auf, dass Mr Loamfield ihm nicht seine Nummer genannt hatte. Er rief die Anrufhistorie auf und notierte sie sich.

6

Der Bahnhof in Marsden bestand lediglich aus einem offenen Bahnsteig ohne Gebäude – es gab nur einen Fahrkartenautomaten vor einer Tafel, an der die Ankunfts- und Abfahrtszeiten angeschlagen waren. Robin war der Einzige, der ausstieg.

Er sah sich um. Es gab einen kleinen Parkplatz und ein Pub namens The Train-Car, das gleich auf der anderen Seite einer kleinen Steinbrücke lag. Dahinter standen auf dem sanft abfallenden Gelände die Reihen der Wohnhäuser, die vermutlich in die eigentliche Ortschaft hinunterführten.

Er überquerte die Brücke, unter der der Huddersfield Narrow Canal hindurchfloss. Das alles hatte er schon auf Google Maps gesehen, als er eine Karte vom Standedge-Tunnel und seiner Umgebung gesucht hatte. Der Kanal schlängelte sich durch Marsden, bevor er im Tunnel verschwand. Fast parallel dazu verlief die Eisenbahnlinie.

Laut der Karte auf seinem Handybildschirm lag der Standedge-Tunnel rechts davon. Er wollte sich ihn ansehen, zuerst musste er aber eine Unterkunft finden.

Das Train-Car, ein sehr traditionelles britisches Pub mit grünen Markisen, verwitterten Tischen und Bänken im Freien und einem Schild, das drei Eisenbahnwaggons auf Gleisen zeigte, unter denen in goldener Schrift der Pubname stand, schien geöffnet zu haben. Die Tür stand weit offen, aber es war nichts zu hören. Obwohl ein Schild darauf hinwies, dass Zimmer verfügbar waren, entschied sich Robin dagegen und machte sich auf den Weg in den Ort.

Er ging den Hang hinunter, entdeckte links zwischen zwei Häusern einen Durchlass, der zu einem bewaldeten Gebiet zu führen schien. Als er zwischen den beiden Gebäuden hindurchspähte, zerriss ein lautes »bää« die relative Stille.

Erschreckt fuhr er herum. Hinter ihm, nur wenige Meter entfernt und völlig unbeeindruckt, standen zwei ziemlich dicke, wollige Schafe. Beide hatten einen Schal um den Hals – eines einen blauen, das andere einen rosafarbenen –, woraus Robin schloss, dass es sich um Haustiere handelte und nicht um eine zukünftige Mahlzeit. Sie starrten ihn mit schwarzen Marmoraugen an, Robin starrte zurück und focht mit ihnen die Frage aus, wer von ihnen hier fehl am Platz war. Robin wandte als Erster den Blick ab.

Das Schaf mit dem rosafarbenen Schal schien das als Wink aufzufassen und trottete an ihm vorbei, gefolgt vom Schaf mit dem blauen Schal. Zusammen stapften sie durch den Durchlass und verschwanden im Wald.

Was jetzt?, überlegte Robin und sah eine Frau aus einer Haustür treten und Plastik in ihre Mülltonne werfen. Ihr Blick fiel auf Robin.

»Entschuldigen Sie«, sagte er, »ich glaube, da sind gerade zwei Schafe ausgebüxt.«

Sie musterte ihn von oben bis unten. »Sie sind nicht von hier, oder?«

»Nein, aber ...«

»Die Schafe können hin, wohin sie wollen. Sie gehören der Gemeinde.«

Robin sah wieder zum Wald. »Gut.« Schafe, die frei herumliefen? Das war ihm neu. »Ich suche eine Unterkunft. Geht es hier ins Ortszentrum?«

»Immer den Hang runter. Im Hamlet gibt es die besten Zimmer«, sagte die Frau, als hätte sie das schon ein Dutzend Mal unerfahrenen Touristen empfohlen.

»Danke«, antwortete Robin, aber die Frau war schon wieder im Haus verschwunden.

Robin folgte ihren Anweisungen. Die kleine Ortschaft präsentierte sich als eine Abfolge von Pubs. The Lucky Duck und The Grey Fox standen sich zu beiden Seiten der Straße gegenüber und fungierten als inoffizielles Tor zur Ortsmitte.

Hinter ihnen schloss sich die Hauptstraße mit Geschäften an – einer Bäckerei, einem Secondhandladen, einem Co-op, drei Cafés und mehreren anderen kleinen Einzelhändlern. Sie alle führten zu einer Kreuzung, wo ein weißer Glockenturm mit rot gefassten Kanten stand. Die Uhr war um 3.15 stehen geblieben. Robin musste auf seine Uhr sehen, um die richtige Zeit zu erfahren.

Es war kurz nach 18 Uhr, in Marsden aber herrschte bereits Totenstille. Niemand war auf den Straßen zu sehen, die Läden hatten alle schon geschlossen. Robin ging weiter, wartete auf Lebenszeichen, passierte den Glockenturm, sah zur kreuzenden Straße und marschierte geradeaus weiter, bis er von irgendwoher ein leises Musikgeklimpere wahrnahm.

Er kam an einer Post vorbei und einem weiteren Secondhandladen, dann tat sich eine Öffnung in der Häuserzeile auf, und er fand, wonach er gesucht hatte. Leicht zurückgesetzt stand dort das größte Pub, das er hier bislang gesehen hatte, obwohl es sich von außen kaum von den anderen in Marsden unterschied. Ein sandfarbenes Gebäude mit schwarzen Fenster- und Türrahmen und einem goldfarben beschrifteten Schild. »The Hamlet«. Auf dem sanft im Wind schwankenden Schild war ein Mann mit shakespearischer Halskrause abgebildet, der einen Totenschädel in der Hand hielt. Aus den Fenstern und der offenen Tür fiel Licht auf die Straße, dazu Gelächter und die Unterhaltungen der Gäste.

Robin ging hinein.

7

Im Hamlet war eine Menge los. Er trat durch die Tür und stand in einem anheimelnden Thekenbereich, dessen Mahagonieinrichtung und ländliche Ausstattung klischeehaft britisch anmuteten. An den Wänden hingen Bilder von Männern auf galoppierenden, hinter Füchsen herjagenden Pferden. Alle, die sich nicht auf den Straßen blicken ließen, hatten sich anscheinend im Hamlet versammelt. Die Tische waren voll besetzt, man drängte sich an der Theke. Der gesamte Raum verströmte eine freundliche, einladende Atmosphäre. Unterlegt war alles mit dem Stimmengewirr der Gäste, in das sich hin und wieder ein herzhaftes Lachen mischte.

Einige Gäste sahen auf, als Robin eintrat. Sie lächelten ihm zu. Als sein Blick zur Theke ging, tippte ein Mann mit violetter Nase und rosigen Wangen an sein Pint und lächelte ebenfalls. Robin erwiderte das Lächeln, ein Reflex, den er in London meistens unterdrückte. Aber etwas am Hamlet erfüllte ihn mit Sicherheit, es war ein Zuhause fern des eigenen Zuhauses. Der Mann nahm einen großen Schluck von seinem Pint und drehte sich um.

Hinter der Theke scherzte eine junge schwarz gekleidete Frau mit braunen Haaren, die sie zu einem Knoten gebunden hatte, mit einem Gast am Ende der Theke, dem sie ein Glas Weißwein einschenkte. Robin lehnte sich neben dem lächelnden Typen an die Theke.

Als die junge Frau den Wein abkassiert hatte, kam sie zu ihm. »Was darf's sein?«

»Eine Coke, bitte. Ich hätte auch gern was zu essen. Gibt es noch weitere Tische?«

»Unten sind noch ein paar«, sagte sie. »Ich bringe Ihnen Ihr Getränk.«

Der Mann neben ihm räusperte sich, während sie die Coke einschenkte. Robin drehte sich zu ihm hin. Wieder lächelte der andere. »Meine Mutter hat immer gesagt, ›trau keinem, der nicht trinkt‹.« Seine violette Nase war, wie Robin erst jetzt aus der Nähe erkannte, eine richtige Knolle, die das gesamte Gesicht dominierte. Er hatte einen grau melierten Vollbart und trug eine Brille an einer Kette. Er vermittelte einen freundlichen Eindruck, der vielleicht nur durch seinen jahrelangen Alkoholmissbrauch getrübt wurde. »Wahrscheinlich ist sie deshalb an Leberversagen gestorben.« Er lachte laut und klatschte Robin auf den Rücken.

Robin konnte nur zurücklächeln, er fühlte sich etwas aus dem Takt gebracht. »Sorry, war ein langer Tag.«

»Sie kommen von weit her?«, fragte der andere und nahm den nächsten Schluck von seinem Bier.

»Ich …« Sah er wirklich so aus, als würde er nicht hierhergehören? Erst dann fiel ihm ein, dass er ja einen Koffer bei sich hatte.

Der Mann tippte sich mit dem Zeigefinger an die Stirn. »Jeden aus Marsden. Hier oben. Im Oberstübchen. Ich bin Jim Thawn – mir gehört die Bäckerei.« Robin schüttelte seine ausgestreckte Hand.

»Robin. Robin Ferringham.«

»Was führt Sie hierher, Robin? Ich vermute mal, nicht meine weltbekannte Bäckerei, was? Ich mach nämlich ein halbwegs passables Tigerbrot.« Er sprach keineswegs verschliffen, nur etwas zu flüssig. Wären seine Worte gedruckt erschienen, wären die Buchstaben an den Rändern etwas verschwommen gewesen. Robin vermutete, dass das halb leere Pint in seinen Händen nicht das erste, vielleicht noch nicht mal das fünfte war.

Robin dachte kurz nach. Er wollte nicht über Matthew McConnell und die Fünf vom Standedge reden, bevor er sich nicht eine erste Orientierung verschafft hatte. Schließlich hatte der ganze Ort anscheinend Stillschweigen darüber bewahrt. Er musste herausfinden, warum das so war. Also sagte er indirekt die Wahrheit. »Aus Neugier.«

Jim betrachtete ihn einen Moment und beschloss, dass ihm das als Antwort reichte. »Da haben Sie sich einen guten Ort für Ihre Neugier ausgesucht. Marsden ist schön. Und kann auf eine beeindruckende Geschichte zurückblicken.«

Die Barfrau kam mit seiner Coke. Er zahlte. Als er ihr das Geld in die Hand drückte, fielen ihm ihre breiten schwarzen Schweißbänder an beiden Handgelenken auf – eine gewagte und etwas altmodische Sitte. Mit dem Trinkgeld gab sie ihm die zusammengefaltete Speisekarte. »Ich suche auch was zum Übernachten«, sagte er. »Jemand hat mir gesagt, es gebe hier Zimmer.«

»Ja, klar. Wie lang wollen Sie denn bleiben?«

Das wusste er nicht genau. Laut Loamfield hatte Matthew am Freitag seinen Gerichtstermin. Aber was, wenn er sich mit Matthew traf und in einer Sackgasse landete? Matthews Informationen über Sam waren für ihn das Wichtigste. Falls Matthew log, würde er dann einfach verschwinden können?

»Machen Sie sich mal keine Sorgen«, sagte die Barfrau. »Sie können Nacht für Nacht zahlen. Um diese Jahreszeit kommen nicht viele Touristen.«

Robin nahm einen Schluck von seiner Coke. »Was kostet das?«

»Fünfundvierzig pro Nacht.«

Robin prustete fast die Cola wieder aus. »Entschuldigung.«

»Fünfundvierzig Pfund.«

»… Gut. Und das Frühstück?«

»Frühstück ist inklusive.«

Robin sah von ihr zu Jim. Jim gluckste. »Tatsächlich?«, sagte er erstaunt über den geringen Preis.

»Hier ist es nicht so teuer«, antwortete sie. »Sie sind ein Stadtmensch, was?«

»Das können Sie aber laut sagen«, antwortete Robin und fühlte sich nicht sehr wohl dabei.

Die Barfrau wurde von einem Gast weggerufen, der etwas wackelig ein weiteres Pint verlangte. Robin verabschiedete sich von Jim und machte die schmale Treppe in den Keller ausfindig. Er ging hinunter, wo ihn ein kleiner gemütlicher Raum mit Steinwänden und einem prasselnden Feuer im Kamin empfing. An den Seiten standen Tische, in der Mitte war ein plüschiger roter Läufer ausgelegt. Ein Golden Retriever lag vor dem Kamin, seine Leine verschwand unter einem Tisch in der Ecke, wo eine Familie – Vater, Mutter, zwei Kinder – über einer großen Karte brütete. Im Keller war ebenso viel los wie oben, nur musste keiner stehen. Es gab nur noch einen freien Tisch. Robin setzte sich, legte seinen Rucksack auf den Stuhl neben sich und zog den Koffer zu sich heran, damit er längsseits stand. Genau wie oben herrschte auch hier eine unglaublich lauschige Atmosphäre, die gedämpften Unterhaltungen der Leute an den Tischen vermischten sich mit dem Prasseln des Feuers, sodass sich Robin mit einem Mal sehr schläfrig fühlte.

Seit Jahren war er nicht weiter nach Norden gekommen als bis Milton Keynes. Sam, die mindestens zweimal im Monat irgendwohin unterwegs war, reiste für sie beide schon genug. Und nach ihrem Verschwinden, na ja, schaffte er es kaum zum Laden an der Ecke, geschweige denn in eine neue Stadt.

Er schloss die Augen und fühlte sich seltsam wohl. Als könnte er jederzeit einnicken. Mit einem Ruck schlug er die Augen auf, nahm einen Schluck und versuchte, sich zu konzentrieren. Er las die Speisekarte und winkte der Barfrau, als sie runterkam und leere Gläser einsammelte. Er bestellte Fish and Chips und hielt nach etwas Ausschau, das ihn wach hielt.

Jedenfalls wollte er nicht den Ordner mit seinen gesammelten Ausdrucken über den Standedge-Vorfall aus dem Rucksack holen. Er wollte nicht, dass die anderen mitbekamen, womit er sich beschäftigte. Also ließ er den Blick über die Kellerwände schweifen.

Auch hier hingen Bilder, vor allem aber Fotografien, keine Gemälde wie oben. Gleich bei ihm in der Ecke entdeckte er eine alte gerahmte Karte des Ortes und der Umgebung. Er hatte sie am Abend zuvor bereits im Internet gesehen und konnte jetzt der dünnen babyblauen Linie des Huddersfield Narrow Canal durch Marsden folgen, bis er im Standedge-Tunnel verschwand. Die Karte umfasste das gesamte Gebiet des Tunnels, er erkannte auch die Gleise der drei parallel verlaufenden Eisenbahntunnel – zum einen die Eisenbahnlinie, auf der er gekommen war, sowie die Gleise daneben, dazu die beiden stillgelegten Eisenbahnlinien links davon. Der Kanaltunnel führte in gerader Linie nach Südwesten und trat in Diggle wieder ans Tageslicht. Auf der Karte sah es so aus, als würde der Tunnel ins Unendliche gehen.

Neben der Karte hing ein Foto einer Landschaft, die Robin nicht kannte, die aber vermutlich in der näheren Umgebung lag. Eine ländliche Gegend, ein Hügel, über den sich ein bewölkter Himmel erstreckte. Bei näherer Betrachtung entdeckte er oben auf dem Hügel zwei weiße Flecken – weiße Gestalten mit schwarzen Gesichtern und

Beinen. Zwei Schafe. War es möglich, dass es dieselben waren, die er auf dem Herweg gesehen hatte? Robin musste schmunzeln.

Es gab eine alte, sehr detailreiche Zeichnung von Arbeitern beim Bau des Tunnels. Sie schlugen Felsbrocken aus dem Gestein und beluden Boote mit dem Geröll. Daneben war eine kleine Tafel angebracht, die weitere Informationen lieferte:

Der Standedge-Kanaltunnel: Mit einer Länge von 5189 Metern und einer maximalen Überdeckung von 194 Metern ist er der längste und tiefste Kanaltunnel des Vereinigten Königreichs. Er gilt als ein Meisterwerk britischer Ingenieurskunst.

Eine weitere Zeichnung fiel ihm auf. Sie glich eher einem Plan und zeigte die Aufsicht auf das gesamte Tunnelsystem. Fast exakt in der Mitte lag eine s-förmige Biegung. Jetzt erinnerte er sich wieder an einen amüsanten Umstand, der ihm gleich anfangs untergekommen war. Der Bau des Tunnels wurde von beiden Enden aus vorangetrieben, allerdings hatten sich die Ingenieure verrechnet. Als die beiden Arbeitertrupps die Mitte erreichten, passten die Tunnel nicht zusammen, weshalb man gezwungen war, eine leichte s-förmige Biegung einzubauen.

Es war klar, warum der Tunnel als Touristenattraktion galt – das Bauwerk war in der Tat beeindruckend. Aber die Frage, die sich Robin stellte, lautete nicht, warum irgendjemand durch den Tunnel fahren wollte, sondern warum Matthew und seine Freunde es getan hatten.

Die Wände waren voll mit weiteren Fotos – alle zeigten die Umgebung, fast alle hatten mit dem Kanal zu tun. Das meiste hatte er schon gesehen, weshalb nichts seine Aufmerksamkeit fesselte, bis sein Blick auf die Wand über dem Kamin fiel. Das Bild dort zeigte eine Gruppe in einem Raum, der so ähnlich aussah wie der, in dem er sich gerade aufhielt. Um das besser beurteilen zu können, musste er allerdings aufstehen. Langsam, damit er nicht zu sehr auffiel, erhob er sich und ging vorsichtig, um den Golden Retriever nicht zu stören, zum Kamin.

Das Bild zeigte die Fünf vom Standedge. Und es war tatsächlich dieser Raum – der Kellerraum des Hamlet. Robin besah es sich genauer.

Die fünf sahen fast genauso aus wie auf dem Foto, das er im Netz gefunden hatte. Tim Claypath, Rachel Claypath, Edmund Sunderland, Robert Frost und Prudence Pack saßen um einen Tisch vor dem Kamin – anscheinend hatten sie mehrere kleine Tische zusammengeschoben. Der Hund saß bei Rachel Claypath auf dem Schoß. Über den Tisch verstreut lagen Poker-Chips und Spielkarten. Alle blickten lächelnd in die Kamera – sogar Edmunds Lächeln wirkte diesmal ehrlich. Matthew war nirgends zu sehen.

Wenn er das gerahmte Foto der fünf vermissten Freunde an der Wand in einem Pub fand, in dem es aufgenommen worden war, machte das ihr Verschwinden nur umso realer. Fünf Menschen. Einfach verschwunden.

Mit einer gewissen Traurigkeit betrachtete Robin die Gesichter der fünf Studenten. Tim und Prudence winkten in die Kamera. Beide, wie ihm jetzt auffiel, hatten etwas an ihrem Handgelenk, eine Art schwarzen Krakel. Ein Tattoo oder irgendein Schriftzug. Und nach allem, was er erkennen konnte, war es bei beiden das gleiche Zeichen. Robin ging noch näher ran, konnte aber nicht erkennen, worum es sich handelte.

Verstohlen nahm er sein Handy heraus, schaltete die Kamera an und hielt sie vors Foto. Sobald er den Auslöser drückte, wurde er von einem grellen Lichtschein geblendet. Der Blitz. Der Raum musste dunkel genug sein, um ihn auszulösen. Er blinzelte die Lichtpunkte vor seinen Augen weg. Im Raum waren alle verstummt.

Er sah sich um. Alle Gäste sahen zu ihm: die zwei neben der Treppe, die den Eindruck machten, als hätten sie ein Date, zwei ältere Männer, die anscheinend versuchten, sich gegenseitig unter den Tisch zu saufen, drei Frauen bei einem Freundinnenabend, selbst die Familie in der Ecke.

Unwillkürlich senkte Robin den Blick und sah dem Golden Retriever in die Augen, der ihn ebenfalls anstarrte. Plötzlich fühlte er sich verunsichert. Er erwartete, dass jemand die Stille durchbrach, dass jemand etwas sagte, aber das geschah nicht. Er drehte sich wieder zum Bild hin, aber dadurch wurde nur alles schlimmer – ihre Blicke bohrten sich in seinen Rücken.

Er trat vom Bild weg, ging um den Hund herum und kehrte so schnell wie möglich zu seinem Tisch zurück. Er zog den Kopf ein, aber nach einer kurzen Weile hörte er, wie die Gespräche wieder aufgenommen wurden und sich zu einem unverständlichen Gemurmel vermischten. Er wagte es, aufzublicken. Keiner sah mehr zu ihm.

Was zum Teufel war das denn gewesen?

Er sah zu seinem Handy. Der Blitz hatte das Foto völlig überbelichtet. Zu erkennen waren lediglich die geisterhaften Silhouetten der Fünf vom Standedge, die im Lichtnebel verschwanden.

»Fish and Chips.«

Robin fuhr zusammen und sah auf. Vor ihm stand die Barfrau mit einem Teller in der Hand. Er rang sich ein Lächeln ab und ließ das Handy in die Tasche gleiten.

Und unterdrückte den Drang, aufzuspringen und davonzulaufen.

8

Still verzehrte Robin sein Essen, er wagte es kaum, den Kopf zu heben und sich umzusehen, damit er nicht erneut die Aufmerksamkeit der anderen Gäste erregte. Aber soweit er aus den Augenwinkeln erkennen konnte, nahmen die anderen ihn gar nicht zur Kenntnis. Wäre nicht die Sache mit dem Blitz gewesen, hätte er denken können, er wäre unsichtbar.

Langsam begann sich der Kellerraum zu leeren. Die Familie mit dem Hund brach als Erstes auf, die anderen folgten bald danach. Als Robin endlich den Mut fasste und aufblickte, stellte er fest, dass er allein war. Nur das Prasseln des Feuers leistete ihm Gesellschaft.

Er wartete fünf Minuten, bevor er zum Bild über dem Kamin zurückkehrte und es diesmal mit ausgeschaltetem Blitz fotografierte. Erneut erregten die Zeichen auf den Handgelenken von Tim und Prudence seine Aufmerksamkeit, erneut konnte er nicht erkennen, worum es sich handelte.

Er ging zu seinem Tisch zurück, betrachtete das Bild auf seinem Handy und zoomte auf Tims Handgelenk. Da war was, definitiv, aber es war zu pixelig, um es genauer erkennen zu können. »Mist«, murmelte er leise.

»Kann ich Ihren Teller abräumen?«

Robin zuckte zusammen. Wieder stand die Barfrau vor ihm. Sie war die Holztreppe heruntergekommen, ohne dass er auch nur ein Knarren gehört hatte. Er war überrascht, trotzdem lächelte er. »Ja, danke.«

Statt den Teller zu nehmen, ließ sie sich ihm gegenüber nieder. »Ich bin Amber.«

»Amber. Ich bin Robin.«

»Oben ist ein Zimmer für Sie bereit, wenn Sie wollen.« Sie schob den leeren Teller zur Seite und legte einen großen Messingschlüssel auf den Tisch. Ein Anhänger war daran befestigt, auf dem mit Filzstift eine 4 gemalt war. Robin griff noch nicht danach, es schien, als wäre sie noch nicht fertig.

»Sie kommen von weit her«, sagte sie und klang nicht unfreundlich.

»Ja.«

»Warum sind Sie hier?«

Robin dachte kurz nach. »Das ist eine lange Geschichte. Ich hatte einen Tapetenwechsel nötig, außerdem war ich noch nie hier …«

»Nichts für ungut«, unterbrach Amber, »aber deswegen sind Sie nicht hier. Nein. Sie sind wegen denen hier, oder?«

»Denen?«

»Denen.« Sie deutete zum Kamin und dem gerahmten Foto. »Wegen der ›Fünf vom Standedge‹, wie sie genannt werden.«

»Ich weiß nicht …«

»Ich bitte Sie. Die Leute reden doch schon über Sie. Sie stellen sich nicht besonders geschickt an. Wenn Sie nicht aus dem Ort gejagt werden wollen, müssen Sie das ändern.«

Robin klappte der Mund auf. Sie hatte recht.

Amber lächelte; ein freundliches Lächeln. »Die ›Erwachsenen‹ hier haben sie wohl irgendwann die Fünf vom Standedge genannt, weil sie es nicht ertragen, sie bei ihren Namen zu nennen. So ist es für sie einfacher.«

»Kannten Sie sie?« Robin gab es auf, sich zu verstellen.

»Ich war in der Schule eine Klasse unter ihnen. Ich kannte sie ein wenig. Ja, so kann man das sagen. Um ehrlich zu sein, war ich ein bisschen in Tim verknallt. Nichts

Ernstes, aber ... wir hatten so was wie ... ein Date. Nur ...«
Sie verstummte, fummelte an einem ihrer Schweißbänder herum und schien irgendwelchen Gedanken nachzuhängen.

»Wie waren sie so?« Robin beugte sich zu ihr vor. »Wie waren die Fünf vom Standedge? In der Schule?«

»Na ja«, sagte Amber, »damals waren es ja sechs. Matthew McConnell hat auch zu ihnen gehört. Sie hingen die ganze Zeit zusammen rum, in der Schule, in der Freizeit. Wie Pech und Schwefel. Und alle hier haben sie gemocht. Eine Jugendgang, die nicht Schaufenster eingeschlagen oder Pot geraucht hat – junge Leute, die einfach nur zusammen waren. Sie waren oft hier unten, bevor ich hier angefangen habe.« Sie stand auf, nahm das Foto von der Wand, setzte sich wieder und legte das Bild auf den Tisch. Sie betrachtete es mit einer gewissen Sehnsucht. »Alle Kids haben irgendwie zu ihnen aufgeblickt. Ich glaube, wir wollten alle so sein wie sie. Aber sie haben nie jemanden aufgenommen, nie jemanden in ihren Kreis reingelassen. Es waren immer nur sie sechs, und sechs sind sie auch geblieben. Bis dass der Tod sie geschieden hat, tja.«

Robin sah zum Foto. »Wissen Sie, was sie zusammengeführt hat?«

Amber sah auf. »Der Tunnel, glaube ich.«

Robin verstand nicht. »Was meinen Sie?«

»In der Grundschule in Marsden gibt es in Erdkunde jedes Jahr einen Ausflug, bei dem die Klassen durch den Tunnel fahren. Eine große Sache. Für Kinder, müssen Sie wissen, hat der Standedge-Tunnel was Furchteinflößendes. Die Größeren zwingen die Kleinen dazu, eine halbe Minute in den Tunnel zu starren. Als Mutprobe. Die Eltern erzählen ihren Kindern von einem Mann, der da drinnen haust, damit sich die Kinder vom Tunnel fernhalten – das

Standedge-Monster. Solche Sachen eben. Wenn man also mit neun Jahren da reinfährt, nur in Begleitung des Erdkundelehrers und einiger Guides, die einen beschützen können, dann ist das schon was Besonderes.«

Robin nickte. Er hatte nie unter Klaustrophobie gelitten. Aber allein beim Anblick der Bilder, allein bei dem Wissen, dass man lange unterwegs ist, wenn man den Tunnel durchqueren will, wurde ihm leicht flau im Magen.

»Gut, das haben sie also gemacht, und danach waren sie immer zusammen. Unzertrennlich. Als hätte der Tunnel sie irgendwie verändert, sie einander nähergebracht, keine Ahnung. Als sie alt genug waren, sind sie wieder reingefahren. Durchgefahren. Das hat sich bei ihnen zu so einer Art Tradition entwickelt. Genaueres kann ich auch nicht sagen, aber wir anderen haben das alle gewusst. Und viele, glaube ich, haben sich ausgeschlossen gefühlt.«

»Ausgeschlossen?«

»Klar. Mit den Claypath-Zwillingen in einer Clique zu sein – ich meine, wer wäre da nicht neidisch gewesen? Deshalb hat sich Matthew auch immer so angestrengt, er wollte ihnen zeigen, wie wichtig er für sie war – ich glaube, er hatte Angst, dass sie ihn einfach außen vor lassen. Er fing beim Trust an, damit er sie ohne Tourguide durch den Tunnel fahren konnte.«

»Es gab also nie irgendwelche Probleme innerhalb der Gruppe?«, fragte Robin.

»Nein. Na ja, die üblichen Reibereien und so, aber sie haben sich immer wieder zusammengerauft.«

»Es gab nichts Ungewöhnliches, bevor sie verschwunden sind?«

»Das weiß ich nicht. Wie gesagt, ich hab nicht zu ihnen gehört.« Amber hielt kurz inne. »Aber es war offensichtlich, dass irgendwas zerbrochen ist. Sie waren ja schon übers ganze Land verteilt und sind auf die Uni gegangen. Tim und Edmund haben in Edinburgh Physik studiert, Rachel Psychologie. Robert in London Literatur, und Pru in Manchester Maschinenbau. Nur Matthew ist hiergeblieben.

Matthew war immer schon etwas … anders … als die übrigen fünf. Er hatte keine großen Ziele – lebte in den Tag hinein und war zufrieden damit. Darin gleicht er den Leuten hier. Er hat beim Canal Trust angefangen, weil er ein Faible für den Standedge-Tunnel hatte, nicht weil er reich werden oder die Welt verändern wollte. Es hat ihm einfach Spaß gemacht.«

Robin unterbrach sein Mitprotokollieren. »Matthew war in Marsden zufrieden, während die anderen mehr wollten?«

»Vermutlich.« Amber seufzte. »Ich hab nicht zu ihnen gehört. Aber … nachdem fünf von ihnen auf der Uni waren, hat sich schon einiges geändert, denke ich mir. Wenn sie sich in den Ferien getroffen haben, na ja … sehen Sie selbst.« Sie deutete auf das Foto.

Sie musste ihn gar nicht darauf hinweisen. »Matthew ist nicht mit dabei.«

Amber lächelte traurig. »Dieses Bild wurde drei Tage vor ihrem Verschwinden aufgenommen. Drei Tage bevor Matthew das Boot durch den Tunnel gelotst hat und fünf von ihnen verschwunden sind. Der einzige Überlebende auf diesem Foto ist der verdammte Köter.« Sie betrachtete eine Weile das Bild. »Das ist alles ziemlich verrückt, was? Dass so was in Marsden passiert.«

»Was halten Sie davon? Von allem?«

»Von dem Vorfall? Keine Ahnung. Es ist schon ziemlich merkwürdig. Es hat fast was Übernatürliches an sich. Was meinen Sie denn? Als Außenstehender?«

»Ich meine, es muss eine logische Erklärung geben.«

Amber runzelte die Stirn. »Ah, Sie verstehen es noch nicht. Aber das kommt noch.« Amber schob das Foto zur Seite und griff nach dem Salz- und dem Pfefferstreuer, stellte einen an die eine Tischkante und schob den anderen zur Tischkante gegenüber. »Der Standedge-Kanaltunnel. Im Großen und Ganzen eine gerade Linie. Von Punkt A« – sie berührte den Salzstreuer – »zu Punkt B« – sie zeigte auf den Pfefferstreuer. »Die Fünf vom Standedge sowie Matthew und der Hund besteigen an Punkt A das Boot.« Langsam fuhr sie mit dem Finger in gerader Linie vom Salz- zum Pfefferstreuer. »Man kann hier nirgendwohin, außer zu Punkt B. Aber irgendwie sind die fünf woandershin verschwunden. Entgegen jeder Wahrscheinlichkeit sind auf der anderen Seite nur Matthew und der Hund aufgetaucht, ohne die anderen. Wenn Sie sich umhören, werden Sie eine Menge Theorien aufschnappen. Aber ich habe bislang noch keine gehört, die mir glaubwürdig vorkommt. Sie sind verschwunden, obwohl das nicht möglich ist.«

»Menschen können nicht einfach so verschwinden«, sagte Robin. Eine leise Stimme in ihm sagte: *Aber Sam ist verschwunden.*

»Trotzdem sind die Fünf vom Standedge verschwunden«, sagte Amber. »Sie sind nicht mehr in einem der Tunnel, sie waren nicht im Wasser. Man hat alles gründlich abgesucht. Sie haben sich einfach in Luft aufgelöst.«

Robin lief ein Schauer über den Rücken. »Was denken Sie sich? Hat Matthew es getan?«

Sie zuckte mit den Schultern. »Ob er es nun war oder nicht, die eigentliche Frage bleibt sich doch gleich.«

Robin wollte die Frage nach dem *wie* noch nicht stellen – und sei es auch nur, weil die Konsequenzen, die sich daraus ergaben, ihm eine Heidenangst einjagten. »Meinen Sie, Matthew war sauer, weil er ausgeschlossen wurde?«

Amber überlegte, dann erhellte sich ihre Miene, sie lachte. »Man kann sich kaum vorstellen, dass Matthew auf die fünf sauer sein sollte. In seinen Augen könnten sie nichts falsch machen. Er hat sie verehrt. Er war wie ein … Gummiband. Sie konnten ihn dehnen und verdrehen, wie sie wollten.«

»Das klingt jetzt, als hätten sie ihn ausgenutzt.«

»Nein«, kam die entschiedene Antwort. »Matthew wusste immer, was Sache war, aber er hat es bereitwillig mit sich machen lassen. Wenn sie ihn wirklich ausgenutzt haben, dann hat er nichts dagegen gehabt.«

Amber sah sich um, obwohl sie wissen musste, dass sie allein waren. »Nur eines. Es ist bloß ein Gerücht, aber im Ort erzählt man sich, dass die diesjährige Fahrt durch den Tunnel für die fünf die letzte sein sollte. Matthew hat sich jedes Jahr darauf gefreut, wahrscheinlich war das sogar der Hauptgrund gewesen, warum er die Stelle beim Trust angenommen hat. Und jetzt sollte es damit endgültig vorbei sein. Die Leute jedenfalls sagen, dass er es deswegen gemacht hat. Dem kann man nur schwer widersprechen.«

Robin gab sich einen Ruck und stellte die Frage. »Glauben Sie, dass Matthew es war?«

Amber sah von ihm zum Foto, dann zum Kamin. Das Licht tanzte in ihren Augen. »Wer sollte es denn sonst gewesen sein?«

Robin versuchte es auf eine andere Art. »Vor dem Vorfall, hätten Sie da gesagt, dass Matthew zu so etwas fähig sei?«

Amber sah wieder zu ihm. »Nein.« Sie klang sehr überzeugt. »Er war immer nett, es hätte ihm vielleicht gutgetan, wenn er nicht so schüchtern gewesen wäre. Wie gesagt, er hat die anderen machen lassen und war zufrieden, wenn er sich an sie dranhängen konnte. Ich hätte ihm nichts Schlechtes zugetraut. Aber wie mein Dad immer sagt, es gibt nun mal solche und solche. Ich meine, schauen Sie sich doch nur an, was da letztes Jahr passiert ist. Der Typ, der diesen Fernsehmoderator, diesen *Ermittler vor Ort*, und die anderen in einen Raum gesperrt und gezwungen hat, einen Mord oder so aufzuklären. So was passiert nun mal, denke ich mir. Wie mein Dad eben sagt: solche und solche.«

Robin nickte. »Danke, Amber.«

»Keine Ursache. Wenn Sie noch mehr Informationen brauchen, ich tue, was ich kann. Wenn ich nicht hier arbeite, finden Sie mich meistens in der Kirche.«

Robin wunderte sich, warum sie so zuvorkommend war. »In der Kirche?«

Amber nickte. »Ich helfe dort aus, kümmere mich um einige Gruppen, räume auf – solche Sachen.« Sie stand auf und nahm seinen leeren Teller. »Sie haben alles, was Sie brauchen?«

Robin war verwirrt. »Sorry. Was meinen Sie mit ›brauchen‹?«

»An Notizen«, sagte sie und deutete auf sein aufgeschlagenes Notizbuch. »Sie wollen doch ein Buch über die Fünf vom Standedge schreiben, oder?«

Robin war nun doch ziemlich baff.

Amber lachte ihn an. »Sorry, aber Sie sind Robin Ferringham.«

»Oh.« Es war das erste Mal, dass jemand ihn erkannte. »Haben Sie mein Buch gelesen?«

Amber schaffte es gerade so, ihn entschuldigend anzusehen. »Nein, aber ich kann mit Google umgehen. Sie haben

Jimbo Ihren Namen genannt, den brauche ich für die Reservierung. Hier klopfen nicht so viele Ferringhams an, weil sie ein Zimmer wollen. Ihr zweites Buch befasst sich also mit den Fünf vom Standedge?«

»Ja«, rutschte ihm heraus.

»Na, dann achten Sie mal darauf, dass Sie hier keinem auf die Zehen steigen. Die Leute hier, die wollen das hinter sich lassen. Der Vorfall ist noch nicht so lange her, aber wenn es nach ihnen ginge, hat man schon den Typen, der es getan hat, für sie ist der Fall gelöst. Am Dienstagabend gibt es in der Kirche so eine Art Totenwache, da sehen Sie vielleicht, was ich meine. Alle betrauern die Toten, und alle wollen, dass es vorbei ist.« Amber ging zur Treppe, drehte sich aber noch einmal zu ihm um. »Und wenn Sie sich mit Roger Claypath treffen …« Sie unterbrach sich, dachte eine Sekunde nach, öffnete den Mund und schloss ihn wieder. Wortlos ging sie die Treppe hinauf und ließ ihn allein zurück.

Hatte sie verängstigt ausgesehen? Oder übertrug er seine Gefühle auf sie? Er wusste es nicht.

Er strich über die Notizen, die er sich gemacht hatte. Die Fünf vom Standedge nahmen langsam Kontur an, genau wie sein Anrufer Matthew. Anscheinend hatte zwischen Matthew und der übrigen Gruppe eine komplexe emotionale Gemengenlage bestanden.

Wie hatte Amber Matthew bezeichnet? Er durchsuchte seine Notizen, die, weil er so schnell hatte mitschreiben müssen, kaum zu entziffern waren. Wie ein Gummiband, so hatte sie ihn beschrieben, das die anderen gedehnt und verdreht hatten, damit er in ihre Gruppe passte.

Robin betrachtete das Foto der fünf jungen Leute. An dem anscheinend glücklichen Abend, den sie im Keller des Hamlet verbracht hatten. Ohne Matthew. Wie hatte sich der junge Mann gefühlt, wenn er dieses Foto gesehen hatte?

Wie sehr konnte man ein Gummiband dehnen und verdrehen, bis es riss?

9

Robin stellte seinen Koffer und seinen Rucksack im Zimmer ab, schaltete den kleinen Fernseher an, fand aber keine Ruhe. Nein, er musste noch eine Sache erledigen, bevor er sich zum Schlafen hinlegen konnte.

Er wollte ihn selbst sehen. Er wollte den Standedge-Tunnel mit eigenen Augen sehen. Natürlich ohne ihn zu betreten.

Also schaltete er den Fernseher aus, nahm seinen Mantel und brach auf.

Der Abend war in eine bitterkalte Nacht übergegangen, mit beängstigender Heftigkeit fegte der Wind durch die verwaisten Straßen. Wenn Marsden zuvor leer gewirkt hatte, erschien es jetzt wie eine Geisterstadt. Robin ging zum Bahnhof zurück, wo er laut seiner Karte statt des rechten Wegs, der in den Ort führte, den Weg links nehmen musste, um zum Standedge zu kommen.

Der Fußpfad verlief parallel zum Kanal und führte unter der Brücke hindurch, die er nach seiner Ankunft überquert hatte. Inmitten der Windböen war das sanfte Plätschern des Wassers zu hören, nach einer Biegung blieb er stehen und erkannte eine weitere Brücke, die den Kanal überspannte. Er ging hinüber.

Dort lag er.

Der Eingang zum Kanaltunnel wirkte unglaublich klein – wie ein Mauseloch in einem alten Cartoon. Aber genauso sah er aus: ein Mauseloch in der Landschaft. Er nahm sich sehr bescheiden aus. Der Kanal führte darauf zu und verschwand im Inneren. Als wäre er verschluckt worden. Boote waren vor dem Eingang festgemacht – blaue und weiße Narrowboats mit Plastiksitzen. Tourboote.

Neben dem Tunnel stand ein Gebäude, das aussah wie ein großes Feriencottage. Das Standedge-Besucherzentrum mit dem leeren Parkplatz. Der Pfad von der Brücke führte am Besucherzentrum vorbei zum Tunnel. Robins Schritte wurden schneller.

Er wollte ihn aus der Nähe sehen.

Das Loch – vergittert und mit Ketten gesichert, als wäre es das Gefängnis eines schrecklichen Monsters – wurde mit jedem Schritt größer. Amber hatte erzählt, die Kinder hätten Angst davor gehabt, jetzt verstand er, warum. Der Blick in die Dunkelheit fühlte sich an, als würde er in ein unergründliches Nichts starren.

Er konnte den Blick nicht vom Tunnel nehmen. Der Wind blies hindurch und erzeugte ein pfeifendes Heulen. Fast als würde er zu ihm sprechen.

Er dachte an die Mutprobe, von der Amber erzählt hatte. Man musste in den Tunnel starren, um zu sehen, wie lange man es aushielt – um zu beweisen, dass man kein Feigling war. Hätte er das als Kind gekonnt? Konnte er es jetzt?

Er gluckste. Kein Grund, Schiss zu haben. Es war doch bloß ein Tunnel. Aber er musste herausfinden, was Matthew daran interessiert hatte. Und warum sich die Gruppe dadurch gefunden hatte. Was war auf dieser Fahrt passiert?

Robin drehte sich um und kehrte zum Hamlet zurück. Der Tunnel hatte definitiv etwas Unheimliches an sich, natürlich rankten sich Gespenstergeschichten darum. Nur war der Standedge jetzt zum Schauplatz eines realen Verbrechens geworden.

Als er wieder die Brücke überquerte, sah er zum Tunnel zurück. *Menschen verschwinden nicht einfach so*, dachte er und nickte.

Der Tunnel heulte wie zur Bestätigung.

10

Die junge Frau sah, wie Robin Ferringham über die Brücke zurück zum Hamlet eilte. Sie hatte sich nicht unbedingt versteckt, als sie ihm durch den Ort gefolgt war. Nur als er sich einmal umdrehte, huschte sie hinter einen Baum. Um nicht gesehen zu werden, ganz einfach – er war ja kein Geheimagent oder so. Und sie ja auch nicht. Er hatte sie jedenfalls nicht bemerkt. Ganz einfach.

Und sie wollte sehen, ob er aus dem von ihr vermuteten Grund hier war. Und sieh an, er führte sie zum Standedge. Es gefiel ihr nicht, dass sie immer recht hatte.

Sie zückte ihr Handy. Machte ein paar Schnappschüsse. Wozu, wusste sie nicht so genau. Er stand nur da, als würde er darauf warten, dass etwas passierte. Sie betrachtete die Bilder. Was hatte es zu bedeuten, wenn er wegen des Tunnels hier war? Das wusste sie noch nicht so genau.

Sie sah ihm nach, wie er wieder abzog, dann stülpte sie sich den Kopfhörer über und kehrte ebenfalls nach Marsden zurück.

Zeit, sich wieder an die Arbeit zu machen.

11

Das Gefängnis Ihrer Majestät in New Hall lag an einer unscheinbaren, von Bäumen gesäumten Landstraße. Von Weitem sah es aus wie ein ländliches Anwesen. Erst am Ende der Allee bemerkte Robin den ausgedehnten, von einem hohen Zaun umgebenen Gebäudekomplex.

Nach dem Frühstück hatte er sich in einem Laden im Zentrum von Marsden, der auch als Immobilienbüro zu dienen schien, einen Wagen gemietet. Er war sich nicht ganz sicher, ob die Frau dort ihm nicht einfach ihren Privat-Pkw gegeben hatte. Jedenfalls brachte ihn der Wagen an sein Ziel. New Hall lag etwa eine halbe Stunde von Marsden entfernt, auf der Fahrt dorthin hatte er mehr Felder zu Gesicht bekommen als in den letzten zehn Jahren zuvor.

Er folgte der Straße zum Gefängnis, eine Lücke im Zaun markierte einen Durchlass für Autos, in einem Wachhäuschen daneben saß ein gelangweilter Beamter, dem er seinen Namen nannte, dann durfte er passieren.

Er fand eine freie Stelle auf dem fast vollen Parkplatz vor dem größten Gebäude und folgte den Schildern, die ihn zum Empfang wiesen. Erst beim Aussteigen bemerkte er, dass ein weiterer Zaun das große Gebäude umschloss.

Definitiv ein Gefängnis. Wenigstens von außen. Er trat ein und fand sich in einer großen Halle wieder, die ihn an ein Museum erinnerte. Marmorböden und eine gläserne Decke blendeten ihn. Vielleicht war das Absicht.

Er wurde abgetastet, sein Rucksack wurde erst durch einen Scanner geschickt, dann durchwühlt, dann konnte er über den Marmorboden zu einer Reihe von Tischen gehen, an denen Beamte hinter Glaswänden saßen.

»Ich möchte einen Gefangenen besuchen«, sagte er.

Der Beamte auf der anderen Seite der Scheibe sah ihn mit dumpfem Blick an. »Name?«

»Meinen oder seinen?«

Der Beamte betrachtete ihn, als fühlte er sich verarscht.

Robin erhielt einige Formulare, die durch den Schlitz in der Glasscheibe geschoben wurden, dazu die Anweisung, sie auszufüllen. Als er Matthew McConnell erwähnte, hatte er eine Reaktion erwartet, aber der Name schien dem Beamten nicht das Geringste zu sagen.

Robin ließ sich auf einem der an der Wand aufgereihten Stühle nieder, gleich neben einer jungen Frau mit einem Kleinkind auf dem Arm. Als Robin sein erstes Formular ausgefüllt hatte, kam ein Beamter und führte die Frau weg – zweifellos, um den Vater des Kindes zu besuchen. Besucher kamen und gingen, während sich Robin durch die Formulare kämpfte, der Papierkram schien kein Ende zu nehmen. Er musste eventuelle Vorstrafen aufführen, ehemalige Wohnsitze und Reisen, die er in den vergangenen fünf Jahren unternommen hatte – Informationen, die seiner Meinung nach kaum relevant sein konnten. Als er mit allem fertig war, hatte er das Gefühl, ein weiteres Buch verfasst zu haben.

Er kehrte zum Beamten zurück und schob ihm den Blätterwust durch den Schlitz. Der Beamte nahm alles entgegen und legte es hinter sich auf einen Stapel. »Die Bearbeitung dauert einen Tag.«

»Was? Nein, ich hab keinen Tag Zeit. Ich muss ihn jetzt sehen.«

Der Beamte lächelte schmal. Was für ein Pech aber auch. »Hätten Sie es im Voraus online gemacht, würde es schneller gehen.«

Robin wollte etwas erwidern, ließ es aber bleiben. Hätte

er gesagt, er habe noch sechsunddreißig Stunden zuvor keinen Gedanken daran verschwendet, jemanden in New Hall zu besuchen, hätte er damit nicht unbedingt das beste Bild abgegeben.

Er wollte sich schon umdrehen, als er eine Stimme hinter sich hörte. »Na, na, Miles, wir können doch sicherlich mal eine Ausnahme machen.«

Mit einem Mal kam Leben in den Beamten namens Miles. Er riss die Augen auf und setzte sich mit einem Ruck aufrechter hin. »Sir!«

Robin sah über seine Schulter. Ein großer Mann in steifem Anzug stand etwas zu dicht hinter ihm. Sein Blick war durchdringend, sein unterkühltes Lächeln kräuselte einen dünnen schwarzen Oberlippenbart.

»Mr Ferringham wird hier sicherlich jeden besuchen können, ganz wie es ihm beliebt, und wir ziehen die Bearbeitung seiner Formulare vor, solange er noch im Gebäude ist. Nicht wahr?«

Der Beamte namens Miles saß immer noch stocksteif da und machte den Eindruck, als könnte er ein Zittern nur mit Mühe unterdrücken. »Natürlich, Sir.« Ohne den Blick von dem makellos gekleideten Mann zu nehmen, fasste er hinter sich und griff sich die Formulare. Sofort begann er, auf seinen Computer einzuhacken, offensichtlich froh, endlich den Blick von dem Mann im Anzug nehmen zu können.

Robin drehte sich um. »Danke.«

Der Mann hatte die Arme auf dem Rücken verschränkt, eine Pose, die seine breite Brust zur Geltung brachte. Er trug einen leuchtend roten Schlips, der von einer funkelnden Krawattennadel gehalten wurde. Robin fiel das alles auf, weil er sich genau auf Augenhöhe dazu befand. »Keine Ursache.« Er löste einen seiner langen Arme und streckte ihm eine Hand mit ebenso langen Fingern entgegen. »Roger Claypath.«

Robins Herz setzte einen Schlag aus, obwohl er irgendwie, insgeheim, gewusst hatte, dass dieser Mann kein anderer sein konnte. Sein Gesicht kam ihm jetzt vertraut vor – er hatte den gleichen kantigen Kiefer wie sein Sohn und die Nase seiner Tochter. Obwohl er den Claypath-Zwillingen nie begegnet war, bestand kein Zweifel, dass sie von niemand anderem abstammen konnten.

Robin gab ihm die Hand. »Ich bin Robin ...« War es Zufall, dass Claypath hier war?

»Nicht nötig, dass Sie sich vorstellen«, sagte Claypath, immer noch mit dröhnender Stimme, obwohl er jetzt leiser sprach. »Sie sind Robin Ferringham. Der Lesekreis meiner Frau hat vor ein paar Monaten Ihr Buch gelesen.«

»Ah«, entgegnete Robin und fühlte sich nicht besonders wohl dabei. Selbst in einem so großen, luftigen Raum kam er sich verletzlich vor. »Hat es ihnen gefallen?«

»Ich habe nicht die geringste Ahnung. Solche Sachen überlasse ich ganz ihr.« Claypath lachte. Seine Augen zuckten – er musterte Robin von Kopf bis Fuß, so schnell, dass es kaum wahrnehmbar war. »Ich hab es mehr so mit den Macho-Sachen, Sie verstehen – Chris Ryan, Tom Clancy und so. Was den Puls auf Touren bringt. Aber heutzutage sorgt da schon die Arbeit dafür.«

»Ja.«

»Wollen Sie nicht Ihr Bedauern ausdrücken?«, sagte Claypath ganz unverblümt und nun alles andere als freundlich. Sein Benehmen änderte sich schlagartig.

»Was?« Robin kam sich sehr klein vor.

»Meine Kinder verschwinden, werden von einem geisteskranken Perversen umgebracht, der früher mit ihnen befreundet war, und Sie stehen vor mir und wollen dieses

Ungeheuer besuchen, ohne mir zu sagen, wie sehr Sie meinen Verlust bedauern?«

Robin wollte schon sagen, wie leid ihm das alles tue – als wäre er ein zitternder Untergebener –, aber dann straffte er sich und sagte nur: »Meiner Erfahrung nach gibt es nichts Beleidigenderes als das Bedauern eines völlig Fremden, wenn man einen geliebten Menschen verloren hat.«

Claypath dachte lange darüber nach, dann umspielte der Hauch eines traurigen Lächelns seine Lippen. »So ist das, was?«

»Pardon?«

»So ist das eben, wenn jemand so tut, als würde er einem Verständnis entgegenbringen.« Claypath beugte sich zu ihm hin und flüsterte: »Wissen Sie, manchmal, wenn mir irgendein Idiot sagt, wie leid ihm das alles tut, würde ich ihm am liebsten die Hände um den Hals legen und ihn so lange würgen, bis er seinen letzten Schnaufer macht, nur damit er spürt, was ich spüre.« Er sah nachdenklich vor sich hin, dann hob er wieder den Kopf. Diesmal war sein Lächeln echt. Dann drehte er sich um und bedeutete Robin, ihm zu folgen. »Sie können Matthew McConnell sehen, unter zwei Auflagen. Erstens, es werden Wachen direkt vor der Tür stehen. Der Junge ist gefährlich und manipulativ. Außerdem werden Wachleute über eine Kamera den Raum im Auge behalten. Wenn was passiert, dann alarmieren Sie sofort die Wachen, ich kann es nicht genug betonen.« Er führte Robin zu einem Wartebereich, in dem wie auf ein Stichwort aus einem langen und vergleichsweise dunklen Korridor ein Wachmann erschien. »Stanton.«

Der Wachmann zuckte leicht zusammen und sah zu Claypath. »Sir.«

»Das ist Mr Robin Ferringham. Er möchte Matthew McConnell besuchen.«

Stanton ließ sich nicht das Geringste anmerken, falls er überrascht war. »Ja, Sir.« Er wandte sich an Robin. »Bitte kommen Sie mit.«

Robin folgte Stanton, drehte sich aber noch einmal um. »Halt, Sie sagten, unter zwei Auflagen.«

»Ja«, antwortete Claypath. »Zweitens müssen Sie am Dienstag zur Totenwache in die Kirche in Marsden kommen. Dann können Sie selbst erleben, welches Leid Matthew McConnell über uns gebracht hat. Und dann« – Claypaths Miene änderte sich, als hätte sich eine Wolke über ihn gelegt, dazu funkelten seine Augen rachelüstern – »können Sie mir auch sagen, warum Sie hier sind.«

Robin nickte eifrig und fühlte sich unter dem Blick das Mannes klein und nichtig.

Roger Claypath war der gute Cop, solange er nicht meinte, den bösen Cop spielen zu müssen.

Aber ab jetzt würde er Robin im Auge behalten.

12

Der Wachmann Stanton führte Robin durch unendliche Korridore, die alle gleich aussahen. Er wurde das Gefühl nicht los, dass das nur der Einschüchterung diente. Irgendwann blieb Stanton vor einem großen Fenster stehen, hinter dem ein dunkler Raum mit nur einem Tisch und zwei Stühlen zu sehen war.

Stanton tastete ihn erneut ab und ließ ihn dann durch die schwere Stahltür treten. Er wies Robin an, Platz zu nehmen, also setzte er sich, während der Wachmann durch die Tür auf der gegenüberliegenden Seite verschwand.

Robin sah sich um – keine Fenster, keine Verbindung zur Außenwelt – und legte Notizbuch und Stift auf den Tisch. Seinen Rucksack hatte er bei den Beamten im Empfangsbereich zurücklassen müssen, obwohl sonst nichts mehr drin gewesen war. Er sah auf seine Uhr. Und versuchte, sich zu erinnern, ob Stanton die Tür hinter sich abgeschlossen hatte. Saß er hier fest?

Aus Sekunden wurden Minuten, Robin sah zu, wie sich der große Zeiger auf der Armbanduhr von halb bis über die volle Stunde hinaus drehte. Im Raum war es so leise, dass er angestrengt lauschte. Aber nichts war zu hören.

Irgendwann ging die Tür auf. Stanton schob eine kleine Gestalt herein, die mit einem grauen T-Shirt und einer grauen Hose bekleidet war. Die Hände waren vor dem Körper mit Handschellen gefesselt. Stanton drückte den jungen Mann unsanft auf den Stuhl an der gegenüberliegenden Tischseite.

»Ich warte dann vor der Tür«, sagte er.

Robin nickte. Stanton warf noch einen prüfenden Blick auf alles und verschwand.

Robin wandte sich dem jungen Mann auf dem Stuhl zu. Er sah anders aus als auf den Fotos – kleiner, irgendwie weniger wirklich. Seine Haare waren zerzaust, er war überhaupt verdreckt, das Gesicht war leicht verschmiert. Und er sah sehr viel dünner aus.

Die Augen, von Schlafmangel gezeichnet, richteten sich langsam, fast apathisch auf Robin. »Sie sind es wirklich?«, fragte er.

»Hallo, Matthew«, sagte Robin.

13

»Ich möchte eines klarstellen«, begann Robin. »Ich bin fasziniert. Ich bin fasziniert vom Standedge-Vorfall. Fasziniert von dem, was da abgelaufen ist. Und fasziniert von Ihnen. Aber Sie können von einem ausgehen: Wenn ich feststelle, dass Sie mich anlügen, werde ich alles sofort hinwerfen und nach London zurückkehren.«

»Ich lüge nicht«, sagte Matthew abwehrend, ohne die Stimme zu heben.

»Woher kennen Sie sie?«, fragte Robin.

»Wen?«

»Meine Frau.«

»Ich kenne sie nicht.«

»Warum hat sie Sie dann angerufen?«

»Keine Ahnung. Zufall. Ich dachte, jemand will mich verarschen. Ich dachte, sie wäre betrunken.«

»Woher hatte sie Ihre Nummer?«

»Keine Ahnung.«

»Von wo hat sie angerufen?«

»Es war eine anonyme Nummer.«

»Und sie hat gesagt, Sie können mir trauen?«

»So ungefähr. Was sie gesagt hat, hat nicht viel Sinn ergeben.«

»Was hat sie gesagt?«

»Sie hat Ihren Namen genannt. Sie hat gesagt, Sie wären der großartigste Mann, dem sie jemals begegnet ist. Und dass man Ihnen trauen kann. Sie hat gesagt, wenn man Sie um Hilfe bittet, würden Sie einem helfen.« Matthew sagte es so leidenschaftslos, dass es schwerfiel, es nicht für bare Münze zu nehmen.

Unwillkürlich wurde Robins Ton weicher. »Ich verstehe nicht, warum sie Sie und nicht mich angerufen hat.«

Matthew schniefte. »Ich auch nicht.«

»Und mehr hat sie nicht erwähnt?«

Matthew zögerte. »Nein.«

Robin glaubte ihm nicht. Keiner hätte ihm geglaubt. »Sie lügen. Was hat sie noch gesagt?«

»Sie hat irgendwas Unverständliches von sich gegeben … was über einen schwarzen Hund … und einen Pferdekopf.«

»Was?«

»Ich hab's nicht verstanden. Deshalb habe ich angenommen, sie wäre betrunken oder auf Drogen oder so. Es hat keinen Sinn ergeben, wer soll so was schon verstehen?«

Ein schwarzer Hund. Ein Pferdekopf. Er jedenfalls konnte damit nichts anfangen. »Wann war das?«

Matthew hob die gefesselten Hände, um sich die Nase zu wischen. »Mitten in der Nacht. So um drei Uhr.«

Robin fiel ihm ungeduldig ins Wort. »Ich meine, wann? In welchem Jahr, in welchem Monat?«

Matthews Atem kam ins Stolpern, ihm entfuhr ein Laut, der zwischen einem Seufzen und einem Jaulen lag. »Ich weiß es nicht … Es war im Oktober. Kurz vor Halloween. Nicht im letzten Jahr. Bevor die anderen auf die Uni gegangen sind. Aber ich hab ihnen nichts davon erzählt. Weil ich von ihnen nichts mehr gehört habe. Und dann hab ich es einfach vergessen. Es muss also … zweitausend … ja, zweitausendfünfzehn gewesen sein.«

Der Signierstift fiel Robin aus der Hand und landete klappernd auf dem Tisch. Ihm verschwamm alles vor den Augen. Sein Mund bebte, während er den nächsten Satz formulierte. »Sie sind sich sicher?«

Matthew betrachtete ihn, als wäre er eine wandelnde Zeitbombe. »Alles in Ordnung?«

»Sie sind sich sicher?«, fragte er durch zusammengepresste Zähne.

»Ich ... ich glaube schon ... Ja. Ja, ich bin mir sicher.«

Robin zwinkerte seine Tränen weg. »Ich glaube, Sie waren der letzte Mensch, mit dem Sam gesprochen hat, bevor sie verschwunden ist.«

14

Robin nahm wieder seinen Stift zur Hand. Er hatte sich gefangen. »Warum haben Sie niemandem davon erzählt?«

Wieder klang Matthew abwehrend. Als hätten sie ihre Rollen gefunden und sich darin eingerichtet. »Ich wusste doch nicht, dass sie vermisst wird. Das weiß ich erst, seitdem Sie es mir gesagt haben. Ich dachte, sie wäre irgend so eine Säuferin.«

»Sie war keine Säuferin. Sie war meine Frau.«

»Ich hab sie nicht gebeten, mich anzurufen.«

Robin knallte die Faust auf den Metalltisch. Matthew hatte recht, keine Frage. Trotzdem konnte er sich nur schwer damit abfinden, dass sie nicht ihn angerufen hatte. Es musste einen Grund dafür gegeben haben. »Und das war alles? Mehr nicht?«

In Matthews Miene lagen nichts als Trauer und Verständnis. »Ja.«

Dennoch wäre Robin am liebsten einfach aufgestanden und gegangen. »Sie lügen. Sie wissen noch mehr.«

Erst als er Matthews Stimme hörte, konnte er dessen Gesichtsausdruck einschätzen. »Ja, ich lüge.« Es war Ekel. Er war angeekelt. Von sich selbst. »Ich kann Ihnen nicht alles erzählen. Es tut mir leid. Aber ich brauche Sie, damit Sie mir helfen.«

Da war es also. Der Anreiz. Das einzige Druckmittel, das Matthew zur Verfügung stand.

»Erzählen Sie es mir.«

»Es geht nicht. Ich muss erst sicher sein, dass Sie mir helfen.«

»Ich werde Ihnen helfen, wenn Sie es mir erzählen.«

»Tut mir leid«, sagte Matthew. Tränen liefen ihm übers Gesicht. Er schien nachzudenken, sein Gesicht legte sich in Falten. »Aber ich muss hier raus. Ich war es nicht, Mr Ferringham. Ich habe die fünf gemocht. Ich hätte so etwas nie tun können. Wenn Sie wenigstens versuchen, mir zu helfen, auch wenn es nichts bringt, werde ich Ihnen alles erzählen, was ich weiß. Versprochen. Ich vertraue Ihnen – ich bitte Sie bloß, dass Sie mir auch vertrauen.«

»Es ist nicht leicht, jemandem zu vertrauen, der wegen fünffachen Mordes verhaftet wurde.«

Matthew schluchzte auf. »Ich weiß.«

Er fasste sich wieder. Robin wollte dem jungen Mann glauben. Er schien ehrlich zu sein – der Verlust seiner Freunde schien ihn wirklich zu schmerzen. Aber was, wenn alles nur vorgetäuscht war? Was, wenn er lediglich um den unschuldigen Matthew trauerte, der im Tunnel gestorben war?

Angesichts des Häufchen Elends, das hier vor ihm saß, fiel es Robin schwer, vernünftig zu denken. Aber er durfte eines nicht vergessen: Im Moment wies alles darauf hin, dass Matthew der Mörder war.

Aber auch dann – dann wäre er eben ein Mörder, der Informationen über Sam zurückhielt.

Er musste erfahren, was Matthew wusste. Vielleicht half ihm das, sie zu finden … herauszufinden, was drei Jahre zuvor geschehen war. »Geben Sie mir Ihr Wort. Jetzt. Ich helfe Ihnen. Dafür erzählen Sie mir alles.«

»Ich verspreche es«, sagte Matthew. »Wirklich. Ehrlich. Ich verspreche es.«

»Okay. Okay, ich helfe Ihnen.«

Matthew sah ihn durch einen Tränenschleier an. Hoffnung schien sich auf seinem Gesicht abzuzeichnen. »Danke.«

Robin lächelte verhalten, konnte aber nur an das denken, was Matthew vor ihm zurückhielt. Er wollte dem jungen Mann helfen, war wie jeder fasziniert vom Standedge-Vorfall, die Triebfeder hinter allem aber war Sam. War sie immer schon gewesen.

Und wenn Sam Matthew zu ihm geschickt hatte, wer war er dann, sich von ihm abzuwenden?

Robin nahm seinen Stift zur Hand und schlug das Notizbuch auf. »Ich weiß ein paar Dinge. Aber ich denke, wir sollten mit den Ereignissen am 26. Juni diesen Jahres beginnen.«

Matthew schniefte die Tränen weg und wischte sich mit den gefesselten Händen übers Gesicht. »Okay, ja. Klar.«

»Ich weiß, Sie haben für den Trust gearbeitet, damit Sie ohne Aufsicht durch den Tunnel fahren können. Aber woher kam das Boot?«

Matthew richtete sich etwas auf. Er räusperte sich. »Es hat Edmunds Onkel gehört. Es liegt immer am Kanal vertäut. Ich war so aufgeregt, dass ich schon ein paar Stunden früher da war, um alles für die anderen vorzubereiten, alles zu checken und so. Als ich fertig war, hab ich auf dem Boot auf sie gewartet. Es gab einen Fernseher, den hab ich angestellt und mir irgendeinen Mist angeschaut, der tagsüber so läuft. Diese Talkshow mit dem berühmten Typen, Sheppard, der abgelöst wurde, nachdem ... wie hieß sie noch?«

»Irgendwas mit *Ermittler* ...«

15

26. Juni 2018
11.00 Uhr

»… vor Ort. Ich bin Thomas Mane, und mir entgeht nichts. Fangen wir an!«

Matt grinste. Was für ein Schrott.

Alles schien in Ordnung zu sein. Die Maschine war okay, die kleine Kajüte war so gemütlich und einladend wie auf allen Booten, die er kannte. Matt mochte Narrowboats, eines Tages wollte er sich selbst eins anschaffen. Aber sie waren teuer. Obwohl er Geld aus dem Nachlass seiner Eltern hatte, war ihm doch irgendwie bewusst, dass es andere, wichtigere Dinge gab, für die ein Einundzwanzigjähriger sein Geld ausgeben sollte.

Er setzte sich an den Esstisch und sah zu, wie der Moderator den ersten Fall vorstellte – ein Ehepaar, das sich wegen einer Affäre bekriegte. Er gähnte – er hatte vor Aufregung in der Nacht kaum geschlafen. Er legte den Kopf auf den Tisch, und bevor er sichs versah, war er auch schon eingenickt.

»Matt.«

Er schlug die Augen auf. Er war nicht mehr allein. Aber er schreckte nicht hoch.

Pru und Robert saßen auf dem Bett. Pru rüttelte ihn sanft. »Matt, hey, du bist doch nicht betrunken, oder?«

»Kann man wegen Alkohol beim Fahren dran sein, wenn man betrunken ein Kanalboot steuert?«, überlegte Robert an niemand Bestimmtes gewandt. »Ich meine, man kann ja schlecht rausgewunken werden.«

»Ganz der Philosoph«, sagte Edmund. Matt sah sich um. Edmund war im Kombüsenbereich, packte zwei Plastiktüten mit Bierdosen aus und stellte sie in den Kühlschrank. Edmund schob Matt eine Dose hin.

»Er hat recht«, sagte Matt lächelnd. »Ich muss noch fahren.«

Edmund lachte. »Aber eins ist doch in Ordnung. Außerdem musst du beschwipst sein, wenn du's mit uns aushalten willst.«

Matt nahm die Dose und ließ sie mit einem Achselzucken aufschnalzen.

»Guter Junge.«

Schweigend starrte Matt Edmund an, dann Pru und Robert. Endlich fiel es ihnen auf. »Was?«, schienen sie alle unisono zu sagen.

»Ihr seid einfach ...« Matt schien mit den Worten zu kämpfen, schließlich rang er sich einen ganzen Satz ab. »Ihr seid einfach alle da.«

Sie lachten, ihr prustendes Gejohle hallte durch die Kajüte. Es klang gut.

»Klar«, sagte Robert. »Wir haben den 26. Juni. Wo sollen wir denn sonst sein?«

Matt betrachtete sie – genau so sollte es sein. »Ich hab euch seit Weihnachten nicht mehr gesehen.«

»Ja«, sagte Edmund. »Wie schade.«

»Wir ...« Pru verstummte, sah schnell von ihm zu Edmund und wieder zu ihm. »Wir werden es wiedergutmachen.«

Matt wusste nicht, was er sagen sollte, versuchte, aus ihrem Blick schlau zu werden, und wechselte das Thema. »Wo bleiben Tim und Rachel?«

»Sie sind gerade los und wollen noch unseren letzten Passagier holen«, sagte Pru, klaute sich Matts Dose und nahm einen Schluck. »Wir dachten nämlich, auf unserer letzten Fahrt sollten wir einen besonderen Gast mitnehmen.«

»Wen?«, fragte Matt.

»Na ja, DCI Claypath natürlich«, sagte Edmund. »Vor allem will er das Gras probieren, das ich von der Uni mitgebracht habe.«

Pru warf ein Kissen nach Edmund. »Hör nicht auf ihn.«

Auf wen denn dann?, wollte Matt schon fragen, als von draußen ein lautes Kläffen zu hören war. Zwei Hunde wetteiferten darum, wer der Lauteste war. Dann wurde aus dem Kläffen ein Knurren, und die bislang gedämpften Stimmen wurden lauter – zwei Personen stritten sich.

Sie verließen der Reihe nach die Kajüte. An Deck sahen sie, dass Tim, der mit zwei Bierkästen beladen war, sich mit einer mittelältlichen Frau beharkte. Rachel versuchte, die beiden Hunde zu trennen – Amy, die Bedlington-Hündin, kannten sie. Sie wirkte neben dem anderen Hund, einem riesigen Neufundländer, geradezu winzig.

Die Hunde umtänzelten sich. Amy ließ den Neufundländer nicht aus den Augen. »Amy«, rief Rachel scharf, »Amygdala, sitz!« Rachel hatte der Hündin den Namen gegeben, als sie sich für Psychologie zu interessieren begann. Amygdala – der Bereich im Gehirn, in dem Gefühle und Angst verarbeitet wurden.

Amy hatte keine Leine und hatte, solange Matt sie kannte, auch nie eine gebraucht. Sie mochte alle Hunde, nur diesen hier offensichtlich nicht. Der Neufundländer knurrte und sprang Amy an, die Hündin wich zur Seite aus und umkreiste ihn.

»Der Hund gehört an die Leine«, belehrte die Frau Tim, der sich das allerdings nicht gefallen ließ.

»Wie wäre es denn, wenn Sie Ihren Köter an die Leine

nehmen würden?«, schrie Tim. »Der ist ja praktisch ein Kalb. Oder ein Esel.«

Matt, Pru, Edmund und Robert sahen nur zu. Keiner der Beteiligten schien sie überhaupt wahrzunehmen.

»Ihr Hund terrorisiert meinen.«

»Ihr Hund könnte meinen mit drei Bissen verschlingen. Und genau darauf scheint er es abgesehen zu haben.«

»Rodney mag keine Bedlingtons. Die hat er noch nie gemocht«, kam es von der Frau fast schwelgerisch.

»Toll, also auch noch ein Rassist. Ich werde meinem Vater von dem Köter berichten müssen.«

»Vater? Was meinen Sie …« Die Frau verstummte und sah zu Tim.

Matt, der nicht sah, dass das in nächster Zeit aufhören würde, hatte eine Idee. Er schlüpfte in die Kajüte, schnappte sich seinen Regenmantel vom Canals and Rivers Trust und warf ihn sich über. Dann ging er wieder nach oben und räusperte sich.

Alles am Kanalufer erstarrte. Sogar die Hunde hielten inne, um zu sehen, von wem das Geräusch kam. Zumindest beruhigten sie sich etwas. Endlich nahmen alle Anwesenden das Boot und die Insassen wahr. Rachel sah zu Matt und lächelte. Tim wirkte etwas verwirrt. Und die Frau machte Anstalten, auf ihn loszugehen.

Matt ließ sich eine wundervolle Sekunde Zeit, bevor er etwas sagte. »Sir, alle notwendigen Vorbereitungen sind abgeschlossen. Wenn Sie wünschen, können wir jederzeit ablegen. Soll ich Ihnen mit den Kästen helfen, Mr Claypath?«

Matt hatte das Zauberwort ausgesprochen. Claypath. Tim lächelte, als er kapierte. Die Miene der Frau änderte sich schlagartig. »Hmm«, sagte sie. Die Hunde umkreisten sich immer noch, jetzt lautlos, aber sie packte ihren Neufundländer und schob ihn fort. Sie warf Tim einen abfälligen Blick zu, als sie an ihm vorbeiging, während der Neufundländer ihn anknurrte. Amy bellte ihnen hinterher.

»Amy«, rief Matt. Ihr kleiner Kopf fuhr herum. Keine Sekunde später war sie aufs Boot gesprungen und Matt in die ausgestreckten Arme gehüpft.

»Ich weiß nicht, wer sich mehr freut, dich zu sehen«, murmelte Robert.

Tim und Rachel strahlten ihn an. »Sehr gut gemacht, McConnell. Sehr clever. Wirkungsvoll deine Stellung zum Einsatz gebracht.« Tim sprang an Bord und streckte Rachel die Hand hin, um ihr aufs Boot zu helfen, das dadurch leicht ins Schwanken geriet. »Ein schönes Boot. Das haben wir Edmunds Onkel zu verdanken, oder?«

Matt wollte Tim nicht unbedingt erzählen, warum die Erwähnung des Namens so hervorragend funktioniert hatte. Bei der Frau mit dem Hund handelte es sich um Liz Crusher, deren Angst vor dem Namen Claypath auf einer ganz anderen Sache beruhte. Auch wenn das bedauerlicherweise völlig unbegründet war. Er schob den Gedanken beiseite und vergaß Crusher.

Tim ging in die Kajüte und stellte einen der Bierkästen ab. Im Grunde waren die Kästen völlig unnötig, da Edmund schon einiges gebracht hatte. Aber lieber zu viel als zu wenig, vermutete Matthew.

Die anderen folgten Tim, auch Amy, und als sich Matt umdrehte, stürzte sich Rachel auf ihn und umarmte ihn so heftig, dass ihm fast die Luft wegblieb.

»Hi, Rachel« – mehr brachte er nicht heraus.

Rachel ließ ihn los und hielt ihn auf Armlänge fest, fast so, als würde sie ihn mustern. »War es schlimm, dass du hiergeblieben bist? Wir reden die ganze Zeit über dich, weißt du.«

»Ich hab's überlebt«, sagte Matt. »Es gibt mich noch.

Und es gefällt mir hier. Ich mag Marsden. So war es schon immer.« Marsden war sein Zuhause. Er mochte es genauso, wie er die Gruppe mochte. Als wäre der Ort ihr unausgesprochenes achtes Mitglied (falls man Amygdala als das siebte sehen wollte). Deshalb fand er es irritierend, dass die anderen so leicht zur Uni weggehen konnten – dass sie in große Städte zogen und vergaßen, woher sie kamen. Für Matt wäre das nicht möglich gewesen.

»Wie geht's deiner Tante?«, fragte Rachel. »Macht sie dir immer noch das Leben schwer?« Rachel sah ihn seltsam an; als würde sie nicht mehr weiterwissen und glauben, sie könnte ihn für immer verlieren, wenn sie nur kurz wegsehen würde.

»Du weißt, wie es ist.« Am liebsten hätte er sie gefragt, was los sei, schaffte es aber nicht. Also nickte er nur und fragte: »Wie ist es in Edinburgh?«

»Du weißt, wie es ist«, machte sie ihn nach. »Seminare, Bücher – Bücher, Seminare, dann noch mehr Bücher und Seminare.«

Matt lächelte, wollte etwas sagen, irgendwas anderes, aber Pru steckte den Kopf aus dem Luk und unterbrach sie. »Verdammt noch mal, Rachel, lass doch den armen Kerl in Ruhe.« Pru lachte und reichte Matt seine offene Dose. Matt und Rachel zuckten mit den Schultern und folgten Pru nach drinnen.

Sie setzte sich neben Edmund an den Tisch. Tim deutete auf die Bierdosen. »Warum haben wir wieder so viel mitgebracht?«

»Klassischer Fall von jugendlicher Überkompensation«, sagte Rachel, nahm sich eine und öffnete sie. Sie verzog das Gesicht. »Zu warm. Stell sie kalt.«

»Geht nicht«, sagte Edmund. »Der Kühlschrank ist schon voll mit meinen.«

Tim glotzte ihn an. »Gut, dann lass ich mich eben auf dein Niveau herab und trink dein Billiggesöff.«
»Nein«, sagte Edmund.
»Bitte.«
»Nein.«
»Bitte.«
Edmund seufzte. »Gut.« Aber da hatte Tim schon die Kühlschranktür aufgerissen und sich eine Dose genommen.

Hinter ihnen hatten Pru und Robert ihre Diskussion wiederaufgenommen. »Es erkennt dich nicht«, sagte Pru. »Als würde sich mein Handy schämen, deins zu kennen.«
»Du musst mich deinen Kontakten hinzufügen«, sagte Robert.
»Du bist in meinen Kontakten. Natürlich bist du in meinen Kontakten. Trotzdem erscheinst du immer als anonym.«
»Dafür kann ich aber nichts.« Alle Blicke waren auf die beiden gerichtet. Robert sah zu Matt und lächelte freundlich. »Matt, wenn ich dich anrufe, dann siehst du doch meine Nummer, oder?«

Matt schüttelte lachend den Kopf. »Sorry, anonym. Du bleibst ein Rätsel.«
»Besorg dir ein neues Handy«, sagte Tim.
»Es reicht für mich aber locker.« Robert griff in seine Tasche und zog unter dem allgemeinen Stöhnen ein Handy heraus, das aussah wie von 1999.
»Wie kannst du dich mit dem Ding bloß in der Öffentlichkeit blicken lassen?«, sagte Edmund.

Das Gespräch ging noch weiter, Matt hörte aber nicht mehr zu. Er war vollauf damit beschäftigt, seine Freunde zu beobachten, die wieder in ihre üblichen Rollen fielen. Für ihn war die Gruppe mehr als eine Familie, sie war so etwas wie sein Schicksal. Und sie alle passten in perfekter Harmonie zusammen.

Robert war das liebenswerte Ziel all ihrer Frotzeleien. Er war schüchtern und still, aber der Diplomatischste in der Gruppe. Schon sehr früh hatte Robert erfahren, dass er nach einem berühmten Dichter benannt worden war, was bei ihm eine wahre Identitätskrise ausgelöst hatte. Die hielt bis auf den heutigen Tag an, weil er immer erst alles abwog, bevor er handelte, so, als wollte er seinem Namensgeber gerecht werden.

Pru hatte eine boshafte Ader – sie war ein Mädchen, das erst redete und dann nachdachte. Damit hatte sie sich in der Schule eine Menge Probleme eingehandelt, nur ihre guten Noten und ihre Wissbegier hatten sie oft genug gerettet. Ihre Technikbegeisterung kam so richtig zur Geltung, als sie sich von der Bibliothek einen Schul-Laptop auslieh und ihn in Einzelteilen zurückbrachte. Die Bibliothekarin zwang sie, ihn wieder zusammenzusetzen, was sie vor ihren Augen tat.

Edmund war auf klassische Weise attraktiv und wahnsinnig intelligent. In jeder anderen Gruppe hätte er an der Spitze gestanden. Hier aber war er zur rechten Hand von Tim degradiert – was jeder andere ihnen übel genommen hätte. Nicht so Edmund. Er schwamm immer mit dem Strom und war zufrieden, wenn er gebraucht wurde. Er war seit dem Kindergarten Tims Freund und hatte vieles von ihm, war aber nie ganz so gut wie er. Vor allem fehlte ihm Tims Charisma, dafür war er zugänglicher.

Sie alle umkreisten die Zwillinge, ihr Respekt vor Tim und Rachel wurde zwar nie offen ausgesprochen, wurde aber auch nie geleugnet. Tim und Rachel waren unerreichbar – keiner wäre auf die Idee gekommen, sich mit ihnen anzulegen. Die Claypaths waren die wichtigste Familie in

Marsden. Roger Claypath warf seinen mächtigen Schatten über die Polizeidienststelle, Ava Claypath über die gesellschaftlichen Kreise des Ortes. Was irgendwie verrückt war, denn sie waren die freundlichsten Menschen, die Matt kannte. Tim und Rachel haftete ebenfalls etwas von dieser Freundlichkeit an, nur Tim sonnte sich manchmal in seiner Macht. Denn Macht besaß er, definitiv.

Rachel besaß die Intelligenz der Claypaths, war aber sehr viel stiller als ihr Zwillingsbruder. Sie schien die Menschen auf einer sehr grundlegenden Ebene zu verstehen. Jedes Mal, wenn sich Matt mit ihr unterhielt, hatte er das beunruhigende Gefühl, dass sie seine Gedanken lesen konnte. Zum Glück glich sie das mit einem nicht klein zu kriegenden Humor und einer Herzlichkeit aus, die ihm zu verstehen gab, dass es wahrscheinlich Schlimmeres gab, als wenn sie seine Gedanken lesen konnte.

Blieb Matt. Seinem Gefühl nach hatte er nicht viel beizutragen, aber die anderen schienen ihn zu akzeptieren. Nun aber begann sich die Gruppe aufzulösen. Monatelang hatte Funkstille geherrscht – keinerlei Nachrichten in ihrer WhatsApp-Gruppe. Verschlimmert wurde es noch, als Tim vorschlug, dass das ihre letzte Fahrt durch den Standedge sein sollte – ihr jährliches Ritual fand ein Ende. Die Gruppe zerfiel.

Oder war es nur Matt, der wegfiel? Hatte ihm nicht jemand gesagt, er habe die anderen fünf im Hamlet gesehen – ohne ihn?

Deshalb war der heutige Tag so wichtig. Die Fahrt, hoffte er, würde ihre Freundschaft neu festigen. Sie würde den Weg weisen für viele Fahrten, die noch folgen sollten.

Matt sah auf seine Uhr. Sie hatten den ganzen Nachmittag für die Tunneldurchquerung – keine anderen Boote waren für die Durchfahrt vorgesehen. Als Angestellter des

Trust hatte er den Schlüssel für die Tore. Sie hatten Zeit, also setzte er sich zu den anderen und hörte ihnen zu, während sie erzählten und lachten. Er trank sein Bier und fühlte sich aufgehoben in ihrer Gesellschaft.

Er wusste nicht, wie lang er so dasaß, glücklich, bis die anderen bei ihrer dritten, vierten Dose Bier angelangt waren und das Gespräch auf den Standedge-Tunnel kam.

»Wie oft bist du jetzt schon durchgefahren, Matt?«, fragte Pru und musste sich etwas um Rachel herumbeugen, um ihn in dem engen Raum ansehen zu können.

Matt fuhr hoch. »Was?«

»Der Tunnel. Wie oft bist du schon durchgefahren?«

Matt dachte nach. Er hatte sich diese Frage selbst schon gestellt, aber zu seinem Ärger hatte er nicht mitgezählt. Wie alle guten Ideen war ihm auch diese zu spät eingefallen. »Ich bin mir nicht sicher. So an die fünfzigmal vielleicht.«

»Fünfzigmal«, staunte Tim, »und es langweilt dich nicht zu Tode? Einmal im Jahr, ja, da ist das toll, aber öfter? Das würde mich wahrscheinlich anöden.«

»Nein«, entgegnete Matt. Es war ihm ernst. »Es ist immer noch aufregend. Es ist immer noch wie damals, als wir zum ersten Mal reingefahren sind, zweitausendsieben. Jedes Mal ist es ein Wunder. Und jedes Mal freue ich mich darauf.«

Er sah sich um. Die Gruppe konnte seinen Enthusiasmus nicht teilen. Edmund sah ihn mit einem Lächeln an, in dem eine gewisse Traurigkeit mitschwang. »Ja«, sagte er, »trotzdem, du fährst bloß durch einen Tunnel, auf einem Boot, ganz langsam.«

Matts Lächeln erstarb. Für alle in der Gruppe war der Zauber verschwunden. Keiner konnte ihm in die Augen schauen. Plötzlich kam ihm die Kajüte zu klein vor, als würde sich ihre Gleichgültigkeit noch steigern, wenn sie sich alle in diesem beengten Raum zusammendrängten. Er erhob sich und nahm sich eine Dose. In ihm brodelte es, aber das wollte er den anderen nicht zeigen. »Das hier hat uns alle zusammengebracht.«

Tim legte ihm eine Hand auf die Schulter. »Nicht ganz. Vergiss nicht, wie waren alle auf dem Boot, aber damals haben wir uns doch noch gar nicht gekannt.«

»Erinnert sich denn keiner mehr von euch, wie es sich angefühlt hat? Als wäre das Leben viel größer, als wir uns gedacht haben? Als wären die Menschen zu so viel mehr fähig, als wir ihnen zugetraut haben? Wie das erste Mal Rad fahren ohne Stützen. Wie …«

»Matt«, unterbrach Robert, »mir ist die Ironie dessen, was ich gleich sagen werde, durchaus bewusst, schließlich studiere ich Literatur, aber du musst nicht alles in Mystizismus ertränken, um mehr daraus zu machen, als in Wirklichkeit da ist. Der Tunnel war für uns eine coole Sache, wir sind Freunde geworden und haben einen Pakt geschlossen. Das ist alles. Der Tunnel ist ein Tunnel. Er ist nichts Lebendiges, er ist kein Portal, kein Sprungbrett für eine kosmische Ideologie. Hier ist ein Berg. Die Menschen haben beschlossen, dass sie durch den Berg müssen. Also haben sie einen Tunnel gegraben. Ziemlich cool, aber es ist trotzdem bloß ein Tunnel.«

Matt sah sich um. Die anderen nickten wortlos. Nie hatte er sich so isoliert, so entfremdet von ihnen gefühlt. »Wenn ihr alle dieser Meinung seid, warum seid ihr dann hier?«

Sie schwiegen und sahen zu Tim, als warteten sie darauf, dass ihr Anführer das Wort ergriff. Widerstrebend tat er es und legte Matt die Hand auf die Schulter. »Wir sind nicht wegen des Tunnels gekommen.«

Plötzlich war Matt wütend, unglaublich wütend. Er riss die Arme hoch, verschüttete einen großen Teil seines Biers und stieß Tim von sich. »Dann weiß ich nicht, warum ihr überhaupt hier seid, jedenfalls nicht wegen mir.« Er schob sich an Tim vorbei, ging zum Luk, erwartete, dass ihn jemand aufhalten würde, dass jemand sagte, »nein, natürlich sind wir wegen dir gekommen, du Blödmann!«, aber das tat keiner. Er drehte sich zu ihnen um und sah sie traurig an.

»Wir sollten los«, murmelte er. Und ging nach draußen.

Der Motor sprang sofort an, stotterte etwas, als wollte er den monatelangen Schlaf abschütteln. Matt legte allein ab, er wusste, was er tat, auch wenn es zu zweit besser gewesen wäre. Keiner kam nach draußen, um ihm zu helfen. Ihm war, als wäre er allein auf dem Boot.

Als das Boot den Kanal hinauffuhr, hörte er endlich die anderen, die sich in der Kabine unterhielten. Drinnen hatte eine geheimnisvolle Stille geherrscht, nachdem er nach draußen gestürmt war. Matt fragte sich, was drinnen vor sich gegangen war. Sie hatten schweigend ihr Bier getrunken, keine Frage. Matt hatte das Luk geschlossen. Er hörte nicht, worüber sie redeten, wollte auch gar nicht wissen, ob es um ihn ging oder nicht. Er wusste nicht, was schlimmer gewesen wäre.

Matt beschleunigte, verlagerte das Gewicht auf der Ruderpinne und steuerte eine leichte Kurve an. Das alles sollte doch entspannen, irgendwie beruhigte es ihn tatsächlich – dass er seine Gedanken auf anderes richten konnte.

Zehn Minuten ging es so, er lauschte auf die gedämpfte Unterhaltung und auf das vom Boot geteilte Wasser. Die Atmosphäre drinnen schien sich zu verändern, jetzt war Lachen zu hören – unter anderem Edmunds betrunkenes Gelächter – und unbeschwertere Stimmen. Er wollte das Luk aufmachen und alles vergessen und in das Lachen mit einfallen. Er wollte die letzte Bootsfahrt mit ihnen genießen.

Gerade als er das Luk öffnen wollte, steckte Rachel den Kopf heraus und lächelte ihm verhalten zu. In den Händen hielt sie drei Bierdosen (nicht Edmunds Billiggesöff, sondern ihr eigenes, etwas besseres Zeug). Sie trat durch das Luk nach draußen, Amy sprang ihr hinterher, bellte erfreut und hechelte in der frischen Luft.

»Ich dachte, du könntest die gebrauchen«, sagte sie, deutete auf die Dosen und stellte zwei zu seinen Füßen ab. Die letzte hielt sie ihm hin. Lächelnd nahm er sie entgegen.

»Danke«, sagte er, riss sie auf und nahm einen Schluck. Sein Blick ging zum Kanalufer. Wenn ihn jemand dabei sah, hätte er seinen Job verlieren können. Aus irgendeinem Grund schien das jetzt aber nicht mehr wichtig zu sein. Wenn alle anderen den Standedge hinter sich ließen, sollte er das vielleicht auch tun.

»Nein«, sagte Rachel, als könnte sie seine Gedanken lesen. »Du grübelst zu viel. Ich sehe es dir an.«

»Was?« Matt fragte sich schon, ob er laut vor sich hin gedacht hatte.

»Du legst dein Gesicht in Falten, wenn du nachdenkst«, sagte Rachel und lachte. »Ja, genau so.«

»Und bin ich leicht zu durchschauen?«

Amy bellte wie zur Bejahung. Sie begann, auf dem beengten Deck im Kreis zu laufen, und schob den Kopf unter der Reling durch, um die Welt vorbeiziehen zu sehen. Ein Radfahrer kam ihnen am Ufer entgegen, Amy bellte ihn freudig an.

»Ja, irgendwie schon.« Rachel lehnte sich auf die Reling. »Aber das heißt nicht, dass das schlecht wäre.« Sie stieß mit ihrer Dose mit ihm an. »Du weißt, dass wir dich alle mögen, oder?«

»Ja«, sagte Matt schnell und hasste sich dafür. Er wusste es nicht, warum sollte ihm auch daran gelegen sein, dass es Rachel oder den anderen deswegen besser ging? Er sollte sich mehr durchsetzen, mehr für sich selbst eintreten. »Vielleicht.«

»Doch, ist so.« Rachel beugte sich vor und öffnete das Luk. »Leute«, rief sie, »mögen wir Matt?«

Die Unterhaltung zwischen Tim, Edmund, Pru und Robert verstummte, sofort ertönte ein lautes »Ja!«, dann setzten sie ihr Gespräch fort. Rachel ließ das Luk offen und richtete sich wieder auf. »Siehst du?«

»Danke«, sagte Matt.

»Gern geschehen.« Rachel berührte ihn am Arm, was ihm gefiel. Unwillkürlich sah er auf ihre Hand.

»Was ist das?«

»Hmm?«

»Auf deinem Handgelenk.« Er hatte es vorher schon halb aus dem Augenwinkel heraus wahrgenommen, jetzt war er sich sicher – sie hatte etwas auf ihrem Handgelenk stehen, schwarze Buchstaben, gleich unterhalb der Handwurzel.

»Ach, das.« Rachel zog die Hand weg, betrachtete die Buchstaben, als würde sie sie zum ersten Mal sehen. »Das ist nichts.« Sie hielt ihm das Handgelenk hin. Auf ihrem linken Handgelenk war in tiefschwarzer Tinte ein kleiner, kaum sichtbarer Schriftzug eintätowiert, drei Wörter, alle groß geschrieben.

ÜBER SICH HINAUS.

»Über sich hinaus?«, sagte Matt. Er strich mit dem Finger über die Buchstaben. Sie zitterte leicht unter seiner Berührung. Er sah auf. Für eine wundervolle Sekunde, die für ihn ewig hätte währen können, trafen sich ihre Blicke. Sie lächelte. Er auch.

Amy bellte einen Jogger an, und der Moment war vorüber.

Rachel zog so schnell den Arm zurück, wie sie ihn ihm hingestreckt hatte, und umfasste das Handgelenk, als würde es schmerzen.

»Was bedeutet das?«, sagte Matt und hätte den Augenblick gern zurückgeholt.

Rachel sah ihn nur traurig an. »Ich sagte doch, es ist nichts.« Ohne ein weiteres Wort ging sie in die Kajüte.

Matt sah ihr nach und versuchte, Amy zu ignorieren, die ihn anstarrte. »Schau mich nicht so an. Sonst sag ich es ihr.« Amy bellte, als wollte sie ihm verstehen geben, *ja, nur zu*.

Er nahm einen Schluck Bier, dann noch einen, und ehe er sichs versah, war die Dose leer.

Er konzentrierte sich auf die Fahrt, sah die Welt im Schneckentempo vorüberziehen. Auf dem Kanal war alles ruhig, als hätte jeder Platz gemacht für die berühmte Standedge-Gruppe. Sie passierten zwei am Ufer festgemachte Boote, auf denen aber niemand zu sehen war. Amy ließ sich zu seinen Füßen nieder und streckte sich auf dem Deck aus. Eine heitere Ruhe kam über ihn, und die nächste halbe Stunde genoss er die Fahrt.

Als die Geräusche aus der Kajüte lauter wurden – zweifellos Folge des irrsinnigen Bierkonsums –, kamen das Hinweisschild vom Standedge-Tunnel und der Ortsrand von Marsden ins Blickfeld. Sie näherten sich dem Eingang.

Er steckte den Kopf in die Kajüte. »Wir sind fast da.« Sie saßen jetzt in einem Kreis, soweit das auf dem beengten Raum möglich war. Es sah so aus, als würden sie mit einer Dose so was wie Flaschendrehen spielen, wobei Amy dem

Vorhaben den letzten Rest von Ernsthaftigkeit raubte, weil sie immer wieder in den Kreis sprang und nach der Dose patschte.

Matt wurde bewusst, dass es wieder geschehen war: Er hatte sich von den anderen abgesondert. Es war nicht ihre Schuld. Er allein war dafür verantwortlich.

Tim hievte sich aus dem Kreis hoch und stützte sich auf Rachel und Edmunds Schultern. »Los, ich möchte noch mal sehen, wie der Eingang näher kommt. Ist doch zum letzten Mal heute.«

Wieder beharrte er darauf, dass es das »letzte Mal« sei. Matt kehrte aufs Deck zurück und machte für Tim den Weg frei. Als Tim ins Stolpern geriet, packte Matt ihn. »Nur etwas angesäuselt, mehr nicht.« Er sah sich um. »Der Standedge, was, Mann?«

»Ja«, sagte Matt.

Tim leerte seine Dose, legte den Kopf weit in den Nacken, und bevor Matt überhaupt wusste, was er vor sich hatte, hatte er es auch schon gesehen. »Was ist …« Er verstummte. Genau wie bei Rachel standen auf Tims linkem Handgelenk drei Wörter. *Über sich hinaus.*

Sie kamen dem Standedge immer näher, aber Matt konnte den Blick nicht von Tims Handgelenk nehmen.

»Warum hast du dieses Tattoo?«, fragte Matt. »Und warum hat Rachel genau das gleiche?«

»Was?«, entgegnete Tim im exakt gleichen Ton wie Rachel. »Das hier?« Er zeigte ihm das Tattoo.

»Was hat das zu bedeuten?«

»Über sich hinaus? Na, gemeinhin heißt das …«

»Lass den Scheiß, Tim. Was hat es zu bedeuten?«

Tim trat einen Schritt zurück, was auf dem beengten Deck eine eindrucksvolle Leistung war. »Matt, Kumpel, komm runter, es ist nur …«

Matt wartete das Ende des Satzes nicht ab, es war ihm sogar egal, dass Tim zur Ruderpinne griff, er stürzte in die Kajüte. Die anderen saßen wieder im Kreis, diesmal schienen sie aber nur Amy zuzusehen, die ihrem eigenen Schwanz hinterherjagte. Matt war sich gar nicht richtig bewusst, was er tat, er handelte intuitiv. Er ging auf die Begrüßungen der anderen nicht ein, sondern packte sich Prus linken Arm – sie saß ihm am nächsten.

»Hey.«

Er krempelte Prus Ärmel hoch. So sehr wünschte er sich, es möge nicht dastehen, dass er es im ersten Moment auch nicht sah. Aber eine Mikrosekunde später setzte die Wirklichkeit wieder ein, er sah es, genau wie bei Tim und Rachel. Auch auf Prus Handgelenk stand »Über sich hinaus«.

»Was, verdammte Scheiße, geht hier ab?«, brüllte Matt los. Der Hund sprang auf und sah ihn an. Die anderen schienen ebenso entsetzt.

»Matt«, sagte Rachel.

Plötzlich kam das Boot zum Halt. Den anderen fiel es wahrscheinlich gar nicht auf, aber Matt war mittlerweile lange genug auf solchen Booten unterwegs. Er spürte, wie die unmerkliche Bewegung in Fahrtrichtung zum Stillstand kam, dann wurde auch die Maschine gestoppt. Anscheinend hatte Tim zumindest das hinbekommen.

»Ich will wissen, was das zu bedeuten hat«, sagte Matt, bevor Pru ihren Arm wegziehen konnte.

»Was soll das, Matt?«, fragte sie. Klar, sie wusste nicht, dass er bereits zwei der Tattoos gesehen hatte. Aber dann schien es ihr zu dämmern, denn sie sah auf ihr Handgelenk. Dass sie sich noch nicht mal die Mühe machten, in Erfahrung bringen zu wollen, wovon er redete, war fast noch schlimmer als die Tattoos selbst.

»Edmund, Robert, zeigt mir euer linkes Handgelenk«, sagte Matt.

»Komm runter, Kumpel«, sagte Edmund.

Matts Blick schien sie dazu zu bewegen, seiner Aufforderung nachzukommen, sie sahen sich gegenseitig an, dann hielten beide ihre Handgelenke hoch. Der Schriftzug war jeweils viel zu klein, um ihn auf die Entfernung entziffern zu können, aber er wusste, was dort stand. Auf Edmunds und Roberts Handgelenk.

Auf all ihren Handgelenken.

»Warum? Was …« Matt fuhr herum und wusste nicht, wohin er seinen Blick richten sollte. »Gehört ihr jetzt alle irgendeiner verrückten Sekte an oder was?«

»Sei nicht blöd«, sagte Edmund und packte Matt. Matt wollte ihn abschütteln, aber Edmund schlang seine Arme um ihn.

»Tim!«, rief Rachel.

»Alles in Ordnung?«, sagte Edmund dicht an Matts Ohr.

»Alles in Ordnung«, stieß Matt hervor, worauf Edmund ihn losließ.

Matt stand einfach nur inmitten der anderen. Er wusste nicht, was er davon halten sollte – Gedanken stürmten auf ihn ein, aber er bekam keinen richtig zu fassen. Was geschah hier? Warum …

Tim kam in die Kajüte, und plötzlich kehrte Ruhe ein. Sogar Matt spürte es. Die anderen schienen zu erstarren und auf ihren Anführer zu warten. Tim sprang herein, ruhig wie immer. »Was ist los?«

»Über sich hinaus«, sagte Matt und bemühte sich, ganz ruhig zu bleiben. »Was hat das zu bedeuten?«

»Nur so ein Spruch«, sagte Tim, als wäre nichts weiter dabei.

Matt riss den Blick von Tim, schaute sich um, dann sah

er wieder zu Tim. Alle hatten sich zu Tim hingedreht. Wie eine merkwürdige Gemeinde, die ihrem Priester huldigt.

»Nur so ein Spruch ... den jeder auf seinem Handgelenk tätowiert hat.«

»Wir wollten ... bloß was haben, was uns an die anderen erinnert«, sagte Tim.

»Alle außer mir, hä?«

Tim seufzte. »Matt, dein mangelndes Selbstwertgefühl hat wirklich nichts Liebenswertes an sich. Eigentlich geht es uns ziemlich auf den Sack.«

»Ich hab alles für die Gruppe gemacht.« Matt hatte mit den Tränen zu kämpfen. »Und als Dank dafür ignoriert ihr mich, zieht heimlich hinter meinem Rücken irgendwelche Dinge ab, redet über mich, schließt mich aus ...«

»Matt ...«, sagte Rachel und kam auf ihn zu.

Matt stieß sie weg, fester, als er eigentlich gewollt hatte. Rachel fiel auf die Couch – noch etwas heftiger, und sie wäre gegen die Wand geknallt. »Ihr habt euch ohne mich getroffen. Oder?«

Matt sah von einem entsetzten Gesicht zum nächsten, bei Rachel blieb er schließlich hängen. Bei derjenigen, der er am meisten traute. »Ja«, sagte sie, fast ein Flüstern. »Aber ich kann es erklären, Matt.«

»Ihr habt mich angelogen. Ihr habt gesagt, ihr wärt an der Uni. Warum?«

»Matt ...« Er wusste noch nicht mal, wer da sprach. Es war ihm auch egal.

»Warum kommt ihr nach Marsden, ohne mir was zu sagen?« Er weinte jetzt. »Sagt schon.«

»Matt«, sagte Tim und legte ihm die Hand auf die Schulter. »Ich verspreche dir, wir werden dir alles erklären. Aber vorher müssen wir noch eine Sache erledigen. Du musst das Boot durch unseren Tunnel bringen, *unseren* Tunnel –

deinen, meinen, Rachels, Eds, Roberts, Prus –, *unseren* Tunnel. Und wenn wir auf der anderen Seite rauskommen, wird alles besser sein. Was hast du mal gesagt? Wenn man durch den Standedge fährt, ist das, als würde man die Welt verlassen und dann zurückkommen. Machen wir es. Und genießen wir es. Und danach kannst du alles fragen, was du willst. Versprochen.«

Matt betrachtete ihn durch seine Tränen. Er wusste nicht, was er davon halten sollte. Aber eines wusste er: »Ich kenne euch nicht mehr.« Er drängte sich an Tim vorbei zum Luk und sah noch mal zu ihnen zurück – Pru, Edmund, Robert und Tim (und sogar Amy) sahen ihn bloß verdutzt an, Rachel weinte. Es war ihm egal – sie sollten doch eigentlich seine besten Freunde sein.

Er ging nach draußen und knallte das Luk hinter sich zu. Er ließ wieder die Maschine an, er funktionierte jetzt wie auf Autopilot, nahm sich eine der Bierdosen auf dem Deck und fuhr sich damit über die Stirn, bevor er sie öffnete. Es war kalt geworden, der sonnige Tag hatte sich eingetrübt, dunkle Wolken drohten mit Regen – als würde das Wetter seiner Stimmung gehorchen.

Matt lehnte sich gegen die Ruderpinne, während der Tunneleingang immer näher kam. In weniger als einer Minute leerte er die Dose. Es war ihm jetzt alles egal – es war ihm egal, ob er seinen Job verlor. Es gab nur einen Grund, warum er ihn überhaupt angenommen hatte – um mit ihnen durch den Tunnel fahren zu können. Das war ihm jetzt verleidet. Das alles. Auch seine Freunde.

Tim steckte den Kopf heraus und sagte, sie müssten das jährliche Foto vor dem Tunnel machen. Matt war es egal. Der Tunnel interessierte ihn nicht mehr, er wollte nur noch das Gesicht wahren – Schadensbegrenzung. Alle kamen heraus und stellten sich zum Foto auf, aber Matt blieb im

Hintergrund. Und nachdem das Foto gemacht war, kehrten sie einfach wieder in die Kajüte zurück. Der Tradition war Genüge getan – zum letzten Mal. Auf Nimmerwiedersehen! So long, Matt. Er setzte das Boot in Bewegung und bemerkte, dass Tim das Luk geschlossen hatte.

Der Standedge rückte immer näher, gleich würde er sie verschlucken. Die Bootsspitze tauchte in den Tunnel ein. Mit jeder Sekunde verschwand das Boot weiter in der Dunkelheit. Ausnahmsweise gab Matt nicht sich die Schuld. Was zwischen ihm und der Gruppe gelaufen war, hatte nichts mit ihm zu tun, sondern ausschließlich mit den anderen. Sie hatten sich ohne ihn getroffen, hatten sich dieses Tattoo stechen lassen, hatten Weihnachten ohne ihn verbracht. Sie hatten es so gewollt.

Die Hälfte des Bootes befand sich jetzt im Tunnel. Zum letzten Mal sah Matt sich um, wie er es immer tat. Aber er war nicht aufgeregt, schon gar nicht fühlte er so was wie Ehrfurcht. Sondern nur Leere. Er hatte das Gefühl, so viel von sich in diese Gruppe investiert zu haben, die ihn wie eine Witzfigur behandelt hatte. Er hatte das Gefühl, ein Leben geführt zu haben, das sich als falsch herausgestellt hatte, ein Planet zu sein, der um eine falsche, aus Pappkarton und LEDs zusammengebosselte Sonne gekreist war. Er hatte das Gefühl, dass er, so wie er war, nicht richtig war. Und als der Tunnel sie verschluckte, überkam ihn ein Gefühl, das er der Gruppe gegenüber noch nie empfunden hatte.

Wut.

16

Robin sah zu Matthew. Der junge Mann war verstummt und starrte auf seine Hände, so, als fragte er sich, was sie getan hatten. Sie zitterten. »Was ist dann passiert?«

Er zuckte zusammen, als wäre er mit einem Ruck in die Gegenwart zurückgeholt worden, und steckte die Hände unter den Tisch. »Das war's. Das ist das Letzte, woran ich mich erinnern kann. Die Wut. Und dann – nichts mehr. Dann bin ich aufgewacht, habe in einem Krankenhaus gelegen, ein Arzt hat über mir gestanden, und ich war mit Handschellen ans Bett gefesselt.«

Robin rieb sich die Augen. Matthew hatte seine Geschichte schnell und schonungslos erzählt, als wäre sie eine schmerzhafte Erfahrung – als würde er jede Sekunde wieder erleben. Robin war nicht viel Zeit zum Nachdenken geblieben.

»Sie erinnern sich also, in den Tunnel hineingefahren zu sein, sonst aber an nichts mehr?«

»Genau. Danach nichts mehr. Kein Schlag auf den Kopf, nichts mit den anderen, überhaupt nichts. Der Doktor hat gesagt, es handelt sich wegen der Gehirnerschütterung vielleicht um eine kurzfristige Amnesie.«

»Hmm«, sagte Robin. Wie bequem das war, ging ihm durch den Kopf. Allerdings hatte Matthew glaubwürdig geklungen. Er hatte bereitwillig seine Geschichte erzählt, sogar das, was ihn nicht unbedingt in ein günstiges Licht rückte. Die Vorstellung, der junge Mann könnte lügen, fiel Robin schwer.

»Sie sind verschwunden, und das war das Letzte, was ich zu ihnen gesagt habe.« Matthew war immer noch in der

Vergangenheit. Wie, fragte sich Robin, hatte er seine Freunde umgebracht und verschwinden lassen? Wie immer fiel ihm dazu nichts ein.

Sobald seine Fragen mit »Wie ...?« begannen, lief er gegen eine Wand.

Tja. Wie?

Robin zückte sein Handy und rief das Foto der Fünf vom Standedge auf, das im Keller des Hamlet hing. Er schob Matthew das Gerät hin und deutete auf den verschwommenen Fleck auf Tims Handgelenk. »Ist das das Tattoo, das Sie gesehen haben?«

Ein flüchtiger Blick genügte. »Ja. Das ist es. *Über sich hinaus.*« Aber dann sah er noch mal auf das Bild, betrachtete es wirklich. »Wo ist das? Ich kann mich gar nicht daran erinnern.«

Zu spät erkannte Robin seinen Fehler.

Matthews Augen funkelten. »Das beweist es. Das beweist, dass sie sich getroffen haben. Ich hatte recht. Woher haben Sie das Bild?«

»Es hängt im Keller des Hamlet.«

»Wann war das ...«

Robin seufzte, fuhr sich durch die Haare und beschloss, die Wahrheit zu sagen. »Es wurde drei Tage vor dem Vorfall aufgenommen.«

Matthew sah vom Foto auf und überraschte Robin, indem er lachte. Lauthals, hemmungslos. »Drei Tage. Drei. Tage.« Noch ein Gegluckse. »Ich hatte recht. Ich hatte verdammt noch mal recht.«

Robin sah mit an, wie Matthew von einer Sekunde zur nächsten mehrere Stadien der Trauer durchlief.

»Warum haben die das gemacht? Drei Tage vor ... Ich hatte recht. Ich hatte recht.«

Robin wechselte das Thema. »Sie sind also oft durch den

Tunnel gefahren – als wäre es ein Ritual. Als wäre der Tunnel wichtig für die Gruppe. Ist irgendwas passiert, als Sie das erste Mal, noch als Kinder, den Tunnel durchquert haben?«

Die Frage half Matthew, sich zu beruhigen. Er schniefte. »Nichts Konkretes. Als Kinder haben wir Angst gehabt vor dem Standedge – Angst vor dem, was sich im Tunnel verbirgt. Aber an dem Tag haben wir festgestellt, dass es nichts gibt, wovor wir Angst haben müssen. Im Gegenteil, es war eigentlich ziemlich cool, da reinzugehen. Sie verstehen?«

Robin nickte. Er kannte Ähnliches aus seiner Kindheit. Er hatte sich vor Hunden gefürchtet, bis sich seine Großmutter einen alten Schäferhund angeschafft hatte. Mittlerweile liebte er Hunde. Das war so ein Moment des Erwachsenwerdens gewesen – wenn man feststellt, dass die eigenen Ängste völlig ungerechtfertigt sind. Natürlich führte das zu der Entdeckung, dass es auf der Welt sehr viel greifbarere Ängste gibt, aber das geschah nach und nach. »Die Fahrt damals hat Sie also zusammengeführt?«

»Ja«, antwortete Matthew. »Davor habe ich mit den anderen kaum zwei Worte geredet – mit keinem von ihnen. Aber durch die Fahrt hat sich das geändert – ich glaube, es ist uns allen so gegangen. Als wir auf der anderen Seite rausgekommen sind, waren wir alle ein bisschen verändert – wir waren ein bisschen älter geworden. Und aus diesem Grund haben wir uns verbunden gefühlt.«

»Was war mit den anderen Kindern? Die, die ebenfalls mitgefahren sind, aber nicht Teil der ›Gruppe‹ wurden?«

»Den meisten ging es nicht so wie uns. Manche fanden es grauenhaft. Zwei mussten sogar runtergebracht werden.«

»Runtergebracht? Wie soll da jemand ›runtergebracht‹ werden?«

Matthew sah ihn verständnislos an, bis er Robins verwirrte Miene bemerkte. »Sorry, ich vergesse immer wieder, dass die meisten Leute es nicht wissen – es sei denn, sie sind schon einmal durchgefahren. Bei einer Fahrt durch den Tunnel – jedenfalls, wenn Sie auf einem Tourboot sind – werden Sie von vier Lotsen begleitet. Zwei steuern das Boot, einer hinten, einer vorn, einer ist der Tourguide, und der Letzte begleitet das Boot mit einem Wagen im stillgelegten Eisenbahntunnel, der parallel zum Kanal verläuft. Es gibt ein halbes Dutzend Querstollen zwischen dem Kanal- und dem Eisenbahntunnel, da kann der Begleitfahrer anhalten und Leute aufnehmen, die vom Boot runterwollen. Sagen wir, jemand hat plötzlich einen klaustrophobischen Anfall – gerät in Panik, schreit, ich hatte mal einen, der alles vollgekotzt hat –, dann kann der Fahrer ihn mit dem Wagen viel schneller rausbringen als das Boot. Und die anderen können ihre Fahrt fortsetzen.«

Robin notierte sich »aufgelassener Eisenbahntunnel«. Das Rätsel drehte sich also nicht um einen Tunnel allein, sondern um zwei Tunnel. Wenn jemand Zugang zum aufgelassenen Tunnel hatte, hätte er auch Zugang zum Kanal. Robin überlegte, dann notierte er sich »andere Mitarbeiter??«.

»Kommen wir zur Gruppe zurück«, sagte Robin. »Sie scheint in Marsden recht beliebt gewesen zu sein. Warum?«

Matthew zuckte die Schultern. »Die ›Erwachsenen‹ mögen es, wenn sich Jugendliche nicht wie Hooligans aufführen. Wir waren eine ›Gang‹, aber wir sind nicht rumgezogen und haben für Randale gesorgt. Meistens waren wir unter uns, wenn nicht, dann haben wir uns in Marsden hier und dort nützlich gemacht. Marsden ist mein Zuhause – ich mag es –, also helfe ich, wenn ich kann. Wir haben gemeinnützige Sachen gemacht, im Altenheim ausgeholfen, wenn es nötig war, solche Dinge ...«

»Sie waren stolz, der Gruppe anzugehören?«

Matthew runzelte die Stirn. »Natürlich. Was ist das für eine Frage? Das waren meine besten Freunde, es war gut, wenn wir zusammen waren. Zumindest ... fast zehn Jahre Freundschaft, und dann ...«

»Sie sagten, es war Tims Idee, dass diese Fahrt die letzte sein sollte? Wissen Sie, warum?«

»Es war Tims Idee, alle anderen waren aber derselben Meinung. Der Standedge hat uns geholfen, erwachsen zu werden, vielleicht hat Tim gedacht, dass der Tunnel uns auch einschränkt. Vielleicht hat er gedacht, dass wir auch ohne diese festen Rituale Freunde bleiben könnten.« Matthew verstummte.

»Erzählen Sie weiter.«

»Ich glaube, Tim – und irgendwie auch die anderen – wollte Marsden hinter sich lassen. Vielleicht hatten die Claypaths die Schnauze voll, unter der Fuchtel ihres Dads zu stehen. Und Edmund, Pru und Robert ... na ja, vielleicht dachten sie, dass sie zu Größerem berufen waren. Vielleicht wollten sie dem Ort, aus dem sie kamen, den Rücken kehren. Und sie wollten ...« Matthew konnte den Satz nicht beenden.

»Sie wollten Ihnen den Rücken kehren?«

Matthew nickte. »Ich habe mich nicht für jemanden gehalten, dem Marsden zu klein geworden ist. Ich wollte das nie. Ich mag den Ort, mein Zuhause, Marsden hat für mich genauso viel getan wie ich für Marsden. Mir war immer klar, dass ich nicht so clever oder so kreativ oder so geschickt bin wie sie – das wollte ich auch nie. Ich wollte ein ruhiges Leben haben – das will ich immer noch. Marsden ist perfekt dafür geeignet.«

Robin wollte noch nicht einmal daran denken, geschweige denn es laut aussprechen, dass sich Matthew McConnell in Marsden jede Zukunft verbaut hatte. Selbst wenn man ihn von allen Anschuldigungen freisprach, würden Marsden und seine Einwohner niemals vergessen, welche Rolle er bei den Ereignissen im Standedge gespielt hatte. Sosehr Matthew Marsden mochte, so sehr hasste Marsden ihn. Robin musste das allerdings gar nicht sagen, es reichte schon, Matthew nur anzusehen. Er wusste es bereits selbst. Robin spürte den Schmerz des jungen Mannes.

»Wann hat es angefangen, dass Ihre Freunde sich dahin gehend äußerten?«

Matthew musste nicht lange nachdenken. »Als es in der Schule darum ging, dass man sich für die Uni bewirbt, da wurde das aktuell, glaube ich. Vielleicht auch schon früher. Sie haben immer schon mehr gewollt, als der Ort, als ich ihnen geben konnte. Tim und Edmund waren ziemlich intelligent, sie hatten es mit der Physik und den Naturwissenschaften. Rachel wusste immer, wie andere Leute ticken, sie war die geborene Psychologin. Pru wollte immer schon wissen, wie die Dinge funktionieren, und Robert kann tolle Geschichten schreiben. Wären sie in Marsden geblieben, hätten sie sich gelangweilt. Ich denke, darum ging es eigentlich. Um die Langeweile.«

Robin wusste, was er meinte. Oft hatte er sich gefragt, ob Sam von ihrem Leben gelangweilt war. Sie hatte immer mehr gewollt – mehr, als er ihr geben konnte. »Ich kann gut verstehen, dass Sie wütend waren.« Matthew schien sein Verständnis wahrzunehmen und entspannte sich ein bisschen. »Sie müssen unglaublich sauer gewesen sein, als sich die Gruppe von Ihnen abgesondert hat.«

Matthew überraschte ihn, als er freudlos loslachte. »Das ist es ja. Wenn ich zurückblicke, sehe ich, dass ich mir selbst was vorgemacht habe. Mir war bis dahin nicht klar, dass sie mich verlassen wollten, das ist mir erst an jenem Tag bewusst geworden. Bei dem Vorfall. Da habe ich es gesehen – das Leben ohne sie. Das ist das Leben, das ich jetzt wohl führe.«

»Sie sagten, jemand hat Ihnen erzählt, dass sich die anderen ohne Sie getroffen haben. Wissen Sie noch, wer das war?«

Matthew wischte sich wieder die Tränen aus den Augen. Robin gab ihm ein Tissue. »Benny Masterson, so heißt er. Er arbeitet in Marsden in der Metzgerei. Wir waren in der Schule mal befreundet ... vor ... vor ihnen.« Er deutete auf das Foto.

Robin nickte und notierte sich den Namen. Vielleicht konnte ja Mr Masterson etwas Licht auf die Gruppe ohne Matthew werfen.

»Ich habe ihnen alles gegeben«, sagte Matthew und schob das Foto von sich.

Robin ging nicht darauf ein. »Haben Sie irgendeine Vermutung, warum sie sich ›Über sich hinaus‹ aufs Handgelenk tätowieren ließen?«

Matthew schüttelte den Kopf. »Meinen Sie nicht, ich hätte mich das nicht auch schon tausendmal gefragt? Nein, ich hab keine Ahnung.«

Robin verkniff sich ein weiteres Seufzen. Matthew war dabei gewesen – im Grunde war er der Einzige, der enthüllen könnte, was sich im Tunnel ereignet hatte. Aber er wusste nicht viel. Robin glaubte nicht, dass er log, er glaubte noch nicht mal, dass er etwas verschwieg.

Robin brauchte Zeit zum Nachdenken, deshalb war er froh, als Matthew leise sagte: »Haben Sie was dagegen, wenn wir für heute Schluss machen, Mr Ferringham?«

Er hatte zig weitere Fragen, aber sie konnten warten.

Nur eine brannte ihm noch unter den Nägeln. »Kennen Sie jemanden, der Ihren Freunden Schaden zufügen wollte?«

Wieder begann Matthew zu weinen.

»Matthew.«

Der junge Mann sah ihn mit tränennassen Augen an. »Ich weiß es nicht. Ich weiß es wirklich nicht.«

Robin richtete sich auf. »Kennen Sie jemanden, der *Ihnen* Schaden zufügen wollte?«

Sofort hörte er auf zu weinen. Er sah Robin in die Augen und gab deutlich zu verstehen, dass er sich diese Frage noch nie gestellt hatte. Er hatte nie über eine Antwort nachgedacht. Und er wusste, dass ihm auf die Schnelle auch keine einfallen würde. »Was ist Ihrer Meinung nach passiert, Matthew? Mit Ihren Freunden? Was ist im Standedge-Tunnel passiert?«

Matthew dachte lang nach. Als er endlich etwas sagte, sagte er die Wahrheit, schnell und atemlos: »Ich habe keine Ahnung.«

Robin, fast ebenso atemlos wie Matthew, betrachtete ihn eingehend. Dann nickte er, klappte sein Notizbuch zu und steckte es in seinen Rucksack. Er erhob sich.

»Mr Ferringham ...«

»Ich finde, wir sollten uns duzen.« Robin lächelte recht freudlos.

»Okay. Also Robin. Was meinst du, was mit meinen Freunden passiert ist?«

Robin sagte nichts, sondern sah nur zu dem jungen Mann, der verängstigt und allein war – und dem eine lebenslange Haftstrafe drohte.

Jetzt beschäftigte die Frage ihn. Seit Matthew ihn angerufen, seit er von dem Vorfall erfahren hatte, war er dieser Frage ausgewichen. Was war seiner Meinung nach dort geschehen? Sechs fuhren hinein. Nur einer kam heraus. Auf der einen Seite hatte man sie noch gesehen – auf der anderen nicht mehr.

Er hatte ebenfalls keine Ahnung, was geschehen war.

Aber er würde es herausfinden.

17

Irgendwas ließ ihm keine Ruhe, während Stanton ihn durch das Ganglabyrinth zurückführte. Aber er bekam es nicht zu fassen. Etwas Wichtiges.

Stanton brachte ihn wortlos in den Eingangsbereich, mit einem Nicken dankte Robin ihm.

»Mr Ferringham«, ertönte eine Stimme, die ihm vertraut vorkam.

Ein kleiner, hagerer, unscheinbarer Mann in einem terrakottafarbenen Anzug kam mit ausgestreckter Hand auf ihn zu. Ohne nachzudenken, ergriff Robin sie.

»Ich bin Terrance Loamfield, Matthews Verteidiger. Wir haben miteinander telefoniert.«

»Ja, ja. Natürlich.«

»Sie haben ihn schon mal vorgewärmt?«

»Was?«

»Sie waren gerade bei Matthew, ja?« Loamfield schien etwas Unberechenbares, Sprunghaftes an sich zu haben. Irgendwie musste man ständig befürchten, dass er Reißaus nahm, wenn man ihn nur etwas zu aggressiv ansah – nicht unbedingt der Traum von einem Verteidiger. »Mir ist noch keiner untergekommen, der sich so sehr was vormacht wie er.«

»Wenn Sie ihn für den Täter halten, warum vertreten Sie ihn dann?«, fragte Robin.

Loamfields Gesicht verzog sich zu einer schrecklichen Grimasse, er lachte. »Machen Sie Witze? So ein Fall wird groß rauskommen. Da spielt es keine Rolle, auf welcher Seite Sie stehen, Sie schaffen es so oder so in die Geschichtsbücher.«

»Reizend«, entgegnete Robin. Warum hatte er überhaupt gefragt?

»Ich gehe doch davon aus, dass Sie aus demselben Grund hier sind«, sagte Loamfield.

Robin fühlte sich schlagartig unwohl. »Warum ich hier bin, geht Sie nichts an.«

»Hey!« Loamfield hob beide Hände, auch die, mit der er seine schwarze Aktentasche festhielt. »Ich werde ja nicht bezahlt, um Fragen zu stellen.«

Doch, Sie werden bezahlt, um Fragen zu stellen, dachte sich Robin, sagte stattdessen aber: »Sie wurden zu Matthews Pflichtverteidiger bestimmt?«

»Ja. Matthew hatte keinen eigenen Anwalt. Er wollte sich auch keinen suchen. Also haben sie mich bestimmt.«

Robin musterte ihn. Der Mann schien ganz in seinem Element. »Wer? Wer hat Sie bestimmt?«

Loamfield lächelte. »Ich muss leider meinen Termin wahrnehmen.« Der Anwalt machte einen großen Bogen um ihn, als könnte er sich bei ihm mit einem Funken Menschlichkeit anstecken.

»Mr Loamfield.« Der Anwalt drehte sich noch einmal um. »Sie haben gesagt, Matthew hätte keine Chance, am Freitag auf Kaution freigelassen zu werden. Was müsste passieren, damit sich das ändert?«

Loamfield lachte. »Bis Freitag? Sie sind ein ziemlicher Optimist. Aber mit Optimismus kommen Sie hier nicht sehr weit.«

Robin zuckte mit den Schultern. Der Typ nervte ihn gewaltig. Er wollte nur eine Antwort auf seine Frage.

Die bekam er auch. »Tun Sie, was die Polizei bislang nicht geschafft hat. Finden Sie einen anderen, der es getan haben könnte.«

Loamfield drehte sich grinsend weg und nickte Stanton

zu, der immer noch da war. Mit einem schalen Geschmack im Mund wandte sich Robin in die andere Richtung.

Auf dem Weg zum Eingang wanderte sein Blick zum Wartebereich. Einige Leute waren dort zu sehen – ein altes Ehepaar, das nicht hierherzupassen schien, ein Vater mit einem Jungen im Teenageralter sowie eine junge Frau. Ihre Blicke trafen sich.

Die junge Frau, fast noch ein Mädchen, trug einen Hoodie, hatte die Hände in den Taschen vergraben, einen Kopfhörer aufgesetzt und beobachtete ihn merkwürdig eindringlich. Er wandte den Blick ab und verließ das Gebäude.

Er bemerkte nicht, wie sie ihm zum Eingang folgte und hinterhersah, als er in seinen Mietwagen stieg und davonfuhr.

Er bemerkte nicht, wie sie ihr Handy zückte und ein Foto von seinem Nummernschild machte.

18

Das nagende Gefühl begleitete Robin den gesamten Rückweg zum Hamlet. Als er wieder in seinem Zimmer war, durchsuchte er seinen Ordner mit den Artikeln. Etwas, was Matthew gesagt hatte, erinnerte ihn an etwas, was er gelesen oder gefunden hatte oder …

Die Blätter flatterten vom Tisch auf den Boden, Robin fluchte. Klar, er war kein Polizist, kein Ermittler. Er war es nicht gewohnt, so zu arbeiten. Aber ihm blieb keine andere Wahl. Falls er herausfinden wollte, was Matthew über Sam wusste.

Und war er nicht schon viel zu sehr in die Sache verstrickt? Konnte er es sich nur nicht eingestehen? Er musste herausfinden, was mit den Fünf vom Standedge geschehen war. Und was das alles mit Sam zu tun hatte. Denn er konnte sich beim besten Willen nicht vorstellen, dass Matthew seine Freunde umgebracht hatte. Und selbst wenn er es getan hätte, was war dann geschehen?

Er musste beweisen, dass Matthew nicht für die Tat verantwortlich war. Dazu musste er aber erst verstehen, was sich tatsächlich abgespielt hatte.

Robin sammelte die Blätter vom Boden auf und warf sie aufs Bett. Darin würde er nicht finden, wonach er suchte. Er holte sein Notizbuch und ging die Aufzeichnungen durch, die er sich bei seinem Besuch im Gefängnis gemacht hatte.

Er hatte »ÜBER SICH HINAUS« immer in Großbuchstaben geschrieben – mehrmals verteilt über die ganze Seite. Ähnlich musste es auf den Handgelenken der Fünf vom Standedge ausgesehen haben. Je länger er auf die Buchstaben starrte, desto weniger sah er.

Er klappte seinen Laptop auf, ging online und scrollte durch dieselben Artikel, dieselben Seiten, betrachtete dieselben Fotos im Netz, die er sich schon einmal angesehen hatte. Er wusste nicht, was genau er suchte. Am Ende rief er die Facebook-Seite der fünf auf, auch hier, ohne eigentlich zu wissen, warum er es tat. Er scrollte durch die Kommentare der Besucher, die um die Verschwundenen trauerten – Aberhunderte von Einträgen. Nichts sprang ihm ins Auge. Wahllos klickte er die Info-Seite von Rachel Claypath an. Eine ganz normale junge Frau.

Und dann ...

Unwillkürlich rückte er näher an den Bildschirm.

Er öffnete ein neues Tab und ging auf Robert Frosts Info-Seite. Und dann auf die von Prudence Pack. Und dann auf die von Edmund Sunderland. Schließlich die von Tim Claypath. Endlich fand er, was an ihm genagt hatte. Es war die ganze Zeit vor seiner Nase gewesen, ohne dass er es gesehen hätte.

Er rief sie alle in unterschiedlichen Fenstern auf und stellte sie in eine Reihe.

Ganz unten im »Info«-Bereich standen jeweils allein für sich drei Wörter:

ÜBER SICH HINAUS.

19

»Ich hab Matt immer gemocht. In der Grundschule sind wir ständig zusammen gewesen. Wir waren beste Freunde – bis, na, Sie wissen schon, bis die auf den Plan getreten sind.« Benny Masterson war in der noch geschlossenen Metzgerei mit einigen noch recht unbearbeiteten Teilen eines geschlachteten Schweins beschäftigt, was Robin sehr ablenkte. Er hielt sich so weit abseits wie möglich.

Es war der nächste Morgen – Dienstag –, Robin hatte gewartet, dass die Metzgerei aufmachte, aber Benny hatte ihn vorzeitig reingelassen. Der junge Mann wirkte auf ihn unglaublich freundlich und passte überhaupt nicht in die eher grausige Umgebung.

»Ich bin ihnen ein paarmal begegnet. Hier im Ort. Ohne Matt. Also hab ich ihm davon erzählt. Ich hab doch nicht gewusst, dass er deswegen völlig durchdreht, oder?«

Robin setzte zu einer Erwiderung an und bekam einen satten Schwall des Geruchs ab, der im Raum hing. Er unterdrückte ein Würgen und brachte mühsam seine Frage heraus. »Die anderen haben sich also kurz vor dem Vorfall getroffen?«

»Ja«, antwortete Benny. »Ich hab sie kurz vorher im Keller des Hamlet gesehen. Da haben sie sich immer getroffen. Ich hatte mit denen ja nichts am Hut. Aber ja, da waren sie immer. Als ich Matt davon erzählt habe, ist er ganz still geworden, aber ich hab gemerkt, wie es in ihm gegärt hat. Deswegen hab ich ihm von den anderen Malen gar nichts mehr erzählt.«

»Den anderen Malen?«

Robin musste kurz warten, Benny verschwand im rückwärtigen Raum und kam mit einigen Lammlebern – danach sah es zumindest aus – zurück. Ja, genau unter dieser Beschriftung legte er sie in die Theke. »Ja, ich hab sie noch ein paarmal gesehen. Weihnachten waren sie bei den Claypaths, obwohl mir Matt bei einem Pint erzählt hat, dass sie alle an ihrer Uni geblieben wären. Ich war da, weil ich dem Chef die Weihnachtsbestellung vorbeigebracht habe – einen Truthahn so groß wie ein Raumschiff samt Garnitur. Den hab ich auf meinem Fahrrad festbinden müssen, damit er mir nicht bei jeder Bordsteinkante runterfällt. Jedenfalls, der Polizeichef kam an die Tür, und sie alle waren aus dem Wohnzimmer zu hören, wo es ziemlich hoch herging. Ich wusste, dass Matt nicht mit dabei war, weil ich ihn beim Schneeschaufeln in Frank Jaegers Einfahrt gesehen habe. Sie kennen Frank Jaeger? Dem gehört der Grey Fox. Netter Typ.

Wie auch immer, bei der Neujahrslieferung war es dasselbe. Da gab es bei denen Ente. Wer hat schon Ente an Neujahr? Bei mir zumindest nicht – nicht bei dem, was ich verdiene.« Er lachte wiehernd.

Robin war daran gelegen, ihn wieder zum eigentlichen Thema zurückzubringen. Er sah auf seine Uhr. Das Standedge-Besucherzentrum würde jeden Moment öffnen. »Sie scheinen die Fünf vom Standedge nicht sonderlich gemocht zu haben, oder?«

Benny lächelte, während er mit einer Wurstkette zu kämpfen hatte. »Wie kommen Sie drauf? Aber schreiben Sie das nicht in Ihr Büchlein, ich werde alles abstreiten. In Wahrheit hat keiner von uns die besonders gemocht. Die Erwachsenen haben sie behandelt, als hätte ihnen allen die Sonne aus dem Arsch geschienen, aber unsereins hat nie so recht kapiert, warum das so war. Hatte wahrscheinlich was mit den Claypath-Zwillingen zu tun. Vielleicht waren alle nur heilfroh, dass die Zwillinge ein bisschen ruhiger geworden sind.« Damit war Benny am Ende der Wurstkette und seiner Ausführungen angelangt.

»Ruhiger geworden? Was soll das heißen?«

Benny lächelte. »In der Grundschule waren die beiden die reinsten Psychos. Tim hat gern andere Leute gebissen, und Rachel hat andere immer beschuldigt, sie angefasst zu haben – Sie wissen schon, an ... Die beiden zusammen waren richtige Nervensägen, hochbegabte Nervensägen. Die haben oft Tiere eingesperrt. Los ging es mit Ratten und was sonst noch. Die haben sie in die Ecke getrieben und mit ihnen gespielt – so wie Katzen mit ihrem Fressen spielen. Das ist dann weiterentwickelt worden – wenn man den Gerüchten glauben will, haben sie sich irgendwann eine Katze besorgt.«

»Was meinen Sie mit ›besorgt‹?«

Benny griff nach einem Packen Steaks, wickelte sie aus und klatschte sie in die Auslage. »Was meine ich damit nicht – das wäre vielleicht die angemessenere Formulierung. Es wurde nie was bewiesen, aber die Kids am Spielplatz haben sich erzählt, dass Tim mit dem Tier in den Wald ist und ihm bei lebendigem Leib das Fell abgezogen hat. Wie gesagt, nur ein Gerücht, vielleicht ist alles auch nur erfunden. Trotzdem läuft es einem kalt über den Rücken – da kommt man schon ins Grübeln.«

»Er hat einer Katze das Fell abgezogen?«

»Angeblich. Es gibt keine Beweise, aber Sie wissen ja, wie die Kids so sind – es braucht da keine Beweise. Jedes Mal, wenn wieder eine Katze verschwunden ist, dachten wir, es waren die Zwillinge. Sogar jetzt noch würde ich ihm das zutrauen, wenn er nicht tot wäre.« Benny deutete mit einem rohen Steak in die ungefähre Richtung eines hölzernen Anschlagbretts. Dort hing ein Zettel mit dem Bild einer schwarz-weißen Katze namens Mittons, darüber die

Überschrift »Vermisst«. Benny blickte in Gedanken versunken dorthin. Schließlich zuckte er mit den Schultern.

Robin ging nicht weiter darauf ein. »Durch die Gruppe sind die Claypath-Zwillinge also ruhiger geworden?«

»Ja. Na ja, entweder das, oder die Gerüchte sind verstummt. Für manche waren sie danach einfach nur noch uninteressant. Kids mögen es, wenn was los ist. Aber ich glaube, die Erwachsenen in Marsden waren froh, dass sie sich eingekriegt haben. Den Erwachsenen sind die Gerüchte ja auch zu Ohren gekommen, sie waren offensichtlich beunruhigt.«

»Die Erwachsenen haben von der Katze gehört?«

»Na klar. In Marsden kann man keinen Furz lassen, ohne dass der *Chronicle* darüber berichtet.« Er hatte die Hand schon ausgestreckt, um ein Steak zurechtzurücken, hielt dann aber inne, als wäre ihm das Gerede selbst zuwider. Aber der Augenblick ging rasch vorüber, er fuhr fort: »Die Leute hier sind schneller mit Klatsch und Tratsch bei der Hand als anderswo.«

»Gibt es überhaupt jemanden im Ort, der die Claypaths nicht mag?«, fragte Robin.

Benny kratzte sich am Kinn, danach klebte ihm etwas Tierblut an den Bartstoppeln. »Liz Crusher vielleicht.«

Liz Crusher. Bei dem Namen klingelte es. Robin brauchte etwas, bis ihm einfiel, wo er ihn schon mal gehört hatte. Die Frau, die sich laut Matthew am Tag des Vorfalls am Kanalufer mit Tim Claypath gestritten hatte. Robin notierte sich ihren Namen. »Warum Liz Crusher?«

»Na, das ist jetzt die einfachste Frage, die Sie mir bislang gestellt haben«, erwiderte Benny lächelnd. »Es war ihre Katze.«

Robin runzelte die Stirn. »Die Katze, der Tim Claypath das Fell abgezogen hat?«

»Angeblich«, sagte Benny.

Robin nickte und schloss das Notizbuch. Benny war jetzt mit dem Einräumen fertig und um die Auslage herumgekommen. »Ich danke Ihnen, Benny. Sie waren mir eine große Hilfe.«

»Gern geschehen. Ich hoffe, dass Sie mich aber auch zitieren. Eine Erwähnung in den Anmerkungen wäre ganz schön.« Er wollte Robin schon auf den Rücken klopfen, überlegte es sich dann aber dankenswerterweise anders – schließlich hatte er immer noch seine blutigen Handschuhe an.

»Anmerkungen?« Dann dämmerte ihm, was Benny meinte und was Amber zwei Abende zuvor angesprochen hatte.

»Ich sagte doch, Klatsch und Tratsch.« Benny grinste ihn an. Robin verabschiedete sich.

Benny schloss hinter ihm die Tür, Robin wandte sich um, während der junge Mann das »Geschlossen«-Schild auf »Geöffnet« drehte. Ihre Blicke trafen sich durch die Glasscheibe, sie nickten sich zu.

Für sie beide hatte der Tag damit gerade erst begonnen.

20

»Der Standedge ist für die Saison geschlossen. Touren werden erst wieder im Frühjahr angeboten. Einen schönen Tag noch.« Die kleine, altbacken aussehende Frau im blauen Poloshirt mit dem Logo des Canals and Rivers Trust wollte schon die Tür schließen, aber Robin streckte die Hand aus und hielt sie auf.

Er stand vor dem Besucherzentrum. Der mit einem Gitter und Ketten versperrte Tunnel lag links von ihm. Auf dem Kanal herrschte vollkommene Stille – keine Boote, noch nicht mal Enten waren zu sehen. Trost- und leblos war auch das dunkle, leere Besucherzentrum. Wäre nicht zufällig die Frau aufgetaucht, hätte er gedacht, dass niemand da wäre.

Offensichtlich wäre sie viel lieber woanders gewesen.

»Kann ich Ihnen nicht wenigstens ein paar Fragen stellen?«, sprach Robin durch den schmalen Türspalt.

Die Frau seufzte. »Ich muss hier die Spinnweben wegputzen und dann zu meinen anderen beiden Jobs, also machen Sie hin.«

»Natürlich, schon in Ordnung.«

Die Frau öffnete die Tür, ließ Robin rein und schloss sie schnell wieder, als würden tausend andere Zutritt begehren. Dann verschwand sie hinter einer Ecke.

Robin sah sich um. Er befand sich in einem kleinen Empfangsbereich mit Holztresen und einem Ständer voller Broschüren und Faltblätter. Auf einer Kreidetafel hinter dem Tresen war eine verblichene Speisekarte angeschrieben (vor einigen Monaten war unter anderem ein Ploughman's Lunch angeboten worden). Rechts von ihm gab es einen Durchlass zu einem zweiten Raum. Das Besucherzentrum schien auch als Café zu fungieren.

An den Wänden hingen Bilder vom Standedge im Lauf der Jahrhunderte – moderne Fotos, gezeichnete Pläne, alte Bilder von Männern mit Schnauzern und Pickeln, die auf Felsen einhackten. Es gab auch eine Pinnwand mit Bildern von allen Trust-Mitarbeitern, aber bevor die Frau zurückkam, konnte Robin lediglich erkennen, dass Matthew nicht dabei war.

»Wurde abgehängt«, sagte die Frau, als sie sah, worauf Robins Blick gerichtet war. Sie stellte einen Mopp und einen Eimer mit Seifenlauge ab, dann tunkte sie den Mopp ins Wasser.

»Es hat also schon die Runde gemacht?«, fragte Robin.

Die Frau spitzte verärgert die Lippen, während das Wasser über den Boden schwappte. »Das wäre gar nicht nötig gewesen. Ich kenne euch Typen doch in- und auswendig. Ich weiß doch, warum ihr Städter hierherkommt.«

»Und warum bin ich hierhergekommen?«

Die Frau sah auf, lehnte den Mopp gegen die Wand und verschränkte die Arme. »Wegen dem Blut.«

Robin zog sein Notizbuch heraus, er versuchte gar nichts mehr zu verbergen. In gewisser Hinsicht hatte die Frau ja recht – solange sie es metaphorisch meinte. »Gut, nachdem wir mit den Höflichkeiten durch sind, hätte ich einige Fragen, wenn Ihnen das recht ist.«

»Erst stelle ich ein paar Fragen. Wer sind Sie?«

»Ich bin Robin Ferringham. Ich bin ...«

»Nein, ich weiß, wer Sie sind.« Sein Name hatte also bereits die Runde gemacht. Wo hatte das Gerede seinen Ausgang genommen? Hatte Roger Claypath irgendwas damit zu schaffen? »Was ich Sie frage: Für wen halten Sie sich eigentlich? Scharwenzeln mit Ihrem Notizbuch durch den Ort wie dieser verfluchte Herkules Poirot.«

Er wollte sie schon verbessern, ließ es aber bleiben – sie machte nicht den Eindruck, als würde sie es zu schätzen wissen.

»Sie sollten sich schämen. Genau solche wie Sie, die will hier keiner haben, genau das wollen wir vermeiden. Der Polizeichef hat es ganz richtig gesagt: Mordtouristen. Das seid ihr doch alle. Soll ich ein Foto von Ihnen an der Stelle machen, wo McConnell sie alle umgebracht hat? Das können Sie sich dann zu Hause an die Wand hängen.«

»Moment mal«, sagte Robin. Es gab da eine Menge einzuwenden, aber die Frau ließ ihn kaum zu Wort kommen. Er steckte sein Notizbuch ein, zum Teil um der Handlung willen, zum Teil, weil er sowieso nicht so schnell mitschreiben konnte. »Sorry, ich hab Ihren Namen nicht verstanden.«

Die Frau zögerte, schließlich gab sie doch nach. »Martha. Martha Hobson.«

»Martha, was meinen Sie mit ›das wollen wir vermeiden‹?«

Martha rümpfte die Nase, antwortete aber trotzdem. »Solche wie Sie, die wollen wir hier nicht haben. Die sich nur auf die Suche nach den Fünf vom Standedge machen und Hobbydetektiv spielen. Also ziemlich genau das, was Sie tun – das wollen wir nicht.«

»Wie wollen Sie das verhindern?«

»Vor allem der Polizeichef will es verhindern. Ungefähr eine Woche nach dem Vorfall ist ein Bürgertreffen abgehalten worden. Da waren so ziemlich alle da und haben sich geschlossen hinter die Claypaths und die anderen Familien gestellt« – die *anderen* sprach sie aus, als wären sie von geringerem Wert –, »und wir haben uns einstimmig darauf verständigt, dass Marsden geschützt werden muss. Wir kennen den Schuldigen. Also gibt es keinen Grund, viel Aufhebens darum zu machen – es muss nicht an die große Glocke gehängt werden. Genau das würde aber passieren, wenn man diese Leichenfledderer machen ließe.

Wir haben es doch selbst erlebt. Wie viele gottverdammte Leute wollen einen Blick in den Raum werfen, in dem dieser Fernsehermittler gefangen gehalten wurde, bei dieser schrecklichen Geschichte im letzten Jahr? Die Welt ist voll mit Verbrechern und irgendwelchen Idioten, die dann auch noch für deren Taten schwärmen. Mordtouristen.

Die Fünf vom Standedge waren anständige junge Leute. Richtig anständig. Und jetzt sind sie tot. Wegen einem Typen, mit dem ich mal mein Pausenbrot gegessen habe. Ich bin sogar ein paarmal mit ihm durch den Tunnel gefahren. Wir wollen nicht, dass er dadurch auch noch berühmt wird. Wir wollen uns an die Fünf vom Standedge erinnern, ohne auch noch an ihn denken zu müssen. Das hat Claypath vorgeschlagen, und auf das haben wir uns alle verständigt.

Wir machen also nicht viel Aufhebens darum und halten den Mund. Und wenn Matthew McConnell endgültig hinter Schloss und Riegel sitzt, können wir offener unsere Trauer zeigen.«

»Sie gehen stark davon aus, dass Matthew schuldig ist«, sagte Robin.

»Weil er es ist, guter Mann. Er ist ein cleverer Scheißer, aber schuldig.«

»Darf ich fragen, woher Sie Ihre Überzeugung nehmen?«

»Na, die Polizei sagt, dass er schuldig ist, sogar nach den Ermittlungen. Es gibt keine anderen Verdächtigen. Und ein anderer kann es unmöglich gewesen sein.«

Martha drückte den Mopp aus und patschte ihn wieder auf den Steinboden. »Können Sie mir die logistischen Einzelheiten beschreiben, die bei so einer Tunneldurchquerung zu beachten sind? Erklären Sie mir, warum es sonst niemand gewesen sein kann«, bat Robin.

»Oh«, antwortete Martha, »das klingt ja wie eine Prüfungsfrage zur mittleren Reife, was?«

»Bitte.«

»Okay. Aber nicht, weil ich Ihnen helfen möchte. Ich sag es nur, damit Sie einsehen, dass ich recht habe.« Sie wischte über den Boden und klatschte den Mopp gegen Robins Schuhe, was ziemlich sicher mit Absicht geschah. »Die fünf und er sind auf einem privaten Boot durchgefahren. *Er* hatte die Schlüssel für das Tor am Tunneleingang. *Er* hat den Tunnel aufgeschlossen, bevor er das Boot an seinem Liegeplatz etwa eine Meile vor Marsden geholt hat. *Er* hat das Boot durch den Tunnel gesteuert. Es gab keinen Dritten, keinen bösen Unbekannten – nur *ihn*. *Er* war der Einzige, der es gewesen sein konnte.«

»Was ist mit dem stillgelegten Tunnel? In dem bei offiziellen Touren der Begleitwagen durchfährt?«

Sie warf ihm einen anerkennenden Blick zu. »Sie haben Ihre Hausaufgaben gemacht, sehr gut. Dieser Tunnel war abgesperrt. Vor ein paar Jahren hatten wir Probleme mit Jugendlichen, die in den Tunnel eingedrungen sind – die Tunnel sind zu beiden Seiten mit einem Gitter gesichert, aber die Youngster haben sich unten durchgegraben. Also haben wir dort Betonfundamente gelegt. Die Tore werden mit einer Schlüsselkarte aufgesperrt – einer Schlüsselkarte, die am Tag des Vorfalls hier eingeschlossen war. Es konnte sonst keiner gewesen sein.«

»Hatte Matthew einen Schlüssel zum Besucherzentrum?«

»Sie meinen, er hat sich die Schlüsselkarte genommen und sie zurückgebracht? So ein Computersystem, an dem die Tore angeschlossen sind, hat den Vorteil, dass man sieht, wenn es geöffnet wird. Es wurde nicht geöffnet – den ganzen Tag nicht. Und außerdem hat er sich am Tag davor den Schlüssel für das Tunneltor genommen. Das Besucherzentrum war nämlich geschlossen.«

»Matthew hätte also den stillgelegten Tunnel nicht benutzen können, um die Leichen seiner Freunde fortzuschaffen?«

»Er hätte vom Kanaltunnel aus über mehrere Querstollen Zugang zu dem Tunnel gehabt, aber er wäre nicht mehr rausgekommen.«

»Was ist mit der anderen Seite des Kanaltunnels? Oder dem Eisenbahntunnel?« So oft fiel hier das Wort »Tunnel«, dass es langsam jede Bedeutung verlor.

»Es ist nicht so leicht, in den noch benutzten Eisenbahntunnel zu kommen. Es gibt noch Querstollen, aber wir nutzen sie eigentlich nicht, sie sind sehr viel gefährlicher. Und selbst wenn Sie da reinkommen – na ja, der Tunnel ist eben noch in Betrieb, und wenn Ihnen da ein Zug entgegenkommt ...«

Robin verstummte und sah zu Martha, wie sie den Boden wischte. Dann hielt sie inne und nickte ihm zu, damit er zurücktrat und sich eine Stufe höher in den Zugang zum Cafébereich stellte. »Sie sagen, es hätte sonst keiner tun können, aber nach Ihrer Beschreibung hört es sich an, als hätte auch Matthew es nicht tun können. Wie ist es denn Ihrer Meinung nach abgelaufen?«

Martha unterbrach ihre Arbeit und lehnte sich auf ihren Wischmopp. »Ich hab mir gedacht, er hätte sie ertränkt. Aber dann sind die Taucher aus dem Tunnel gekommen und haben keine Leichen gefunden. Also hab ich mir gedacht, er hätte sie irgendwo im aufgelassenen Tunnel versteckt. Aber die Suche dort war auch erfolglos. Dann hab ich es aufgegeben, mir darüber Gedanken zu machen.«

»Wie ist Ihnen das möglich?« Robin trat von der Stufe und rutschte fast auf dem nassen Boden aus. Er hielt sich am Türrahmen fest. »Wie können Sie sich damit zufriedengeben, wenn Sie nicht wissen, was nur ein paar Meter von hier stattgefunden hat?«

»Das klingt ja fast wie das, was diese Geister von Marsden zusammenfaseln. Suchen nach einer Lösung, um darüber hinwegzukommen. Also reimen sie sich was in ihrem Kopf zusammen, irgendwelche Theorien über Aliens und Gespenster und Ungeheuer. Das ist gefährliches Gerede.«

»Wie hätte es sich denn abspielen können? Denken Sie nach.« Allmählich wurde er wütend, seine Stimme hallte in der Stille wider.

»Keine Ahnung«, sagte Martha, dachte sichtlich angestrengt nach und kam zu keiner Lösung. »Er hätte die Schlüsselkarte kopieren, die Ruderpinne festbinden, sich ins Computersystem hacken und die Leichen über den verlassenen Tunnel rausschaffen können, um dann über einen späteren Querstollen wieder aufs Boot zu kommen.«

»Und die Leichen irgendwo verstecken können, wo die Polizei sie nicht findet?«, sagte Robin. »Nein. Lassen Sie sich was Besseres einfallen, Martha.«

Sie sah sich um, als könnte die Antwort an einer der Wände geschrieben stehen. »Vielleicht hat er die Leichen irgendwo an Bord versteckt und sie später weggebracht?«

»Wieder an einen Ort, wo die Polizei sie nicht findet? Abgesehen davon, dass er zu diesem Zeitpunkt bewusstlos im Krankenhaus lag und bestimmt einen Polizisten vor der Tür hatte. Nein.«

»Ich weiß nicht ... vielleicht ... mit einer Taucherausrüstung?«

»Taucherausrüstung? Wie mit einer Taucherausrüstung? Nein.«

»Ich weiß es nicht, okay. Manchmal, in bestimmten Situationen, ist es schwierig, logisch zu bleiben. Aber die Polizei hat McConnell. McConnell war es.«

Robin konnte nur schwer an sich halten. »Ich bin hierhergekommen, weil ich sehen wollte, ob es möglich wäre, dass Matthew McConnell es nicht getan hat. Aber bislang habe ich keine plausible Erklärung gefunden, die beweisen würde, dass er es war. Dieser Junge muss sich vor einem Gericht verantworten, das entscheidet, ob er nach Hause darf, und das Belastendste, was ich bislang zu hören bekommen habe, ist seine eigene Aussage.«

Martha musterte ihn mit einer Mischung aus Verachtung und sorgsam geschürter Wut. »Also gut, Sie Stadtmensch, wenn Sie von Theorien schon so angetan sind, wie ist es denn Ihrer Meinung nach abgelaufen?«

Erst da wurde ihm bewusst, dass er gar nicht auf Martha wütend war. Sondern auf sich selbst.

Denn, ehrlich gesagt, er hatte ebenfalls nicht die geringste Ahnung.

21

Martha knallte hinter ihm die Tür zu und verriegelte sie. Er würde in nächster Zeit kaum in den Tunnel kommen, jedenfalls nicht offiziell.

Seine Wut hätte ihm peinlich sein sollen, aber das war sie nicht (was das Seltsamste war). Im Gegenteil: Er fühlte sich erleichtert. Er hatte sich schon lange nicht mehr so aufgeregt, nicht mehr seit Sams Verschwinden, als er die Polizisten angeschrien hatte, damit sie ihn endlich ernst nahmen. Er hatte gedacht, diese Leidenschaft wäre für immer verschwunden.

Aber jetzt. Dieser Fall, zu dem Sam ihn geführt hatte. Dieser Tunnel.

Robin sah zu ihm und musste an Amber denken und die Spiele, von denen sie erzählt hatte. Er machte einen Schritt darauf zu, plötzlich wehte eine Windbö aus dem Tunnel und peitschte ihm ins Gesicht, als hätte sie nur auf ihn gewartet. Er ging zum Kanal hinunter, soweit es möglich war, bis er fast den Kopf durch die Gitterstäbe stecken konnte.

In die Dunkelheit starren. Um zu sehen, wie lange man es aushält.

»Eins«, murmelte Robin.

Nichts. Hinter den Gitterstäben lag nur ein dunkler Schlund. Es war nicht so, dass er den Beginn des Tunnels sah und dieser allmählich in der Dunkelheit verschwand. Nein, sofort hinter der Tunnelöffnung war die Welt einfach zu Ende.

»Zwei.«

Als könnte er hineintreten und auf der Stelle ausgelöscht werden. Als würde er in die Unendlichkeit fallen.

»Drei.«

Aber je länger er hineinstierte, desto mehr Gestalten traten hervor. Sie hatten keine richtige Form, waren nicht greifbar. Als würde er auf eine sich ständig verändernde Lavalampe blicken.

»Vier.«

Er sah, was der Verstand sah, wenn ihm absolut nichts präsentiert wurde.

»Fünf.«

Und dann war da noch etwas. Etwas, an dem man sich festhalten konnte. Etwas, was sich weniger unergründlich anfühlte. Eine längliche Gestalt bewegte sich durch die Dunkelheit.

»Sechs.«

Je länger er hinsah, desto besser erkannte er es. Er wusste nicht, ob er es beobachtete oder ob es ihn beobachtete. Etwas Langes, Hageres.

»Sieben.«

Etwas Haariges.

Robin unterdrückte einen Aufschrei und riss den Kopf weg, trat vom Tunnel zurück und wandte sich ab. Er holte Luft, atmete hastig ein und aus. Umfasste mit beiden Händen den Kopf und rang um Fassung. Das also geschah bei diesem Spiel. Deswegen spielten die Kinder es. Fehlten äußere Sinneseindrücke, fing der Verstand an, sich etwas zu erfinden.

Für einen Augenblick war Robin wieder zu einem Kind geworden, das vor dem Eingang zur Hölle stand und, von anderen angetrieben, in den Tunnel starrte.

Es jagte ihm eine Scheißangst ein.

22

Robin stürzte ins Hamlet. Er war lange sinnlos durch die Gegend gelaufen und hatte versucht, die Bilder aus dem Kopf zu bekommen, die er im Tunnel gesehen – oder zu sehen geglaubt – hatte. Er hatte jegliches Zeitgefühl verloren, mittlerweile war es Nachmittag geworden – Zeit, die er eigentlich nicht hatte. Er wusste nicht, warum er zurückgekehrt war. Vielleicht brauchte er eine vertraute Umgebung, etwas, was einem Zuhause am nächsten kam.

Im Pub war nichts los. Ein Mann, der schmuddelig und betrunken aussah, saß am Fensterplatz. Er war der einzige Gast. Dann erst fiel Robin ein, warum dem so war.

Dienstagnachmittag. Die Totenwache in der Kirche.

Wie aufs Stichwort erschien Amber in der Tür hinter der Theke, verabschiedete sich vom Barkeeper und entdeckte Robin. »Ach, Sie kommen mit zur Totenwache?«

Robin war nicht ganz wohl bei der Vorstellung, schließlich hatte Claypath ihn auf dem Kieker. Aber es konnte sich vielleicht auch als ganz nützlich erweisen. Also sagte er zu.

»Ich zeige Ihnen, wo die Kirche ist.« Amber lächelte.

Sie führte ihn ins Ortszentrum, am Glockenturm bog sie links ab.

»Wie laufen die Recherchen?«, fragte sie.

Robin hatte keine Ahnung, was er darauf antworten sollte. »Sind etwas ins Stocken geraten.«

Amber lachte. »Ich will ja nicht darauf herumreiten, aber ich hab Ihnen das doch von Anfang an gesagt.«

»Ja, Sie hatten recht. Die Leute scheinen sich damit abgefunden zu haben, was passiert ist. Die fünf … sind verschollen, und man macht weiter, als wäre nichts geschehen. Wie ist das möglich? Wie kann man mit so einem Rätsel leben? Wie kann man sich nicht die Frage stellen, was dort vorgefallen ist? Ich meine, wie kann so was überhaupt passieren?«

Amber bog um die Ecke. Vor ihnen tat sich der Dorfanger auf, hinter dem sich die Kirche erhob. Ein steter Strom von Menschen bewegte sich darauf zu. Es herrschte Stille, nichts war zu hören, nur die Kirche schien regelrecht zu pulsieren vor Rastlosigkeit, nachdem sich jeder aus dem Ort hier einfand. Sogar von ihrer Stelle aus war das zu erkennen.

Amber blieb stehen. »Hier werden Sie Ihre Antwort finden. Hier werden Sie vielleicht verstehen, warum die Leute akzeptieren wollen, dass die fünf verschwunden sind, warum sie einen Schlussstrich unter die Sache ziehen müssen.«

Weitere Menschen erschienen. Alle trugen gedeckte Farben, als würden sie sich zu einer Beerdigung begeben. In gewissem Sinn taten sie das auch.

Robin nickte. »Okay.«

Auch Amber nickte und führte ihn über den Anger in die Kirche.

23

Die meisten Kirchenbänke waren schon besetzt. Amber und Robin suchten sich Plätze im hinteren Bereich. Robin ließ den Blick schweifen, bis er in der Menschenmenge einige bekannte Gesichter entdeckte, denen er in Marsden bereits begegnet war. Benny Masterson, Martha Hobson, dazu die, die er aus dem Pub kannte. Die meisten hielten den Kopf gesenkt. Wenn sie sich unterhielten, dann gedämpft, darauf bedacht, nicht zu laut zu werden.

Plötzlich spürte er Blicke auf sich, sein Nacken kribbelte. Er drehte den Kopf und bemerkte eine Frau in der Ecke. Eine junge Frau, die er von irgendwoher kannte und die ihn unverwandt ansah. Sie fiel auf, da sie nicht ganz in Schwarz gekleidet war. Sie trug denselben violetten Hoodie und hatte die Hände in den Taschen vergraben wie die Frau … im Gefängnis. Als sich ihre Blicke trafen, sah sie nicht weg. Das tat schließlich Robin, auch wenn er weiterhin ihren Blick auf sich spürte.

»Ich möchte euch allen für euer Kommen danken«, ergriff jemand das Wort. Robin sah nach vorn. Ein schwarz gekleideter Mann mit dem Kollar eines Pfarrers war erschienen, hinter ihm hatten sich mehrere Anwesende auf Stühlen niedergelassen.

»Sind das die Eltern?«, flüsterte er Amber zu.

Fünf Personen saßen vor dem Altar, es gab allerdings acht Sitzgelegenheiten. »Das ist Mrs Pack«, sagte Amber und deutete auf die Frau ganz hinten. Sie sah unglaublich alt und erschöpft aus und trug einen zerschlissenen Pullover und ebenso abgerissene Jeans – jedenfalls nichts, was bei so einem Ereignis zu erwarten gewesen wäre.

Neben ihr schlossen sich drei leere Stühle an, dann kam ganz offensichtlich ein Paar. Die beiden trugen formellere Kleidung, machten aber einen ebenso erschöpften Eindruck wie Mrs Pack. »Mr und Mrs Frost, daneben Mrs Claypath, und dann kommt unser Polizeichef Roger Claypath.« Bei den Claypaths war nicht zu übersehen, dass sie zusammengehörten. Mrs Claypath trug ein teuer aussehendes schwarzes Kleid, während Roger Claypath in Uniform erschienen war. Er war so einschüchternd wie am Tag zuvor im Gefängnis.

»Wo sind die anderen?«, fragte Robin. »Die Sunderlands und Mr Pack?«

Aber Amber kam nicht dazu, zu antworten.

»Wir beginnen mit der Lesung«, sagte der Pfarrer und trug anschließend aus der Bibel vor.

Nach der Lesung und einem Gebet bat der Pfarrer die Familienangehörigen um einige Worte. Mrs Frost erhob sich als Erste, sobald sie aber das Podium erreichte, brach sie in Tränen aus. Mr Frost eilte zu ihr. »Lass mich, Sandra.«

Mrs Frost nickte.

»Unser Robert«, begann Mr Frost, der nun den Arm um seine weinende Frau gelegt hatte, »war um Worte nie verlegen. Ich weiß nicht, woher er das hatte, aber bestimmt nicht von mir. Er war ein fantastischer Autor, er hat Geschichten und Drehbücher und Songs geschrieben. Meistens aber Gedichte. Was nun doch einer gewissen Ironie nicht entbehrt, wie ihr alle bestimmt wisst. Schließlich haben wir ihn nach einem Dichter benannt.« Mr Frost lächelte und schniefte. »Eigentlich wollte ich etwas von ihm vorlesen, bei der Durchsicht der vielen Gedichte musste ich aber feststellen, dass er nie etwas Trauriges geschrieben hat. Er konzentrierte sich auf das Gute in der Welt, auf das, was wir tun sollten. Daher sollten wir alle das Gute an ihnen im Gedächtnis bewahren. Die Fünf vom Standedge waren die Besten, und ich bin stolz, Robert Frost meinen Sohn nennen zu können. Danke.« Mr Frost trat vom Podium und führte seine Frau zu den Stühlen.

Als Nächstes erhob sich Mrs Pack, aber sie weinte so sehr, dass sie kaum zu verstehen war. Alle sahen nur mit an, wie sie sich durch ihre Rede schluchzte. Keiner stoppte sie, sie redete weiter, bis sie fertig war, dann stand sie nur da, schwankte leicht und starrte mit leerem Blick in die versammelte Menge.

Roger Claypath erhob sich, führte Mrs Pack zu ihrem Sitzplatz und kehrte zum Podium zurück. »Zweifellos versteht ihr alle unseren Schmerz und unser Leid, wenn nicht, dann werdet ihr es gleich verstehen.« Dabei sah er unvermittelt zu Robin. Woher wusste Claypath überhaupt, wo er saß? Sein Blick war durchdringend, die Botschaft klar.

Lass uns in Ruhe.

»Ich habe es jetzt verstanden«, flüsterte Robin, vielleicht zu Amber, vielleicht nur zu sich selbst. »Sie machen mit dem Leben weiter, weil sie müssen.«

Plötzlich stiegen ihm Tränen in die Augen, und der Raum fühlte sich an, als würde er sich um ihn schließen. Er musste raus; raus aus dieser Kirche. Es war ihm egal, was die anderen sich dachten. Er musste weg.

Also schob er sich an Leuten vorbei, die er nicht kannte, und öffnete so leise wie möglich die Tür.

Draußen ließ er seinen Tränen freien Lauf. Warum, wusste er nicht. Und dann dachte er: Sie machen weiter, selbst wenn ihre Kinder tot sind. Sie schaffen das, auch wenn es schwer ist.

Musste er ebenfalls mit dem Leben weitermachen?

Kämpfte er einzig und allein nur deshalb noch um sie, weil das weniger schmerzhaft war als die Aussicht, sie endgültig loszulassen?

24

Da sich der gesamte Ort in der Kirche eingefunden hatte, begegnete ihm auf dem Rückweg zum Hamlet keine Menschenseele. Im Pub hatte sich nicht viel verändert. Derselbe Barkeeper hielt sich hinter der Theke auf, derselbe Gast saß am Fenstertisch und leerte ein offensichtlich frisches Pint.

Robin bestellte sich eine Coke. »Wer ist der Mann am Fenster?«, flüsterte er dem Barkeeper zu. Alle Bewohner waren wegen der Fünf vom Standedge in der Kirche versammelt, warum nicht auch er?

Auf die Antwort, die er erhielt, war er allerdings nicht gefasst. Der Barkeeper sah erst zum Gast, dann zu Robin. »Das ist Ethan Pack, Pru Packs Vater.«

Überrascht drehte sich Robin zu dem Mann hin. Ethan Pack war in einen Regenmantel gehüllt, obwohl es draußen nicht regnete und es im Hamlet ziemlich warm war. Er hatte einen buschigen Vollbart, seine Haare waren zerzaust. Auf seinem Tisch lag eine Zeitung, aber er schien sich nicht dafür zu interessieren, er wollte nichts als sein Bier trinken. Allein sein Anblick machte Robin traurig.

»Was trinkt er?«, fragte Robin.

Eine halbe Minute später stellte Robin ihm ein frisches Marsden Ale auf den Tisch, Ethan Pack sah auf. Sein Blick zeigte keinerlei Regung. »Ich hab gesehen, dass Sie nicht mehr viel im Glas haben.«

»Danke«, murmelte er.

»Robin Ferringham. Kann ich mich zu Ihnen setzen?« Ethan Pack machte eine zustimmende Handbewegung. Robin nahm Platz.

»Robin, was?« Er leerte sein altes Pint – über die Hälfte des Glases – und machte sich ans neue. »Auf der Durchreise?«

»Könnte man so sagen«, antwortete Robin. Ethan Pack zuckte mit den Schultern. Feinsinnigkeiten waren hier nicht nötig. Pack war betrunken. »Mir fiel auf, dass Sie nicht in der Kirche sind. Bei der Totenwache für die Fünf vom Standedge.«

»Wozu das Ganze?«

»Na ja ... wegen Ihrer Tochter. Sie hat doch zu ihnen gehört, oder? Sie war doch eine von den fünf.«

Pack musterte ihn. Robin fürchtete schon, er wäre zu weit gegangen. Aber dann nahm Ethan Pack nur einen weiteren Schluck. »Das heißt noch lange nicht, dass ich mit diesen Arschlöchern irgendwas gemeinsam habe und Kumbaya singen muss, oder? Ist schon okay, da, wo ich bin.«

»Es tut mir leid, was passiert ist.«

»Ja, ja ...«

»Ich hab auch jemanden verloren. Ist schon eine Weile her. Die Ungewissheit verfolgt einen ununterbrochen.«

Pack sah ihn an; sah ihn zum ersten Mal richtig an. »Nein, das hört nicht auf. Ich jedenfalls kann es nicht. Die ganze Zeit geht es mir durch den Kopf. Sie ist nicht mehr da ... nur noch ... nur noch ein Fragezeichen.«

»Wie war sie? Ihre Tochter.«

»Wie alle jungen Frauen. Sie war uns haushoch überlegen, mir und May. May war meine ... Prus Mum. Pru hatte große Pläne. Sie war eine fantastische Ingenieurin. Sie hat gerade ein Praktikum gemacht, hat Zubehörteile für Bäder entworfen. Für Whirlpools, Swimmingpools, Saunas. Nicht unbedingt die Sachen, die sie wirklich machen wollte, aber es war ein Schritt in die richtige Richtung. Eigentlich wollte sie an Space Shuttles arbeiten. Nach Florida ziehen und am Kennedy Space Center arbeiten. Stellen Sie sich vor!« Er hob das Bierglas, prostete Robin zu und nahm einen Schluck. Auf seiner Oberlippe blieb ein Schaumrand zurück. Er machte keine Anstalten, ihn wegzuwischen.

»Sie muss was Besonderes gewesen sein.«

»Das war sie. Anders als ich. Ich arbeite in der Gemeindeverwaltung – ich meine, ich hab da früher mal gearbeitet. Jetzt nicht mehr.«

»Ich … Sie müssen sich nicht erklären …«

»Ich weiß, was die sich alle denken … worüber sie hinter meinem Rücken reden. Aber das interessiert mich nicht mehr. An dem Tag, an dem Pru verschwunden ist … das war, als wäre auch ein Teil von mir verschwunden. Wissen Sie?« Gedankenverloren ergriff er die Zeitung und legte sie auf den Platz neben sich. »Da ist alles den Bach runtergegangen. Ich werde das wieder auf die Reihe kriegen. Irgendwann einmal … ja?« Er lachte, ein sehr freudloses Lachen. »Ich war da draußen, tagelang, und hab meine Tochter gesucht. Es gibt nur einen Menschen, der weiß, wo sie ist. Und der sitzt jetzt in seiner Zelle und redet nicht.

Die Leute stellen sich unter einem Gefängnis immer was Schlimmes vor. Sie sehen es als eine Strafe an. Ich sehe es eher als einen Schutz. Hier am Ort, da gibt es einige, die würden es am liebsten aus ihm herausprügeln. Herausprügeln … wo … wo er sie hingebracht hat …« Seine Stimme wurde brüchig, aber er weinte nicht. Er nahm nur einen weiteren Schluck. »Pru hat nie jemandem was getan. Nie auch nur einer Fliege was zuleide getan. Und sie hat ihren Freunden vertraut. Sie wäre für ihre Freunde gestorben. Und das hat er ihr dann angetan.«

Robin rutschte es einfach so heraus: »Es scheint aber keinen konkreten Beweis zu geben, dass Matthew …«

Pack knallte die Faust auf den Tisch, und jetzt schimmerte auch etwas in seinen Augen. Er sah aus wie jemand, der zu einem Mord fähig wäre. Sofort war Robin klar, dass er einen Fehler begangen hatte. »Beweise sind völlig belanglos. Ich weiß, was passiert ist. Ich kann es spüren. Von wegen, er könne sich an nichts erinnern, was für eine gequirlte Scheiße. Er hat gewusst, was er macht, von der ersten Sekunde an, als sie reingefahren sind, bis zur letzten, als er wieder rausgekommen ist. Gott sei Dank gibt es Leute wie Roger Claypath, die scheuen sich nicht, das zu tun, was getan werden muss.«

Robin war verwirrt. »Was meinen Sie?«

Ethan Pack zügelte sich. »Ich meine nur, dass der Junge sich verantworten muss. Alle hier haben die fünf gemocht. Meine Pru, Tim, Rachel, Edmund, sogar diesen tollpatschigen Robert – das waren anständige junge Menschen. Sie haben Marsden zu einem besseren Ort gemacht. Sie haben uns daran erinnert, dass wir auch mal jung gewesen sind. Losgezogen, in Schwierigkeiten geraten sind, Abenteuer erlebt haben. Sie waren die Guten, und diese ... diese Schlange ... hat sie zum Bösen verführt.«

»Sind Sie Matthew jemals persönlich begegnet?«

Pack zuckte schon beim Namen zusammen. »Ja. Und? Das war davor. Er war ein ganz normaler junger Mann. Ein bisschen still, ein bisschen anhänglich vielleicht – jetzt weiß ich auch, warum. Ein kleiner Psychopath, das war er, der nur auf seinen Moment gewartet hat. Selbst als er noch normal war, hatte ich immer das Gefühl, dass mit dem was nicht stimmt. Da war immer was Rätselhaftes, wenn man ihn sich angesehen hat. Was ist ihm durch den Kopf gegangen? Was war da hinter seinen Augen? Jeder hat gewusst, dass er der Außenseiter der Gruppe war, sogar wir Eltern haben das mitbekommen. Von den anderen hatte jeder was an sich, jeder war so was wie eine Persönlichkeit, jeder konnte was, aber er ... war bloß eine nichtssagende Null. Jetzt hat er endlich herausgefunden, wer er ist. Ein Psychopath, ein Mörder.«

Robin hörte nur zu. Ethan Pack redete sich immer weiter in Rage, und Robin war froh, dass sie beide allein dasaßen. Dann senkte Pack plötzlich die Stimme – lehnte sich über den Tisch zu ihm und flüsterte: »Sie wissen es alle. Wir wissen es alle. Die beschissene Sache ist bloß, es ist mir egal, wie viele Jahre er bekommt oder wie viel Leid er anderen noch zufügt, ich will nur wissen, wo meine Tochter ist.« Wieder ließ er seine Hand auf den Tisch krachen, diesmal aber mit der offenen Handfläche. »Das ist krank, auf seine ganz eigene Art. Haben Sie das kapiert?«

»Ja«, sagte Robin. »Natürlich.«

Blitzschnell packte Ethan Pack Robin am Handgelenk und drückte zu. »Könnten Sie jemanden umbringen? Könnten Sie den umbringen, der Ihnen Ihren liebsten Menschen genommen hat?« Packs Miene verzerrte sich zu einem Grinsen. »Manchmal habe ich das Gefühl, als könnte ich es.«

Der Griff des Betrunkenen war unbarmherzig. Robins Hand lief weiß an, sein Handgelenk pochte.

»Ethan!«, rief der Barkeeper und kam zu ihnen.

Pack lockerte den Griff – sofort begann Robins Hand zu prickeln und zu stechen –, aber er ließ nicht los, nicht ganz. »Meine Tochter ...«, knurrte Pack.

»Du hast genug gehabt, Ethan«, sagte der Barkeeper. »Es reicht für heute.«

»Dieser Dreckskerl ...«

So schnell Ethan Pack Robin angegangen war, so schnell ergriff der Barkeeper jetzt Ethan Packs Arm. Pack ließ Robin los, der sich aus seinem Griff befreien konnte und sein taubes Handgelenk umfasste. »Verschwinden Sie«, sagte der Barkeeper, der immer noch Pack am Arm festhielt. »Sofort.«

Robin sah sich noch einmal um, aber es hatte den Anschein, als würde sich Ethan Pack nicht zurückhalten lassen. Er wollte nicht wissen, was Pack machte, sobald er sich aus der Umklammerung des Barkeepers befreit hatte. Der Mann war völlig von Sinnen. Und noch während Robin zu den beiden sah, schüttelte Pack den Barkeeper ab.

Robin wartete keine Sekunde. Er rannte aus dem Hamlet hinaus in den kühlen Nachmittag. Kurz wurde er von der Sonne geblendet, schüttelte den Kopf und lief die Straße hinunter.

Hinter sich hörte er ein Klappern, dann einen wütenden Schrei. Ethan Pack verließ das Hamlet und kam mit lauten, donnernden Schritten näher. Robin sah sich nicht um – konnte nicht. Was ging hier ab? War die ganze Welt verrückt geworden?

Nein. Nur ein Mann.

Robin wollte nicht wissen, was geschehen würde, wenn Pack ihn einholte. Pack hatte dabei zweifellos gewisse Vorteile auf seiner Seite. Er kannte den Ort und war wild entschlossen, sich Robin zu schnappen. Es war nur eine Frage der Zeit, bis er ihn eingeholt hätte.

Robin spurtete durch die Straße. Er musste irgendwas finden ...

Dort. Zwischen einem der Secondhandläden und einem Café lag eine sehr schmale Gasse. Ohne lange nachzudenken, stürzte er hinein.

Der Durchgang war dunkel und zugemüllt, kaum breit genug für eine Person. Das Geräusch seiner Schritte hallte von den Wänden wider. Etwa auf halbem Weg waren mehrere Mülltonnen an die Wände geschoben, es gab zwei Türen zu jeder Seite, die zu irgendwelchen Läden führten. Als er hinter sich Pack hörte, schlüpfte er hinter die Mülltonnen und versteckte sich.

Sein Herzschlag beschleunigte sich, als die Schritte draußen auf der Straße verstummten. Durch den schmalen Spalt zwischen zwei Tonnen sah er zur Straße. Pack, vom Tageslicht erhellt, stand am Eingang zur Gasse, aber dann wandte er sich ab.

In diesem Augenblick stieß Robin mit der Schulter gegen eine Tonne, die mit lautem Getöse umkippte. Noch hatte Ethan Pack ihn nicht entdeckt, aber er war stutzig geworden. Er trat in die Gasse.

Robin hielt den Atem an.

Und dann wurde seine Hand gepackt.

Sein Herz setzte einen Schlag aus, erst dann sah er die junge Frau, die auf ihn hinunterschaute. Sie kam ihm bekannt vor. Hoodie. Schwarze, zu einem Knoten gebundene Haare. Kopfhörer. »Du …«

»Lauf«, sagte sie und zog ihn hoch.

Bevor Robin auch nur einen Gedanken fassen konnte, hatte er sich schon erhoben. Die junge Frau rannte los. Robin folgte ihr. Bis ans Ende der Gasse.

Die junge Frau lief auf eine Straße hinaus, auf der Robin noch nie gewesen war, er wollte schon folgen, als ein Laut ihn innehalten ließ.

Jemand weinte.

Er sah zurück. Ethan Pack war bei den Mülltonnen zusammengesackt. Er wand sich auf dem Boden, heulte, weinte, jammerte hemmungslos. Auf gewisse Weise konnte Robin ihn gut verstehen. Packs Schluchzen hüllte die ganze Gasse in Trauer.

Eine Hand berührte ihn an der Schulter. Er musste sich nicht umdrehen, um zu wissen, dass es die junge Frau war.

»Wir müssen ihm helfen«, sagte Robin.

»Das geht nicht«, flüsterte sie. »Zumindest nicht jetzt.«

Die junge Frau hatte recht. Ethan Pack zu trösten würde keinem helfen. Auch am nächsten Morgen würde er ohne Frau aufwachen, ohne Arbeit, ohne seine Tochter. Er würde wieder ins Hamlet gehen und sich in Rage trinken.

Um Ethan Pack zu helfen, musste Robin herausfinden, was wirklich geschehen war.

Robin sah zur jungen Frau, die nickte, als würde sie zustimmen.

»Komm«, sagte sie, »ich hab was, da können wir hin.« Damit drehte sie sich um und lief durch die Straße.

Nach einem letzten Blick zu Ethan Pack, der sich auf dem Boden krümmte, folgte ihr Robin.

25

Die junge Frau führte ihn durch den Ort, hielt kurz am Glockenturm an, nahm eine Seitenstraße und kam auf die Hauptstraße zurück, auf der er sich wieder auskannte. Sie blieb immer zwei, drei Schritte vor ihm und hielt ihr hohes Tempo bei. Wenn er versuchte, sie einzuholen, wurde auch sie schneller. Niemand kam ihnen entgegen. Sie passierten die beiden Pubs am Fuß des Hügels, der zum Bahnhof führte, und erst da hatte sich Robin von der Begegnung mit Ethan Pack so weit erholt, dass er sie ansprechen konnte.

»Wer bist du?«, rief er ihr nach, als sie schon den Hügel hinaufmarschierte. »Warum hast du mich im Gefängnis beobachtet? Oder jetzt auf der Totenwache?«

Sie drehte sich nicht zu ihm um, antwortete aber. »Ich beobachte dich, seit du angekommen bist.«

»Warte doch, warum?«

»Nimm es nicht persönlich. Ich musste wissen, warum du hier bist. Und jetzt weiß ich es.« Etwa auf halber Höhe des Hügels, vor dem Pfad, der zum Wald führte, wo die Schafe verschwunden waren, blieb sie stehen. »Weil du ein Idiot bist.«

»Moment...« Aber sie hatte sich schon wieder in Bewegung gesetzt – nicht in Richtung Bahnhof, sondern in Richtung des Waldes. Robin sah sich um, überlegte, ob er einfach gehen sollte, aber sie hatte ihm den Arsch gerettet und schien etwas von ihm zu wollen. Er trabte ihr hinterher und schloss zu ihr auf. »Wohin gehen wir?«

Sie antwortete nicht. Sie überquerten ein weites Feld und stapften auf den Wald zu, der weiter weg lag, als es zunächst den Anschein gehabt hatte. Irgendwann tauchte sie zwischen den Bäumen ein. Robin mit ihr.

Es folgte ein Marsch durch den Wald, der fünf Minuten, der auch eine halbe Stunde hätte dauern können. Robin wusste es nicht – alles sah so gleich aus, dass es sich anfühlte, als würde sich die Zeit im Kreis drehen. Gleichmäßig knirschten ihre Schritte auf dem Herbstlaub. Die junge Frau, die den dünnen Stämmen auswich, trieb ihn voran.

Schließlich blieb sie kurz stehen, bevor sie hinter einem Hügelkamm verschwand. Robin erklomm die Anhöhe und sah, dass sich der Wald in weite Ferne erstreckte, so weit sein Auge reichte. Die junge Frau war unten vor einem großen Strauch stehen geblieben. Er folgte und stellte fest, dass der Strauch in Wahrheit eine laubbedeckte Holzkonstruktion war.

Die Frau verschwand um die Ecke des Bauwerks, das sich als Holzhütte herausstellte. Robin folgte. Er erkannte eine Öffnung, Zweige und Blätter bildeten eine Art Vordach. Er nahm an, dass die junge Frau im Inneren des Baus war.

»Wo sind wir?«, rief er. Er kämpfte gegen sein Gefühl an, dass er hier jederzeit ermordet werden könnte.

Eine ramponierte Gittertür, von Ranken und Pflanzen überwuchert und mit der Landschaft verwoben, ragte von der Öffnung weg – als stünde er auf der Schwelle zu einem verfallenen, vom Blätterwerk umhüllten Haus. Robin steckte den Kopf hinein und entdeckte eine von Gräsern und Ranken bewachsene Veranda. Die Gittertür stand offen, damit Flora und Fauna ungehindert Zugang hatten. Er sah etwas, was er für einen von Brennnesseln umhüllten Schweinetrog hielt, seine Aufmerksamkeit galt aber einem anderen Gegenstand.

Überrascht trat er einen Schritt zurück.

Er stand direkt davor. Die Gräser und Sträucher teilten sich, als wollten sie die Erhabenheit des Gegenstands hervorheben. Makellos, herrlich, fast funkelnd stand sie vor ihm.

Eine rote Tür.

26

Die Tür stand weit offen. Dahinter Dunkelheit. Unwillkürlich streckte er den Arm aus. Die junge Frau war hier durchgegangen, hierher hatte sie ihn geführt. Wenn es sich wirklich um das handelte, was er glaubte, dann war er hier genau richtig.

Vielleicht.

Er strich mit beiden Händen über die Tür und drückte dagegen. Der Raum dahinter war pechschwarz, als würde die Tür ins Nichts führen. Er kramte das Handy aus der Tasche und aktivierte die Taschenlampenfunktion. Warum hatte die Frau nicht das Licht angemacht?

Der Lichtstrahl fiel auf einen verstaubten Tisch und Schränke, auf denen jeweils verdreckte Teller standen. Robin ließ den Lichtschein wandern und entdeckte einen Herd und einen Kühlschrank. Eine Küche. Töpfe und Pfannen hingen über dem Herd, alles war mit einer dicken Staubschicht überzogen. Einzelne Staubteilchen tanzten im Lichtstrahl. Alles war unglaublich verdreckt, als wäre in den letzten zehn Jahren keiner mehr hier gewesen. Der einzige Gegenstand, der sauber zu sein schien, war die Kühlgefrierkombination. Glänzend weiß schimmerte sie im Licht.

Er trat ein und wusste, sobald er die Tür losließ, würde sie zufallen. Er tat es. Abgesehen vom Handy-Licht herrschte vollkommene Dunkelheit. Stille. Nein, ein leises Geräusch, ein rhythmisches Klacken. Nicht gleichmäßig – manchmal langsam, manchmal schnell, manchmal kaum zu hören.

Die Küche öffnete sich zu einem weiteren Raum, er trat

um den Tisch herum, wollte sehen, wohin er führte, und rutschte auf etwas aus. Er richtete das Licht auf den Boden: eine alte Ausgabe des Marsden-*Chronicle*. Er wollte die Zeitung schon aufheben, ließ es aber bleiben, als er sah, wie durchnässt sie war.

Dann gelangte er zur Tür. Im Lichtschein tat sich ein Gang auf. Er schien ewig lang zu sein, jedenfalls länger als die Reichweite seiner Taschenlampe. In ihrem Licht aber war seitlich eine angelehnte Tür zu erkennen, im schmalen Spalt glaubte er, einen fahlen blauen Schimmer zu sehen.

Endlich ein Zeichen, dass die junge Frau hier war.

Zögernd trat er in den Gang und auf das blaue Licht zu. Das Klacken wurde lauter, je weiter er vordrang, hörte aber auf, als er die Tür erreichte.

Die Luft wirkte wie elektrisch aufgeladen.

Das Geräusch setzte wieder ein.

Er schob die Tür auf. Das blaue Licht flutete in den Gang, er riss den Arm hoch und hielt ihn sich vors Gesicht.

Er zwinkerte heftig, bis seine Augen sich an das Licht gewöhnt hatten, und ließ den Arm sinken. Die aufgeladene Luft war keine Täuschung – der gesamte Raum stand voller elektrischer Geräte. Computer waren an den Wänden aufgereiht, auf dem Boden verlief ein Wirrwarr miteinander verbundener Kabel. Die Tower-Gehäuse blinkten und sirrten.

In der Mitte des Raums stand ein Metallregal, auf dem alle möglichen Geräte untergebracht waren – alte Drucker, Telefone, Mikrowellen- und Faxgeräte, übereinandergestapelt und in unterschiedlich marodem Zustand. Sie verstellten die Sicht auf das, was sich hinter dem Regal befand – was das Klacken erzeugte und woher das blaue Licht kam.

Vorsichtig trat er über die Kabel und ging um das Regal herum. Als Erstes sah er die Monitore – es mussten fünf oder sechs sein, alte, wuchtige Geräte, die übereinandergestellt waren und alle liefen. Sie zeigten alle das Gleiche, einen Textblock, der mit jeder Sekunde etwas länger wurde. Jetzt erkannte er auch, woher das Klacken kam, gleich darauf sah er die junge Frau in einem großen Schreibtischsessel vor der Tastatur. Sie tippte.

Sie drehte sich zu ihm um.

»Willkommen bei The Red Door ... Robin.«

Sie grinste ihn an.

27

»Lust auf einen Kakao?«, fragte die junge Frau und nahm einen Schluck aus einem Milchkarton.

»Das ist The Red Door? Die Website?«, fragte Robin.

»Ja. Deshalb die rote Tür. Es macht nicht viel her, aber es ist mein Zuhause. Und meine Geheimbasis.« Mit fast liebevollem Blick sah sie sich um.

»Das machst du öfter? Fremde in deine Geheimbasis locken?«

»Du bist doch kein Fremder, Robin«, sagte die junge Frau und lächelte, als wäre sie sehr mit sich zufrieden.

»Du bist mir gefolgt.«

»Ja«, sagte sie unverblümt. »Ich musste wissen, warum du hier bist. Erst dachte ich, du könntest ein Doory sein, aber ...«

»Wie bitte – Doory?«

»Ein Fan der Seite. Hatte in den letzten Monaten ein paar Popularitätsausschläge. Der Bericht über das Nordfarn-Phantom. Mein Exposé über die Gesichtslosen. Das einzige öffentliche Interview mit Kace Carver. Die Site leuchtet wie ein Weihnachtsbaum. Aber nichts ist so groß wie ... der Standedge.«

»Wer bist du?«

»Aber du bist kein Doory. Du hast Matthew McConnell im Gefängnis besucht. Du warst am Tunnel. Du warst heute Morgen im Besucherzentrum und hast bestimmt versucht, in den Tunnel zu kommen. Und du bist Journalist – oder warst es zumindest. Mittlerweile hast du es wohl eher mit längeren Formaten, was?«

»Du scheinst zu wissen, wer ich bin, dann sag mir, wer du bist.«

Sie zog die Stirn kraus, nahm den Kopfhörer, den sie um den Hals hängen hatte, und legte ihn neben die Tastatur auf den Tisch. Sie zögerte etwas. »Sally. Sally Morgan.«

»Sally?« Etwas war in ihrer Stimme, vielleicht nur ein Zögern, aber irgendwas sagte ihm, dass sie nicht die Wahrheit erzählte. Aber vorerst würde ihm Sally genügen. »Du lebst hier draußen allein, Sally?«

»Ja. Ein Problem damit?«

»Das hier sieht mir nicht nach einer Wohnung aus, in der eine junge Frau sonst so wohnt.«

Sie warf ihm einen amüsierten Blick zu.

»Also«, sagte Robin und sah sich um, »du betreibst die Website ganz allein?«

»Ja«, sagte sie aufgeräumt. »Ich ganz allein hab diese Sache angeleiert. Dachte, es wäre sicherer, wenn ich alles allein mache. Das Programmieren, die Wartung, die Recherchen und das Schreiben.« Sie schwang auf ihrem Stuhl herum und hackte wieder auf die Tastatur ein. Die Homepage der Red Door erschien. Er sah, dass ein neuer Artikel über den Standedge und Marsden dazugekommen war, den er noch nicht gelesen hatte. »Beeindruckend, was?«

»Aber was machst du sonst?«

»Wie?«

»The Red Door hat keine Werbung. Was machst du also … um Geld zu verdienen?«

Sie seufzte und nahm einen Ton an, als würde sie mit einem Zweijährigen reden. »Du siehst die Server hier?« Sie deutete auf die großen schwarzen Kästen mit ihren blinkenden Lichtern entlang der Wände. »Einen Großteil meiner Rechenpower vermiete ich an Leute, die Kryptowährungen schürfen.« Sie sah seine Miene. »Spar's dir, mir zu sagen, dass du keinen blassen Schimmer hast, ich werde es dir nicht erklären.« Nach einer kurzen Pause sagte sie: »Was interessiert dich am Standedge-Vorfall? Und lüg mich nicht an.«

Er hatte keinerlei Kontrolle über das Gespräch, aber aus einem unbestimmten Grund traute er ihr. Sie war dafür verantwortlich, dass er jetzt in Marsden war. Ihre Artikel über den Standedge hatten sein Interesse geweckt. »Matthew McConnell hat mich angerufen.«

Sally lachte. »Das ... habe ich jetzt nicht erwartet.« Sie zog einen zweiten Schreibtischsessel heran, damit Robin sich setzen konnte. Im Lauf der nächsten halben Stunde erzählte er ihr die ganze Geschichte – die Wahrheit. Er erzählte ihr von Sam, von Matthew, von allem, was sich seit seiner Ankunft ereignet hatte. Als er fertig war, musterte sie ihn nur. »Als ich sagte, ›lüg mich nicht an‹, hab ich nicht gemeint, dass du mir alles lang und breit auftischen musst.«

»Sorry, ich hab nur ...«

»Du meinst also, du hilfst Matthew, und er erzählt dir dafür was über deine Frau?«

»Hab ich eine andere Wahl?«

Sally zuckte mit den Schultern wie ein bockiges Kind. »Du hast ...« Sie wurde von einem lauten »bää« unterbrochen. Robin fuhr zusammen – der Laut war so unpassend in dieser Umgebung. Sally seufzte nur und stand auf. »Bin gleich wieder da. Teddie will was zu fressen.«

»Was? Die Schafe gehören dir?«

Sally schüttelte den Kopf. »Nein. Aber ich füttere sie trotzdem.«

Er sah ihr nach, wie sie um die Regale ging, dann lauschte er ihren Schritten, und als sie nicht mehr zu hören waren, blickte er sich auf ihrem Tisch um. Er war voll mit Krimskrams – einem Kugelpendel, dem eine Kugel fehlte, einem halb gelösten Zauberwürfel, einem aufgeschlagenen

Wortsuche-Rätselbuch, das von einem Hefter beschwert wurde. Er betrachtete die Seite. Sally hatte keines der aufgeführten Wörter gefunden, dafür ihre eigenen markiert. Daneben lagen die klappernde alte Tastatur und ihr Kopfhörer, dahinter ein Werkzeugkasten und ein Stapel von zerlegten Computerfestplatten. Keinerlei persönliche Gegenstände – nichts, was ihm verraten hätte, wer Sally Morgan war.

Er rückte näher an die vielen Bildschirme heran und vertiefte sich in den nächsten Monitor, auf dem eine Seite von The Red Door aufgerufen war. Zu sehen war der Artikel, der laut Datum an dem Tag gepostet worden war, an dem er in Marsden ankam. Er begann zu lesen.

Treffen der Geister von Marsden Zweifel am Standedge-Vorfall
von **The Red Door**, 23.10.2018, 13.45

Fünf Studenten, die von den Einwohnern in Marsden hoch geschätzt wurden, verschwanden am 26. Juni 2018 spurlos im Standedge-Kanaltunnel. Lediglich ihr Freund, der Tourguide Matthew McConnell, der bewusstlos an Deck des Kanalboots lag, sowie ihr Bedlington-Terrier kehrten aus dem Tunnel zurück.

Die Polizei und die Einwohner sind übereinstimmend der Meinung, dass McConnell im Tunnel seine Freunde tötete, die Leichen über den mit dem Kanaltunnel verbundenen stillgelegten Eisenbahntunnel verschwinden ließ und zum Boot zurückkehrte, wo er die Fahrt fortsetzte und am anderen Ende wieder auftauchte.

Die öffentliche Meinung über McConnell hat sich in jüngster Zeit sehr verschlechtert, nach letzten Gerüchten soll sein Gerichtstermin vorgezogen werden (ich denke, bei der Anhörung werden wir bald mehr erfahren). Die Anschuldigung gegen McConnell fußt vorwiegend auf dem Umstand, dass das Verbrechen auf andere Art nicht zu erklären ist. Obwohl es Fakten gibt, die der »McConnell-Theorie« widersprechen (wie zum Beispiel die Aufzeichnungen der Überwachungskameras am Ein- und Ausgang des stillgelegten Tunnels, worüber The Red Door letzte Woche in der Rubrik SCHNELLFEUER NEWS berichtet hat), scheint die Polizei überzeugt zu sein, die richtige Person in Gewahrsam zu haben.

Es gibt allerdings Berichte über eine Splittergruppe, die an McConnells Unschuld glaubt. Die Mitglieder nennen sich selbst die Geister von Marsden und vertreten die Ansicht, die auserwählten Studenten wären durch andersweltliche Verfahren fortgezaubert worden. The Red Door hat nun den geheimen Ort entdeckt, wo die Geister von Marsden zusammenkommen – das Gemeindezentrum in Diggle, sie treffen sich dort jeden Dienstagabend (sie bitten inständig darum, Selbstgebackenes mitzubringen). The Red Door konnte sich dort mit ihnen unterhalten.

Bei ihren Treffen sind die »Geister« bemüht, eine einfachere Erklärung für das zu finden, was den Fünf vom Standedge zugestoßen ist. The Red Door hat an einem dieser Treffen teilgenommen und von Aliens, Gespenstern, Poltergeistern und Weltraumhunden erfahren. Diese wahrhaft illustren Wesen sollen bewirkt haben, dass die fünf Studenten metaphorisch gesprochen ebenfalls zu Geistern wurden.

Ein Teilnehmer, der anonym zu bleiben wünscht, meinte, die fantastischen Geschichten hätten nichts weiter als einen »therapeutischen« Wert: »Man muss sich immer vor Augen halten, dass McConnell bestraft wird, obwohl keine konkreten Beweise gegen ihn vorliegen. Wir als Gruppe glauben unumstößlich an das Prinzip ›unschuldig, bis die Schuld bewiesen ist‹. Daher entwerfen wir fantastische Theorien, die im Grunde plausibler sind als das McConnell-Garn, das die Polizei zusammenspinnt.« Der Teilnehmer fügte noch hinzu: »Auch wenn es signifikante Indizien gibt, die belegen, dass es die Weltraumhunde waren.«

Die Gruppe als Ganzes arbeitet an einer stichhaltigen Theorie, der zufolge die Studenten im Tunnel in ein Nachbarland teleportiert wurden. Sie behauptet sogar, umfangreiche Indizien zusammengetragen zu haben, unter anderem wunderliche Energiefluktuationen, die zum fraglichen Zeitpunkt aufgetreten seien, sowie die Sichtung von Gestalten, auf die die Beschreibung der Claypath-Zwillinge passt und die sich aus einer Hecke in Sussex materialisiert haben sollen.

Natürlich hat die Gruppe auch bei der »Standedge-Monster«-Theorie weitere Fortschritte erzielt. Einheimischen ist die Legende von dem Obdachlosen vertraut, der angeblich im aufgelassenen Eisenbahntunnel lebt. Laut zahlreichen, nicht sehr glaubwürdigen Berichten wollen Leute während der Fahrt durch den Tunnel ein geisterhaftes Antlitz gesehen haben, das ihnen aus einer der Querstollen entgegengestarrt habe. Natürlich ist das alles andere als stichhaltig, und bislang hat kein Polizist und kein Angehöriger vom Canals and Rivers Trust diesen spektralen Hobo jemals zu Gesicht bekommen.

Im Großen und Ganzen sind die Geister von Marsden nach Ansicht von Red Door eine harmlose Gruppe, die sich dem Prinzip Hoffnung verschrieben hat – einer hoffnungsvollen Zukunft, in der die fünf Studenten vielleicht noch am Leben sind. Laut ihren Geschichten führen sie irgendwo ein glückliches Leben, wenngleich in Gesellschaft von Aliens, Gespenstern und Poltergeistern. Selbst nach der Standedge-Monster-Theorie wurden sie von besagtem Ungeheuer zu einem besseren, aufregenderen Leben weggequirlt. The Red Door würde zwar gern die Identität der einzelnen Teilneh-

mer geheim halten, bei zweien aber handelt es sich um Mary und James Sunderland, die Eltern des vermissten Edmund Sunderland.
The Red Door wollte mit ihnen reden, aber sie verweigern jeglichen Kommentar.

»Scheint, dass wir mittlerweile die gleichen Ziele verfolgen«, sagte Sally laut, offensichtlich in dem Bestreben, ihn zu erschrecken. Den Gefallen tat er ihr nicht. Sie stand neben ihm, in der Hand ein langes Grasbüschel. »Ich brauche jemanden, der der Site mehr Popularität verschafft. Wenn ich deinen Namen in den Artikeln unterbringen könnte, würde sich damit das Interesse zweifellos vergrößern.«

Robin schüttelte den Kopf. »Mich kennt doch keiner. *Ohne sie* war nicht unbedingt ein Bestseller.«

»Willst du meine Hilfe oder nicht?« Sally fasste unter den Tisch, zog einen kleinen Ziplockbeutel heraus und verschloss darin das Grasbüschel. Robin wollte fragen, warum sie das tat, aber sie ließ ihn nicht zu Wort kommen. »Du brauchst mich, weil ich mich hier auskenne. Ich weiß, wie man Martha Hobson bei Laune hält. Ich weiß, dass Benny Masterson es gar nicht erwarten kann, einiges auszuplaudern, wenn er die Gelegenheit dazu bekommt. Ich weiß, dass Stanton für Claypath arbeitet, und Loamfield … gut … er ist ein hinterlistiger Mistkerl. Und ich kenne Amber …«

»Was ist mit Amber?«

Sally seufzte. »Sagen wir mal, du solltest dich vor ihr in Acht nehmen.«

»Warum?«

»Hat sie dir ihren Nachnamen genannt? Amber Crusher.«

Crusher. Wie bei Liz Crusher – die Frau, deren Katze

Tim Claypath angeblich das Fell abgezogen hatte. Aber Amber hatte gesagt, sie wäre in Tim Claypath verknallt gewesen – obwohl sie die Gerüchte doch mitbekommen haben musste? Verschwieg sie ihm etwas? »Was?«

»Bleib dran an der Geschichte, Robin.«

Er wechselte das Thema. »Dieser Vorfall. Im Standedge. Warum interessiert dich das so sehr? Hast du sie gekannt? Die Fünf vom Standedge. Du musst mir schon etwas mehr geben als deinen Namen.«

Sally schüttelte den Kopf, legte den Beutel in eine Schublade und setzte sich auf den leeren Sessel. »Mein Vater ist gestorben. In London. Vor einem halben Jahr. Hat sich zu Tode gesoffen. Ich hab noch nicht mal mitgekriegt, dass er das tut. Hat blendend funktioniert. Außerdem haben wir kaum Zeit miteinander verbracht, obwohl wir im selben Haus gewohnt haben. Er hat sich die Schuld für etwas gegeben, was … was mir zugestoßen ist.

Mir ist klar geworden, dass mich in London nichts mehr hält. Also bin ich hierhergekommen. Ich wollte eine Website ins Leben rufen. Ich hab mir mit meinem Erbe das alles hier gekauft, einige Server, das ganze Zeug … Und dann, eines Tages, am 26. Juni, kommt es zu diesem Vorfall im Standedge. Sechs Leute fahren in einen Tunnel, und nur einer kommt wieder raus. Direkt vor meiner Haustür. Genau dort, wo ich eine Website über genau solche Dinge ins Leben gerufen habe.«

Robin nickte. »Zufall.«

Sally lächelte, schüttelte aber den Kopf. »Vielleicht ist es aber auch ein Zeichen, dass ich genau dort bin, wo man mich braucht.«

»Nein«, erwiderte Robin und lachte, »es war Zufall.«

»Wie auch immer – jedenfalls ist immer noch das Kribbeln da, dieses Gefühl, dass ich wissen will, was geschehen ist. Der ganze Ort liegt irgendwie unter einem Bann, keiner will über die fünf reden. Roger Claypath hat diese Versammlung einberufen, und danach hat jeder den Mund über den Standedge-Tunnel gehalten. Sogar die Leute, die dort arbeiten, reden nicht mehr davon. Keiner wagt es, das Thema zu erwähnen, nicht mal die Lokalreporter. Deshalb ist The Red Door das einzige Medium, das darüber berichtet.«

»Wie kann Roger Claypath den ganzen Ort zum Schweigen bringen?«

»Du verstehst das noch nicht. Hier laufen die Dinge anders. Hier gibt es noch eine Gemeinschaft. Deshalb brauchst du mich.«

»Okay, was schlägst du vor?«

»Ich schlage vor, dass wir unsere Ressourcen bündeln. Du hilfst mir, ich helfe dir. Wir benutzen The Red Door, um Informationen über den Standedge zu bekommen. Wenn du was herausfindest, kann ich es hochladen, damit die Welt davon erfährt. Wenn du was findest, was darauf hinweist, dass McConnell nicht der Täter ist, dringen wir vielleicht irgendwann mal zu den Einheimischen durch. Und McConnell ist vielleicht noch vor Ablauf dieser Woche zu Hause. Und dann sehen wir ja, ob er wirklich Informationen über deine Frau hat.«

Robin wollte ihr schon sagen, dass Matthew auf jeden Fall etwas wisse, aber dann wurde ihm klar, dass sie etwas angesprochen hatte, was er sich bislang nie einzugestehen getraut hatte. Was, wenn Matthew log? Was, wenn er nichts weiter hatte? Was, wenn Matthew ihn wesentlich mehr brauchte als er Matthew?

»Komm, wir sind schon spät dran.« Sally stand auf, nahm sich einen schwer aussehenden Rucksack, der unter dem Tisch gestanden hatte, und schlang ihn sich über die

Schulter. »Es gibt keine Nachrichten, wenn du auf deinem Hintern sitzen bleibst.«

»Wofür sind wir schon spät dran?«

»Dieser Artikel«, sagte Sally und deutete auf den Text, den Robin gerade gelesen hatte, »ist veraltet. James Sunderland will reden, er sagt, er hätte was. Wir gehen zu den Geistern von Marsden.«

Robin sah zum Artikel auf dem Bildschirm, dann wieder zu ihr. »Hast du ihn offen gelassen, weil du gewusst hast, dass ich ihn lesen werde?«

Sally lächelte. »Ich hatte keine Lust, alles zu erklären. Los jetzt, Diggle ist von hier eine Stunde Fußmarsch entfernt.«

Leicht eingeschnappt stand Robin auf und folgte ihr.

28

Diggle war ein kleiner Flecken, kleiner noch als Marsden. Sally folgte dem Kanal, und Robin folgte ihr. Sie kannte den Weg. Sie passierten den Eingang zum Standedge-Tunnel und liefen anschließend einen Pfad entlang, bis sie wieder auf den Kanal trafen.

Die andere Standedge-Seite unterschied sich kaum von der bei Marsden, nur war alles sehr viel ruhiger. Die Tunnelöffnung war mit einem Gitter versperrt und mit Ketten gesichert, es gab kein Besucherzentrum, keine Boote hatten festgemacht. Ohne irgendein Anzeichen von Leben wirkte der Eingang noch unheimlicher als in Marsden.

Sally hielt sich nicht lange am Kanal auf und würdigte ihn kaum eines Blickes. Sie führte Robin nach Diggle, über eine lausige Straße, zu einem kastenförmigen Gebäude, das aussah wie eine Kreuzung aus Arztpraxis und Schulhaus. Ein leicht schief hängendes Schild wies es als das Gemeindezentrum aus. Sally blieb keine Sekunde lang stehen, sondern schob schwungvoll die Tür auf und trat ein. Sie hielt sie auch für Robin nicht auf. Obwohl er sie im Grunde kaum kannte, hatte er nichts anderes erwartet.

Robin sah sich um. Natürlich würde er ihr folgen, aber mit einem Mal erfüllte ihn das mit einer merkwürdigen Besorgnis. Er fasste zur Tür, dann hielt er inne.

Eine ältere Frau, von einem schwarzen Neufundländer gezogen, kam um die Ecke. Sie musste Liz Crusher sein. Erneut sah er zur Tür, dann trat er zurück. Liz Crusher hatte mittlerweile die Straße überquert, Robin tat es auch.

»Entschuldigen Sie.«

Die Frau blickte auf. Sie war klein, untersetzt und wirkte, als würde sie immer ein so finsteres Gesicht machen wie jetzt. Ihr Hund sah genauso böse drein. Falls sich Menschen in ihrem Äußeren tatsächlich ihren Haustieren anglichen, war sie ein Paradebeispiel dafür. Der Hund war so riesig, dass es nicht ganz klar schien, wer wem gehörte.

Sie näherte sich Robin, dann sah auch der Hund auf, musterte den Grund für die Unterbrechung seines Spaziergangs und knurrte Robin an, bis die Frau ihm einen Klaps auf die Schnauze gab. »Rodney, bitte.«

»Sind Sie Liz Crusher?«

Die alte Frau beäugte ihn. »Und wennschon?«

»Ich bin Robin Ferring...«

»Ich weiß, wer du bist, Junge.« Unbeeindruckt sahen ihn Hund und Frauchen an. Vielleicht war die Idee doch nicht so gut gewesen. Vielleicht hätte er auf Sally hören und die Sache etwas klüger angehen sollen. »Du willst über die da reden.«

Es war keine Frage. Robin war überrascht. »Wie bitte?«

»Die Fünf vom Standedge. Deswegen bist du doch hier, oder? Mein Gott, der Polizeichef hat schon recht gehabt. Ihr wittert Blut, und schon kommt ihr angerannt und wollt eure Kamera darauf richten und eure Videos drehen und eure Bücher schreiben.« Es folgte ein Schnauben, bei dem Robin nicht wusste, ob es von ihr oder dem Hund kam.

»Hat Ihre Tochter von mir erzählt?«

Crusher kniff die Augen zusammen. »Das geht dich nichts an, aber ich und meine Tochter, wir reden nicht miteinander. Jeder kennt dich. Und jeder wird von jetzt an den Mund halten.« So, wie sie es sagte, klang es, als gehörte sie mehr als nur einer Ortsgemeinde an.

»Ich hab Sie nicht bei der Totenwache gesehen«, sagte Robin.

Crusher stieß ein Lachen aus. »Weil ich nicht da war.«

»Manche sagen, Sie hätten Probleme mit Tim Claypath gehabt.«

»Anscheinend hab ich mich nicht klar ausgedrückt. Ich rede nicht mit dir.«

»Bitte, nur …« Robin verstummte. Er wusste nicht, was er sagen sollte. Er sah zum Hund, der seine Schnauze an seinem Hosenbein rieb. Robin lächelte und patschte dem Neufundländer auf den Schädel. »Wie alt ist er?«

»Was?«

»Ihr Hund? Wie alt ist er?«

»Sieben. Heißt Rodney.«

»Ich hab gehört, Sie und Rodney hatten eine Auseinandersetzung mit den fünf, an dem Tag, an dem sie verschwunden sind.« Robin ging in die Hocke, und Rodney legte ihm die Pfote auf den Oberschenkel. Crusher betrachtete sie beide nachdenklich. Und ließ sich etwas erweichen. *Dem Hund sei gedankt*, dachte Robin. »Haben Sie an dem Tag irgendwas gesehen? Was Seltsames? Was erklären würde, warum das geschehen ist und wie. Sie waren doch dort – direkt am Boot, das sie durch den Tunnel gebracht hat.«

Crusher sagte nichts.

»Natürlich werde ich Sie namentlich erwähnen, wenn ich was herausfinde. Sie und Rodney könnten dazu beitragen, dass bei den Ermittlungen ein Durchbruch erzielt wird. Und natürlich gibt es dafür auch eine finanzielle Entschädigung.«

»Ja«, sagte Crusher langsam. »Ich war da.«

»Ihnen ist nichts Ungewöhnliches aufgefallen?«

»Nein, nichts. Ein Kanalboot mit dummen Jugendlichen. Das war alles.« Crusher lächelte, als wüsste sie etwas, was er nicht wusste. »Und wie kommst du auf die Idee, dass ich dir was erzähle, falls ich was wissen sollte?«

Robin wechselte das Thema. Es gab da etwas, was nicht zusammenpasste. »Warum haben Sie an dem Tag Tim Claypath nicht erkannt?«

»Was?« Wieder war ihr giftiger Ton zu hören.

»Laut Matthew haben Sie nicht gewusst, dass es Tim Claypath war, bis er es Ihnen gesagt hat.«

Crusher schnaubte so sehr, dass sich ihre Nasenlöcher zu doppelter Größe aufblähten, durch zusammengebissene Zähne sagte sie: »Du hast mit dem geredet? Mit diesem Irren? Bist du ein Freund von dem? Bist du hier, um ihn zu retten?«

»Ich bin hier, um die Wahrheit herauszufinden«, sagte Robin, überrascht, wie überzeugt er selbst davon war.

»Gut, dann geh jetzt wieder nach Hause, weil die Wahrheit nämlich schon gefunden wurde.«

»Davon weiß ich nichts.«

Crusher musterte ihn. »Was meinst du noch alles zu wissen?«

»Ich weiß, dass einem Gerücht zufolge Tim Claypath Ihre Katze getötet hat. Als er noch hier an der Schule war.«

Crusher war nicht überrascht, tatsächlich gab sie überhaupt nichts preis. »Na, du bist aber verdammt neugierig.«

»Was ist passiert?«

»Ich will nicht über Mr Sammy reden. Ich will mit dir überhaupt nicht reden. Schönen Tag noch.« Sie wollte weiter, aber Robin stellte sich ihr in den Weg. »Wirst du mich wohl vorbeilassen? Auf der Stelle.« Die Frau starrte ihn dermaßen böse an, dass er sich sofort ein bisschen eingeschüchtert fühlte. »Ich bin eine angesehene Bürgerin in dieser Grafschaft, ich lasse mich nicht schikanieren.«

»Ich schikaniere Sie nicht, ich stelle bloß eine Frage.«

»Mr Sammy hat nie einer Seele was zuleide getan. Und

dann finden sie ihn im Wald ohne ... Sie haben ihn mich nicht sehen lassen. Wegen dem, was er gemacht hat.«

»Claypath?«

»Ja«, sagte sie traurig. Rodney schien ihren Stimmungswechsel wahrzunehmen, er sah auf und rieb den Kopf an ihrem Bein.

»Gab es irgendwelche Indizien, dass Tim es war? Irgendwelche Beweise?«

»Gerüchte. Unter den Youngsters. Es waren zu viele, die darüber gesprochen haben, es musste wahr sein. Beide ... beide Claypaths waren Ungeheuer, als sie noch Kinder waren. Ich hätte sie anzeigen können, aber ich wollte mich nicht mit der Familie anlegen.«

»Wie kam es dazu, dass Sie Tim Claypath nicht erkannt haben?«

»Nach der Sache mit Mr Sammy hab ich mich zurückgezogen. Mein Doktor hat gesagt, ich hätte Angstzustände – deswegen hat er mir Pillen verschrieben. Erst hab ich nur noch selten das Haus verlassen, dann gar nicht mehr. Drei Jahre hab ich die Leute gemieden, hab die Vorhänge zugezogen, bis mir mein Mann Rodney besorgt hat. Er war ein kleiner Welpe, als er ihn mir geschenkt hat. Jetzt schau ihn dir an. Er hat mich gerettet, hat mir wieder gezeigt, was wirklich wichtig ist. Und als ich zum ersten Mal mit ihm rausgehe ... laufe ich dem in die Arme.«

»Tim?«

Crusher nickte. »Und seinen grässlichen Freunden. Das hat mich zwei Jahre zurückgeworfen – dachte ich damals jedenfalls. Na ja, vielleicht hat ja das, was passiert ist, geholfen.«

»Sie sprechen von dem Vorfall?«, fragte Robin, ohne eine Antwort zu erwarten.

Er war überrascht, als Crusher nickte. »Stell dir vor, du

hast Angst vor Clowns, und dann verschwinden alle Clowns in einem Tunnel. Das wirkt Wunder bei Ängsten. Der Doktor hat mir einreden wollen, ich hätte Angst vor bösen Menschen. Aber ich hatte bloß Angst vor Tim Claypath.«

»Sie sind die Einzige, mit der ich mich bislang unterhalten habe, die die Fünf vom Standedge nicht mag. Alle anderen halten sie für ein Geschenk des Himmels.«

»Na, sagen wir mal, ich behalte meine Meinung für mich.« Das allerdings kaufte Robin ihr nicht ab, nachdem sie gerade so offen ihre Meinung zum Besten gegeben hatte. In Wirklichkeit, vermutete er, lag es wohl daran, dass Liz Crusher niemanden hatte, dem sie ihre Meinung kundtun konnte. Sie schien nicht der einfachste Mensch zu sein, ihre Schroffheit machte es nicht unbedingt einfach für andere.

»Trotzdem halten Sie McConnell für einen Irren?«

Crushers Mund zuckte. »Natürlich. Vielleicht trauere ich nicht offen wegen dem, was passiert ist, aber wer so was macht – bei dem muss schon mehr als eine Schraube locker sein.«

»Sie haben Matthew McConnell an jenem Tag ebenfalls gesehen. Wie hat er auf Sie gewirkt?«

»Ich hab nicht gewusst, dass er es war. Er hatte seine Uniform an, ich hab ihn für den Guide gehalten. Aber er war ganz normal. Er hat jedenfalls nicht wie einer ausgesehen, der vorhat, gleich seine fünf Freunde umzubringen.«

Robin nickte.

Rodney sah zu ihm auf und schob sich an ihm vorbei. Robin trat zur Seite. Crusher nickte, setzte sich in Bewegung, blieb dann aber abrupt stehen. »Es wäre mir sehr recht, wenn du das, was ich dir gesagt habe, für dich behalten würdest.« Sie sah ihn fast freundlich an.

»Natürlich«, antwortete Robin und lächelte zur Bestätigung.

Im nächsten Moment war Crushers Freundlichkeit auch schon verflogen. »Denn wenn du irgendwas davon in dein Buch schreibst, werde ich dich verklagen, kapiert? Dann sage ich, dass du meine Gutmütigkeit ausgenutzt hast.«

Robin verging das Lächeln, er nickte.

Er sah ihr nach. Als sie schon fast außer Hörweite war, fiel ihm allerdings noch was ein. »Mrs Crusher?«, rief er ihr nach, und zu seiner Überraschung drehte sie sich tatsächlich noch einmal um.

»Was?«, grummelte sie.

»Wenn Sie nichts dagegen haben, dass ich Sie das frage, aber, warum reden Sie eigentlich nicht mehr mit Ihrer Tochter?« Die Frage war übergriffig, das wusste er. Aber wenn er es nicht probierte, würde er nie vorankommen.

Crusher ließ sich die Frage durch den Kopf gehen, als überlegte sie, ob sie ihm den Gefallen tun sollte. Als er schon dachte, es würde nichts mehr von ihr kommen, setzte sie doch noch zu einer Antwort an. »Ich hab herausgefunden, dass meine Tochter mit ihm herumgemacht hat, mit diesem Tim Claypath. Ich hab ihr verboten, sich weiter mit ihm zu treffen. Und sie hat gesagt, wenn ich sie dazu zwinge, redet sie kein Wort mehr mit mir. Sagen wir also einfach, dass wir beide unser Versprechen gehalten haben.« Damit drehte sie sich um und ging.

Wieder sah er ihr nach. Amber hatte was mit Tim Claypath gehabt – und anscheinend war es ernster gewesen, als sie ihm gegenüber zugegeben hatte. Sie hatte die Sache heruntergespielt. Hatte Amber ihn angelogen? Dann kam ihm noch ein anderer, höchst unpassender Gedanke – der sich aber nicht verscheuchen ließ. Wenn Amber in Tim Claypath verknallt war, dann … nein.

War sie dann irgendwie in die Sache verwickelt?

29

Es war eine Reise in die Vergangenheit, wenn man das Gemeindezentrum von Diggle betrat. Der Vorraum erinnerte Robin an seine alte Grundschule in London. Er war klein und zugestellt – ganz vorn gab es einen leeren Empfangsbereich, dahinter einen kleinen, abgetrennten Wartebereich mit zwei billigen grauen Sofas. Insgesamt vermittelte alles einen chaotischen Eindruck – die Wände waren mit sich überlappenden Handzetteln, Flugblättern und Plakaten zugeklebt. Sie informierten über die im Gemeindezentrum abgehaltenen Kurse und Veranstaltungen, über Vorträge zu Suchtproblemen oder über kulturelle Darbietungen. Anscheinend würde Diggle bald in den Genuss einer Laienaufführung von Glengarry Glen Ross durch die Diggle and Marsden Theatrical Society kommen.

Sally war nirgends zu sehen. Da Robin keine Ahnung hatte, wo im Gebäude sich die Geister von Marsden trafen, machte er sich auf die Suche. In den nächsten zehn Minuten hatte er alle Gänge abgeklappert, hatte in jeden Raum einen Blick geworfen. Die meisten waren leer, nur in wenigen gab es Anzeichen von Leben. In der Küche platzte er in einen Pasta-Kurs, im ersten Stock in ein Treffen der Anonymen Alkoholiker.

Schließlich fand er einen letzten Raum. Er warf einen Blick durch das kleine Fenster, konnte einen leeren Stuhlkreis erkennen und einen Tisch ganz hinten an der Wand, auf dem Kuchen aufgebaut waren, dazu einen Mann, der ihm den Rücken zukehrte.

So leise wie möglich öffnete Robin die Tür und trat ein. Der Raum hatte die Anmutung eines Klassenzimmers, aber nichts wies darauf hin, was hier vor sich ging. Der Mann hinten am Tisch schien mit irgendwas beschäftigt zu sein, hatte Robin aber nicht gehört. Sally lehnte am Fenster und sah hinaus. Auch sie hatte ihn nicht bemerkt.

»Hallo«, sagte Robin. Beide drehten sich um.

»Wo zum Teufel bist du hin?«, fragte Sally.

Edmund Sunderland, erkannte Robin jetzt, war seinem Vater wie aus dem Gesicht geschnitten. James Sunderland war nur größer und wettergegerbter, ansonsten aber definitiv der Vater seines Sohns. Er war mittleren Alters, eine graue Strähne zog sich durch die ungekämmten Haare, was ihn mit seinen dunklen Tränensäcken und der hageren Gestalt sehr viel älter aussehen ließ, als er wahrscheinlich war. Seine kleine, schrecklich altmodisch wirkende Nickelbrille verbesserte das äußere Erscheinungsbild nicht unbedingt. Grausamerweise musste Robin bei seinem Anblick an eine wandelnde Leiche denken. »Hallo, mein Freund.«

Robin lächelte verkrampft. »Hallo. Ich hab eigentlich mehr Leute erwartet.« Er deutete zum leeren Stuhlkreis.

Sunderland blickte mit einer Mischung aus Traurigkeit und müdem Zorn zu den Stühlen. »Nein. Keiner mehr da, leider. Seit einer ganzen Weile schon.«

Robin sah zu Sally, die sich wieder zum Fenster hingedreht hatte. »Soll das heißen, dass wir zu spät gekommen sind …?«

»Nein.« Sunderland griff hinter sich und nahm sich ein Biskuit. Er hatte es schon auf halbem Weg zum Mund, als er sich doch dagegen entschied und es wieder ablegte. »Es sei denn, Sie meinen, Sie wären zwei Monate zu spät gekommen. Die Geister von Marsden sind tot.« Er lachte tonlos. »Hier ist nichts mehr übrig. Nur ich alter Trottel bin noch da.« Er nahm seine Brille ab und putzte sie mit einem Taschentuch. Robin sah, dass ihm Tränen in den Augen standen. »Verzeihen Sie«, sagte Sunderland und setzte die Brille wieder auf. »Sally hat mir gerade erzählt, warum Sie hier sind. Ich möchte Ihnen danken, dass Sie herausfinden wollen, was meinem Sohn zugestoßen ist. Ich glaube nicht, dass Ihnen in diesem gottverlassenen Nest schon jemand gedankt hat.«

Robin schüttelte den Kopf. »Aber wo sind denn alle?«

»Nicht mehr da. Sie glauben nicht mehr an die Sache. Oder ihnen ist die Lust auf Spekulationen vergangen. Deswegen waren die meisten doch hier. Belangloses Gequatsche – Wichtigtuer, die sich einen Spaß draus gemacht haben. Aber man kann eben nicht endlos über Geister und Hexen und Zaubersprüche und Aliens reden, irgendwann muss man einen Schritt zurücktreten und Bilanz ziehen. Und jetzt bin ich der Einzige, der noch glaubt, dass McConnell unschuldig ist. Sogar meine Frau ist nicht mehr hier, ich kann es ihr nicht verdenken. Ich kann es keinem verdenken. Wie heißt es? ›Es gibt viele Wahrheiten, deren voller Inhalt nicht erfasst werden kann, bis persönliche Erfahrung ihn uns nahebringt.‹ Wer hat das gesagt? John Stuart Mill, glaube ich. Deswegen ist sie wahrscheinlich gegangen. Sie hat die Gruppe verlassen. Und mich. Und Marsden. Danach ist bald jeder abgesprungen. Wenn sogar meine Frau weg war, was hätte die anderen dann noch halten können?«

Sally wandte sich vom Fenster ab. »Ich habe das Gefühl, Robin wird jetzt jeden Augenblick sein Notizbuch zücken, ich hol also mal lieber was zu trinken.« Damit verließ sie den Raum.

Robin setzte sich und zückte tatsächlich sein Notizbuch. »Das muss hart gewesen sein – nach allem, was passiert ist.«

Sunderland lächelte traurig. »Man kann anderen nur so lange was vormachen, solange man die Wirklichkeit nicht anerkennen muss.«

»Sie sind also der Meinung, dass anderen hier was vorgemacht wurde?«

»Natürlich«, sagte Sunderland, als wäre es das Offensichtlichste auf der Welt. »Sie glauben doch nicht im Ernst, dass ich an das ganze Zeug glaube? Es ging um Hoffnung. Hoffnung für die Menschen, wenn man es hochtrabend ausdrücken möchte. Hoffnung, dass ein Junge nicht so schlecht sein kann. Darum ging es, zumindest für mich.«

»Was war Ihr Sohn für ein Mensch?«

Sunderland schniefte. »Edmund war ein guter Junge. Nicht perfekt, aber im Großen und Ganzen in Ordnung. Als er Probleme in der Schule hatte und drauf und dran war, einen anderen, finsteren Weg einzuschlagen, hat er sie gefunden. Sie alle haben sich gefunden. Tim, Rachel, Robert, Pru, Matt – und mein Sohn. Sie passten wunderbar zusammen. Sie waren wie einzelne Puzzleteile – erst zusammen konnte man erkennen, wie das Bild im Ganzen aussieht. Jeder von ihnen hätte für die anderen sein Leben geopfert – am meisten Matt.«

»Was meinen Sie damit?«, fragte Robin.

»Jeder wusste, dass Matt ein Sonderling war. Alle mit Ausnahme der Gruppe selbst. Sie haben ihn wie ihresgleichen behandelt. Manchmal dachte ich mir, dass Edmund Matt am meisten mochte. Aber Matt war anders als die anderen. Es klingt vielleicht fürchterlich, aber er war einfacher gestrickt, er hatte eine weniger komplexe Sicht auf die Welt. Er hatte keine hochfliegenden Pläne – schien nicht daran interessiert zu sein, an die Uni zu gehen, seinen Horizont zu erweitern –, er wollte einfach nur in Marsden bleiben und Tourguide für den verdammten Tunnel werden. Sie mochten sich alle – manchmal auf merkwürdige Weise. Es war nicht so, als wären sie nur befreundet gewesen, aber sie waren auch nicht ineinander verliebt. Es war, als wären sie durch etwas verbunden, was tiefer ging – durch wahre Liebe.

Deshalb ist es unmöglich, dass McConnell es getan hat. Nie und nimmer.«

»Das glauben Sie wirklich?«, fragte Robin, obwohl er die Antwort bereits kannte.

»Ja. Ich glaube es nicht nur, es ist für mich ganz offensichtlich, und das sollte es für jeden anderen auch sein. Matthew McConnell ist kein Mörder. Es gefällt mir nicht, dass Roger Claypath durch die Gegend läuft und alle vom Gegenteil überzeugen will.«

James Sunderland, ein Vater genau wie Claypath – der sich aber nicht von seinen Gefühlen leiten ließ. Claypath und Ethan Pack gingen den leichten Weg, indem sie in Matthew den Schuldigen sahen – was Robin bis zu einem gewissen Grad sogar nachvollziehen konnte. James Sunderland empfand mehr Schmerz, als die beiden jemals ertragen könnten, einzig und allein, weil er an Matthew glaubte. Dafür hatte er alles verloren.

Robin wappnete sich für die nächste Frage. »Was ist den fünf und Ihrem Sohn Ihrer Meinung nach zugestoßen?«

»Das kann ich nicht mit Sicherheit sagen. Ich glaube kaum, dass ich jemals jemandem begegnen werde, der das kann. Aber ich weiß eines. Es hat mit dem Loch zu tun.«

Robin glaubte, sich verhört zu haben. »Dem Loch? Was für ein Loch?«

Hinter ihm ging die Tür auf, Sally war zurück. Er hörte sie eine Plastikflasche öffnen und das Zischen eines kohlensäurehaltigen Getränks. »Sind wir jetzt alle auf dem gleichen Stand? Hoffentlich, ich hab genug vom Warten.«

»Mr Sunderland«, unterbrach Robin und holte ihn zum Thema zurück. »Was haben Sie da gesagt?«

Sally nahm neben Robin Platz. »Genau.«

Sunderland sah sich um, als wollte er sich vergewissern, dass sie allein waren. »Ich bin im Baugewerbe tätig – ich arbeite für ein Bauunternehmen in Huddersfield namens Laker's. Vor zwei Jahren haben wir vom Canals and Rivers Trust einen Auftrag über Wartungsarbeiten an den stillgelegten Tunnel bekommen, die parallel zum Standedge verlaufen. Sie wissen vermutlich, wofür die verwendet werden – für die Wagen, die den Kanaltouren folgen.«

Robin nickte, Sally ebenso.

»Der noch im Betrieb befindliche Eisenbahntunnel ist in Ordnung. Aber … na ja, die beiden anderen Tunnel sind baufällig. Der Bau des Kanaltunnels wurde damals von beiden Seiten vorangetrieben, ein Trupp fing in Marsden an, der andere in Diggle. Dabei hatten sie sich aber verrechnet. Als sie sich der Mitte näherten, musste eine s-förmige Biegung eingebaut werden, damit sich die beiden Röhren treffen. Im Lauf der Jahre musste dann immer wieder nachgebessert werden – deswegen sind die Wände des Kanaltunnels stellenweise mit Ziegeln ausgekleidet, andere mit Stein, wieder andere sind reiner Fels.

Beim Eisenbahntunnel ist das alles etwas besser, trotzdem gibt es auch da eine Menge zu reparieren. Vor zwei Jahren sind wir also mit so einer Reparatur beauftragt worden. Ein Mitarbeiter war versehentlich mit seinem Fahrzeug gegen eine Stützsäule gekracht und hatte dabei auch noch die Tunnelwand beschädigt. Wir sollten also rein, den Schaden begutachten und abschätzen, ob der Tunnel noch sicher war.«

»Und war der Tunnel sicher?«, fragte Sally und tauschte mit Robin einen Blick aus.

Sunderland schüttelte den Kopf und lachte. »Nein. Nein. Ganz und gar nicht. Der Typ, der mit seinem Wagen die Säule gerammt hatte, konnte von Glück reden, dass nicht die ganze Tunneldecke auf ihn runtergestürzt ist. Wir haben dem Trust sofort nahegelegt, alles zu schließen, bis wir den Tunnel stabilisiert hatten. Die stillgelegten Tunnel und der Standedge sind eng miteinander verbunden. Das ist wie bei einem Kartenhaus. Ein Schwachpunkt, und das ganze Ding kracht in sich zusammen.«

»Der Trust dürfte davon nicht begeistert gewesen sein«, sagte Robin.

»Natürlich nicht«, stimmte Sunderland zu. Er rutschte mit seinem Stuhl näher zu Robin und Sally. Seitdem er erzählte, schien etwas Leben in ihn gekommen zu sein, auch seine Stimme war jetzt kräftiger. »Zwei Wochen waren wir damit beschäftigt, den Tunnel zu verstärken – wobei uns der Trust immer im Nacken saß. Wäre es nach mir gegangen, hätten wir uns vier Wochen Zeit genommen. Am liebsten hätte ich mir beide Tunnel vorgeknöpft, um sicherzugehen, dass nicht noch andere Stellen in Mitleidenschaft gezogen waren. Wie gesagt, ein Kartenhaus. Aber der Trust wollte alles so schnell wie möglich fertig haben, damit der Betrieb wiederaufgenommen werden konnte – es war mitten in der Saison, im Juli, glaube ich. Wir hatten also keine Zeit für eine grundlegende Untersuchung. Die ganz oben sagten Nein. Also blieb vieles ungeprüft.

Aber das war natürlich nicht das, was die Öffentlichkeit zu hören bekam. Laker's sagte, alles sei wunderbar – wir hätten tolle Arbeit geleistet, und der Tunnel sei so sicher wie eine Gummizelle. Da fing das mit den Gerüchten an.«

»Welche Gerüchte?«, fragte Sally.

»Unter den den Kollegen in der Firma. Angeblich hätte

sich durch die beschädigte Säule in der Seitenwand des Eisenbahntunnels ein Loch, eine Art Spalte aufgetan. Nicht sehr groß, aber es war da. Angeblich. Keiner hat es tatsächlich ausfindig machen können, keiner hatte Beweise, dass es dieses Loch wirklich gab. Aber einer – ich weiß seinen Namen nicht mehr – sprach tatsächlich den Boss darauf an. Als wir ihn das nächste Mal sahen, trug er seine Siebensachen in einer großen Plastiktüte aus dem Büro. Er ist nie wieder aufgetaucht.« Sunderland kratzte sich an der Nase. »Das hat dafür gesorgt, dass die Leute den Mund hielten. Und ich hab alles vergessen – selbst als … das passiert ist … wenn man es denn glauben kann. Es war mir einfach entfallen. Die Arbeit liegt lange zurück, und mein Gedächtnis ist auch nicht mehr das, was es mal war. Trotzdem, ich hätte mich erinnern müssen. Ich hätte …«

»Was hat Ihrem Gedächtnis wieder auf die Sprünge geholfen?«, fragte Robin.

Sunderland strich mit der Zunge über die obere Zahnreihe. »Ich möchte Ihnen trauen. Ihnen beiden.«

Robin sah zu Sally und wieder zu ihm. »Wir wollen nur helfen. Wir wollen das machen, was die Polizei verabsäumt hat. Wir wollen herausfinden, was Ihrem Sohn und seinen Freunden wirklich zugestoßen ist. Wir wollen die Fragen stellen, die alle hier vermeiden.«

»Und die lauten?«, fragte Sunderland.

»Die Frage nach dem Wie«, sagte Robin nur.

Sunderland musterte ihn, dann nickte er beinahe unmerklich. »Okay.« Anschließend machte er das Gleiche bei Sally. »Okay.« Er fasste in seine Gesäßtasche und zog ein zerknittertes gelbes Blatt heraus. »Vor zwei Tagen hat jemand an meine Tür geklopft. Eigentlich geh ich gar nicht mehr ran. Jemand Wichtiges kann es sowieso nicht sein, und ich will mich auch nicht mit irgendeinem Idioten darüber auseinandersetzen, ob ich unbedingt Doppelglasfenster brauche. Man könnte sagen, wenn man seinen Sohn verliert, gewinnt alles eine andere Perspektive. Ich habe also erst am nächsten Morgen das Blatt hier gefunden.« Er hielt den gefalteten Zettel hoch. »Auf der Türmatte.«

Er hielt ihn Sally hin. Sie nahm ihn und faltete ihn auseinander.

»Ich hab einen Moment gebraucht, bis mir klar war, was es ist. Und dann war alles wieder da.«

»Haben Sie eine Vermutung, wer es gebracht hat?«, fragte Sally und starrte auf das Blatt. Robin konnte nicht erkennen, was darauf stand.

Sunderland schüttelte den Kopf. »Keine Ahnung. Ich wünschte, ich wüsste es.«

Robin nahm von Sally den Zettel entgegen. Es war ein zerknittertes Blatt gelben, linierten Papiers, das anscheinend aus einem Block gerissen worden war. Mit einem Bleistift hatte jemand vier parallele Linien gezeichnet. Sie waren alle in etwa gleich lang, alle hatten den gleichen Abstand zueinander. Oben, am Beginn der Linien, stand der Buchstabe M, unten ein D. Bei der vierten Linie, im unteren Bereich, befand sich ein X, das aussah, als wäre es mit dem Bleistift mindestens fünfmal nachgezogen worden.

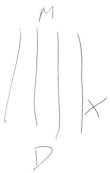

»Was ist das?« Robin strich mit dem Finger darüber.

»Ist das nicht klar?«, sagte Sunderland. »Vier Linien, vier Tunnel. M – Marsden. D – Diggle.«

»Und das X bezeichnet die Stelle«, sagte Sally.

Robin sah zu den beiden, endlich begriff er. Wieder sah er aufs Blatt.

»Eine Karte.«

30

Robin war schon durch die Tür und draußen in der spätnachmittäglichen Luft, als er Sally hinter sich hörte. Er blieb nicht stehen. Sie holte ihn erst ein, als er fast die Straße erreicht hatte. Sie packte ihn am Arm.

»Robin, warte doch, lass uns erst mal überlegen.«

Er hatte immer noch das Blatt Papier in der Hand und hielt es so fest umklammert, dass es ein Stück weit eingerissen war. Sally starrte ihn mit großen Augen an. Am liebsten hätte er sie abgeschüttelt und wäre weitergelaufen, aber sie wirkte ehrlich besorgt. »Was?«

»Wir brauchen einen Plan. In zwei Stunden ist das Licht weg. Meinst du wirklich, dass jetzt die Zeit dafür ist, sich auf Schatzsuche zu begeben?« Sally sah über seine Schulter. James Sunderland stand am Eingang des Gemeindezentrums und sah zu ihnen herüber. »Wir müssen uns neu aufstellen. Und in Ruhe über alles nachdenken.«

»Über das hier?« Robin hielt das Blatt hoch. »Das ist ziemlich offensichtlich, oder? Es zeigt, wo das Loch ist. Wir müssen nur die Polizei dazu bringen, dass sie Vernunft annimmt. Wenn es dieses Loch wirklich gibt, dann wäre das ... eine plausible Erklärung für alles, was passiert ist.«

»Am Morgen, beim ersten Licht, werden wir ...«

»Nein, wir brechen jetzt auf.«

Sally machte einen Schritt zurück. »Nein, das werden wir nicht.«

Robin zuckte mit den Schultern. »Gut, wir sehen uns dann, Sally.« Er setzte sich wieder in Bewegung, auch wenn es nur Show war. Er wusste ganz genau, dass das Gespräch noch lange nicht zu Ende war.

»Robin.«

Er fuhr herum. »Wir sind kein Team, okay?«, sagte er. »Wir sind kein Detektiv-Duo oder so was. Mir ist es gut gegangen, bevor du aufgetaucht bist.«

»Du wärst fast aus dem Ort gejagt worden. Und wir wollen auch nicht vergessen, dass das hier meine Spur ist. Ich habe dich hierhergebracht. Der Zettel gehört mir.«

»Es geht nicht darum, wessen Spur es ist. Ein junger Mann sitzt im Gefängnis, wo er vermutlich nichts verloren hat. Vielleicht können wir irgendwas für ihn tun. Und vielleicht, nur vielleicht können wir jetzt auf der Stelle was für ihn tun. Nicht beim ersten Licht, sondern *jetzt*.«

Langsam kam Sally auf ihn zu, bis sie ganz nah vor ihm stand. »Warum machst du das, Robin? Was ist deine eigentliche Motivation? Matthew McConnells Wohlergehen? Oder die Informationen, die er in seinem Kopf mit sich herumträgt?«

Robin hielt so lange wie möglich ihrem Blick stand, dann sah er weg.

»Dachte ich's mir«, sagte sie. »Vielleicht solltest du dir deine Moralpredigten aufsparen, bis du über eine Moral verfügst.«

Robin seufzte und rang nach Worten. Es dauerte eine Weile, aber selbst dann fiel ihm nur ein Satz ein. »Ich gehe.«

Sally nickte. »Wenn es darum geht, jemanden zu finden – wenn es darum geht, herauszufinden, was mit den Fünf vom Standedge, was mit Samantha Ferringham passiert ist –, dann kenne ich dich nicht, Robin. Du machst sonst einen ganz vernünftigen Eindruck. Du sagst, was du siehst, teilst die Welt so klar in Schwarz und Weiß, sodass du meinst, du wärst auf der richtigen Seite. Im Moment führen deine Wege alle in eine Richtung, aber du solltest mal in Betracht ziehen, dass sie an irgendeinem Punkt auseinanderlaufen werden. Und dann wirst du dir einige ziemlich unschöne Fragen stellen müssen.«

Robin wusste, dass sie recht hatte, aber das würde er ihr gegenüber nicht zugeben. Er kam sich wie ein bockiges Kind vor, das sich nur noch bockiger aufführen wollte. »Kommst du jetzt mit oder nicht?«

»Ich komme mit«, sagte sie. »Du brauchst mich. Weil du in die falsche Richtung gehst.«

Robin sah ihr nach. Sie hatte sich umgedreht und marschierte in die andere Richtung davon. Erneut musste er ihr hinterher. Sally hatte recht. Hatte er sich nicht selbst schon gefragt, insgeheim, was geschehen würde, wenn er sich entscheiden musste? In diesem Augenblick aber sah er Sam am Ende einer langen Straße.

Wenn er diesem zerknitterten Blatt Papier folgte, würde es ihn näher bringen. Näher zu ihr.

Und das war es, was zählte. Das war *alles,* was zählte.

31

Sally führte ihn zurück zum Diggle-Eingang des Standedge-Tunnels. Sie folgte ein Stück dem Kanal, bis sie zu einer Brücke kamen. Dort sah sie zurück.

»Ich war noch nie bei den stillgelegten Tunneln, ich kann nur raten, vermute aber, dass es hier entlanggeht.«

Robin nickte. Nach der Brücke sprang Sally über einen Zaun, dahinter erstreckte sich ein Feld, das wahrscheinlich Privateigentum war. Robin dachte nicht darüber nach – kurzerhand stieg er über den Zaun, allerdings weit weniger agil als Sally.

Drei Pferde standen weiter unten am Zaun auf der Koppel. Sie hoben die Köpfe und nahmen die Eindringlinge in Augenschein. Robin blieb stehen, sah zu ihnen und beeilte sich, zu Sally aufzuschließen.

»Wie alt bist du eigentlich?«, fragte er etwas peinlich berührt.

Sally sah sich um. »Willst du meinen Ausweis sehen, oder was?«

»Nein. Nur … was du da gesagt hast, das war ziemlich klug. Das ist alles.«

»Ich bin zwanzig«, sagte Sally.

»Hat dein Dad dir das alles beigebracht?«

Sally lachte. »Nein. Nein, hat er nicht.« Sie erreichten das andere Ende der Koppel. Sally sprang über den Zaun auf den dahinterliegenden Schotterweg, während sich Robin umständlich über den Zaun mühte. Sie schien das Schauspiel zu genießen, wartete, bis er mit beiden Beinen wieder auf der Erde stand, bevor sie sich in Bewegung setzte. Robin hinterher.

»Dann deine Mutter?«

»Mutter?«, sagte sie, als wäre das ein Fremdwort. »Nein ... so eine hab ich nicht.«

»Jeder hat eine Mutter.«

Sie blieb stehen und sah ihn nachdenklich an.

»Was?«

Sie zuckte mit den Schultern und ging weiter. »Du hast mich für einen Moment an jemanden erinnert.« Bevor Robin etwas dazu sagen konnte, kamen sie um eine Ecke, worauf Sally einen leisen Freudenschrei ausstieß. »Na, das war nicht schwer.«

Vor ihnen taten sich die beiden Eisenbahntunnel auf, die mit einem Gitter und Vorhängeschlössern gesichert waren. Drinnen herrschte Finsternis, nur leise, hallende Geräusche drangen daraus hervor. Alles wirkte irgendwie unwirklich – Bauwerke, fürs Leben errichtet, die jetzt aber tot waren. Robin trat vor, spähte erst durch das Gitter und betrachtete dann den Boden. Über die gesamte Breite zog sich – bei beiden Tunneln – tatsächlich ein Betonfundament, wie Martha Hobson im Besucherzentrum gesagt hatte. Es war unmöglich, sich unter dem Gitter durchzugraben.

Sally tippte ihm auf den Arm und zeigte nach oben. Er blickte hinauf. »Da ist die Kamera.« An der Backsteinwand zwischen den beiden Tunnelöffnungen war ein kleiner, unscheinbarer Kasten angebracht, an dem ein rotes Licht blinkte. Plötzlich hatte er das Gefühl, beobachtet zu werden.

»Ausgeschlossen, dass man hier durchkommt«, sagte Robin.

Sally nickte. »Aber das ist auch nicht die Stelle, wegen der wir gekommen sind. Wir müssen seitlich rumgehen.« Sie ging an beiden Tunnelöffnungen vorbei, betrachtete die Hecken, die den Eingang säumten, schob sich durch das Dickicht und war verschwunden.

Robin sah zurück zu den beiden nebeneinanderliegenden Tunneln. Die von Geröll bedeckten Eisenbahngleise tauchten in die Dunkelheit ein. Unwillkürlich musste er an das hagere Gesicht denken, das er in der Nacht zuvor gesehen hatte. Er hatte es sich eingebildet – klar, so musste es gewesen sein. Er schauderte, dann zwängte auch er sich durch die Sträucher.

Er kam auf einer von Bäumen und Büschen umsäumten Lichtung heraus. In der kalten Witterung hatten sie bereits alles Laub verloren, eine Sekunde später wusste er auch, warum. Ein kalter Wind blies ihm ins Gesicht, er musste sich dagegenstemmen und die Hand schützend vor die Augen legen. Dann war es vorbei. Er blinzelte die Kälte weg.

»Mein Gott«, sagte Sally und zog den Mantel enger um sich. Sie streckte die Hand aus. Erst jetzt sah Robin, dass sie die felsige Seitenwand des Eisenbahntunnels berührte, die sich zwischen den kahlen Sträuchern abzeichnete. Eine raue, zerklüftete, aber geschlossene Fläche – es gab keine Löcher, Spalten, Risse, nur den Hügel. Keine Anzeichen eines Durchgangs. »Gut, dann wollen wir mal sehen, ob unser unbekannter Kartograf über verlässliche Infos verfügt hat.«

Sie gingen los – langsam, gleichmäßig – und blieben so nah wie möglich an der Tunnelwand. Immer wieder mussten sie sich durch verwachsenes Unterholz schlagen, was im Hochsommer, im dichten Bewuchs, unmöglich gewesen wäre. In den nächsten zwanzig Minuten folgten sie dem Hügel und suchten schweigend die Wand ab.

»Kann ich dich was fragen?«, sagte Sally, während sie sich zwischen zwei Sträuchern durchschob.

»Du willst wissen, wie alt ich bin?«, entgegnete Robin lächelnd.

»Ja, würde ich gern wissen. Aber nein, das war nicht meine Frage.«

Robin ließ die Finger über die nahe Felswand streifen. Das Licht wurde fahler – Sally hatte recht gehabt. Die Sonne war zwischen den Baumstämmen noch zu sehen, bald würden sie aber auf ihre Taschenlampen zurückgreifen müssen. »Schieß los.«

»Warum traust du McConnell? Woher willst du wissen, dass er nicht lügt, wenn er von seinem Telefonat mit deiner Frau erzählt?«

»Ich weiß es einfach«, entgegnete Robin und ließ den Blick über die Tunnelwand schweifen.

»Ja, aber woher?«

Robin seufzte. »Es gibt da was, was er nicht hätte wissen können. Etwas, was nur Sam ihm erzählt haben kann.«

»Was?«

»Er hat das Clatteridges erwähnt. 19.30 Uhr, 18. August 1996. Davon habe ich im Buch nichts geschrieben. Kaum jemand weiß davon.«

»Was war da?«

Robin überlegte. »Es ist nicht mehr wichtig.«

»Gut, wie du meinst«, kam es schließlich von Sally, aber sie klang bei Weitem nicht so flapsig, wie die Worte es vermuten ließen. Sie schien zufrieden, die Sache damit auf sich beruhen zu lassen. Robin war ihr dankbar dafür.

Sie mühten sich weiter. Robin betrachtete den Hügel und konnte nichts Auffälliges entdecken. Nur einen steilen Hang, so undurchdringlich wie unauffällig.

Eine weitere halbe Stunde verging, bis die Sonne den Horizont berührte. Robin holte sein Handy heraus und leuchtete mit der Taschenlampe durch das Unterholz.

»Hat dir McConnell irgendwas gesagt, worauf man aufbauen könnte?«, sagte Sally und zückte ebenfalls ihr Handy. »Außer Clatteridges?«

Robin überlegte kurz. »Nichts Konkretes, außer …« Er verlagerte das Gewicht, um an den Rucksack zu gelangen, fasste hinein und holte sein Notizbuch heraus. Mit einer Hand blätterte er umständlich zu der Seite und tippte Sally auf die Schulter. Sie leuchtete ihn an, nahm das Notizbuch entgegen und besah sich die Seite. Robin stapfte schon mal voraus.

»Er hat gesagt, Sam hätte ihm was von einem schwarzen Hund und einem Pferdekopf erzählt.«

»Einem Pferdekopf?«, kam es von Sally.

»Sagt dir das was?«, fragte Robin und ließ das Handy-Licht über den Hügel schweifen, der allmählich zu einer blanken Felswand wurde. Das Gestrüpp am Fuß der Wand wurde aber immer dichter, undurchdringlicher …

Im Lichtstrahl war etwas zu erkennen.

»Nein«, sagte Sally, aber Robin hörte gar nicht zu. Er brach durch die dürren Zweige, damit er sich aus der Nähe ansehen konnte, was er im Licht des Handys direkt am Fuß des Hügels wahrgenommen hatte. Nasse Wellpappe war gegen den Felsen geklatscht. Er kämpfte mit den Sträuchern, zog die Pappe weg und leuchtete in die zum Vorschein gekommene Lücke.

»Sally.«

Er blickte hinter sich.

»Sally.«

Sie war immer noch in das Notizbuch vertieft und sagte etwas – etwas, was Robin wahrscheinlich als »Pferdekopf …« erkannt hätte, wenn er zugehört hätte.

»Sally!«, schrie er. Sie blickte auf.

Robin lächelte, während er den Pappkarton wegzog und das Handy auf das richtete, was sich dahinter auftat.

Ein kleiner Riss im Fels, unter dem sich alles so weit gelockert hatte, dass eine kleine Öffnung entstanden war. Gerade mal groß genug, damit man sich hindurchquetschen konnte.

32

Robin zwängte sich als Erster hinein – er räumte eine größere Fläche frei, damit er sich auf den Bauch legen und vorwärtsrobben konnte. Sally richtete ihre Lampe auf die Öffnung, während Robin sich voranzog und sein Handy nach vorn schob, sodass der schmale Gang vor ihm beleuchtet wurde. Er sah noch einmal zu Sally, die ihm zulächelte, dann steckte er den Kopf hinein.

Die Spalte war etwas größer, als es zunächst den Anschein gehabt hatte. Er wollte nach oben blicken, stieß mit dem Kopf aber gegen einen Felszacken. Also lieber den Kopf unten lassen, die Arme nach vorn schieben und sich weiter in den Gang hineinziehen.

»Alles in Ordnung?«, kam es von Sally, als Robin spürte, dass er mit den Füßen bereits im Gang war.

Er antwortete nicht – er hatte das Gefühl, das leiseste Geräusch könnte den gesamten Fels zur Erschütterung bringen und die ganze Chose auf ihn niederkrachen lassen. Mühselig schob er sich voran und fragte sich, wie lang es dauern würde, bis er im Tunnel herauskam.

Aber war es das, was sie gesucht hatten? Waren die Fünf vom Standedge hier aus dem Tunnel gebracht worden? Durch die enge Spalte passte kaum eine Person, es musste schwierig, wenn nicht gar unmöglich sein, einen Leichnam hindurchzuschieben. Er würde einfach stecken bleiben.

Was hatte das alles zu bedeuten? Es war der erste greifbare Schritt in die richtige Richtung – das Erste, was Sinn ergab bei ihrem Bemühen, herauszufinden, was wirklich geschehen war. Dennoch warf es nur ein Dutzend weitere Fragen auf.

Robin schloss zu seinem Handy auf – der Lichtstrahl schien direkt nach oben, sodass er nicht im Mindesten sehen konnte, was vor ihm lag. Er wollte danach greifen, schob den rechten Arm vor – schrammte damit gegen die Wand, stieß gegen einen lockeren Stein, und kleinere Brocken landeten auf seinem Rücken.

Er wagte sich nicht mehr zu rühren. Er glaubte, eine Bewegung über sich zu spüren – feines Geröll rieselte ihm ins Gesicht. Er hielt den Atem an. Dann hörte er etwas, was ganz nach einem fallenden Felsbrocken klang. Das war es dann. Gleich würde er verschüttet werden.

Aber dann verstummte das Geräusch. Eine weitere Minute lag er nur reglos da und atmete ganz ruhig. Alles in Ordnung.

Er zog den Arm an, robbte weiter und schob das Handy mit der Nase voran. Einfach lächerlich, das Ganze. Unwillkürlich fragte er sich, wie er aussah, wenn er so durch diesen Spalt kroch.

Er schob das Handy weiter, und dann fiel der Lichtstrahl nicht mehr an die Decke, sondern verlor sich dahinter. Erst dachte er, der Gang hätte sich erweitert, aber dann legte er so weit wie möglich den Kopf in den Nacken, und er hörte den Wind. Er schob sich voran und gelangte ins Freie. Eine Windbö traf sein Gesicht. Er war im Tunnel.

Noch ein paar Zentimeter weiter, und seine Arme waren frei. Der Boden war nass und glitschig, aber er konnte die Hände ausstrecken und bekam eine Felskante im Boden zu fassen. Dort krallte er sich fest und zog sich aus dem Gang, wobei er darauf achtete, mit den Füßen nicht gegen die Seitenwände zu stoßen. Bald danach war er ganz im Tunnel.

Er ging auf die Knie, nahm das Handy und leuchtete die Umgebung ab. Der Tunnel war geräumig, mit einer hohen, gewölbten Decke. An einigen Stellen hatten sich Backsteine gelöst, dahinter zeigte sich der nackte Fels. Die Wände waren nicht im besten Zustand, insgesamt sahen sie aber einigermaßen stabil aus.

Er richtete den Lichtstrahl auf den Boden. Holzplanken waren über die alten Gleise gelegt und bildeten so etwas wie einen Weg – eine ebene Strecke, die von einem Fahrzeug befahren werden konnte, das den Booten im Kanaltunnel folgte. Der restliche Boden war mit Kies bedeckt.

Robin leuchtete in jede Richtung. Links war ein schmaler, fahler Lichtpunkt zu erkennen, das musste der Tunnelausgang in Diggle sein. Rechts war nichts als Dunkelheit.

Erschöpft richtete er sich auf. Arme und Beine pochten vor Schmerzen, die Schienbeine brannten. Als er den Lichtstrahl darauf richtete, sah er, dass er sich die Hosenbeine aufgerissen hatte, die Haut darunter war aufgeschürft. Er fasste sich ans Knie – was ein Fehler war. Stechender Schmerz schoss ihm durch den Körper ins Gehirn.

Er biss die Zähne zusammen und versuchte, sich trotz der Schmerzen auf die Geräusche zu konzentrieren. Ein stetes Tropfen hallte durch den Tunnel, vermutlich kam es von einer bestimmten Stelle, auch wenn es klang, als wäre er auf allen Seiten davon umgeben. Dann natürlich der Wind, dessen unaufhörliches Heulen über allem lag, dazu seltsame Geräusche, die er kaum beschreiben konnte. Als würde ein Ball gegen eine Gummiwand geworfen – dumpfe Schläge, die leicht und hohl klangen. Diese Geräusche veränderten sich stetig, waren aber immer zu hören – fast so, als würde der Tunnel atmen.

Robin schauderte.

Er hatte nie an Gespenster geglaubt, aber wenn es sie gab, dann hier drin.

Durch die Spalte hörte er Sallys leise Stimme. »Ich komme rein.«

Robin wusste, dass er warten sollte – dass er hierbleiben sollte, um ihr, falls nötig, zu helfen. Aber es war, als wäre er von der Dunkelheit hypnotisiert. Er trat in die Tunnelmitte, wandte sich nach rechts und richtete den Lichtstrahl ins Nichts.

Dann ging er los.

33

Der Tunnel hatte ihn jetzt in seinem Bann. Allmählich verstand er, warum Matthew so verzaubert davon gewesen war. Es fühlte sich an, als würde die Welt draußen nicht mehr existieren. Das Einzige, worauf er sich verlassen konnte, war der Boden unter ihm im Schein der Handy-Taschenlampe. Nichts, was hinter ihm lag, war noch wichtig. Nur der sich stetig fortbewegende Lichtkegel, der ihm immer einen Schritt voraus war.

Die Geräusche waren noch zu hören. Die dumpfen Schläge, das Tropfen. Sally war irgendwo hinter ihm – er hatte gehört, wie sie sich durch die Spalte gezwängt und ebenfalls den Tunnel betreten hatte. Aber sie war nicht bei ihm. Auch von ihrem Licht war nichts zu sehen. Vielleicht hatte sie die andere Richtung eingeschlagen.

Er ging jetzt auf den Schwellen – irgendwann hatten die Holzplanken aufgehört. Oft blieb er stehen und leuchtete die Umgebung ab, aber er sah immer das Gleiche – die Wände eines Eisenbahntunnels, der im tiefen Schlaf lag.

Darüber musste er lächeln. Im nächsten Moment stieß er gegen das Gleis und geriet ins Stolpern. Das Handy rutschte ihm aus der Hand und flog in hohem Bogen fort, der Lichtstrahl strich über die Wände, bis das Gerät auf dem Boden landete. Er fluchte, krabbelte in der Dunkelheit und ertastete schließlich das Handy. Gleichzeitig bekam er etwas Glattes, Schleimiges zu fassen. Er hob das Handy auf und beleuchtete, was er gefunden hatte.

Eine feuchte Plastiktüte. Eine orangefarbene Tüte für einen Brotlaib.

Was zum Teufel machte diese Tüte hier drin?

Robin sah sich um. Und entdeckte etwas links von sich. Es sah aus wie ein mit Backsteinen gemauerter Gang – es musste sich um einen der Querstollen zum Standedge-Kanaltunnel handeln.

Er richtete sich auf, trat in den Durchgang und kam auf einem Absatz heraus, an dem ein Geländer ins Nichts führte. Dann sah er den zweiten Tunnel.

Er stützte sich am Geländer ab und beleuchtete die drei Steinstufen, die zum Wasser hinunterführten. Der Kanal. Hier war tatsächlich der Kanal.

Er lehnte sich so weit wie möglich über das Geländer und sah in beide Richtungen. Der Wasserweg erstreckte sich nach links und rechts. Genau so hatte er es sich vorgestellt, als er zum ersten Mal von den Querstollen gehört hatte, über die in Panik geratene Besucher aus dem klaustrophobischen Tunnel ins Freie gebracht werden konnten.

Jetzt verstand er auch, warum Besucher überhaupt in Panik geraten konnten. Verglichen mit dem geräumigen, leeren Eisenbahntunnel war der Kanaltunnel winzig. Unmittelbar neben dem Kanal ragten die Wände auf, es gab keine freien Flächen, die Decke war gerade mal so hoch, dass ein Boot hindurchpasste. Es musste eine surreale Erfahrung sein, so eingezwängt zu werden. Robin konnte nur schwer nachvollziehen, warum hier jemand freiwillig durchfahren wollte.

Er kehrte in den Eisenbahntunnel zurück. Sein Lichtstrahl strich über die entfernte Wand, etwas blitzte auf.

Im ersten Moment glaubte er, er hätte es sich nur eingebildet, aber dann, als erneut das Licht darauf fiel, sah er es wieder. Etwas an der Wand reflektierte das Licht. Er trat näher. Ein Stück nass glänzende blaue Plane. Er berührte sie, erwartete eigentlich, gegen die Wand zu stoßen, aber er spürte keinen Widerstand. Die Plane verhüllte eine Öffnung.

Er riss sie weg.

Zwei Metallplatten standen in einer Lücke in der Wand. Die Platten sahen aus, als wären sie einmal rot gestrichen gewesen, mittlerweile aber waren sie verrostet und matt geworden. Robin strich über die linke Platte, was sich seltsam anfühlte. Erst als er den Lichtstrahl direkt darauf hielt, erkannte er den Grund dafür.

Die gesamte linke Metallplatte war perforiert. Dahinter schien allerdings eine zweite Platte zu liegen, die die Löcher verdeckte. Er zog die Metallplatte zu sich heran und bemerkte auf der Rückseite einen Riegel, den er betätigte – die zweite Platte verschob sich, sodass er nun durch die Löcher sehen konnte.

Er hatte keine Ahnung, was er hier vor sich hatte, maß ihm aber keine Bedeutung bei. Er richtete die Taschenlampe auf die Öffnung.

Vor ihm lag eine kleine, schmale Nische in der Tunnelwand. Sie war vollständig mit Decken ausgekleidet, die Wände, der Boden, alles war unglaublich dreckig und feucht. Weitere Decken und zwei Kissen lagen an der rückwärtigen Seite. Ein provisorisches Bett. Daneben eine Pappkartonkonstruktion – drei Flächen, die wie ein Kartenhaus zusammengestellt waren. Als hätte jemand versucht, so etwas wie einen Tisch zu bauen. Darunter leere Lebensmittelpackungen – Getreideflocken, Fertiggerichte, Kartoffelchips, alles so durchnässt und aufgeweicht, dass sie zu einer einzigen Masse zusammenklebten.

Angeekelt sah sich Robin um. Etwas glitzerte am Boden. Ohne weiter darüber nachzudenken, hob er es auf.

Ein Katzenhalsband. Auf dem Anhänger stand »MITTONS«. Und noch während er es betrachtete, tauchte im

Taschenlampenlicht etwas anderes auf. Ein kleines Bündel, stumpf-rot. Er wusste nicht, was es war, bis es ihn würgte. Er beugte den Oberkörper vor, wollte sich übergeben, aber es kam nichts. Als er sich erholt hatte, sah er wieder zu dem Ding in der Ecke. Ein Katzenkadaver – halb abgenagt, das noch übrige Fleisch schimmelig und verwest. Er drehte sich weg – und jetzt hatte er auch den abscheulichen Gestank in der Nase. Seine Augen tränten, er zwinkerte, wischte sich über das Gesicht und sah wieder zu Boden. Sein Blick fiel auf etwas anderes.

Über die Decken gebreitet lag ein Kleidungsstück. Es sah sauberer aus als alles andere in dem Unterstand – neuer. Ein lilafarbener Hoodie – wie der eines Mädchens. Er hob ihn auf und wendete ihn hin und her. Überrascht las er die Aufschrift auf dem Rücken.

UNIVERSITY OF EDINBURGH.

Sofort wusste er, wem dieser Hoodie gehörte: Rachel Claypath. Es konnte nicht anders sein. Aber was hatte das zu bedeuten?

Er hörte Schritte hinter sich. Jemand kam durch den Tunnel.

Sally.

Er drehte sich um. »Ich hab was gefunden.« Aber da war keiner. Er leuchtete in den Tunnel. Niemand.

Er sah in die andere Richtung.

Das Letzte, was er noch wahrnahm, war der Stein, der in seine Richtung flog. Seine Stirn explodierte vor Schmerzen, seine Beine gaben nach.

Noch bevor er auf dem Boden aufschlug, verlor er das Bewusstsein.

34

»Siehst du die auch?«
Die Stimme trieb zu ihm, er versuchte, die einzelnen, ihm zufliegenden Wörter zu greifen.

Er schwebte hin und her, in die Welt hinein, aus der Welt hinaus, vielleicht schwebte aber auch nur die Welt in ihn hinein und aus ihm hinaus.

»Oder bist du auch einer von denen?«

Er schlug die Augen auf, soweit es ihm möglich war. Das linke Auge schien sich nicht öffnen zu lassen, es fühlte sich verklebt an; verklebt von etwas Warmem, was von seiner Stirn tropfte. Sein Kopf fühlte sich an, als wollte er platzen, an den Schläfen hämmerte sein Puls.

»Er lügt.«

Seine Finger kribbelten. Die Hände waren ihm auf den Rücken gebunden. Er lehnte an der Rückseite des Unterstands, der von einem batteriebetriebenen Licht in der Mitte beleuchtet wurde.

Ein Mann stand im Eingang.

Er verschwamm in Robins Gesichtsfeld und tauchte wieder auf. Als wäre er die Figur in einem Film, der auf einem alten Fernsehapparat mit krisseligem Bild lief.

Er war schmuddelig. Verdrecktes weißes T-Shirt und schmutzige graue Jogginghose. Lange Haare, von Schweiß und Regenwasser platt gedrückt. Zerzauster Vollbart. Er sah ihn mit unmöglich großen Augen an.

»Wer …«, stammelte Robin – sein Mund war so trocken wie Sandpapier.

»Ich hab sie gesehen. Neulich. Aber das ist nicht das, was du denkst.« Er hatte eine hohe Stimme, fast wie ein

Kind. »Ich weiß, was die Leute über mich sagen. Über mich.«

Seine Stirn pochte, die Bewusstlosigkeit erschien als einfacher Ausweg. Aber er kämpfte dagegen an. »Wer bist ...«

Der Mann trat vor, verdrehte den Kopf. »Er lügt. Ich hab gesehen, wie er es getan hat. Ich hab ihn gesehen.«

»Wer bist du?«, fragte Robin.

Die Anstrengung, diesen Satz hervorzubringen, war zu viel. Das Pochen, die Schmerzen, der Gestank waren zu viel.

Er sah, wie der Mann ihn anstarrte und dann in der Dunkelheit verschwand.

Dann war wieder alles weg.

35

»Robin. O Gott, Robin.«
Er öffnete das gute Auge. Diesmal fühlte sich die Welt etwas wirklicher an. Er lag immer noch in dem Unterstand, aber das Licht war fort – und der Mann auch. Die Schmerzen in der Stirn waren noch dumpf zu spüren. Sally stand über ihm.

»Wo ist er?«, fragte Robin und versuchte aufzustehen. Seine Hände waren nicht mehr gefesselt – waren sie überhaupt gefesselt gewesen? Er stieß sich von der Felswand ab, kam auf die Beine, stolperte und wäre sofort wieder hingefallen, hätte Sally ihn nicht aufgefangen. »Wo, verdammt noch mal, ist er?«

»Wer?«, fragte Sally. »Mein Gott, Robin, dein Kopf. Ich glaube, das muss genäht werden.«

»Hast du ihn gesehen?«

»Nein«, sagte sie.

Robin schüttelte sie ab und stürzte an den beiden Metallplatten vorbei in den Tunnel. Dunkelheit umhüllte ihn. »Robin.« Sally kam ihm nach, wollte ihn am Arm packen, aber er schüttelte sie ab – fast wäre er auf einem Felsen ausgerutscht, konnte sich aber auf den Beinen halten. Er kam zu den Gleisen, den Eisenbahnschwellen. Wenn er ihnen folgte, würde er wieder zu der Spalte kommen.

Dorthin war der Mann unterwegs. Er wollte abhauen. Er war sich ganz sicher.

Robin setzte sich, so gut es ging, in Bewegung, achtete nicht auf das Pochen über dem linken Auge.

Sally folgte ihm. »Dieser Verschlag ... lebt er dort ... ist er ... das Standedge-Monster?«

Robin sagte nichts. Er beschleunigte seine Schritte.

Immer wieder verschwamm ihm alles vor den Augen. Zeit ergab keinen Sinn mehr. Das Einzige, worauf er sich noch verlassen konnte, war das Pochen an seiner Stirn. Er folgte dem Tunnel und konnte nichts entdecken, was darauf hinwies, dass hier vor kurzer Zeit ein Mann durchgekommen war.

»Robin, bleib stehen.«

»Nein.«

»Robin, wer war das?«

Robin blieb nicht stehen. Er sah nicht zurück. »Ein Mann. In einem weißen T-Shirt. Graue Jogginghose. Vollbart. Lange Haare. Er lebt im Tunnel. Spielt keine Rolle, wer er ist. Nur, dass er jetzt da draußen ist.«

»Darum kann sich jemand anders kümmern, Robin. Das musst nicht du machen.«

Das Blut von seiner Stirn lief ihm in den Mund. Er spuckte aus. Dann sah er auf und erkannte an der Tunnelwand einen fahlen Schimmer des Mondlichts.

Die Spalte. Es konnte nicht anders sein. Sie musste, seitdem sie sich dort hindurchgezwängt hatten, größer geworden sein. Sally oder der Unbekannte mussten dafür gesorgt haben, dass ein weiteres Stück aus der Felswand herausgebrochen war. Wahrscheinlich war es jetzt noch unsicherer.

Robin dachte nicht darüber nach – er warf sich in die Öffnung, streckte die Arme hoch und schob sich durch die schmale Spalte. Der Fels über ihm kam in Bewegung, aber das hörte er nicht. Er robbte nur weiter.

Bald darauf war das Mondlicht direkt vor ihm, er zog sich aus der Spalte in die von ihm geschaffene Lichtung. Sie lag verlassen da, niemand war hier. Er ging in die Hocke und blickte sich um – als wäre der Mann ein Geist, der sich einfach in Luft aufgelöst hatte.

Wer weiß, wie lange er bewusstlos gewesen war? Der andere konnte mittlerweile kilometerweit weg sein.

Aber das war nicht wichtig. Nicht für ihn. Er musste aufstehen, weitergehen. Denn genau danach hatte er gesucht.

Das alles brachte ihn näher zu ihr.

Er mühte sich hoch. Da er sich nirgendwo mehr festhalten konnte, geriet er ins Taumeln, beinahe wäre er wieder hingefallen. Nein, alles in Ordnung.

Fast hätte er gelächelt, stattdessen atmete er tief durch – zum ersten Mal seit weiß Gott wie langer Zeit. Es tat gut.

Aber dann – die scharfe, kühle Luft stieg ihm in den Kopf, wieder verschwamm ihm alles vor den Augen.

Er würde …

Er fiel.

36

Ein Klingeln.
Nicht in seinem Kopf. Nein – ein richtiges Klingeln.
Er schlug die Augen auf – beide. Er lag auf dem Bett in seinem Zimmer im Hamlet. Er setzte sich auf und befühlte seine Stirn. Sie war sauber, aber der Schnitt über dem linken Auge brannte bei der Berührung. Er zuckte zusammen.

Er schwang die Beine aus dem Bett und fühlte sich, als hätte er tagelang geschlafen. Die Uhr zeigte zehn Uhr. Aber an welchem Tag?

Er stand auf und suchte nach seinem Handy. Es lag auf dem Tisch, angesteckt, und wurde geladen. Bevor er danach greifen konnte, hörte das Klingeln auf.

Neben dem Handy eine Packung Kekse. Und ein neongelbes Post-it:

Bin wieder in The Door. Hab die Polizei wegen des Typen verständigt. Werde Artikel schreiben. (Keine Sorge, ich hab alles.)
SALLY

Sally. Hatte Sally ihn allein hierher geschafft? Und was sollte das heißen, »ich hab alles«? Wie konnte sie alles haben? Sie hatten nichts. Das Monster war verschwunden. Matthew würde einem Richter vorgeführt werden. Und ihre Vereinbarung würde null und nichtig sein. Würde Matthew ihm noch erzählen, was er über Samantha wusste, wenn er hinter Gittern saß?

Nein. Die Antwort lautete Nein.

Wieder klingelte das Handy. Robin löste es vom Ladegerät. Plötzlich hatte er unglaublichen Hunger, er riss die Kekspackung auf und stopfte sich einen ganzen Keks in den Mund, ohne sich um seinen Gesprächspartner am anderen Ende der Leitung zu kümmern.

»Sie sind doch einfach ein fantastischer Dreckskerl«, ertönte eine bekannte Stimme. Loamfield. Er klang glücklich. »Wissen Sie, ich muss zugeben, ich hätte Ihnen das nicht zugetraut. Aus dem Jahrhundertprozess ist gerade der Prozess des Jahrtausends geworden. Und ich bin ganz vorn mit dabei. Ich wollte Ihnen persönlich danken, dass Sie mich da teilhaben lassen. Ich werde ein richtiger Superstar, ich kann es einfach nicht fassen. Jetzt kann ich meine Honorare nach oben schrauben. Ich kann …« Er plapperte weiter. Robin hatte keine Ahnung, worum es eigentlich ging. Er zerkaute seinen Keks und schluckte.

»Was sagen Sie da?«

Das gebot Loamfield Einhalt. »Tun Sie doch nicht so … Es gibt keinen Grund, so bescheiden zu sein, Sie fabelhafter Hurensohn.«

»Loamfield, ich hab keine Ahnung, wovon Sie reden.«

Anscheinend glaubte ihm Loamfield jetzt, denn er verstummte, dann sagte er bloß: »Schalten Sie den Fernseher an. Jetzt sofort, BBC News.«

Robin seufzte, sah sich im Zimmer um und fand die Fernbedienung. Er klickte darauf, das kleine Gerät sprang an. Er schaltete zu BBC News und sah die Laufschrift »Breaking News«. Darüber ein sehr vertrautes Bild – das Gefängnis New Hall. Medienvertreter, mit Mikros und Kameras ausgerüstet, standen im Halbkreis vor den Stufen und warteten anscheinend auf etwas. Zu hören war unablässiges Stimmengewirr, bis jemand alle zum Schweigen brachte.

»Das waren Sie, was?«, sagte Loamfield am Handy, das Robin jetzt aufs Bett gelegt hatte, während er auf den Fernseher starrte.

Roger Claypath erschien in seinem glänzenden Anzug. Er trat auf die Stufen, stand direkt vor dem Haupteingang, den auch Robin benutzt hatte, und hielt kein Blatt, keinen Stichwortzettel in Händen. Er wirkte alles andere als glücklich. Als er in die Kamera blickte, hatte Robin das Gefühl, er würde genau ihn ansehen. »Ich danke Ihnen für Ihr Kommen. Es handelt sich hier um eine öffentliche Verlautbarung zum Standedge-Vorfall und den Stand der Ermittlungen zum Verschwinden der fünf jungen Leute, die in der Gemeinde und den Medien nur als die Fünf vom Standedge bezeichnet werden. Ich bitte Sie, von Fragen abzusehen, ich werde diesmal keine beantworten.

Gestern in den frühen Morgenstunden haben wir einen anonymen Anruf erhalten, der dazu führte, dass die Polizei einen alternativen Eingang zum stillgelegten Eisenbahntunnel fand. Dieser Tunnel verläuft parallel zum Standedge-Kanaltunnel und ist mit diesem verbunden. Der Anrufer hat angegeben, einen verwahrlosten Mann gesehen zu haben, der den Tunnel durch einen Spalt in der Seitenwand verlassen habe. Daraufhin hat die Polizei im Tunnel eine Art Behausung entdeckt. Sie liegt versteckt hinter Felsen, wodurch sich die fragliche Person der ursprünglichen Durchsuchung des Tunnels hatte entziehen können. Nun aber hat sie sie überstürzt verlassen und sie nicht mehr sorgfältig abgedeckt.

Allem Anschein nach war diese Behausung seit längerer Zeit in Gebrauch, was uns zu der Ansicht veranlasst, dass hier die Gerüchte über das sogenannte Standedge-Monster ihren Ursprung haben. Wir werden die Tunnel weiterhin überwachen, obwohl wir davon ausgehen, dass der Gesuchte den Unterschlupf endgültig verlassen hat. Wir tun alles in unserer Macht Stehende, um die betreffende Person aufzuspüren und ihre Identität festzustellen. Niemand weiß, wie lange sich diese Person schon im Tunnel häuslich eingerichtet hat oder wie vertraut sie mit der umliegenden Gegend ist, aber wir sind zuversichtlich, ihr dicht auf den Fersen zu sein. Wenn jemand glaubt, das Standedge-Monster gesichtet zu haben, möge er sich bei der örtlichen Polizeidienststelle melden. Der anonyme Anrufer beschrieb ihn als einen hageren Mann durchschnittlicher Größe mit zerzausten, langen schwarzen Haaren und einem buschigen Vollbart. Gekleidet war er mit einem zerrissenen und verdreckten weißen T-Shirt und einer schmutzigen grauen Jogginghose. Das ist nicht viel, wie uns durchaus bewusst ist, aber sobald uns ein offizielles Phantombild zur Verfügung steht, werden wir es an sämtliche Dienststellen ausgeben.

Damit möchte ich auf Matthew McConnell zu sprechen kommen. Es dürfte somit klar sein, dass die Ermittlungsbehörden unter meiner Leitung vorschnell agiert haben und aufgrund des öffentlichen Interesses – und aufgrund persönlicher Befindlichkeiten, nicht nur von meiner Seite, sondern auch vonseiten der Dienststelle – den Fall so schnell wie möglich lösen wollten. Das war eine Fehlentscheidung. Ich sage damit nicht, dass McConnell nicht am Verschwinden der Fünf vom Standedge beteiligt war. Er ist nach wie vor der Haupttatverdächtige bei unseren Ermittlungen. Aber es hat sich gezeigt, dass die äußeren Umstände, die gestern noch Gültigkeit hatten, mittlerweile als überholt angesehen werden müssen.

Die für diese Woche anberaumte gerichtliche Anhörung zu Matthew McConnell und der Frage, ob er weiterhin in Haft zu bleiben hat, wurde daher verschoben. Da sich die Ereignisse am 26. Juni 2018 auch ganz anders zugetragen haben könnten, kamen wir zu dem Schluss, Matthew McConnell vorbehaltlich weiterer Ermittlungen auf freien Fuß zu setzen. Ich möchte betonen, dass das nicht geschieht, weil wir ihn für unschuldig halten. Noch sind eine Menge Fragen zu dieser verhängnisvollen Fahrt zu beantworten, in die McConnell nach wie vor verwickelt ist.

Matthew McConnell wird noch heute aus der Haft entlassen, allerdings unter Hausarrest gestellt. Bis auf Weiteres wird ein Polizeibeamter vor seinem Haus postiert. Ich möchte betonen, dass das nicht nur zu McConnells eigenem Schutz geschieht, sondern auch zum Schutz der Einwohner von Marsden.

Ich danke für Ihre Aufmerksamkeit. Wir werden regelmäßig über die Fortschritte unserer Ermittlungen berichten.« Claypath trat aus dem Bild. Die Fernsehkamera schaltete auf die Totale, während die Reporter ihm folgten. Mehrere Fragen waren zu hören.

»War die Verhaftung von Matthew McConnell voreilig?«

»War Ihr Urteilsvermögen durch Ihre Befangenheit in dem Fall beeinträchtigt?«

»Wäre das nicht ein Grund, zurückzutreten?«

Claypath reagierte nicht, er schien noch nicht einmal die Fragen wahrzunehmen, sondern ging nur die Stufen hinunter und stieg in den Fond eines schwarzen Wagens. Noch im Wegfahren riefen die Reporter ihm hinterher.

Verwirrt griff Robin zum Handy. Er konnte es nicht fassen. Matthew McConnell kam frei. Die Anhörung war abgesagt.

»Das waren Sie, oder?«, sagte Loamfield, als wäre ihr Gespräch nie unterbrochen worden. »Sie waren der anonyme Anrufer?«

»Nein.«

»Doch – klar doch. Natürlich, Sie waren ziemlich auf Zack, Sie und diese Red-Door-Seite.«

»Was?«

»In den sozialen Medien macht ein Artikel über das Monster Furore. Sie werden auch namentlich genannt.«

Robin erhob sich, holte seinen Laptop aus der Schreibtischschublade, klappte ihn auf und öffnete The Red Door. Die Eingangsseite baute sich auf, und Robin las den Titel des letzten Posts: »Das Standedge-Monster: Es existiert wirklich (Beweise!)«. Darunter ein weiterer Artikel: »Weiterer Zugang zum Standedge-Tunnel.« Beide waren seit den frühen Morgenstunden online gestellt.

Robin musste die Artikel nicht lesen. Er hatte alles selbst miterlebt. Er überflog sie nur und fand rasch seinen Namen. Er tauchte am Ende des ersten Artikels auf:

Der Schriftsteller Robin Ferringham, bekannt geworden durch seine schonungslosen Aufzeichnungen *Ohne sie* und in letzter Zeit in Marsden gesichtet, wo er sein Interesse am Fall der Fünf vom Standedge zum Ausdruck brachte, hat The Red Door sehr bei den Recherchen geholfen. Er erwies sich bei der Suche als unschätzbare Hilfe.

»Ihr Name wird jetzt mit dieser Sache in Verbindung gebracht«, sagte Loamfield. »Sie haben hoffentlich nichts dagegen. Die Leute hängen sich an so was auf. Sie mögen Berühmtheiten, egal, wie groß oder klein sie sind. Selbst wenn es einer ist, von dem sie noch nie gehört haben.«

»Ich bin keine Berühmtheit«, sagte Robin.

»Ach, Robin.« Loamfield lachte. »Das sind wir doch jetzt alle. Wir haben bloß unsere Rolle im Stück ›Der Niedergang des Roger Claypath‹ gespielt. Das ist ein Grund zum Feiern.«

»Der Mann will nur seine Kinder finden«, sagte Robin und wechselte das Thema. »Claypath sagt, Matthew darf nach Hause. Wann?«

»Was Sie da gesehen haben, war eine Aufzeichnung. McConnell wird in einer Stunde entlassen. Ich bin gerade unterwegs.«

Robin sprang auf, fuhr herum und entdeckte, was er brauchte. Die Autoschlüssel auf dem Tisch. Er schnappte sie sich.

»Ich auch.«

37

Auf dem Weg zum Gefängnis versuchte Robin, Sally zu erreichen. Er wollte ihr danken – dafür, dass sie ihn ins Hamlet geschafft, dass sie alles veröffentlicht hatte, für alles. Noch immer wusste er nicht, wie er darauf reagieren sollte, dass sie in den Artikeln seinen Namen erwähnt hatte, aber wenn sie damit mehr Aufmerksamkeit erzeugen konnte, wollte er es ihr nicht übel nehmen. Sie ging nicht ran. Also rief er erneut an. Nichts. Wahrscheinlich hatte sie alle Hände voll zu tun mit dem sprunghaft angestiegenen Traffic auf ihrer Website. Robin sah einen ihrer Tower vor sich, Funken sprühend und zischend, während Sally aufgescheucht umherlief und ihn zu reparieren versuchte. Er schmunzelte, als er nach New Hall abbog und den Wagen abstellte.

Nach wie vor belagerten Reporter die Stufen zum Gefängniseingang. Robin wurde immer langsamer, je näher er ihnen kam. Er musste ins Gebäude, was nicht schön werden würde. Vielleicht, überlegte er, hatten sie den Red-Door-Artikel ja gar nicht gelesen, und falls doch, hatten sie vielleicht keine Ahnung, wie Robin Ferringham aussah. Als er aber nur noch wenige Schritte von der Meute entfernt war, drehte sich einer von ihnen um und bemerkte ihn.

»Mr Ferringham …«, rief er. Dann fielen sie auch schon über ihn her. Er rannte so schnell wie möglich die Stufen hinauf.

Sporadische Zurufe drangen aus dem allgemeinen Geschrei.

»Mr Ferringham, warum sind Sie hier?«

»Mr Ferringham, stimmt es, dass Sie ein Buch über die Fünf vom Standedge schreiben?«

»Mr Ferringham, was halten Sie davon, wie die Polizei die Ermittlungen zum Verschwinden der jungen Leute bislang vorangetrieben hat?«

»Mr Ferringham, finden Sie, dass Roger Claypath zurücktreten sollte?«

Er drehte sich nicht zu ihnen um, nahm sie überhaupt nicht zur Kenntnis, sondern machte es einfach wie Claypath. Erleichtert erreichte er die Tür und betrat das Gebäude.

Im Eingangsbereich war es hell und ruhig, genau wie bei seinem ersten Besuch. Wachen standen am Eingang, zweifellos, um die Pressevertreter am Eindringen zu hindern. Robin hätte nicht gedacht, dass er einmal froh sein würde, einen Bewaffneten zu sehen.

Er brachte die Sicherheitsüberprüfung hinter sich und entdeckte am Empfangstresen den ihm schon bekannten terrakottafarbenen Anzug. Loamfield wirkte so unberechenbar und sprunghaft wie zuvor, auch wenn er diesmal ein breites Grinsen im Gesicht hatte. Er trug eine verblüffend hässliche Krawatte – blau, mit kleinen gelben Sternen gepunktet – und plauderte angeregt mit dem Beamten hinter dem Tresen.

Robin ging auf sie zu. Noch bevor er ein Wort sagen konnte, hatte Loamfield ihn schon erspäht. »Robin Ferringham, der Mann der Stunde.« Loamfield packte ihn an der Hand und zerrte ihn zum Tresen. »Ich muss schon sagen, Sie sehen schauerlich aus. Aber das passiert manchmal. Manchmal muss man einiges einstecken, wenn man was aus sich machen will.«

»Hallo, Mr Loamfield«, begrüßte Robin ihn und spürte sofort wieder diesen Abscheu. »Wo ist Matthew?«

»Die Wachen holen ihn gerade. Dauert noch eine halbe Stunde. Der ganze Papierkram, Sie verstehen?«

»Ist das nicht Ihr Job?«, fragte Robin.

Loamfield strahlte ihn an, ließ die Frage aber unbeantwortet. »Wie haben Sie das gemacht? Nur so im Vertrauen. Wie haben Sie den Spalt im Tunnel gefunden?«

Robin revanchierte sich, indem er ebenfalls keine Antwort gab.

Loamfield schien das nicht weiter zu stören. »Schon klar, schon klar, Sie wollen sich nicht in die Karten schauen lassen. Um die Wahrheit zu sagen, es ist mir auch schnurzegal. Ich weiß nur, dass ich die Belohnung einstreichen werde. Wenn Sie wissen, worauf ich hinauswill.«

»Leider nicht.«

Loamfield beugte sich zu ihm hin und zischelte ihm etwas ins Ohr, was allerdings lauter war, als hätte er es mit ganz normaler Stimme gesagt. »Ich, Terrance Loamfield, stehe als außergewöhnlicher Strafverteidiger im Mittelpunkt des Freispruchs von Matthew McConnell, in einem Strafverfahren, das schon so gut wie verloren schien. Ich werde mich nie mehr um Arbeit Sorgen machen müssen.

Beispiel gefällig? Ein Doppel-, Dreifach-, zum Teufel, ein Vierfachmord, der Täter auf frischer Tat ertappt. Haufenweise Augenzeugen. Was braucht der Täter – einen Anwalt, der Unmögliches möglich macht. Mein Auftritt. Ich bin der, den alle haben wollen, dann spielt es auch keine Rolle mehr, ob ich sie raushaue, es wird immer andere dumme Scheißer geben, die Mist bauen und einen Typen wie mich brauchen.«

Robin runzelte die Stirn. »Bringen Sie eigentlich auch Mitgefühl für Ihre Mandanten auf?«

»Mitgefühl hat einen noch nie weitergebracht in der Welt«, antwortete Loamfield.

Da war Robin anderer Meinung, hatte aber keine Lust auf eine Diskussion. »Wie geht es weiter, sobald Matthew gebracht wird?«

Loamfield zuckte mit den Schultern. »Er wird mir kurzzeitig anvertraut. Ich bin angewiesen, ihn unverzüglich nach Hause zu bringen und auf die Polizei zu warten, damit sie ihm die elektronische Fußfessel anlegt und er das Haus nicht verlassen kann.«

»Kann nicht ich ihn nach Hause fahren?«, fragte Robin.

Loamfield schüttelte den Kopf. »Für das Gesetz sind Sie kein geeigneter Betreuer. Sie sind zu nah am Fall dran. Nur mir ist es erlaubt, ihn nach Hause zu bringen, weil ich sein juristischer Beistand bin und …«

»Und was?«

»Wenn ich mit ihm weglaufe, wissen sie, wo sie mich finden können.« Loamfield lachte.

Zu seiner Überraschung musste Robin mitlachen. Er nickte. Das klang vernünftig.

»Mr Ferringham«, rief jemand. »Ich meine, Robin.«

Robin und Loamfield drehten sich um. Matthew McConnell stand am Eingang zum Korridor, neben ihm der Wärter Stanton, an den er sich vom letzten Mal erinnerte. Als sich die Blicke von Robin und Matthew trafen, rannte der schmächtige junge Mann los. Stanton beeilte sich, um mit ihm mitzuhalten.

Matthew warf sich Robin an die Brust und umarmte ihn. »Danke, Mr Ferring… Robin. Danke, danke, danke.« Der junge Mann brach in Tränen aus.

Stanton kam nun ebenfalls zu ihnen, und Robin und Loamfield tauschten einen verlegenen Blick aus, während Matthew an Robins Brust weinte. Nach einer gefühlten Ewigkeit ließ Matthew Robin los.

»Danke«, sagte er, wischte sich über die Augen und sah zu Robin auf. Er wirkte entsetzt. »Was ist denn mit dir passiert?«

Sah seine Stirn wirklich so übel aus? Er hätte wenigstens einen Blick in den Spiegel werfen sollen, bevor er sein Zimmer verlassen hatte.

»Ich … bin gegen was gelaufen«, sagte Robin.

»Gegen einen Lkw?«, kam es mürrisch von Stanton. Alle sahen zum Wärter. Der konnte tatsächlich auch reden.

»Sie sind so weit, um nach Hause zu fahren, Matthew?«, fragte Loamfield und lächelte – allerdings weniger freudig als zuvor, als er sich noch in seinem eigenen Glanz gesonnt hatte.

Matthew sah von Loamfield zu Robin. »Kommst du mit?«

Robin musste lächeln, was hoffentlich ehrlicher wirkte als bei Loamfield. Der Junge schien ihn bei sich haben zu wollen. »Natürlich. Ich fahre hinter euch beiden her.«

»Du hast deinen Teil der Vereinbarung gehalten«, sagte Matthew, »und ich halte meinen. Ich werde alles erzählen.« Er meinte es ebenfalls ehrlich.

»Nur eins noch«, sagte Matthew. »Keine Sorge, wirklich nur eine Kleinigkeit.«

»Okay, was?«

»Kannst du mir eine Pizza besorgen?«

Robin lachte und nickte. »Ja, ich kann eine Pizza besorgen. Welche willst du denn haben?«

»Eigentlich jede.« Matthew musste ebenfalls lachen.

Loamfield flüsterte Stanton etwas zu, bevor er sich zu ihnen wandte. »Wir gehen hinten raus. Wir wollen den Geiern vorn nicht in die Arme laufen.«

Robin nickte. »Wie lautet die Adresse?«

»Parkfield neunzehn, Marsden«, sagte Matthew.

»Gut«, entgegnete Robin. »Wir sehen uns gleich.«

Matthew sah zu ihm. »Ja.«

38

Kurz vor Beginn der vierspurigen Straße, die nach Marsden führte, fand Robin einen Supermarkt. Er kaufte eine Tiefkühlpizza mit Peperoni und kurzerhand noch drei Flaschen Bier. Wenn einer einen Schluck nötig hatte, dann Matthew McConnell.

Danach ging er zurück zu seinem Mietwagen und fuhr los. Es gab kaum Verkehr – entweder waren alle in der Arbeit oder beim Mittagessen, die Straße war frei. In zwanzig Minuten kamen ihm keine zehn Fahrzeuge entgegen. Zur Ablenkung wanderte sein Blick zum Randstreifen. Zum ersten Mal seit Beginn dieser verrückten Reise – zum ersten Mal, seitdem Matthew ihn angerufen hatte – spürte er eine Ruhe in sich. Kaum zu glauben, dass das alles erst eine Woche her war. Es kam ihm wie ein Jahr vor.

Der Seitenstreifen, der nichts weiter war als eine schmale Bankette, fiel steil zu einem Wald hin ab. Was war das für ein Wald? Hatte jeder Wald einen Namen?

Die Straße führte auf einen Hügel zu, sodass er schon von Weitem erkennen konnte, dass etwas neben der Straße lag. Ein blauer, irgendwie in sich verschlungener Gegenstand. Kaum jemandem, der hier vorbeifuhr, wäre er wohl aufgefallen, dachte er sich noch. War es nicht seltsam, dass er ihn bemerkte?

Der Gegenstand kam näher, dann konnte er ihn erkennen. Im Gras lag ein schmaler blauer Stoffstreifen. Ein blauer Stoffstreifen mit gelben Sternen.

Er war schon daran vorbei, grübelte noch, aber dann fiel es ihm schlagartig ein. Er trat hart auf die Bremse, und der Wagen kam mit einem heftigen Ruck zum Stehen.

Schwer atmend hielt Robin auf dem Seitenstreifen und stieg aus. Er blickte zurück. Und lief los.

Er hob den Stoff auf und drehte ihn in der Hand hin und her. Eine Krawatte. Eine blaue Krawatte mit gelben Sternen. Dieselbe Krawatte, die er vor nicht ganz einer halben Stunde um Loamfields Hals gesehen hatte.

Er sah sich um. Keine Leitplanke grenzte die Straße vom tiefer liegenden Waldstück ab. Und dann fiel sein Blick auf die beiden Reifenspuren, die von der Straße über den Seitenstreifen nach unten führten.

Er verstand immer noch nicht, was das alles zu bedeuten hatte, bis er zum Waldrand hinuntersah. Dort stand ein Wagen, ein Wrack – die Motorhaube hatte sich um einen Baum gewickelt.

Nein. Das konnte nicht sein! Das war nicht möglich. So hätte das nicht ablaufen sollen. Aber was er sah, ließ sich nicht leugnen. Es war Loamfields Wagen.

Blindlings schlitterte er den aufgeweichten Abhang hinunter. Vom Wageninneren war noch nichts zu erkennen. Das Dach war durch den Aufprall in der Mitte eingedellt, das Wagenheck sah beinahe unversehrt aus, nur die Frontpartie erinnerte an eine metallene Ziehharmonika. Rauch stieg aus der aufgewölbten Motorhaube, dazu war ein Zischen zu hören, das er nicht recht einordnen konnte.

Mehr rutschend als laufend gelangte er zum Wagen. Er sah ins Innere. Loamfield saß auf dem Fahrersitz, den Kopf regungslos an der Kopfstütze. Das Gesicht war blutüberströmt, Robin konnte aber keine offensichtlichen Wunden entdecken. Die Beifahrerseite war leer – schlimmer noch, die Tür stand offen.

Verzweifelt sah sich Robin zwischen den Bäumen um. Er hörte nur das Zischen des Motors. Aber dann – raschelndes Laub, ein knackender Zweig, ganz in der Nähe.

Und er glaubte, zwischen den Bäumen eine Gestalt zu sehen.

Er wollte schon los, bevor ihn ein gurgelnder Laut innehalten ließ. Er drehte sich um. Loamfield hustete Blut. Robin wusste nicht, was er tun sollte. Er wollte nicht hier sein. Er wollte nicht diesen Anruf tätigen. Aber …

Ein leises Geräusch. Das Geräusch von etwas, das sich entzündete. Aus einem Spalt der Motorabdeckung schlug eine Flamme. Jetzt hatte er keine Wahl mehr.

Er riss die Fahrertür auf, was nicht einfach war, da sich die gesamte Karosserie verzogen hatte. Loamfield schien erneut bewusstlos zu sein. Was wahrscheinlich am besten war. Robin warf einen kurzen Blick in den Fußraum und konnte nur Loamfields Beine und verbogenes Gestänge erkennen, aber der Anwalt schien durch nichts eingekeilt zu sein. Gut für sie beide. Sie mussten sofort weg vom Wagen.

Robin löste den Sicherheitsgurt, packte Loamfield unter den Achseln und zog ihn ins Freie. Der Anwalt war anscheinend wieder aufgewacht, denn mit einem Mal brüllte er vor Schmerzen. Auch Robin stieß einen Schrei aus – Loamfield, so klein er sein mochte, war schwer wie Blei. Robin musste alle Kraft aufbieten, um ihn herauszuhieven.

Er zerrte Loamfield ins Freie und legte ihn auf dem Boden ab. Die Beine waren voller Blut, die Hosenbeine aufgerissen und blutdurchtränkt. Aus dem linken Unterschenkel schien etwas herauszuragen – ein kleines Metallteil.

Robin atmete heftig durch und sah auf. Dort, wo eben noch eine kleine Flamme gezüngelt hatte, loderten jetzt mehrere. Er wischte sich über die Stirn, packte Loamfield wieder unter den Achseln und zog ihn weiter vom Wagen fort. Jetzt brüllte er – vor Wut, vor Schmerzen, vor rasender Empörung. Er schaffte Loamfield zehn Meter weit weg, dann zwanzig, dreißig – und hatte ständig das Gefühl, er würde so heftig an dessen Schultern zerren, dass er sie ihm auskugelte. Am Fuß des Abhangs verharrte er und blickte zum Wagen zurück, der nun vollständig in Flammen stand.

Er sah zu Loamfield, Schaumbläschen standen ihm auf den Lippen, plötzlich aber schlug er die Augen auf. Sofort begann er vor Schmerzen zu wimmern, seine Augen flackerten, dann sah er Robin und schien ihn zu erkennen. »Er …«, keuchte er.

»Nicht reden«, beruhigte ihn Robin, »alles wird gut.« Er zückte sein Handy, wählte den Notruf und hörte ein Knacken vom Wagen. Er sah auf.

In diesem Moment explodierte das Fahrzeug. Die Druckwelle und die Hitze fegten über Robin hinweg. Er warf sich schützend über Loamfield. In seinen Ohren klingelte es, das Gesicht fühlte sich an, als stünde es in Flammen. Aber in einer Sekunde war alles vorbei.

Robin sah auf. Das Autowrack brannte lichterloh.

Dann hörte er eine Stimme. Vom Handy, das ihm aus der Hand gefallen war. Er hob es auf und wartete noch nicht einmal, bis sich die Person am anderen Ende der Leitung meldete. »Wir … wir brauchen einen Krankenwagen. Ein Autounfall, auf der Straße von New Hall nach Marsden. Keine Ahnung, welche Straße das ist, tut mir leid. Es … ich hab den Fahrer rausgeschafft – er blutet und wird immer wieder bewusstlos. Schicken Sie jemanden.«

Die Person am anderen Ende erwiderte etwas, Robin verstand nichts. Er steckte das Handy weg und beugte sich über Loamfield.

Der Anwalt war wieder bewusstlos. Robin riss ihm das Hemd auf und sah jetzt die Wunde im Bauch, die so groß war wie eine Hand – Blut und andere Substanzen quollen heraus. Jetzt hatte er auch einen besseren Blick auf die Beine, die sich seltsam gestaltlos ausnahmen. Vermutlich waren beide gebrochen. Robin sah wieder zum Gesicht des Verletzten und fuhr zusammen – Loamfield starrte ihn an. Das rechte Auge war blutunterlaufen, die Lider flatterten. Mit aller Kraft versuchte er, bei Bewusstsein zu bleiben.

Loamfield röchelte.

»Hilfe ist unterwegs, ich hab angerufen«, sagte Robin in der Hoffnung, ihm damit Mut zu machen. In Wahrheit wusste er nicht, ob Loamfield ihn überhaupt hörte.

»Wo ist er ...«, begann Loamfield – der Rest des Satzes verlor sich in einem Flüstern. Robin beugte sich zu ihm und legte ihm das Ohr an den Mund. »Matthew. Matthew ... hat mich von der Fahrbahn abkommen lassen.«

Er schloss wieder die Augen.

Eine unglaubliche Wut loderte in Robin auf. Er sah zu den Bäumen, rappelte sich auf, ließ das schwelende Autowrack hinter sich und lief in den Wald. Matthew McConnell war hier. Irgendwo ganz in der Nähe.

Hatte er alles geplant? Robin spähte zwischen den Bäumen hindurch.

»Wo steckst du?«

Hatte Matthew ganz bewusst ihn ausgewählt? Damit er ihn aus dem Gefängnis holte? Wie hatte er es geschafft – wie hatte er die Sache mit Sam herausgefunden? War wirklich alles, was er darüber erzählt hatte, gelogen?

Robin schlug sich durchs Unterholz und stapfte unbeirrt weiter. Die Gestalt, die er gesehen hatte, konnte nicht weit sein.

»Wo steckst du?«, rief er. Die Worte schienen von den Bäumen widerzuhallen. Ein Vogel flatterte auf und erschreckte ihn, aber er ging weiter.

Sam hatte ihn hierhergeführt? Natürlich nicht. Wie hatte er nur so leichtgläubig, so unglaublich dumm sein können? Er hatte Matthew geglaubt – hatte das Gute in ihm sehen wollen.

»Wo steckst du, du Scheißkerl?« Noch lauter. Seine Stimme überschlug sich.

Aber es gab nichts Gutes in der Welt. Nur unterschiedliche Schattierungen des Bösen. Er jagte nicht Sam hinterher. Er jagte einen Mörder.

Er kam auf eine Lichtung, drehte sich im Kreis. Weit und breit niemand zu sehen. Keine Spur. Nichts.

Er atmete ein und schrie aus Leibeskräften:

»Wo steckst du?«

39

Robin hatte jedes Zeitgefühl verloren, was paradox war, da er sich auf nichts anderes konzentrieren konnte als das verrückt laute Ticken der Uhr an der Wand. Die vier Wände gaben ihm das Gefühl, als wäre er schon immer hier gewesen – als wäre der Raum jetzt sein Zuhause. Er hatte sich gewünscht, er könnte an etwas anderes denken – irgendwas, an alles, nur nicht an McConnell, der sich immer weiter von ihm entfernte.

Die Tür ging auf, ein anderer Typ kam herein. Sicherlich würde er von ihm die gleichen Fragen zu hören bekommen, die ihm schon dreimal gestellt worden waren. Der hier war jung, gab sich jovial und sorglos. Er stellte ein Diktafon zwischen ihnen auf den Tisch. Und wartete.

Wieder ging die Tür hinter ihm auf, und ein wohlbekanntes Gesicht tauchte auf. Roger Claypath. Er nahm hinter dem jungen Mann Aufstellung, der daraufhin den Knopf am Diktafon drückte und sich als Fields vorstellte.

Er stellte ihm tatsächlich die gleichen Fragen. Wie lange war Robin im Supermarkt gewesen? Was hatte ihn auf die Unfallstelle aufmerksam gemacht? Gab es Hinweise, dass sie von jemandem beobachtet wurden? Hatten andere Autos angehalten, um zu helfen? Was war geschehen, als Robin zum Unfallort kam? Wie war Loamfields Zustand – gab es Anzeichen für einen Kampf? Wie lange hatte es gedauert, um Loamfield zu retten? Und wie weit hatte er die Gestalt im Wald verfolgt?

Loamfield lag im Krankenhaus und hatte, neben der Wunde im Bauch, schwerwiegende Kopfverletzungen. Er war noch nicht wieder aufgewacht.

Robin beantwortete alle Fragen mit tonloser Stimme, rezitierte fast seine Antworten, als wären sie Zeilen eines Drehbuchs. Vielleicht waren sie das auch. Alles fühlte sich unwirklich an.

Das alles geschah gar nicht. Es passierte nicht ihm.

Fields stoppte das Aufnahmegerät und ging, Claypath blieb. Robin konnte ihm nicht in die Augen schauen und hörte nur das Scharren des Stuhls, als Claypath Platz nahm. Eine Weile lang schwiegen sie. Robin fiel unter dem Blick des Polizeichefs in sich zusammen.

»Wie schade, dass Sie nicht auf das Angebot zurückgekommen sind, mit mir zu plaudern«, sagte Claypath. Robin sah zum ersten Mal auf. Claypath sah nicht wütend oder enttäuscht aus – seine Miene blieb ausdruckslos. Warum war das noch beängstigender? »Es könnte alles anders sein.« Claypath verschränkte die Finger. »Wie schade.«

»Darf ich gehen?«, fragte Robin.

»Natürlich. Solange Sie nichts Ungesetzliches getan haben.«

»Ungesetzliches? Nein, ich habe Ihnen geholfen. Ich habe jemandem das Leben gerettet.«

Claypath nickte. »Ja. Sie geben regelmäßig den Superhelden.«

»Lassen Sie nach ihm fahnden?«

Claypath lachte. »Verdammt, natürlich tun wir das. Unsere Leute durchkämmen die ganze Grafschaft. Was Sie getan haben, hat es in die landesweiten Nachrichten geschafft. Ich kann den Standedge-Vorfall nicht mehr unter Verschluss halten. Wir müssen ihn finden.« Aber er wirkte nicht zuversichtlich. Robin glaubte, einen Riss in Claypaths Rüstung wahrzunehmen – sein Ernst, seine Strenge wichen einer gewissen Unsicherheit. Claypath mochte es, wenn er die Zügel in der Hand hielt. Als Polizeichef war das meistens so. Aber diese Situation hier bereitete ihm Kopfzerbrechen. Nein – mehr als das –, er hatte Angst.

»Lassen Sie auch nach dem Monster suchen?«

Claypath sagte nichts. In seinen Augen flackerte es gefährlich.

»Lassen Sie ...«

Claypath unterbrach ihn. »Das ist Sache der Polizei.«

»Aber ich habe ein Recht ...«

»Das ... ist ... Sache ... der Polizei.«

»Aber ich könnte ...«

»Mr Ferringham ...« Lauter.

»Aber ...«

»Meinen Sie nicht auch, dass es jetzt reicht?«, blaffte er Robin an, der zurückzuckte. Sein Gesicht war jetzt rot angelaufen, an der Stirn pulsierte eine Ader. Wenn Blicke töten könnten, wäre Robin auf der Stelle tot umgefallen – und sein Grabstein wäre mitten entzweigebrochen.

»Tut mir leid«, sagte Robin leise.

»Es sollte Ihnen auch leidtun«, sagte Claypath. Nachdem er den Gipfel seiner Wut erklommen hatte, begann er auf der anderen Seite mit dem Abstieg. »Wir haben zwei Verdächtige in dem Fall, und Ihnen ist es gelungen, beide in die Flucht zu schlagen. Sie können von Glück sagen, dass ich Sie nicht wegen Strafvereitelung festnehme.«

»Bei allem Respekt, ohne mich hätten Sie keine zwei Verdächtigen.«

Claypath tat das Undenkbare – er lachte und warf den Kopf in den Nacken. »McConnell hat dafür gesorgt, dass der Wagen von der Straße abgekommen ist – wenn das kein Schuldeingeständnis ist, was dann? Und das Monster? Sie haben uns den Mann nicht unbedingt auf einem Silbertablett serviert, oder? Sie haben mehr Schaden angerichtet als Gutes getan. Und wenn McConnell wirklich meine Kinder umgebracht hat, wie ich glaube und wie sein Handeln zu bestätigen scheint, dann hat Ihr direktes Eingreifen dazu geführt, dass ein Mörder auf freien Fuß gesetzt wurde.«

»Sie haben ihn auf freien Fuß gesetzt«, sagte Robin.

»*Sie haben uns keine andere Wahl gelassen!*«, brüllte Claypath. Die Ader an seiner Stirn schwoll erneut an. »Ich habe Sie gewarnt, aber Sie wollten nicht hören. Ihre Starrköpfigkeit hat dazu geführt, dass meinen Kindern keine Gerechtigkeit widerfährt. Ihr Mörder läuft jetzt wieder frei herum, und wir müssen ihn wieder einfangen. Das wird Ihnen immer nachhängen, das wird immer auf Robin Ferringhams Schultern lasten, und ich schwöre bei Gott, ich werde alles dafür tun, damit jeder davon erfährt.«

»Ich wollte herausfinden, was geschehen ist. Was Ihren Kindern und den anderen zugestoßen ist.«

»Haben wir Sie um Hilfe gebeten? Ich kann mich nicht erinnern, Sie jemals nach Ihrer Meinung gefragt zu haben. Sie sind ein Nichts, Ferringham. Und mehr werden Sie auch nie sein. Ich habe genug von Ihnen. Marsden hat genug von Ihnen. Huddersfield hat genug von Ihnen. Verschwinden Sie aus meiner Grafschaft. Fahren Sie nach Hause. Und kommen Sie nie zurück. Und wenn Sie sich nicht daran halten, werden Sie feststellen, dass Marsden ein sehr gefährliches Pflaster sein kann.« Claypath erhob sich und präsentierte seine Wut als unverhohlene Drohung. »Ich gehe nicht davon aus, dass wir uns noch einmal begegnen werden.«

Robin wollte etwas sagen – eine Entschuldigung, eine Bitte, irgendwas –, aber die Tür wurde zugeknallt.

Claypath war fort.

40

Eine uniformierte Polizistin setzte Robin bei seinem Wagen ab. Sie nannte ihm nicht ihren Namen, Robin fragte sie auch nicht danach. Am Unfallort war der Straßenrand mit Polizeiband abgesperrt. Streifenwagen standen noch auf dem Seitenstreifen, hinter denen die Polizistin ihren Wagen abstellte, nachdem sie Robin hatte aussteigen lassen.

Robin stand an seinem Wagen und sah sich um. Jeder, der vorbeifuhr, bremste und wollte sehen, was hier vor sich ging. Erst jetzt fiel ihm auf der anderen Seite des Absperrbands ein Lieferwagen auf, dazu ein Mann mit einer Kamera und einem dickem, auf den Unfallort gerichteten Objektiv.

Robin wollte schon zum Unfallort, überlegte es sich dann aber anders. Was hatte er hier noch verloren?

Er stieg in den Wagen, warf einen Blick in den Außenspiegel und brach nach Marsden auf.

Roger Claypath hatte recht.

Er hatte genug getan.

Er kehrte nach Marsden zurück, parkte am Bahnhof und ging durch den Ort. Bei jedem Schritt glaubte er, neue Blicke zu spüren, die ihn beobachteten. Der Typ, der den bösen Mann entkommen ließ – das dachten sie jetzt von ihm, und hatten sie damit nicht recht?

Er war dort gewesen. Im Wald.

Er meinte, Sams Stimme zu hören. *Aber sonst wäre doch ein Mensch gestorben. Du hast dem Anwalt das Leben gerettet. Du hast das Richtige getan.*

Sein Handy klingelte. Emma. Er wollte nicht mehr daran denken, dass ihn alle hier beobachteten, also ging er ran.

»Robin, was ist da los?« Sie klang besorgter, als er sie je gehört hatte. »Stimmt das, was man in den Nachrichten hört? Das über diesen McConnell und ein Monster? Und über den Autounfall? Mit dir ist alles in Ordnung?«

»Mir geht es gut«, antwortete er in einem Ton, der noch nicht einmal ihn selbst überzeugen konnte, geschweige denn seine Schwester. »Ich hab nur … Mist gebaut.« Dann platzte alles aus ihm heraus. Alles, was seit seiner Ankunft in Marsden geschehen war, eine Geschichte, in der Schafe, Kanäle, Underground-Websites und zu viele Pubs vorkamen. Als er fertig war, schwieg sie, also sagte er bloß: »Ich hab Mist gebaut. Du hattest recht. Ich hätte nicht hierherkommen sollen. Ich hab in Marsden nichts verloren. Matthew McConnell hat mich benutzt. Er hat Sam gegen mich ausgespielt, und jetzt hat er, was er wollte.«

Stille am anderen Ende der Leitung, bis Robin schon dachte, die Verbindung wäre unterbrochen worden. Schließlich sagte Emma: »Robin, wie wär's, wenn ich komme und dich abhole, dann fahren wir zusammen nach London zurück?«

Robin machte schon den Mund auf, war bereit, »ja« zu sagen, war bereit, sie anzuflehen zu kommen, aber er konnte es nicht. Er hatte das hier versaut – das musste er allein auf seine Kappe nehmen, und er musste es selbst wieder in Ordnung bringen. Er war diesem Ort etwas schuldig. Er wusste zwar noch nicht, wie, aber er wollte es zumindest versuchen – er wollte es wiedergutmachen.

»Ich komme bald«, sagte er und legte auf, bevor Emma etwas erwidern konnte.

41

Er beschleunigte seine Schritte, als er sich den beiden Pubs am Ortseingang näherte. In der Straße hatte sich, wie er sah, eine Menschenmenge um einen uniformierten Polizisten versammelt und stellte ihm leise Fragen. Da die Menge zwischen ihm und dem Hamlet stand, bog er am Glockenturm links ab und fand sich in der Straße wieder, durch die ihn Sally am Tag ihres Kennenlernens geführt hatte.

Er näherte sich einer Bank, die vor der malerischen kleinen Kirche stand, und war hin- und her gerissen – eigentlich hatte er wenig Lust, sich in der Öffentlichkeit von allen anstarren zu lassen, er wollte aber auch nicht allein in seinem Zimmer sitzen. Schon komisch, wie das Gehirn manchmal funktionierte.

Nachdem er niemanden sah, ließ er sich auf der Bank nieder. Eine leichte Brise kühlte sein Gesicht, sogar der Schnitt auf der Stirn brannte nicht mehr so arg. In letzter Zeit war er so viel herumgerannt, war Phantomen hinterhergejagt, in Tunnel gekrochen und hatte Leute aus Autowracks befreit, dass er sich gar nicht mehr erinnern konnte, wann er zum letzten Mal einfach nur still für sich dagesessen hatte.

Was würde Sam sagen, wenn sie ihn jetzt sehen könnte?

»Ist hier noch frei?«

Er fuhr zusammen. Sally stand vor ihm, in ihrem Schlepp die beiden Schafe, die offensichtlich auf Futter aus waren. Sie wirkte niedergeschlagen – sie hatte die Hände in den Hoodie-Taschen vergraben und sich die Kapuze weit in die Stirn gezogen.

Robin rückte zur Seite, damit sie sich setzen konnte.

»Hab gehört, was du getan hast«, sagte sie. »Du bist jetzt also Superman?«

Robin wollte schon allen Ernstes darauf eingehen, bis ihm klar wurde, dass sie ihn aufzog. Er musterte sie. Sie schien an dem Spielchen aber ebenfalls keinen großen Gefallen zu finden. »Ich bin nicht in Stimmung, Sally.«

»Bist du sauer auf mich, weil ich dich im Artikel namentlich erwähnt habe?«

Er schüttelte den Kopf. »Nein, ich bin nicht sauer auf dich. Du hast gute Arbeit geleistet. Danke, dass du mich zum Hamlet geschafft hast.«

Sie lächelte. »Glaub mir, ich würde gern alles Lob einheimsen, aber deine Freundin hat mir geholfen.«

»Welche Freundin?«

»Polly Pocket. Aus dem Hamlet.«

»Du meinst Amber?«

»Ja, so heißt sie. Ich hab dich zum Marsden-Ausgang des Standedge-Tunnels geschleppt, sie war dort zufällig unterwegs und hat mir geholfen, dich zurückzutragen.«

»Amber? Was hat sie beim Tunnel gemacht?«

»Keine Ahnung, spazieren gehen. Freu dich lieber, dass sie da war, sonst wärst du unter einem Strauch aufgewacht. Du solltest dir wirklich einen Hometrainer zulegen«, sagte sie und beäugte seinen Bauch. Langsam schien sie sich wieder an ihren Humor heranzutasten.

Robin hätte gern etwas erwidert, aber ihm fiel nichts ein. Schweigend saßen sie nebeneinander.

»Gibt's was Neues?«, fragte er schließlich.

»Was meinst du?«

»Du betreibst eine News-Website, du musst doch Quellen haben – gibt es irgendwelche Neuigkeiten über Matthew McConnell?«

»Ich betreibe eine Underground-Website, von der bis heute niemand was gehört hat«, korrigierte Sally ihn. »Ich hab keine Quellen. Ich weiß nicht mehr als du auch. Leider. Wir sind beide nur einfache Bürger.«

Robin sah zur Straße. Niemand ließ sich blicken, abgesehen von einem alten Pärchen. Die Frau sah zu ihnen, der Mann murmelte ihr etwas zu – zweifellos wies er sie zurecht, damit sie nicht so aufdringlich zu ihnen herüberstarrte. »Nur sind wir keine einfachen Bürger. Wir haben einiges angestellt. Wir sind in den Tunnel eingedrungen, haben das Monster vertrieben, haben McConnell aus dem Gefängnis geholt. Es ist unsere Schuld … es ist … *meine* … Schuld.«

Sally legte ihm die Hand auf die Schulter, eine Geste, die, nach ihrer Miene zu schließen, ihr ziemlich fremd sein musste. »Was wir gemacht haben … hätte die Polizei gleich zu Beginn ihrer Ermittlungen machen müssen. Claypath war so auf Matthew als Täter fixiert, dass die Durchsuchung der Tunnel überstürzt durchgeführt wurde – er hat doch bis heute keinen eindeutigen zeitlichen Ablauf der Ereignisse. Wir haben bloß seinen Job gemacht. Es gibt nichts, weswegen wir uns schuldig fühlen müssen.«

Robin musste sie nur ansehen, und er wusste, dass sie wirklich daran glaubte. Vielleicht hatte sie ja recht. Aber sein schlechtes Gewissen wurde deshalb nicht geringer. Außerdem würde es nichts daran ändern, dass ganz Marsden in ihm den Schuldigen sah. Was er keinem verdenken konnte.

»Hör zu, Robin«, sagte Sally, »du hast gerade jemandem das Leben gerettet. Du hast keinen Grund, dir Vorwürfe zu machen.«

»Trotzdem fällt mir das schwer«, sagte Robin.

»Ich weiß.« Sally stand auf. »Das liegt daran, dass du ein

guter Mensch bist. Samantha war eine glückliche Frau.«
Sie lächelte traurig.

»Was mach ich jetzt?«

Sie zuckte mit den Schultern. »Das, was jeder tut. Sich irgendwie durchmogeln.« Sie nickte, drehte sich um und ging. Die Schafe trotteten ihr hinterher.

Robin sah ihr nach, dann sagte er: »Sally ist nicht dein richtiger Name, oder?«

Sie blieb stehen. »Stimmt. Ich heiße nicht so.« Und das war's. Sie ging, ging jetzt wirklich, und Robin sah ihr nach, bis sie mit den Schafen am Ende der Straße verschwunden war. Er lächelte – wahrscheinlich versuchte sie ebenfalls, »sich irgendwie durchzumogeln«.

Wohin hatte ihn dieses »sich irgendwie durchmogeln« geführt? Er hatte sich die Stirn aufgerissen, war wie im Fieberwahn umhergeirrt, war fünf Stunden von der Polizei befragt worden. Vielleicht war er jemand, der besser alles im Voraus planen sollte.

Nachdem Sally verschwunden war, blickte er sich um. Das alte Paar auf der anderen Straßenseite war ebenfalls nicht mehr zu sehen. Es herrschte eine merkwürdige Stille im Ort, was ihm aber allemal lieber war als dicht gedrängte Menschenmassen. Vielleicht mieden ihn alle.

Er zuckte zusammen, als er zur Kirche blickte und dort eine Frau stehen sah, die scheinbar aus dem Nichts aufgetaucht war. Sie ging die Kirchenmauer entlang und sah aus, als würde sie weinen, dann blieb sie stehen und fasste zum dort angebrachten Anschlagbrett hoch. Nur unter Mühen gelang es ihr, ein Blatt zu entfernen, das mit »VERMISST« überschrieben war und das Bild einer Katze zeigte. Mittons.

Sie hielt es in den Händen, drehte sich um, endlich entdeckte sie Robin. Sie mied seinen Blick, sah mit einer

Sehnsucht, die nie wieder gestillt werden würde, auf das Bild der Katze, knüllte das Blatt zusammen und warf es in den Mülleimer neben Robin.

Traurig beobachtete er sie. Kurz sah sie noch zu ihm, in ihrer Miene lag nichts als Trauer, dann ging sie. Er sah zum Anschlagbrett, wo jetzt eine freie Stelle war. Vielleicht sollte er eine Vermisstenanzeige für Matthew ...

Moment.

Er stand auf. Das Mittons-Blatt hatte zur Hälfte einen anderen Zettel verdeckt. Ein Blatt, das einen blauen Himmel mit Wolken zeigte. Er trat ans Brett und las die kleine Schrift auf dem Zettel.

Der Anschlag betraf eine Zusammenkunft in der Kirche, die drei Monate zurücklag. Eine kirchliche Lebenshilfegruppe. Deren Name stand in goldfarbenen Buchstaben ganz oben.

ÜBER SICH HINAUS.

Er riss den Zettel vom Brett und starrte ihn an.

Vielleicht war es an der Zeit, sich weiterhin irgendwie durchzumogeln.

Jedenfalls war es an der Zeit, in die Kirche zu gehen.

42

Die Kirche von Marsden war ein modernes Gebäude, dessen Innenraum von heller Kiefer und viel Licht dominiert wurde. Anders als bei der Totenwache war sie jetzt vollkommen leer. Robin betrat den kleinen Eingangsbereich, von dem eine Doppeltür in den eigentlichen Kirchenraum mit den Bankreihen führte. Niemand war da, es war so still, dass er annahm, es würde sich keiner im gesamten Gebäude aufhalten.

Er sah sich im Eingangsbereich um, der dem Wartezimmer in einer Arztpraxis nicht unähnlich war. Zwei Ständer boten Broschüren über alle möglichen Aspekte des Kirchenlebens an. Gedankenverloren griff sich Robin eine. *Gott und Trauer*. Er schob ihn zurück. Selbst der alte Herr dort oben konnte ihm in dieser Beziehung nicht helfen.

An der Wand hingen Plakate und Anschläge, Robin aber konnte nichts über eine »Über sich hinaus«-Gruppe entdecken. Es überraschte ihn nicht. Das Gruppentreffen war lange her, die Anschläge in der Kirche wurden wohl schneller gewechselt als am Brett draußen.

Er griff in seine Tasche und zog das Blatt heraus.

Über sich hinaus. Eine Reise der Akzeptanz – lernen, mit dem Weg zu leben, den Gott einem gewiesen hat. Als Veranstaltungsort war nur »die Kirche« genannt. Erneut sah er sich um – ohne zu wissen, wonach er eigentlich Ausschau hielt.

»Eine verlorene Seele«, war eine freundliche Stimme zu hören. Robin fuhr herum.

Ein Mann, groß, aber nicht einschüchternd, stand in der Doppeltür zum Kirchenraum. Er betrachtete Robin mit freundlichen Augen. Sonderbarerweise wurde Robin erst jetzt bewusst, wie er aussehen musste. Er hatte nicht geduscht, hatte sich überhaupt nicht gewaschen, seitdem er Loamfield aus dem Wagen gezogen, seitdem er die Explosion miterlebt hatte. Seine Kleidung starrte vor Dreck. Er musste stark geschwitzt haben, denn er fühlte sich schmierig und feucht.

Der Blick des anderen ging von Robins Gesicht zum Anschlagsblatt in seiner Hand und wieder zurück. »Mir ist noch nie jemand begegnet, der so dringend eine Tasse Tee nötig gehabt hätte.« Er lächelte.

Und Robin auch.

43

Robin saß in der ersten Bankreihe, sah zum Altar und dem dahinterliegenden Glasfenster, das Jesus bei der wundersamen Brotvermehrung zeigte, während der Pfarrer, der sich als Michaels vorgestellt hatte, Tee machen gegangen war. Lange betrachtete Robin das Buntglasfenster. Die versammelte Gemeinde starrte stundenlang auf dieses Fenster. Was sahen die Gläubigen, was spürten sie, wenn sie es sahen? Empfanden sie das überwältigende Gefühl der Erlösung? Denn er sah nichts weiter als ein hübsches Kunstwerk.

Manchmal wünschte er sich, mehr zu sehen.

Der Pfarrer kam mit zwei beschrifteten Tassen durch eine Seitentür zurück. Er ließ sich neben Robin nieder und reichte ihm eine Tasse – sie war weiß, die Aufschrift lautete: »Du musst nicht religiös sein, wenn du hier arbeitest, aber es hilft!« Robin dankte ihm.

Er nippte daran, fand das Getränk viel zu heiß und stellte die Tasse ab. Der Pfarrer nahm ungerührt einen großen Schluck und lächelte. »Was führt Sie hierher, mein Freund?«

Robin spürte den Anschlagzettel, den er sich wieder in die Tasche geschoben hatte. Wenn es je einen Zeitpunkt gegeben hatte, um ehrlich zu sein, dann jetzt, unter dem wachsamen Auge des Erlösers der Welt. »Ich bin hier, weil ich einer Spur folge.«

Der Pfarrer musterte ihn. »Einer Spur? Einer Spur zu was?«

»Entschuldigen Sie, aber wissen Sie denn nicht, wer ich bin? Der ganze Ort redet über mich, ich muss in den Nachrichten aufgetaucht sein, und …«

»Ich weiß, wer Sie sind, Mr Ferringham. Ich möchte wissen, was Sie hierhergeführt hat.«

»Ich sagte doch ... ich ...«

»Was hat Sie wirklich hierhergeführt?«, beharrte der Pfarrer.

Robin schloss den Mund und dachte über die Frage nach. Was hatte ihn wirklich nach Marsden geführt? »Ich jage hinter jemandem her. Einem Gespenst. Meiner Frau. Ich rede mir ein, sie hätte mich hierhergeführt – wenn ich hierherkäme, würde ich sie finden oder zumindest herausfinden, was ihr zugestoßen ist.«

»Das haben Sie geglaubt?«

Robin sah ihn eine Weile an, dann nickte er. »Ja, vermutlich.«

»Sie dachten, Sie wären Teil eines Plans? Eines Plans, den Ihre Frau entworfen hat?«

»Ja. Aber jetzt ist mir klar geworden, dass ich nur benutzt wurde, dass mein blinder Glaube mich zu einem Werkzeug im Plan eines anderen gemacht hat. Dass meine Liebe zu ihr vielleicht eine Schwäche ist.«

Der Pfarrer hatte keinen Trost parat. Er nahm nur einen weiteren Schluck des brühend heißen Tees und sah hinauf zum Altar. »Wenn Sie glauben, dass Sie von ihr irgendwohin geführt werden, woher wollen Sie dann wissen, ob das nicht auch ein Teil des Plans ist? Vielleicht war das immer schon als Teil der Reise vorgesehen.«

»Ich verstehe Sie nicht.«

»Die lange dunkle Nacht der Seele«, antwortete der Pfarrer, ohne ihm eine Erklärung zu bieten.

»Sie sagen also«, begann Robin, um sich zu vergewissern, ob er den Priester richtig verstanden hatte, »Sam wollte, dass ich eine wichtige Rolle bei der Freilassung eines Gefängnisinsassen spiele, sie wollte, dass ich fast in die

Luft fliege, um jemanden zu retten, ihr Plan hätte also vorgesehen, dass ich mir diesen Schnitt an der Stirn zuziehe?«

Der Pfarrer leerte seinen Tee und sah Robin nur an. »Ich sage, dass es nur ganz selten so einfach ist. Und dass Sie Ihren Glauben nicht verlieren dürfen. Wenn schon nicht den Glauben an Gott, dann den Glauben an sie, an Ihre Frau.«

Robin wollte nicht mehr darüber reden und schüttete die halbe Teetasse in sich hinein. »Was ist das?« Er zog den Anschlagzettel aus der Tasche und reichte ihn dem Pfarrer.

Der Geistliche sah ihn nur kurz an. »Über sich hinaus, das war eine der Gruppen, die sich vorgenommen haben, die Gemeinde durch die Kraft der Kirche wieder zusammenzubringen.« Er legte das Blatt zusammen und gab es zurück. »Sie war nicht sehr erfolgreich.«

»Hatten die Fünf vom Standedge etwas damit zu tun?«

»Was?« Der Pfarrer schien ehrlich verwirrt. »Nein. Ich meine, das kann ich nicht mit Sicherheit sagen. Ich habe die Gruppe nicht geleitet.«

»Wer hat sie dann geleitet?«, fragte Robin und war sich ziemlich sicher, die Antwort schon zu kennen.

»Das muss Amber Crusher gewesen sein.«

44

Auf dem Rückweg zum Hamlet dachte er darüber nach, was er erfahren hatte. Er musste noch mal mit Amber reden – sie wusste etwas; musste etwas wissen und stand Tim Claypath offensichtlich näher, als sie zugegeben hatte. Vielleicht hatte sie auch etwas über die Tattoos der fünf zu sagen. Solange das ungeklärt war, konnte er nicht nach London zurück. Er brauchte Antworten. Und wer weiß, vielleicht wusste Amber einiges über die Gründe, die Matthew aus der Gruppe seiner Freunde getrieben und ihn zum Mörder gemacht hatten.

Er musste ins Hamlet. Sollte Amber nicht hinter der Theke sein, würde er warten. Er konnte was trinken und anschließend mit ihr reden.

Er nahm die Abkürzung durch die Gasse zur Hauptstraße. Etwa auf halbem Weg sah er auf.

Sein Herzschlag beschleunigte sich. Am Ende der Gasse stand jemand, eine Gestalt im Gegenlicht, so ähnlich wie Ethan Pack einige Tage zuvor. Aber das hier war nicht Pack. Zumindest dachte er das. Er war groß, trug einen schwarzen Sweater und hatte die Kapuze über den Kopf gezogen. Robin war beunruhigt, ohne genau zu wissen, warum. Dann aber spürte er es – er spürte den Blick auf sich. Er drehte sich um. Am anderen Ende der Gasse stand ebenfalls jemand. Er sah genauso aus. Groß, drohend, in einem schwarzen Sweater mit Kapuze.

Sie verstellten ihm den Weg.

Robin sah zwischen den beiden hin und her, ihm wurde klar, was hier ablief. Die beiden kamen langsam auf ihn zu. Robin blickte sich um, suchte zwischen den Mülltonnen einen Ausweg, einen versteckten Ausgang – oder zumindest etwas, womit er sich verteidigen konnte. Er probierte die beiden Hintertüren, die zur Metzgerei und zum Café, beide waren abgesperrt. Als er wieder zu den beiden Typen sah, waren sie fast bei ihm. Aus irgendeinem dummen Grund hob er den Kopf, als wollte er den Himmel um Rat anflehen, als wollte er dort eine Wunderleiter finden, die ihn fortbringen könnte.

Als er den Kopf wieder senkte, kam eine Faust auf ihn zugeflogen. Im letzten Moment konnte er noch das Gesicht abwenden, die Faust krachte gegen seine Wange. Schmerzen explodierten, sein Kopf wurde nach hinten gerissen, aber er fiel nicht, denn er wurde von hinten gehalten. Kurz war er froh, bis ihm klar wurde, dass der zweite Typ seinen Sturz aufgefangen hatte. Er wurde wieder aufgerichtet, und der hinter ihm flüsterte ihm ins Ohr: »Hättest nach Hause fahren sollen, Stadtsöhnchen.«

Der Typ vor ihm rammte ihm das Knie so schnell in den Schritt, dass Robin nichts mehr dagegen tun konnte. Der gesamte Unterleib war ein einziger Schmerz – die Welt drehte sich. Er gab einen erschreckten Pfeifton von sich wie ein kleines, in Panik geratenes Tier.

Bevor er sich auch nur irgendwie wehren konnte, sackte er zu Boden. Vage bekam er mit, dass er mit den Armen ruderte – ein Reflex, lächerlich nutzlos, trotzdem fühlte er sich etwas besser, nachdem er wenigstens versuchte, Widerstand zu leisten. Auch wenn das keinen Unterschied machte.

Den einen Moment fiel er noch, den anderen lag er bereits in der kalten Gasse, drückte die Wange gegen den rauen Stein und versuchte, um Hilfe zu rufen. Aber sobald er den Mund geöffnet hatte, wusste er, dass das ein Fehler war. Ein Stiefel kam ihm entgegen. Sein Gesichtsfeld färbte sich rot, und irgendwo – nicht mehr hier, nicht mehr dort, wo er sich in diesem Augenblick befand – registrierte er, dass das Blut sein musste. Sein Mund stand in Flammen, aber noch während er das wahrnahm, traf der Stiefel ihn an der Stirn. Sein Schnitt brannte, die gesamte Stirn fühlte sich an, als wäre sie aufgeplatzt.

Er gab einen jämmerlichen Laut von sich, würgte am eigenen Blut, bevor er etwas Hartes ausspuckte. Klappernd kullerte es über den Boden – ein Zahn.

Dann krümmte er sich zusammen – zog sich in sich selbst zurück –, während die Tritte auf seinen Rücken prasselten. Der Typ vor ihm hatte es auf seine Brust abgesehen, Robin versuchte, sich noch enger zusammenzurollen, aber die Schläge waren so hart, dass der andere schließlich eine Öffnung zwischen den Beinen und dem Kinn fand. Alles war nur noch ein einziger Schmerz, der nur gelegentlich von noch größeren Schmerzen unterbrochen wurde. Er war am Rand der Bewusstlosigkeit.

Die Tritte nahmen kein Ende. Und er wand sich in der Gasse.

Dann ließ er die Dunkelheit zu sich, er ließ los. Sein letzter Gedanke, bevor ihm die Welt abhandenkam, galt nicht den Schmerzen oder seinem Leid. Sondern der Wut. Wut auf den Menschen, der ihm das angetan hatte. Nicht auf die beiden, die ihm das Leben aus dem Leib prügelten.

Nein.

Seine ganze Wut richtete sich auf Matthew McConnell.

45

Er wusste nicht, wie lange er bewusstlos war. Sein erster Gedanke allerdings war, dass das allmählich zur Gewohnheit wurde.

Langsam kam er zu sich, kehrte zurück in die Welt. Er schlug die Augen auf – sein linkes war wieder fest verklebt. Durch die Schläge war der Schnitt wieder aufgerissen. Er tastete die Wange ab und bemerkte eine dicke Blutspur, die sich von seinem Gesicht bis über den Boden erstreckte. Er riss den Kopf hoch – bei jeder noch so kleinen Bewegung polterte ein Felsbrocken in seinem Schädel. Natürlich war er allein – die beiden waren längst fort.

Er erhob sich – sein Körper bewegte sich um ihn herum, bevor sein Verstand mitkam. Ein scharfes Stechen schnitt ihm durch den Brustkorb – ein reibendes Gefühl, als wäre etwas nicht an seinem Platz und raspelte gegen etwas anderes. Seine Beine taten weh, eine Stelle an seinem Rückgrat, am unteren Ansatz der Brustwirbel, glühte.

Er stolperte – streckte die Arme nach einer der Mülltonnen aus und hielt sich daran fest. Er roch Blut, das ihm in den Mund sickerte, und spuckte es aus. Es schmeckte nach Eisen.

Er wischte sich mit dem Ärmel über die Nase, um die Blutung zu stoppen. Es funktionierte nicht. Sein Ärmel war bald blutdurchtränkt.

Hättest nach Hause fahren sollen, Stadtsöhnchen.

Die raue Stimme. Er kannte sie nicht. Hätte jeder sein können. Buchstäblich jeder aus Marsden. Warum sollte er jetzt nicht jedermanns Feind sein? Nach allem, was geschehen war. Vielleicht hatte er es nicht anders verdient.

Nein, hörte er Sam entschieden in seinem Kopf, *mach jetzt nicht auf Selbstmitleid.*

»Du hast recht, Sam«, sagte er und bemerkte erst jetzt, dass er mit niemandem sprach. Er brauchte Ruhe – er sollte sich waschen. Das Hamlet. Es war nicht weit weg. Sogar in seinem fürchterlichen Zustand konnte er es dorthin schaffen.

Er machte einen Schritt. Als er mit dem linken Bein auftrat, schoss ihm ein weißer Feuersporn ins Gehirn. Er versuchte, ihn zu ignorieren, strich mit einer Hand an der Wand der Metzgerei entlang. Es dauerte länger, als er sich eingestehen wollte, bis er den Anfang der Gasse erreicht hatte. Dort sah er sich um und hoffte, dass keiner da war und ihn sah.

Keiner war da.

Ein kleiner Segen.

Er hinterließ eine Blutspur von der Gasse bis zum Hamlet. Mit dem Ärmel vor der Nase krachte er durch die Tür und hielt den Kopf gesenkt, er wollte die Gäste nicht sehen und deren Reaktion auf seinen Auftritt, aber natürlich nahm er die tödliche Stille wahr, die mit seinem Erscheinen einsetzte.

Dann eine vertraute Stimme. »Robin.« Es war Amber.

Robin sah auf. Sie kam angelaufen.

»Robin, was ist passiert?«

Er grunzte und wusste noch nicht mal selbst, was er eigentlich sagen wollte.

»Kommen Sie, setzen Sie sich.«

Vor seinen Augen verschwamm alles. Er konnte den Blick nicht fokussieren. Die Leute hinter Amber sahen jetzt zu ihm. Am Tisch beim Fenster, wo Ethan Pack auf ihn losgegangen war, saß eine Familie. Der Golden Retriever sah ebenfalls zu ihm.

»Nicht hier«, sagte Robin mit einer Stimme, die er nicht kannte.

»Okay.« Amber legte einen Arm um ihn. »Unten ist keiner. Wir gehen runter.« Sie führte ihn in den Keller, half ihm bei jeder Stufe und setzte ihn auf einen Stuhl. Amber verschwand, Robin lehnte sich zurück. Er zog sein Hemd hoch, wollte sehen, wo er überall Schläge und Tritte abbekommen hatte, und sah, dass sich an einer Stelle Blut unter der Haut sammelte. Seine Anatomiekenntnisse waren nicht besonders gut, aber selbst er wusste, dass das so nicht sein sollte.

Amber kam mit einer Schüssel Wasser und einem Tuch zurück. Sie stellte alles auf den Tisch und zog einen Stuhl heran. »Was ist passiert?«, fragte sie und tunkte das Tuch in die Schüssel.

»Zwei Typen, in der Gasse«, murmelte Robin.

»Mein Gott.« Sie legte Robin das feuchte Tuch an die Stirn. Es brannte, er gab einen schroffen Laut von sich. »Tut mir leid, ich hätte Sie warnen sollen.«

»Wissen Sie, was es mit ›Über sich hinaus‹ auf sich hat?«, fragte Robin.

Amber tauchte das Tuch ins Wasser. Es verfärbte sich sofort rosa. »Was?«

»Über sich hinaus. Eine kirchliche Lebenshilfegruppe, sie hat so geheißen.«

»Ja«, sagte sie und fuhr fort, ihn zu säubern. »Ich hab sie geleitet. Aber das ist an die zwei Jahre her.«

»Waren die fünf mit dabei? Waren die bei den Treffen?«

Amber legte das Tuch weg und war sichtlich verwirrt. »Ja, die waren da. Warum wollen Sie das wissen?«

»Weil jeder der fünf ›Über sich hinaus‹ auf dem Handgelenk tätowiert hatte.«

Amber wirkte völlig perplex. »Sie haben … was?«

»Auf dem Handgelenk. Haben Sie eine Ahnung, warum sie so was machen könnten?«

»Nein. Sie sind zu den Treffen gekommen, haben nur schweigend rumgesessen. Sie haben nie ein Wort gesagt. Sie haben nur dagesessen und sind, wenn es vorbei war, gegangen. Manchmal waren sie die Einzigen, die gekommen sind, ich hab dann mit ihnen rumgesessen. Ziemlich grotesk das Ganze, deswegen hab ich die Sache irgendwann sein lassen. Ich wollte nicht mehr. Ich wollte nicht mehr bei ihnen sein. Ich wollte nicht mehr bei ihm sein.«

»Tim?«

»Ja, Tim. Wir ... wir sind nicht mehr miteinander ausgekommen. Nachdem ... Ich hab Ihnen beim letzten Mal nicht die ganze Wahrheit gesagt. Tim und ich waren eine Weile zusammen. Aber es hat nicht funktioniert. Eigentlich eine ziemlich traurige Angelegenheit. Die erste große Liebe. Man erkennt, dass die Liebe nicht alles ist, wissen Sie.«

»Die Katze«, sagte Robin. »Stimmt es, was er getan hat?«

Amber runzelte die Stirn. »Wo haben Sie das gehört?«

»Von Benny Masterson und ... Ihrer Mutter.«

Amber wandte den Blick ab, sah sich im Raum um, als könnte sie ihn nicht ansehen. Schließlich tat sie es doch. »Sie haben mit meiner Mutter gesprochen? Meine Mutter ist ein launisches Miststück, das sich immer als Opfer stilisiert.« Amber stand auf und packte sich die Schüssel, so heftig, dass Wasser auf den Tisch schwappte. Sie schniefte, als würde sie gleich zu weinen anfangen. »Vergessen Sie nicht, Robin, bei Ihren Recherchen bekommen Sie nicht nur Geschichten zu hören, Sie bekommen auch einen Einblick in das Leben von anderen.«

»Sie ist Ihre Mutter«, sagte er.

»Meine Mutter kann zur Hölle fahren.«

46

Amber half ihm die Treppe hinauf, auch wenn er sich abseits der anderen Gäste wohler gefühlt hätte. Er hatte immer noch unglaubliche Schmerzen in den Rippen, sein Kopf fühlte sich an, als wäre er zur dreifachen Größe angeschwollen.

Er hatte nicht gewusst, was Erschöpfung war – bis jetzt. Noch das letzte Fünkchen Energie war aus ihm herausgeprügelt worden, jede Sekunde, die er aufrecht stehen blieb, war ein Triumph.

Wortlos ließ er Amber zurück und mühte sich so schnell wie möglich die Treppe hinauf zu seinem Zimmer.

Er kramte in seinen Taschen und war nicht überrascht, dass er noch alles vorfand. Handy, Schlüssel, Brieftasche. Natürlich hatten sie ihm nichts geklaut. Darum war es nicht gegangen. Sie hatten ihn wegen des Standedge verprügelt. Sie hatten ihn verprügelt, um ihm eine Botschaft zukommen zu lassen. Er nahm den Schlüssel, visierte das Schlüsselloch an – das er in fünffacher Ausfertigung vor sich sah –, und Gott sei Dank schaffte er es tatsächlich, den Schlüssel darin unterzubringen.

Er trat in sein Zimmer, taumelte einige Schritte und rutschte auf etwas aus. Bevor er wusste, was los war, knallte er mit dem Hinterkopf auf den Boden.

Er schrie auf und drehte sich unter Schmerzen um. Im ersten Moment glaubte er, jemand hätte ihm an die zehn Zettel unter der Tür hindurchgeschoben. Nein, Hunderte – unregelmäßige, zerrissene Papierfetzen. Dann entdeckte er eine bunte Seite. Eine Seite, die er gut kannte, er nahm sie zur Hand. Ein Bild. Nicht auf Papier – auf festerem Material und in der Mitte durchgerissen. Er nahm die beiden Hälften und hielt sie nebeneinander. Der blaue Schutzumschlag mit ihrem Bild. *Ohne sie* von Robin Ferringham. Jemand hatte ein ganzes Buch zerrissen und ihm die Fetzen unter der Tür ins Zimmer geschoben.

Eine nicht ganz so eindeutige Botschaft wie die Prügel, dennoch verhieß sie nichts Gutes. Robin musste lachen, trotz seiner Schmerzen – trotz allem.

Er hievte sich hoch und ging ins Badezimmer. Er wollte eigentlich nicht, zwang sich aber, in den Spiegel zu sehen. Jetzt verstand er, warum Amber bei seinem Anblick so entsetzt gewesen war. Er sah aus wie ein Picasso-Gemälde – das linke Auge dick zugeschwollen, der Schnitt an der Stirn vergrößert. Die Wange blutig aufgeschürft, nachdem er über den Boden geschrammt war, die Nase eine violette Knolle und doppelt so groß wie sonst. Er knurrte den Spiegel an, um zu sehen, welchen Zahn er verloren hatte. Einen Backenzahn.

Den würde er nicht wiederbekommen.

Wieder lachte er, bevor er sich besann. Hier war nichts komisch.

Er nahm die Klopapierrolle, wickelte fünf Umdrehungen ab, was einige Stunden reichen sollte, knüllte zwei Blättchen zusammen und stopfte sie sich in die Nase.

Er verließ das Badezimmer.

Wie spät war es? War nicht wichtig.

Wer waren die Typen unter den Kapuzen gewesen? War nicht wichtig.

Wer hatte sein Buch zerrissen und die Schnipsel unter der Tür durchgeschoben? War nicht wichtig.

Was würde er jetzt tun? Nicht wichtig.

Wichtig war jetzt nur der Schlaf. Robin war bereits eingeschlafen, bevor er den Kopf aufs Kissen gelegt hatte.

47

Er wachte auf, spürte etwas Warmes, Angenehmes auf seiner Stirn. Ein warmer Waschlappen. Er schlug die Augen auf. Jemand saß am Bett. Er fuhr hoch und wich zurück, bis ihm klar wurde, wer es war. Emma. In ihrer Arztkluft. In seinem Zimmer im Hamlet.

»Sorry«, sagte sie, »deine Freundin Amber hat mich reingelassen. Sie hat erst nicht geglaubt, dass ich deine Schwester bin, aber als ich sagte, ich sei Ärztin, hat sie nachgegeben. Du hast einen Arzt bitter nötig.«

Robin atmete aus und musste sich immer noch von dem Schock erholen. »Was machst du hier?«

»Ich bin hier, um dich nach Hause zu holen.«

»Ich hab dir doch gesagt, dass ich bald nach Hause komme.«

»Willst du mitkommen, Robin? Für dich gibt es hier nichts mehr zu tun. Du musst endlich darüber nachdenken, was du mit dem Rest deines Lebens anfangen willst. Du musst weitermachen. Du musst … sie loslassen. Du musst Sam loslassen.«

Robin sagte nichts.

»Meinst du, sie hätte das hier für dich gewollt? Du wärst fast umgebracht worden. Wie viel hast du in den letzten Tagen geschlafen?«

»Die Bewusstlosigkeit mitgezählt?«, entgegnete Robin und musste unwillkürlich lächeln.

»Das ist nicht witzig.«

Robin richtete sich auf und schwang die Beine über die Bettkante. Er gluckste. »Ein bisschen schon.«

Emma sah ihn nur an, offensichtlich fehlten ihr die

Worte. Dann wandte sie den Blick ab, als würde sie ihn nicht mehr richtig sehen können. Sie sah einen anderen vor sich – einen Fremden. »Kommst du nach Hause?«

Robin gab ein pfeifendes Geräusch von sich – sein Atem raspelte immer noch gegen irgendwas in der Brust. Er dachte an den Standedge-Kanal, er dachte an die fünf Verschwundenen, an Sally und Matthew und Claypath und Amber. Konnte er einfach abhauen? Allem hier den Rücken zukehren und alles so lassen, wie es war? Aber dann dachte er an die Warnungen. An die Prügel und das Buch. Aber dann wusste er, dass nicht wichtig war, was er wollte.

»Okay«, sagte er langsam, leise. »Fahren wir nach Hause.«

Emmas Miene leuchtete auf, obwohl sie versuchte, ihre Freude zu verbergen. Sie stand auf. »Ich besorge uns was zu essen, dann fahren wir.«

Robin nickte.

Sie ging. Zehn Minuten später kam sie mit zwei Tüten Pommes und zwei Flaschen Wasser zurück. Sobald er das Essen roch, merkte er erst, wie hungrig er war. Emma reichte ihm eine Tüte, er riss sie auf und verschlang die Pommes.

Emma beobachtete ihn nur und rührte ihre Tüte kaum an. »Ich hab mir deine Verletzungen angesehen, als du noch geschlafen hast. Man hat dich übel zugerichtet. Dein Auge ist in Ordnung, es sieht schlimmer aus, als es ist. Allem Anschein nach hast du eine Schwellung im Rippenbereich, aber soweit ich sehe, ist nichts gebrochen. Du hast Glück gehabt.« Emma lächelte. »Aber du hast Fieber. Der Schnitt an der Stirn ist tief. Den hättest du von Anfang an nähen lassen sollen. Er kann sich entzünden.«

Robin erwiderte nichts, schraubte nur die Wasserflasche auf und trank.

Emma sagte nichts mehr, sondern stocherte nur in ihren Pommes.

In den nächsten Stunden beendete Robin sein Mittagessen – sein Abendessen? – und packte seine Sachen. Emma half ihm, soweit sie konnte, trotzdem ging es nur langsam voran. Sein ganzer Körper tat weh, jede Bewegung geschah wie in Zeitlupe – zu jeder Bewegung musste er sich erst aufraffen, nach jeder Bewegung musste er sich erholen.

Emma war entsetzt.

Er hatte nicht viel im Zimmer verteilt, wollte aber sichergehen, dass er nichts vergaß. Die wichtigsten Dinge – sein Notizbuch, sein Laptop. Die Dinge, die er brauchte, um weiterhin nach Antworten zu suchen. Antworten darauf, was mit den Fünf vom Standedge geschehen war. Denn die Rückkehr nach Hause war kein Zeichen der Niederlage. Er sah es als taktischen Rückzug.

»Du bist so weit?«, fragte Emma, als er seine Tasche und seinen Rucksack aufs Bett gestellt hatte.

Robin nickte.

Es war nicht das Ende. Matthew McConnell würde dafür büßen, dass er ihn benutzt hatte. Robin Ferringham war vielleicht früher mal jemand gewesen, der sich auf den Rücken gelegt und seine Niederlage eingestanden hatte. Damit war es jetzt vorbei. Er schwor sich, schwor Sam, dass er diesen Drecksack finden würde.

Er würde Matthew McConnell finden.

48

Zwei Monate später ...

Robin kam nach Hause, wo ihn wie gewöhnlich Instant-Nudeln, Binge Watching und Stille erwarteten. Vielleicht würde er, wenn er Lust dazu hatte, ins Arbeitszimmer gehen. Nicht dass er in den vergangenen zwei Wochen große Lust dazu gehabt hatte.

Sobald er durch die Tür war, zog er das T-Shirt mit dem Firmenlogo aus. Vom gackernden Huhn auf der Brust brannte ihm immer die Haut, ein Ausschlag, eine allergische Reaktion auf den Stoff, als wäre er eine Art religiöse Marter. Und Verkörperung seines Hasses.

Er hatte sich mehrmals mit Stan unterhalten, mittlerweile aber beantwortete er nicht mehr Robins Anrufe. In den ersten Wochen hatten sie mehrmals am Tag miteinander geredet. Dann einmal am Tag. Dann einige Male pro Woche. Dann war ein Brief mit der Post gekommen, in dem ihm Stan mitteilte, dass er die Zusammenarbeit beende, er könne ihn nicht mehr vertreten, aus Gründen, die nicht in seiner Macht lägen. Robin wusste, was er meinte. Der Standedge – und das, was er in Marsden getan hatte. Früher hatte kaum jemand vom Standedge-Vorfall gehört, jetzt gab es kaum noch jemanden auf den Britischen Inseln, der nicht davon gehört hätte. Robins Name war für immer mit dem Vorfall und dem spurlosen Verschwinden von Matthew McConnell verbunden. Kein Verleger war mehr an Robin Ferringham interessiert, er konnte es ihnen auch kaum verdenken.

Er verfolgte die Nachrichten. Loamfield war endlich aus

dem Krankenhaus entlassen worden, Claypath klammerte sich nach wie vor an seinen Posten, das Monster und McConnell waren immer noch untergetaucht. Marsden wurde anscheinend von Schaulustigen überrannt, genau das, was die Einheimischen hatten verhindern wollen. Die Touristen machten Fotos vom Tunnel und wollten die Stelle sehen, an der sich die fünf scheinbar in Luft aufgelöst hatten.

Täglich, zum Teufel, fast stündlich gab es neue Theorien, wie es in die Tat umgesetzt worden sein könnte. Websites beschäftigten sich damit, Foren mit unzähligen Kommentaren behandelten das Thema. Manche Theorien waren völlig abgefahren – Echsenmenschen und *Star-Trek*-Beaming wurden in Erwägung gezogen (Sachen, von denen die Geister von Marsden nur träumen konnten) –, andere Theorien waren es weniger – man sprach von Doppelgängern und geheimen Ausgängen. Robin ließ alles über sich ergehen; er konnte sich dem nicht entziehen, beteiligte sich auch aber nicht daran.

Es gab nur eins, wonach er suchte.

Er setzte Wasser für seine Instant-Nudeln auf, machte den Fernseher an und ging aufs Klo. Dann zappte er durch die Sender und suchte etwas, was definitiv nichts mit dem Standedge-Tunnel zu tun hatte. Er blieb an einer Folge von *Most Haunted* hängen, die knapp gegen eine Folge von *Ermittler vor Ort* das Rennen machte.

Er ging zurück in die Küche und kam an der Tür vorbei. Er nahm sie nur aus dem Augenwinkel wahr, spürte aber das Gewicht des Schlüssels in der Tasche. Er könnte jederzeit arbeiten. Mit einem Nicken wandte er sich der Tür zu.

Er machte sich sein Essen, sperrte die Tür auf und schaltete das Licht an. Das kleine Zimmer wurde erhellt. Hier war seine Arbeit, seine richtige Arbeit, nicht das Servieren blöder Hühnchenteile.

Die Wände waren mit Zeitungsartikeln, Ausdrucken, Bildern zugekleistert. Alles über die Fünf vom Standedge. Alles über Matthew McConnell. Die Artikel über den Vorfall hingen an der rechten Wand – was er während seines Aufenthalts in Marsden gesammelt hatte, dazu das, was seitdem dazugekommen war. Er hatte alle Artikel der überregionalen Zeitungen zu dem Vorfall ausgeschnitten, obwohl sie im Grunde alle das Gleiche sagten. An der linken Wand hingen Informationen über die fünf – ausgedruckte Seiten aus den sozialen Medien, Informationen zu ihren Seminaren an der Uni, alle greifbaren Fakten über ihre Wohnsitze und wie sie ihre Zeit verbracht hatten. Matthew McConnell beanspruchte die Wand gegenüber – die Wand vor seinem Schreibtisch. Er hatte tief geschürft, hatte die Geburtsurkunde des Typen aufgetan, Schulzeugnisse, Einträge über Immobilienbesitz – Dinge, die nicht unbedingt relevant waren, aber dazu beitrugen, sich ein Bild von dem jungen Mann zu machen. Außerdem ging er allen Meldungen über potenzielle Sichtungen nach – wenn irgendwo jemand gesehen wurde, auf den McConnells Beschreibung zutraf (und online darüber berichtet wurde), verfolgte Robin das und heftete sich den entsprechenden Vermerk an die Wand.

Er glaubte, ihm würde sich dadurch etwas erschließen, als würde er die Teile eines Puzzles zusammensetzen, aus denen schließlich ein großes Bild entstehen würde – ein großes Bild, das Sinn ergab.

In Wirklichkeit aber ... war das alles das reinste Chaos – wenn auch ein beeindruckendes. Ein beeindruckendes Chaos war allerdings auch nur ein größeres Chaos. Robin musste darüber schmunzeln.

Er setzte sich an den Schreibtisch und klappte den Laptop auf. Sein Notizbuch lag gleich daneben – jenes, das er in Marsden dabeigehabt hatte. Seitdem hatte er es nicht mehr angerührt. Aus einer Schublade zog er einen Ordner mit Informationen über Sams Verschwinden. Er hatte es nicht über sich gebracht, diese Dinge an die Wand zu heften – wahrscheinlich könnte er dann das Zimmer nicht mehr betreten.

Er schlug den Ordner auf. Auf der ersten Seite hatte er nur geschrieben: SCHWARZER HUND, PFERDEKOPF. Wie oft hatte er online nach diesen Begriffen gesucht? In wie viele Internet-Winkel war er vorgedrungen? Waren das die Namen eines Pubs? Waren es Bilder, Fotos vielleicht? Passwörter für irgendwas oder irgendjemanden? Stunden über Stunden hatte er mit den drei Wörtern verbracht und war immer zur selben Schlussfolgerung gekommen.

Es reichte nicht.

Und aller Wahrscheinlichkeit nach entsprachen sie noch nicht mal der Wahrheit.

Matthew hatte alles bloß erfunden. Er war über irgendwelche Informationen auf Sam gestoßen und hatte sie eingesetzt, um Robin zur Mithilfe zu bewegen. Warum ihn? Vielleicht, weil es einfach war. Vielleicht, weil sich ihm die Gelegenheit bot, die er ergriff. Trotz aller Wut (und von der hatte er eine Menge) kam er immer wieder auf zwei Fragen zurück: Woher wusste Matthew, dass Robin dazu in der Lage war, ihn aus dem Gefängnis zu holen? Und woher wusste er, dass er entkommen könnte?

Davor aber standen noch mehr Fragen. Warum nahmen die Fünf vom Standedge an der »Über sich hinaus«-Gruppe in der Kirche teil? Was hatten sie vor Matthew zu verbergen, sodass er sich von ihnen ausgeschlossen fühlte? Und die wichtigste, die glorreiche Eine-Million-Pfund-Frage: Wie hatte er es bewerkstelligt?

Robin schloss Sams Ordner und lehnte sich auf dem

Stuhl zurück. Er öffnete den Browser und ging die üblichen Nachrichtenportale, Verschwörungsseiten und Foren durch. Nichts Neues, nur eine neue lächerliche Theorie, die mit Spiegel und Lichtbrechung hantierte. Ein Haufen Müll.

Er rieb sich die Augen, fing noch mal von vorn an und durchkämmte sämtliche Seiten, auf denen die fünf auch nur am Rande erwähnt wurden. Dann die Berichte derer, die Matthew McConnell gesehen haben wollten. Danach fühlte er sich erschöpft und war, als er auf die Uhr sah, nicht überrascht, dass drei Stunden vergangen waren.

Drei Stunden mit nichts.

Zero.

Nada.

Nur der immer gleiche, alte Mist, der wieder und wieder aufs Neue aufgerührt wurde. Er aß seine längst kalt gewordenen Nudeln und sah sich um. Der helle Wahnsinn – er hatte absolut nichts gefunden. Vielleicht war es an der Zeit, die Sache aufzugeben. Vielleicht war es an der Zeit, die Tür zu diesem Raum für immer zu verschließen.

Vielleicht hatte Emma recht. Er sollte nach vorn sehen.

Sie alle loslassen.

Sam loslassen.

Er rief die Facebook-Seiten der fünf auf. Sie waren immer noch online, im Grunde waren sie mittlerweile digitale Gedenkseiten. Er ging auf die jeweiligen Info-Seiten und scrollte zu den Zitaten. Vielleicht hatte einer der fünf ja etwas Inspirierendes zu sagen, was ihn auf ihre Spur bringen könnte.

Alles, was er fand, waren kitschige Einzeiler wie »Auf Regen folgt immer wieder Sonnenschein«. Zitate, die ein Teenager – jemand, der ein bisschen von der Welt gesehen hatte und überzeugt war, sie vollkommen zu verstehen –

als tiefe und poetische Weisheit ansah. Die aber nur schrecklich plattes Zeug waren.

Tim Claypaths Seite war die letzte, die Robin aufrief. Sein Blick fiel auf den Abschnitt, in dem seine Freunde aufgeführt waren. Es waren weniger als bei den anderen. Robin hatte das darauf zurückgeführt, dass Tim sehr wählerisch war, vielleicht lag es aber auch nur an dem, was Benny über ihn erzählt hatte: Er war schräg drauf. Wie auch immer, es war nicht mehr wichtig.

Aber dann fiel ihm etwas auf. Ein kleines Bild im Abschnitt der Freunde, begleitet von einem Namen, den er kannte. Amber Crusher. Sie lächelte auf dem Foto. Robin klickte darauf.

Ihr Profilbild bestand nur aus dem Gesicht, sie zeigte ein offensichtlich gestelltes Halblächeln. Er klickte sich weiter, kam auf ihre Info-Seite, ihr Profil war jedoch vollständig öffentlich, sodass er auch ihren Feed einsehen konnte. Er ging die Seite runter, ohne zu wissen, wonach er suchte. Nichts fiel ihm auf. Also sah er sich ihren Feed an.

Sie hatte seit einer geraumen Weile nichts mehr gepostet, was ihn nicht überraschte. Unter jungen Leuten galt Facebook als »uncool« – wahrscheinlich hatte das mit den Eltern zu tun, die beschlossen hatten, es »cool« zu finden. Der letzte Beitrag war vom Juni 2018, es ging um eine Fernsehsendung. Er scrollte runter, sah weitere Posts ähnlichen Inhalts, bis er an einem Bild hängen blieb.

Sein Herz machte einen Satz. Die kalten Instant-Nudeln rutschten ihm aus den Händen, synthetisches Hühnchenfleisch und Pilze platschten auf den Boden. Er hörte es gar nicht. Er schob nur den Stuhl so nah wie möglich an den Schreibtisch heran.

Ambers Bild war unterschrieben mit »NEUE TATTOOS :)«. Auf dem Foto hielt sie beide Handgelenke hoch.

In Marsden hatte sie Schweißbänder getragen. Jedes Mal, wenn er mit ihr geredet hatte, waren ihre Handgelenke von den Schweißbändern bedeckt gewesen. Er hatte sich nichts weiter dabei gedacht. Warum sollte er auch?

Er konnte den Blick nicht von dem Bild nehmen. Seine Gedanken überschlugen sich. Sein Puls hämmerte gegen die Schläfen.

Mit zitternder Hand griff er sich sein Handy und wählte eine Nummer, von der er nicht geglaubt hatte, dass er sie noch mal wählen würde. Die Bilder, die er vor sich hatte, brannten ihm in den Augen.

Lächelnd hielt Amber beide Handgelenke in die Kamera. Am linken hatte sie das kleine Tattoo eines Hundes in schwarzer Farbe. Am rechten die Silhouette eines Pferdekopfs.

Am anderen Ende der Leitung klingelte es. Robin wollte, dass sie ranging.

Er betrachtete das Bild, er wusste, was er hier sah.

Sie.

Einen schwarzen Hund.

Und einen Pferdekopf.

49

Sie staubte den Plattenspieler ab und räumte den ganzen Müll weg, der darauf lag. Platinen, aufgespleißte Kabel, Festplatten – alles Zeug, von dem sie geglaubt hatte, sie würde es mal brauchen, das aber, wie sie insgeheim wusste, wertlos war. Sie öffnete den Deckel des Plattenspielers, legte die Greatest Hits der Stones auf und drückte auf Play. »Not Fade Away« erklang. Sie lächelte.

Sie wischte den Müll vom Tisch und ließ ihn einfach auf den Boden fallen. In den nächsten Tagen würde sie hier mal aufräumen müssen, aber nicht heute.

Die Schafe verkündeten ihre Ankunft, sie ging sie füttern. Nachdem sie wieder da war, überprüfte sie alle Verbindungen ihrer Server. Alles wunderbar, wie immer, aber man musste sich darum kümmern, wie immer. Ein Stecker löste sich, eine Sicherung brannte durch, und damit war ein Fünftel ihres Einkommens weg. Irgendeinem Typen in Iowa, der seine Bitcoins schürfte, fiel der Bohrer aus der Hand – der metaphorische Bohrer jedenfalls.

Sie setzte sich an den Schreibtisch und checkte ihre Mails. Weitere Werbeanfragen – wäre The Red Door daran interessiert, Bannerwerbung für ein Festival auf Guernsey zu bringen? Wie wäre es mit Pop-ups für eine Bingo-App? Ein Energy-Drink mit dem simplen Namen ENERGY JUICE wollte der offizielle Drink von THE RED DOOR werden.

Sie verschob alle Mails in den Papierkorb. Kein Interesse.

Die Seite hatte eine irrsinnige Beachtung gefunden seit der »McConnell-Sache«. Für eine Nachrichtenseite waren alle Nachrichten gute Nachrichten, auch wenn das hieß, dass der mögliche, nein, der wahrscheinliche Mörder auf freiem Fuß war. Hatte sie ein schlechtes Gewissen, weil sie daran beteiligt gewesen war, den Scheißkerl aus dem Gefängnis zu holen? Klar, sicher, absolut. Aber was sollte sie denn anderes tun als die Gewinne einfahren, die sich dadurch ergeben hatten?

Sie bewegte die Maus und klickte auf den Link zu den statistischen Angaben der Site. Die Zahlen gingen immer noch nach oben. Jeder Nachrichtensender auf der verdammten Insel berichtete mittlerweile über die Fünf vom Standedge, aber sie war nach wie vor das Original. So was war nicht mit Gold aufzuwiegen.

Ihr Handy klingelte, der Ton legte sich nicht unschön über »Get Off Of My Cloud«. Es könnte sogar einen ganz hübschen Remix abgeben. Sie sah sich um, konnte es aber nirgends finden. Sie lauschte und versuchte, es zu orten.

Es musste irgendwo unter dem ganzen Müll vom Plattenspieler sein. Sie fluchte. Dann ging sie in die Hocke und wühlte sich durch den Hardware-Krempel. Bis sie das Handy gefunden hatte, auf dem ein Anruf einging. Von Robin.

Sie packte das Gerät. Seit dem Tag auf der Bank hatte sie mit Robin nicht mehr gesprochen. Sie hätte nie gedacht, von ihm jemals wieder zu hören. Sie wollte auf den grünen Button drücken.

»Ich an deiner Stelle würde das nicht tun.«

Sie sah auf. Jemand, der durch das Regal verdeckt wurde, stand in der Tür. Sie steckte das Handy in die Tasche und ging um das Regal herum. Dort stand eine junge Frau, die ihr durchaus bekannt war, mit etwas Schimmerndem in der Hand.

»Na, hallo.« Das Klingeln in ihrer Tasche hörte auf. Sie hob die Hände. »Hast du angeklopft? Ich bin mir ziemlich sicher, dass die Eingangstür abgeschlossen war. Gewöhnlich ist das ein eindeutiges Anzeichen für …«

»Wer war das? Auf dem Handy«, fragte Amber und deutete mit dem Lauf auf sie. Sie hielt die Waffe nicht unbedingt so, als wüsste sie damit umzugehen. Sie fragte sich, woher die Kellnerin die Waffe hatte – das Ding sah aus wie ein alter Revolver, wahrscheinlich Standardkaliber. Wahrscheinlich aus dem Deep Web besorgt. »War das Ferringham?«

»Ich glaube nicht, dass ich das beantworten muss.«

»Beantworte die Frage. Siehst du nicht, dass ich bewaffnet bin?«

Sally lächelte. »Das ist kaum zu übersehen, Polly. Aber du hältst sie, wie man das in den Filmen macht, nicht wie im richtigen Leben. Du musst die beiden unteren Finger wegnehmen, sonst werden sie dir vielleicht gebrochen, wenn das verdammte Ding ausschlägt. Hast du dich überhaupt vergewissert, dass der Sicherungshebel umgelegt ist? Das alles natürlich nur in der Annahme, dass du auch wirklich vorhast, abzudrücken.«

»Halt's Maul!«, schrie Amber, betrachtete jetzt aber unsicher die Waffe in ihrer Hand. Sie hatte nicht die geringste Ahnung von dem Ding. »Er will dich sehen. Ich soll dich zu ihm bringen.«

»Warum nimmst du nicht einfach die Waffe runter? Dann verspreche ich, dass ich freiwillig mitkomme.«

»Ich weiß, wer du bist«, sagte Amber, ohne die Waffe runterzunehmen. »Ich weiß, wer du wirklich bist.«

»Du hättest einfach fragen können«, sagte sie. »Ist ja nicht so, dass ich versuche, es zu verheimlichen. Ich meine, mein Gott, es gibt eine Menge Hinweise.« Aus den Augenwinkeln nahm sie einen Schraubenschlüssel auf dem Tisch neben sich wahr – der würde nicht viel nützen –, aber daneben, ja, daneben lag ein Hammer. Der würde sich wunderbar eignen. Sie machte einen winzigen Schritt in die Richtung – noch ein paar, und sie könnte ihn sich schnappen. Amber würde zögern, abzudrücken, weil sie die Folgen ihres Tuns abwägen müsste. Aber schließlich würde sie schießen, denn sie käme mit den Konsequenzen nicht zurecht, wenn sie es nicht tun würde.

Amber schien die Bewegung nicht wahrgenommen zu haben. »Du wirst jetzt mit mir kommen, ›Sally‹.« Sie hob die Stimme, als wäre sie die Figur in einer Kindersendung. Das war sie definitiv nicht.

»Wohin gehen wir?« Noch ein winziger Schritt. »Und wer ist ›er‹?«

»Was spielt das für eine Rolle?«, sagte Amber und fuchtelte mit der Waffe.

Sie lächelte. Noch ein Schritt. »Wollte nur wissen, ob ich was zum Picknicken einpacken soll.«

Amber lächelte nicht. Aber ihr Blick richtete sich auf etwas. Sie hatte es bemerkt. Verdammt – sie hatte den Hammer gesehen. »Zurück. Wage ja nicht, nach dem Hammer zu greifen. Dann werde ich dich erschießen.«

Sally machte eine sorglose Handbewegung. »Du wirst mich nicht erschießen, Polly Pocket. Also, warum wollen wir nicht …«

Amber schoss.

Sally starrte auf das Blut, das durch ihr weißes Tanktop quoll.

»Ich wollte es wirklich nicht«, sagte Amber, dann änderte sich ihr Verhalten, so leicht und mühelos, als würde sie einen Hut aufsetzen. »Aber du bist so eine sture Schlampe.«

Sally sank vor Amber auf die Knie und hielt sich den Bauch.

»Nein, nein, wir können uns jetzt nicht ausruhen. Wir haben einen Spaziergang vor uns.« Amber steckte sich den Revolver in den Hosenbund und hievte sie hoch.

»Wohin gehen wir?«, sagte Sally trotz ihrer Schmerzen.

Amber lächelte. »Bis ans Ende.«

50

Robin probierte mehrmals, Sally anzurufen, aber sie ging nicht ran. Es klingelte und klingelte, irgendwann, als er es erneut probierte, schaltete sich sofort die Mailbox an, was danach auch immer geschah. Wo steckte sie bloß? Er musste ihr von Amber erzählen, er musste etwas unternehmen … dass er in London war, half nicht unbedingt.

Amber war bei Sam gewesen, als diese Matthew angerufen hatte? Was hatte das zu bedeuten? Er glaubte zu wissen, was es bedeutete, wollte es aber nicht auch noch überhöhen, indem er daran dachte.

Er traf eine rasche Entscheidung. Er musste zurück. Er stürzte aus dem Zimmer, holte seinen leeren Rucksack und stopfte das Notwendigste hinein. Kleidung, eine Jacke. Nach kurzem Überlegen auch seinen Laptop und sein Notizbuch. Und dann den Ordner über Sam.

Wilde Gedanken rauschten ihm durch den Kopf – keiner ergab sonderlich viel Sinn. Hatte Amber Sam etwas angetan? Hatte Matthew es herausgefunden? Hatte Matthew Amber geholfen oder Amber Matthew? Der Anruf war das beste Mittel gewesen, um Robin zur Mithilfe zu bewegen. Aber warum sollte Matthew Robin engagieren, wenn er auch ohne ihn herausfinden konnte, was geschehen war? Und wie passte das Verschwinden der Fünf vom Standedge in das alles?

Nichts passte zusammen. Er hatte das Gefühl, die Teile von zwei völlig unterschiedlichen Puzzles zusammengeworfen zu haben. Er brauchte mehr Anhaltspunkte, aber die würde er nicht in London finden. Er hätte schon vor fünf Minuten in Marsden sein sollen.

Er stürmte aus der Wohnung und auf die Straße. Er lief zur Bushaltestelle und wollte zum Bahnhof, aber das alles dauerte viel zu lange. Der Bus brauchte eine halbe Stunde, der Zug drei Stunden, inklusive Umsteigen. Das ging ihm alles nicht schnell genug. Bei Weitem nicht. Gab es eine Alternative?

Er griff in die Tasche und zog seinen Schlüsselbund heraus. Sein Blick fiel auf den Autoschlüssel. Könnte er …? Emma hatte ihm einen Schlüssel für ihren Wagen gegeben. Der stand eine Viertelstunde zu Fuß entfernt vor der Chirurgie.

Er machte sich auf den Weg ins Zentrum von Islington und wählte Emmas Nummer. Er wusste, sie würde nicht rangehen – am Donnerstag hatte sie immer bis spätabends Dienst –, aber es ging ihm besser, wenn er es zumindest versucht hatte.

Zehn Minuten später war er am Krankenhaus. Er beeilte sich so sehr, dass seine Beine schmerzten und der allmählich verheilende Schnitt an der Stirn wieder so heftig pochte wie unmittelbar nach dem Angriff der Schläger in Marsden. Der Parkplatz war nicht besonders groß, Emmas Subaru war schnell zu finden. Er hatte ihn nur einmal gefahren, wusste aber, dass er mit ihm zurechtkommen würde.

Er schloss die Türen auf, warf seinen Rucksack hinein und setzte sich ans Steuer. Er drehte den Zündschlüssel, der Motor sprang an. Er legte den Rückwärtsgang ein, der Wagen machte einen Satz nach hinten, dann fuhr er los und fädelte in den dichten Londoner Verkehr ein. Der Wagen bockte etwas bei seinem abrupten Gangwechsel.

Aber das war nicht wichtig.

Er war auf dem Weg.

51

Kurz vor Anbruch der Dunkelheit traf er in Marsden ein, hielt auf dem Parkplatz am Bahnhof und stellte den Motor aus. Er hatte gerade ein sehr hitziges Gespräch mit Emma hinter sich. Sie hatte sich, nachdem sie ihren Wagen nicht finden konnte, die Aufzeichnungen der Überwachungskameras angesehen und herausgefunden, dass er ihn sich genommen hatte. Robin erzählte ihr nicht viel, sie würde es sowieso nicht verstehen. Nur, dass es ihm leidtue, sie nicht gefragt zu haben, und er bald wieder zu Hause sei. Seine Versicherung beschwichtigte Emma keineswegs, aber sie konnte ihn ja nicht mehr aufhalten. Und sie konnte auch nicht mehr zu ihm, nicht ohne ihren Wagen.

Robin legte auf. Wenn alles vorbei war, dann, wusste er, würde Emma es verstehen und ihm verzeihen. Und sie würde verstehen, dass sie im Augenblick nicht Robins größte Sorge war.

Er schulterte seinen Rucksack und machte sich auf den Weg zum Hamlet. Dann blieb er stehen. Natürlich könnte er ins Pub platzen und Amber auf dem Kopf zusagen, was er herausgefunden hatte, aber er könnte auch etwas taktischer vorgehen. Er brauchte Unterstützung. Wer eignete sich dafür besser als Sally?

Also bog er zwischen den Häusern auf den Weg zum Wald und The Red Door ab und stapfte los, so schnell es seine schmerzenden Beine zuließen. Kurz darauf befand er sich zwischen den Bäumen und zuckte zusammen, als er ein lautstarkes »Bää«-Duett vernahm. Die beiden Schafe standen neben einem Baum und begrüßten ihn, als wäre er nie weg gewesen. Er achtete nicht auf sie und ging weiter, bis er den Hügel erreichte, an dessen Fuß Sallys Hütte lag.

Er lief den Hügel hinunter, ging um die Büsche und das Unterholz herum und blieb vor der mächtigen roten Tür stehen. Etwas stimmte nicht. Die Tür stand offen. Sally würde sie nie so zurücklassen. Das passte nicht zu ihr – ganz davon abgesehen, dass hier sehr teure Hardware herumstand.

Er schob die Tür ganz auf, ging an der Küche vorbei und trat in den Gang. Von der Tür aus war der vertraute blaue Schein der Monitore zu erkennen.

»Sally?«, rief er, bekam aber keine Antwort. Nur das ferne Blöken der Schafe war zu hören, die ihm gefolgt waren.

Nichts, nur das Summen der elektronischen Geräte.

Er drückte die Tür zu ihrem Büro auf. Das Regal in der Mitte des Raums war umgefallen, der Inhalt hatte sich auf den Boden über die Kabel verteilt. Das alles sah wie eine Halde mit Recycling-Material aus. Er hätte gemutmaßt, dass ein Kampf stattgefunden hatte – würde er nicht Sally kennen und wissen, dass sie das bei einem ihrer Wutanfälle mühelos auch ganz allein hinkriegen könnte.

Er suchte sich, so gut es ging, einen Weg durch das Chaos hin zu den Monitoren an der Wand. The Red Door war aufgerufen, auf insgesamt fünf Bildschirmen. Anscheinend arbeitete sie an einem neuen Artikel – »Die bislang beste Standedge-Theorie« lautete die Überschrift. Aber es gab keinen Text dazu – zumindest noch nicht. Nur ein Foto – ein Schnappschuss von unglaublich schlechter Qualität, von einem Gegenstand, der ihm nichts sagte. Zu sehen war etwas, was an einem feuchten Felsen lehnte – wie das Innere des Tunnels. Eine rote Metallplatte mit Löchern ...

Das Versteck des Monsters. Es war ein Foto von der

»Tür« des Verstecks. Aber was hatte es zu bedeuten? Und wie konnte das mit ...

Er begann, darüber nachzudenken – ja, aber nein, doch, *ja*. Vielleicht ...

Er verscheuchte den Gedanken. Das war jetzt nicht vordringlich. Vordringlich war es, Sally zu finden.

Er trat wieder an den Tisch und stieß mit dem Fuß gegen etwas. Er sah zu Boden. Dort lag ein Hammer. Er hob ihn auf und wendete ihn in den Händen hin und her. Er war nicht unbedingt fehl am Platz. Er legte ihn auf den Tisch ... und dann sah er ihn.

Den blutigen Abdruck einer Hand auf dem Tisch. Er war noch frisch, glänzte. Sallys Blut?

Wieder sah er zu Boden, und dann entdeckte er die feine Blutspur, die sich über die Kabel zur Tür zog. Als wäre jemand darüber hinweggeschleift worden. Er sprang über den Müll zur Tür.

Wenn das Sallys Blut war, dann war sie verletzt. Schwer verletzt. Und wenn sie verletzt war, hieß das, dass noch jemand hier gewesen war? Jemand, der sie angegriffen hatte? Vielleicht. War diese Person noch hier, oder hatte man Sally irgendwohin geschafft? Das erschien ihm wahrscheinlicher. Wie sollte er das feststellen? Hatte es was mit dem Artikel zu tun, den Sally hatte schreiben wollen?

Möglich, aber er wusste es nicht.

Er folgte der blutigen Spur in den Gang. Sie war so schwach zu erkennen, dass es ihn nicht überraschte, warum er sie bislang nicht bemerkt hatte. Sie führte in die Küche, und dann ...

Hörte sie auf. Die Spur hörte einfach auf. Es gab einen letzten, größeren Fleck, dann nichts mehr. Als hätte jemand die Spur bemerkt und von da an dafür gesorgt, dass sie aufhörte.

Robin trat wütend gegen den Kühlschrank.

Was, wenn Sally ihn brauchte? Wie schwer war sie womöglich verletzt? Und er stand nur da und wusste nicht, was er tun sollte.

Beruhige dich, hörte er Sam in seinem Kopf. *Ruhe bewahren. Du wirst sie brauchen.*

»Ich kann das nicht«, sagte er. »Ich bin kein Action-Held. Ich bin kein Polizist.«

Du schaffst das, Partner. Zweifel sind echt unsexy. Selbstzweifel noch mehr.

Robin nickte. Er wusste, er musste handeln. Keiner würde ihm das abnehmen. »Wo steckst du, Sally?«, sagte er – zu Sam, zu Sally, vor allem aber zu sich. »Wo steckst du? Sag mir, wo du bist.« Er drehte sich im Kreis und sah sich um, bis sein Blick auf die namensgebende rote Tür fiel.

Dort war was. Etwas hingeschmiert. In Rot.

Na, sieh dir das doch mal an, sagte Sam. *Sieht doch aus, als solltest du irgendwohin.*

Robin trat an die Tür, zückte sein Handy und beleuchtete die Stelle. Sally hatte ihm eine Botschaft hinterlassen.

Eine lange vertikale, mit Blut gemalte Linie. Und oben ein grobes M.

Genau wie auf dieser Karte.

Sally war zum Marsden-Eingang des Standedge-Tunnels gebracht worden.

52

Robin traf am Standedge-Tunnel ein, als die Sonne gerade unterging. Er überquerte die Brücke, sodass er sich auf der gegenüberliegenden Seite des Besucherzentrums befand, und sprang, ohne nachzudenken, über den Zaun ins angrenzende Feld. Er schaltete die Taschenlampe seines Handys an und machte sich auf den Weg.

Sally und wer immer sie festhielt befanden sich im stillgelegten Eisenbahntunnel. Der einzige Weg dorthin führte über die Spalte. Ihm stand ein langer Marsch bevor. Hinter sich hörte er ein Blöken, er drehte sich um. Unerklärlicherweise waren die Schafe ihm gefolgt.

»Verschwindet!«, rief er.

Sie sahen sich an und machten weitere Schritte in seine Richtung.

Fluchend versuchte er, sie zu verscheuchen, drehte ihnen den Rücken zu, stapfte über das Feld und überwand einen weiteren hüfthohen Zaun, der zwischen den Bäumen am Feldrand auftauchte.

Dahinter schloss sich Schotter an. Er stand vor dem Eingang zu dem nicht mehr benutzten Eisenbahntunnel, der fast identisch war mit dem in Diggle. Die Eingänge waren mit einem hohen Zaun vergittert, eine Kamera blickte auf ihn nieder, unter dem Gitter war der Boden betoniert.

Er richtete die Taschenlampe in die Öffnung des rechten Tunnels, konnte aber nichts in der unmittelbaren Umgebung erkennen. Er ging an den Tunneln und dem Gitter vorüber und kämpfte sich durchs Unterholz.

Wieder war das Blöken zu hören.

Verärgert fuhr er herum. Die beiden Schafe standen vor

dem rechten Tunnel und steckten den Hals durch das Gitter. »Bitte, geht nach Hause. Zur roten Tür. Der ... roten ... Tür.« Ausdruckslos glotzten ihn die Schafe an. »Geht heim. Zur ... roten ... Tür.« Dann hielt er inne. »Mein Gott, ich rede mit Schafen.«

Eins der Schafe reagierte, indem es mit einem Huf gegen das Gitter schlug. Quietschend schwang es auf.

Robin sah das Tier überrascht an. Dann zwängte er sich zwischen den Büschen hindurch zurück ins Freie und kehrte zu dem Schaf zurück. Das Vorhängeschloss lag auf dem Boden, daneben ein kleiner Haufen – Grasbüschel und Laub. Das Schaf fraß etwas davon.

Deshalb waren die Schafe ihm gefolgt. Sally hatte entlang des Wegs Futter ausgelegt. »Für den Fall, dass ich die Botschaft nicht kapiere, hm?«, sagte Robin. Von den Schafen kam ein zustimmendes »bää«. »Wem von uns beiden traut sie mehr zu?«, fragte er sie.

Die Schafe sahen ihn an. Sie alle kannten die Antwort.

Robin streichelte die Schafe, trat durch den Zaun und schloss ihn hinter sich, sodass die Tiere ihm nicht folgen konnten. Wieder kam ein Blöken von ihnen, Robin nickte, dann wandte er sich zum Tunnel und trat in die Finsternis.

53

Er lief durch den Tunnel und versuchte, sich so leise wie möglich zu bewegen. Immer wieder lauschte er, hörte aber nichts Auffälliges. Nichts, was darauf schließen ließ, dass jemand mit ihm im Tunnel wäre. Wieder hörte er ein leises dumpfes Geräusch, das er nicht einordnen konnte. Dazu tropfendes Wasser – die Feuchtigkeit im Tunnel war so schlimm, wie er es in Erinnerung hatte.

Wie zuvor folgte er den Eisenbahngleisen und trat vorsichtig von Schwelle zu Schwelle.

Er hielt den Lichtstrahl vor sich gerichtet und versuchte, das Gefühl abzuschütteln, dass er geradewegs, freiwillig in die Höhle des Löwen marschierte. Vielleicht wäre ihm dabei weniger unwohl gewesen, hätte er nicht das überwältigende Gefühl gehabt, beobachtet zu werden.

Er glaubte, hinter sich ein Knirschen zu hören, und fuhr herum … nichts. Die Geräusche im Tunnel waren schwer einzuordnen, alles klang so, als würde es gleich hinter ihm geschehen, genauso gut konnte es aber einen Kilometer entfernt sein.

Er drehte sich wieder um und musste sich regelrecht zwingen, die Taschenlampe nach vorn zu richten. Nichts war vor ihm, nichts hinter ihm.

Nur ein netter Spaziergang in einem gruseligen alten Tunnel.

Er ging weiter. Sollte er nach Sally rufen? Er traute sich nicht. Also ging er schweigend weiter.

Es dauerte weitere zehn Minuten, bis das Licht auf etwas fiel. Auf etwas im Tunnel, das quer über den Gleisen lag. Er wollte darauf zugehen, als im Taschenlampenlicht eine Gestalt auftauchte. Ein Mann – er musste es sein. Es musste Matthew sein. Er sah nicht zu Robin – er hatte das Handylicht noch nicht mal bemerkt, sondern drehte nur die Gestalt auf dem Boden um und drückte ihr ein Handtuch gegen den Bauch.

Dort lag Sally.

Mit einem Mal hatte sich Robin nicht mehr im Griff. Er sah nur noch rot. »McConnell?«, schrie er und legte seine ganze Wut in die Stimme.

Der Mann drehte sich um. Doch als der Lichtschein auf ihn fiel, erkannte Robin, dass es gar nicht Matthew war.

Sondern – nein …

Unmöglich.

Der andere lächelte. Robin hielt das Handylicht direkt auf ihn. Auf das Gesicht des bärtigen Tim Claypath.

»Was?«, fragte Robin und hörte plötzlich jemanden hinter sich. Sein Hinterkopf explodierte.

Das Letzte, was er mitbekam, war Tim Claypaths Lachen.

Dann wurde alles weiß.

54

Drei Jahre zuvor ...

T. CLAYPATH – Okay, Leute, heute Abend im Hamlet-Keller. Hab mal wieder Lust, mich richtig volllaufen zu lassen.
E. SUNDERLAND – Bin dabei. Ich hab mich nicht mehr volllaufen lassen, seitdem ich das Gästezimmer hergerichtet habe.
P. PACK – Der fabelhafte Edmund Sunderland im Londoner Palladium. Eine vierzehntägige Lachnummer. (Bin aber mit dabei! ☺)
T. CLAYPATH – Wir können jederzeit zum Hudders weiterziehen, wenn wir noch tanzen wollen??
P. PACK – Mein Gott, ist denn Zeit zum Tanzen???
T. CLAYPATH – Es ist immer Zeit zum Tanzen!!! Hab ich recht??
R. CLAYPATH – Na ja, ich sitz neben Tim, nehme aber zum Wohle aller seine Einladung gnädigerweise an.
R. FROST – Dann mal los! Ich muss Dampf ablassen, ich muss doch noch diese Uni-Bewerbung auf die Reihe kriegen. Kennt jemand den Unterschied zwischen der City University London und der City of London University?
T. CLAYPATH – Okay, 5/6, was meinst du, Matt? Machst du das Full House komplett?
M. McCONNELL – Kann nicht. Hab morgen das Bewerbungsgespräch beim Canals Trust und muss noch jede Menge pauken.
R. CLAYPATH – Oh, hab ich ganz vergessen ...
E. SUNDERLAND – Dito.
T. CLAYPATH – Keine Möglichkeit, da rauszukommen?

T. CLAYPATH – War nur Spaß. Zeig ihnen, was Sache ist, Mann.
T. CLAYPATH – Dann werden wir für dich einen mitsaufen müssen.
R. CLAYPATH – Viel Glück, Matt!
E. SUNDERLAND – Dito.
P. PACK – Ja, viel Glück.
R. FROST – Du schaffst das!
M. McCONNELL – Danke, Leute :)
M. McCONNELL – Habt einen schönen Abend!

55

Drei Jahre zuvor ...

Samantha Ferringham stieg aus dem Zug und zog ihren Koffer hinter sich her. Sie sah auf ihre Uhr, überlegte, ob sie sich ein Taxi für die Fahrt zum Hotel rufen sollte, beschloss dann aber, zu Fuß zu gehen. Obwohl sie im Zug einen Platz am Tisch gebucht hatte, war ihr einer am Fenster zugewiesen worden, was zum Arbeiten alles andere als ideal gewesen war. Sie musste ihren Laptop auf das schmale Klapptablett postieren und dann, eingequetscht, auf den Bildschirm hinunterstarren. Der Fußweg würde ihr also guttun, jedenfalls konnte sie sich die steifen Beine vertreten. Außerdem lag das Hotel laut Handy nur eineinhalb Kilometer vom Bahnhof entfernt, wenn auch anscheinend in einer etwas abgeschiedenen Gegend.

Bevor sie sich auf den Weg machte, versuchte sie noch, Robin zu erreichen. Die Mailbox sprang an. Wahrscheinlich quälte er sich immer noch mit seinem Artikel herum. Sie wollte es später noch mal versuchen, dann, wenn sie im Hotel war.

Sie entfernte sich vom Zentrum von Huddersfield und folgte der blauen Linie auf der Karte ihres Handys. Sie sah auf die Uhr – die Dämmerung hatte früher eingesetzt als erwartet, und sie hatte nichts bei sich, das sie auf der schmalen, kurvenreiche Straße kenntlich gemacht hätte. Wenn es noch dunkler werden sollte, wollte sie die Taschenlampe an ihrem Handy einschalten.

In Gedanken war sie bei den vielen Dingen, die noch anstanden. Da sie aufgrund der beengten Sitzverhältnisse im

Zug nicht geschafft hatte, was sie sich vorgenommen hatte, waren noch einige Arbeitsblätter für das Seminar fertigzustellen. Aber genau deswegen hatte sie sich ja einen Tag extra Zeit genommen. Morgen wollte sie an die Uni, wollte dort mit den zuständigen Leuten reden, und am Nachmittag konnte sie dann ihre Arbeiten erledigen. Es war ihr immer lieber, wenn sie sich frühzeitig vorstellen und schon vorher einen Blick auf die Unterrichtsräume werfen und sich einen allgemeinen Überblick verschaffen konnte. Sie war noch nie an der Uni in Huddersfield gewesen und wollte es vermeiden, zu ihrem ersten Seminar zu spät zu kommen.

Es wurde dunkler. Sie sah auf ihr Handy. Sie würde Robin anrufen, wenn sie im Hotel war – er machte sich Sorgen, wenn er nichts von ihr hörte. Wen man jemanden wie Robin kennenlernte – jemanden, der zu hundert Prozent der war, den man wollte –, dann wollte man alles mit ihm teilen. Die Hochzeit mit Robin war nicht nur der glücklichste Tag in ihrem bisherigen Leben gewesen, sie wusste auch, dass sie nie glücklicher werden würde als an diesem Tag.

Aber wenn man in seinem Leben nur die Liebe anstrebte, wäre die Welt nur die Hälfte dessen, was sie war. Sie wäre voller Sonaten, Filme, Bücher und Theaterstücke, Erfindungen aber, Innovationen, die Erschließung neuer Bereiche würde es kaum geben. Lebewesen wollten sich vermehren, Menschen wollten gedeihen. Sam gefiel ihr Gastdozentinnendasein, das sie in alle Winkel des Landes führte – bei dem sie andere Menschen kennenlernte und sie in Psychologie unterrichtete. Vielleicht weil sie selbst von den Besten lernte, und vielleicht weil das Thema sie faszinierte – und je mehr sie arbeitete, je mehr sie studierte, je mehr sie herausfand, desto neugieriger wurde sie.

Das Verhalten der Menschen war so unglaublich komplex und bei jedem Einzelnen anders. Manchmal, in ihrem akademischsten Momenten, dachte sie an die sieben Milliarden Fallstudien, die irgendwo da draußen herumliefen – jeder völlig verschieden vom anderen, jeder ständig im Wandel begriffen. Bis man eine Fallstudie fertiggestellt hatte, war sie bereits überholt. »Man wacht nicht mehr als der auf, als der man ins Bett gegangen ist«, hatte ihr Mentor immer gesagt – ein warmherziger, brillanter alter Mann namens Simon Winter. Das Zitat hatte sie noch mehr für die Psychologie eingenommen und sie darin bestärkt, diesem Fach ihr Leben zu widmen. »Schauen Sie sich das, was Sie studieren möchten, immer ganz genau an«, hatte Dr. Winter gesagt, »aber kommen Sie ihm nie so nahe, dass es Sie verschlingt.« Das, nahm sie an, war mit Robin und ihr passiert. Sie hatte sich von ihm verschlingen lassen – und jetzt kam sie da nicht mehr heraus und wollte es auch gar nicht mehr.

Die Straßenbeleuchtung hörte auf – die Straße, die sich vor ihr erstreckte, lag in pechschwarzer Finsternis. Die schmale und gewundene Straße, durch die sie musste, schien schmaler und gewundener, als ihr lieb war. Sie überlegte, ob sie umkehren und sich ein Taxi besorgen sollte, aber auf der Straße, die sie entlanggegangen war, waren ihr keine Taxis begegnet. Sie würde bis zum Bahnhof zurückmüssen. Das kam ihr zu weit vor, außerdem würde es sich ein bisschen wie eine Niederlage anfühlen. Also ging sie weiter.

Eine kleine Wanderung würde sie nicht umbringen.

56

Drei Jahre zuvor …

Sie gingen zum Tanzen. Das war, na ja, etwas vereinfacht ausgedrückt. Tim hatte alle davon überzeugen können, dass das Schicksal für sie vorgesehen habe, heute Abend dem Huddersfield Brickwork einen Besuch abzustatten. Und Edmund sei es vorbestimmt, sie alle zu chauffieren, weil er nur zwei Pint intus hatte und Tim nicht auf ein Taxi warten wollte.

Also setzte sich Edmund ans Steuer und hielt sich auch im Brickwork zurück. Als sie zu später Stunde zum Wagen zurückgingen, versuchte Edmund abzuschätzen, wie betrunken er war. Er hatte insgesamt drei Pint (inklusive der beiden im Hamlet) und drei Schnäpse intus, die Tim ihm mehr oder weniger aufgezwungen hatte. Damit war er über dem Limit, da gab es keinen Zweifel, und noch keineren (gab's dieses Wort überhaupt?), dass er seinen Führerschein los wäre, wenn man ihn anhalten würde. Trotzdem war er überzeugt, dass er sie fünf nach Hause schaffen konnte. Ließ man das Gebläse auf vollen Touren laufen und spielte dazu laute Musik, wirkte das Wunder. Normalerweise trank er nicht so viel, daher spürte er die Wirkung des Alkohols umso mehr. Vor allem die Schnäpse hauten bei ihm rein. Er war halb betrunken. Jedes Mal, wenn er den Kopf drehte, brauchten die Augen ein paar Sekunden, bis sie hinterherkamen. Aber wenn man Auto fuhr, wirbelte man ja nicht mit dem Kopf herum. Außerdem war er ein verdammt guter Fahrer.

Es wäre das erste Mal, dass er wirklich eine Straftat beging. Nur, wenn es keiner mitbekam, bekam es eben keiner mit. Wer konnte schon behaupten, dass er zu viele Promille hatte, wenn es keiner feststellte? Und außerdem – vielleicht hatte er ja gar nicht zu viel, mit Sicherheit konnte das doch keiner sagen. War ja auch nicht so, dass sie mit den Bullen rechnen mussten. Die Strecke zwischen Huddersfield und Marsden war wie ausgestorben. Manche Abschnitte hatten nicht mal Straßenbeleuchtung, geschweige denn Überwachungskameras. Es würde alles gut gehen.

Außerdem war er auch im betrunkenen Zustand immer noch ziemlich gut drauf, zumindest bei Videospielen. Einmal, als sie alle völlig besoffen waren, hatten sie *Surgeon Simulator* gespielt – ein Videospiel, bei dem über Mausbewegungen die Hand eines operierenden Chirurgen gesteuert wird. Edmund hatte mit Abstand gewonnen, dabei war er weit mehr hinüber gewesen als jetzt. Er hatte ganz mühelos eine gerissene Milz entfernt und den Musikantenknochen extrahiert. Super einfach! Er würde also fahren – musste fahren, sonst würden sie in Huddersfield festsitzen, und Tim würde sich gar nicht mehr einkriegen.

Edmund beeilte sich, um mit den anderen Schritt zu halten. Keiner erhob Einwände, dass er sich ans Steuer setzte. Dafür waren sie alle viel zu dicht. Tim hatte noch eine letzte Schnapsrunde geworfen, als wollte er unbedingt dafür sorgen, dass sich Edmund auf jeden Fall in einem passablen Geisteszustand befand.

Die Stroboskoplichter und die laute Musik hatten Edmund wahrscheinlich mehr zugesetzt als der Alkohol selbst. Bei ihm braute sich eine höllische Migräne zusammen, er wollte nur noch nach Hause und so schnell wie möglich ins Bett. Am besten ging das natürlich mit dem Wagen.

Die fünf bogen um die Ecke zum Parkplatz. Beim Anblick des Wagens brachen Robert und Tim in Gejohle aus.

»Ich sitze vorn«, rief Tim und lachte, obwohl keiner der anderen jemals auf die Idee gekommen wäre, Ansprüche auf den Beifahrersitz anzumelden. Es war ein ungeschriebenes Gesetz, dass dort Tim saß. Oder Edmund, falls Tim fuhr.

Tim torkelte los, die anderen lachten über seine besoffenen Bewegungen. Robert und Pru flüsterten sich etwas zu, während Rachel in ihrer Handtasche kramte. Keiner bekam mit, wie Edmund stehen blieb und langsam und tief durchatmete.

Er bekam das schon auf die Reihe, er hatte schon Hunderte von Stunden am Steuer gesessen und nicht einen Strafzettel wegen überhöhter Geschwindigkeit kassiert. Wahrscheinlich war er noch nicht einmal angehupt worden.

Er ging zum Wagen.

Was war denn schon das Schlimmste, was passieren konnte?

57

Drei Jahre zuvor ...

Die Zukunft wird durch eine unendliche Zahl von Variablen bestimmt. Aus diesem Grund lässt sich die Zukunft nie vorhersehen. Deshalb ist die Zukunft aufregend. Deshalb machen die Menschen immer weiter – schwingen jeden Tag die Füße aus dem Bett, gehen raus und geben nicht auf. Keiner kann die Variablen aufzählen, die dazu führten, dass sie, Samantha Ferringham, an jenem Abend auf der dunklen, kurvenreichen Straße unterwegs war.

Wer wusste schon, wann beschlossen wurde, dass sie genau dort sein sollte? Es war zunächst ihre Entscheidung gewesen, zu Fuß zum Hotel zu gehen. Davor war es ihre Entscheidung gewesen, den späteren Zug zu nehmen. Es war ihre Entscheidung gewesen, schon einen Tag früher nach Huddersfield zu fahren. Und noch davor hatte sie sich dafür entschieden, den Lehrauftrag an der Universität Huddersfield anzunehmen. Ging man noch weiter zurück, könnte man sagen, wegen ihrer Entscheidung, in London zu leben, musste sie überhaupt erst nach Huddersfield reisen. In London lebte sie, weil sie sich für Robin entschieden und ihn geheiratet hatte.

Diese Fäden verknüpften sich zu einem Teppich des Lebens. Einen Teppich, den keiner zu sehen bekam. Er hing im Museum derer, die ganz oben angesiedelt waren, die das Schicksal bestimmten – sofern es sie denn überhaupt gab. Sie glaubte nicht daran, natürlich nicht. Sie war Psychologin. Aber manchmal, wenn sie ihren Gedanken freien Lauf ließ, wenn sie überarbeitet war, fühlte es sich gut an, zu glauben, dass alles schon festgeschrieben war.

Sie richtete ihr Handy-Licht auf die Straße. Laut der blauen Linie von Google Maps müsste sie gleich da sein, vielleicht noch eine Anhöhe, dann müsste das Hotel in Sichtweite kommen. Die Straße war völlig verlassen – keine Menschenseele weit und breit. Wenn sie sich umdrehte, sah sie hinter sich die Lichter von Huddersfield, aber sie waren so weit entfernt, dass sie aussahen wie eine andere Welt.

Variablen. Ein Dominospiel. Das man nicht immer gewinnen will. Als sie sah, dass ihr Licht immer schwächer wurde, fragte sie sich, welche Variable dafür verantwortlich gewesen war, dass sie vor Beginn der Reise vergessen hatte, ihr Handy aufzuladen. Würde sie diese Variable kennen, würde sie sie verfluchen, bis ihr keine Flüche mehr einfielen. Denn ihr Handy schaltete sich aus, und sie war in Dunkelheit getaucht.

Die Taschenlampenfunktion und Google Maps gleichzeitig waren anscheinend zu viel für das Handy gewesen. Die blaue Linie war der Straße gefolgt, sie musste also bloß auf ihr weitergehen. Bald käme sie zum Hotel, wo es hell wäre, wo es ein bequemes Bett gab und vor allem WLAN und Strom. Sie würde ihre Vorlesung vorbereiten und gleichzeitig ihr Handy aufladen können und sich irgendwann schlafen legen. Das trieb sie an. Das und die Tatsache, dass der Rückweg doppelt so lang wäre.

In der Schwärze war es ihr ein Trost, die Straße unter den Füßen zu spüren. Ebenso die Stille der Umgebung. Sie hörte Vögel zirpen, die doch längst schlafen sollten, und das Rascheln von Blättern, als würden nachtaktive Lebewesen gerade erwachen.

Sie ging weiter, geleitet nur vom Mondschein, und hatte

das Gefühl, fast schon die Strecke zurückgelegt zu haben, die es laut Karte zum Hotel noch wäre. Dann hörte sie ein anderes Geräusch. Das Geräusch eines Motors, das immer lauter wurde. Sie konnte nicht sagen, ob nur jemand in der näheren Umgebung – viel zu schnell – auf einer Spritztour unterwegs war oder ob ihr tatsächlich ein Fahrzeug entgegenkam. Wenige Sekunden später wusste sie, dass es das Zweitere war.

Okay, Google Maps hatte sie in die Irre geführt. Sie würde den Wagen anhalten und fragen, ob es hier irgendwo ein Hotel gab und man sie dort absetzen könnte. Sie streckte den Arm aus und hielt den Daumen hoch. Per Anhalter fahren kannte sie eigentlich nur aus Filmen, aber so machte man das doch, oder?

Die Motorengeräusche schwollen an, sie hielt nach Scheinwerferlichtern Ausschau, sah aber keine. Trotzdem wurde das Fahrzeug lauter und lauter. Schließlich spürte sie etwas – etwas, das mit hoher Geschwindigkeit auf sie zuschoss. Sie bemerkte es eine Sekunde zu spät.

Unbeschreibliche Schmerzen in der Seite. Sie wurde von den Beinen gerissen und krachte mit der Stirn gegen etwas Scharfes, Spitzes.

Dann hob sie ab. Die Welt drehte sich, wie in einer Waschmaschine. Herum und herum und herum. Es war, als würde sie sich ewig überschlagen – was geschah mit ihr? Was hatte sie getroffen? Und was machte sie hier? Wo war sie? Wer war sie? Nur eines stand ihr immer vor Augen – das Gesicht eines freundlichen, schüchternen Mannes mit Stoppeln und einem elektrisierenden Blick, der sie im Restaurant angesprochen hatte. Sein Name lautete …

Der Boden – der irgendwie über ihr war – flog auf sie zu. Das Letzte, was sie hörte, war ein gewaltiger Aufprall, bevor sie in Schmerzen versank.

58

Drei Jahre zuvor ...

Sie saßen nur da, fassungslos darüber, was geschehen war. Das konnte nicht sein, oder? Das hatten sie sich bloß eingebildet. So etwas passierte im richtigen Leben nicht. So etwas passierte ihnen nicht. Edmund zitterte am ganzen Leib und musste würgen. Tim saß so still auf dem Beifahrersitz wie noch nie und war sichtlich erschüttert. Auf der Rückbank hatte Pru das Gesicht an Rachels Schulter vergraben und schluchzte lautlos. Robert war sprachlos und hatte die Augen geschlossen, als würde das helfen.

Die Windschutzscheibe war blutverschmiert.

Sie saßen da, starrten durch die Scheibe und sahen nur den Boden im Licht der Scheinwerfer. In ihren Köpfen ging alles durcheinander – nur eines dachten sich alle: »Hoffentlich war es ein Reh.«

»Mein Gott.« Von Pru kam ein erstickter Laut.

Mit einem Mal waren sie alle stocknüchtern. Nie hatten sie sich weniger betrunken gefühlt.

»Es war ein Tier. Keine Sorge«, sagte Tim. »Es war ein Tier, oder?« Zu Edmund.

Edmund reagierte nicht. Er stierte nur vor sich hin. Er wusste, dass es kein Tier gewesen war. Er war zu schnell gefahren. Er hatte nach Hause gewollt, hatte schlafen, mit seinem Leben weitermachen wollen. Er wollte auf die Uni gehen, eine Freundin finden, heiraten, Kinder haben. Damit war es jetzt vorbei. Weil er an die dreißig Stundenkilometer zu schnell gewesen war. Und sie nicht gesehen hatte. Sie war so gut wie unsichtbar gewesen – nichts war von ihr zu sehen, nichts zu hören gewesen, als wäre sie gar nicht da gewesen. Sie hatte beim Aufprall noch nicht mal aufgeschrien. Kein Laut war von ihr zu hören gewesen, jetzt lag sie zehn oder zwanzig Meter hinter dem Wagen. Es war seine Schuld.

Seine Zukunft löste sich vor seinen Augen auf. Fast hätte er nach ihr gegriffen, hätte sie festhalten wollen, aber sie verschwand wie der Atem auf einem Spiegel.

»Verdammte Scheiße, Ed«, sagte Robert leise und schlug die Augen auf. »Was zum Teufel haben wir getan?«

»Hey, halt den Mund«, sagte Tim. »Es war ein Tier. Okay? Alles ist in Ordnung.«

»Nein, Scheiße«, sagte Robert, öffnete die Wagentür und stieg aus.

Das Geräusch ließ Edmund hochfahren. Sie dürften es – sie – nicht sehen, bevor er sie gesehen hatte. Er musste sie sehen, das war unerlässlich. Seine Hand zitterte, als er am Türgriff fummelte. Tim wollte ihm die Hand auf die Schulter legen, aber bevor er ihn zu fassen bekam, war er schon ausgestiegen.

Die Nacht peitschte gegen ihn, der Wind war eisig kalt. Er wusste, dass er weinte, weil sich zwei kalte Spuren über seine Wangen zogen. Auf wackligen Beinen, viel wackliger als vorher, vor dem Einsteigen, lief er Robert nach. Irgendwie hoffte er immer noch, dass er das Tier bloß für einen Menschen gehalten hatte, aber sobald er das Handy herausgezogen und die Taschenlampe angestellt hatte, war es vorbei mit dieser Hoffnung.

Robert sah sie und musste sich übergeben.

Edmund erging es ebenso, er stürzte zum Straßenrand und erbrach den Mageninhalt, der zum größten Teil aus Flüssigem bestand. Dann zwang er sich, zu ihr zu blicken. Die Frau, die dort lag, trug einen dunkelblauen Regenmantel, der Kopf lag zur Seite gewandt, Blut sickerte auf die Straße. Die Gliedmaßen waren merkwürdig verdreht wie die einer nachlässig abgelegten Marionette. Ihr linkes Bein stand in einem Winkel vom Körper ab, der nicht natürlich war.

»Wir sind am Arsch«, sagte Robert. »Wir sind verdammte Scheiße am Arsch. Schau dir das an. Ich meine, schau dir das an. Es ist vorbei. Wir sind am Arsch.«

Plötzlich spürte Edmund, wie Zorn in ihm aufstieg. Unvermittelt stürzte er sich auf Robert, der nach hinten fiel und ausgestreckt auf der Straße landete. Edmund setzte sich rittlings auf ihn, packte ihn am Kragen und zog sein Gesicht heran. »Du machst dir Sorgen um uns? Du kleiner schleimiger Scheißer? Wir haben gerade jemanden überfahren, und du machst dir Sorgen um uns?«

»Ich würde eher sagen, dass *du* gerade jemanden überfahren hast.«

Edmund sah rot. Er holte aus, ballte die Hand zur Faust und wollte sie ihm mitten ins Gesicht schlagen. Aber Tim packte ihn an den Schultern und zog ihn von Robert weg.

»O mein Gott.« Rachel.

»Was haben wir getan?« Pru.

Edmund sah sich um. Sie waren alle da, standen weit genug von der Frau entfernt, um sich einreden zu können, dass sie bloß ein Trugbild wäre, aber nahe genug, um zu wissen, dass das eben nicht der Fall war. Edmund konnte keinen Gedanken mehr fassen. Als hätte sich sein Verstand selbst gelähmt, als würde jeder Gedanke wehtun.

»Ist sie tot?«, fragte jemand. Pru, dachte er. Er konnte den Blick nicht von der Frau abwenden.

»Sie hat einen Koffer«, sagte Rachel und zeigte mit unsicherer Hand an der Frau vorbei. Ein Koffer lag, leicht geöffnet, auf dem Boden, Kleidungsstücke waren herausgequollen.

Tim trat näher heran.

»Was sollen wir machen?«, sagte Robert, der sich mühselig vom Boden aufrappelte.

»Jemand muss nachsehen«, sagte Tim, fast ruhig. »Ob sie noch lebt, ob wir sie in ein Krankenhaus bringen müssen.« Tim ging zu ihr und holte somit alle in die Wirklichkeit zurück. Das Gesicht der Frau war zum Glück von ihnen abgewandt, dann aber leuchteten Tims Augen auf (nicht auf eine gute Weise), während er um sie herumging und sie betrachtete. »Mein Gott«, sagte er. Er ging in die Hocke und legte ihr den Zeigefinger an den Hals.

Der Augenblick schien ewig zu dauern. Edmund sah zu Tim, der der Frau den Finger unters Kinn gedrückt hatte und wartete. Edmund wollte die Hoffnung nicht aufgeben, trotz allem. Das konnte nicht sein. So vieles hatte er noch erreichen wollen. Jetzt würde er die Welt verlieren, und die Welt würde ihn verlieren.

Tim zog die Hand weg und richtete sich auf. »Sie ist tot.«

Pru begann erneut zu schluchzen, Robert stöhnte, und Edmunds Welt begann sich zu drehen. Nur Tim und Rachel blieben vollkommen stumm und sahen sich an, wie sie es so oft taten. Sie führten stumme Zwiesprache und verständigten sich, wie das nur Zwillinge konnten.

Edmunds Beine gaben nach, er fiel nach hinten und landete auf dem Hintern. Tot. Sie war tot. Er hatte eine Frau überfahren, und sie war tot. Er war ein Mörder. Auf allen vieren kroch er an den Straßenrand und übergab sich erneut. Er hatte nichts mehr in sich. Was in diesem Bruchteil einer Sekunde geschehen war, würde ihn für immer bestimmen. Eine kleine Konzentrationslücke, und ein Leben war ausgelöscht und ein anderes zerstört. Was sollte er jetzt tun? Wohin konnte er noch? Er würde immer der

Mensch sein, der im betrunkenen Zustand eine Frau getötet hatte.

»Steh auf«, sagte Tim. Edmund sah auf. Tim stand über ihm und hielt ihm seine Hand hin. Dieselbe Hand, mit der er die Frau angefasst hatte. Edmund schüttelte den Kopf, also packte Tim ihn und zog ihn am Handgelenk hoch. »Reiß dich zusammen.«

»Zusammenreißen«, blaffte Edmund. »Kapierst du nicht, was hier geschehen ist? Oder bist du immer noch besoffen?«

Tim atmete ein und aus. Er strahlte eine Ruhe aus, die beinahe ansteckend war. »Ich weiß, was geschehen ist. Und ich bedaure es. Aber wir müssen darüber nachdenken, was jetzt passiert. Und das schnell. Auf der Straße ist nicht viel los, trotzdem wird früher oder später jemand aufkreuzen.«

»Wovon zum Teufel redest du?«, sagte Robert.

»Was jetzt passiert?«, sagte Pru und löste sich von Rachel. »Was jetzt passiert? Edmund hat eine Frau überfahren. Er ist weit über der Promillegrenze, und wir haben ihn fahren lassen. Wir sind alle schuldig. Was jetzt passiert? Wir werden alle im Knast landen.«

»Was?«, sagte Robert. »Edmund ist gefahren, nicht wir.«

»Halt den Mund, du Idiot«, sagte Edmund.

»Ja, du hast recht, Robert«, sagte Pru. »Aber du hast nichts unternommen, um ihn vom Fahren abzuhalten, oder? Du bist froh gewesen, dass er gefahren ist, weil du nach Hause wolltest.«

»Wir stecken alle in der Sache mit drin«, sagte Rachel.

»Ja«, sagte Robert und stellte sich vor Edmund. »Aber einige stecken tiefer drin als andere.«

Tim trat zwischen sie und schob Robert weg. »Wir dürfen nicht aufeinander losgehen. Wir haben alle gewollt, dass Ed fährt, also haben wir alle … Blut an unseren Händen. Aber jetzt müssen wir darüber nachdenken, wie wir damit umgehen wollen. Wollen wir wirklich, dass das das Ende ist? Denn das wäre es. Das Ende für uns alle. Egal, was wir uns erhofft, egal, was wir uns erträumt haben, das alles ist jetzt nicht mehr wichtig. Weil eine Frau so hirnverbrannt war, ohne jede Beleuchtung, ohne den geringsten Hinweis auf sich eine schmale Landstraße entlangzulaufen. Kapiert ihr das?«

Rachel nickte. Aber sie schien die Einzige zu sein, die es kapierte.

»Wovon zum Teufel redest du, Tim?«, sagte Pru und deutete zu der Frau auf dem Boden. Sie war kein Mensch mehr, sondern ein Leichnam. »Kapierst du nicht, was für einen Scheiß du hier absonderst? Das hier ist ernst.«

Tim sah zu ihr. »Ich weiß, dass es ernst ist. Und ich garantiere dir, ich begegne der Sache mit der angemessenen Ernsthaftigkeit.«

»Ernsthaftigkeit«, sagte Robert. »Oder Wahnsinn?«

Tim fuhr herum. »Manchmal, habe ich festgestellt, ist da kein Unterschied.«

Edmund trat vor Tim. »Tim, ich verstehe, was du sagen willst, aber die Sache ist nun mal passiert. Wir sind keine Verbrecher – zumindest nicht absichtlich. Ich weiß nicht, was du vorhast, aber ich glaube nicht, dass wir das hier einfach ignorieren können – ich jedenfalls kann es nicht. Ich habe diese Frau getötet, das wird mich mein Leben lang verfolgen. Ich muss mich stellen, ich muss die Konsequenzen tragen. Und selbst dann weiß ich nicht, wie ich damit weiterleben soll.«

Tim sah sie alle der Reihe nach an, sein Blick blieb an Rachel hängen. Rachel ging zu Edmund und nahm ihn zur Seite. Tim nahm sich die anderen beiden vor und redete so leise auf sie ein, dass Edmund ihn nicht hören konnte.

Rachel umarmte Edmund ganz fest. Am liebsten hätte er immer in dieser Umarmung bleiben wollen, aber dann war sie viel zu früh vorüber. »Ed«, sagte sie und hielt seine Arme fest, sodass sie sich immer noch nahe waren. »Du bist einer der freundlichsten und warmherzigsten Menschen, die ich kenne. Du bist kein Mörder. Was hier passiert ist, war ein Unfall – ein unglaublich tragischer Unfall. Aber ist es das wirklich wert, dass wir uns davon das Leben kaputt machen lassen?«

Edmund war fassungslos. »Du bist verrückt. Ihr beide, du und Tim. Jemand ist gestorben. Ich hab sie umgebracht. Du warst dabei. Du hast es gesehen, du hast es gespürt. Du hast gespürt, wie etwas in uns zerbrochen ist. Davon gibt es kein Zurück mehr. Es gibt kein Zurück mehr von dem, was wir getan haben.«

»Aber was wäre denn, wenn es ein Zurück gäbe?«, sagte Rachel. »Würdest du die Chance dann nicht nutzen wollen?«

»Ich hab es doch schon gesagt. *Nein!* Wir müssen die Polizei rufen.«

»Ed, denk an dein Leben. Denk an unser Leben. Denk daran, was wir alles erreichen, wie viel Gutes wir tun können. Wir können Positives zur Gesellschaft beitragen. Ich werde Psychologin, weil ich den Menschen helfen möchte. Du und Tim, ihr werdet Physiker, ihr werdet uns intellektuell alle in die Tasche stecken. Pru wird Sachen bauen, von denen wir nicht einmal träumen können, und Robert Dinge schreiben, die wir uns nie vorstellen konnten. Wir werden den anderen so vieles zu geben haben.

Und das hier ... das hier ist eine schreckliche Sache. Aber reicht das aus, um einfach alles wegzuwerfen? Die Welt wird etwas verlieren, mit ihr und mit uns.« Hatte er vor wenigen Minuten das nicht auch gedacht? »Es reicht doch, wenn ein Mensch bei dieser Sache stirbt, es müssen nicht wir alle sein. Es ist hart, Ed, es ist schrecklich hart, aber was ist das nicht? Trotz dieser Sache können wir immer noch etwas für uns aufbauen, und so leid es mir auch tut, dass sie tot ist, aber Tim hat recht, sie war ohne Licht und ohne reflektierende Kleidung auf der Straße unterwegs. Es war nicht allein deine, nicht allein unsere Schuld. Zum Teil war auch sie schuld. Tu das nicht ab, nur weil sie jetzt nicht mehr dafür geradestehen kann.«

Edmund spürte die Tränen, die ihm über die Wangen liefen. Rachel umarmte ihn, fester noch als zuvor. »Du bist einer der tollsten Menschen, die ich kenne, Edmund Sunderland«, flüsterte sie ihm ins Ohr. »Bitte, verlass mich nicht.« Sie veränderte ihre Stellung, bevor sie ihn auf die Lippen küsste. Und das war es dann. Edmund war ihr bedingungslos ergeben. Sie löste sich, fuhr mit dem Finger über seine Wangen und wischte ihm die Tränen weg. »Okay?«

Edmund konnte immer noch nichts sagen. Er konzentrierte sich darauf, nicht mehr zu weinen. Er verstand nicht, wie sie nicht weinen konnte. Aber sie war eben stärker als er – das waren sie immer schon gewesen, die Claypath-Zwillinge. Sie waren diejenigen, zu denen man aufblickte, immer schon. Und jetzt boten sie eine Zukunft, die noch im Unbestimmten lag. Wer konnte da schon Nein sagen? Langsam nickte er.

Rachel lächelte, trotz allem. Sie nahm ihn an der Hand und führte ihn zu den anderen zurück. Tim sah zu der Frau, Pru und Robert schienen sich leise zu streiten. Sie verstummten, als sie Rachel mit Edmund sahen.

»Also, wie sieht der Plan aus?«, fragte Rachel.

»Er ist verrückt geworden«, sagte Pru und deutete auf Tim. »Er ist total verrückt geworden.«

»Der Plan?«, wiederholte Rachel.

»Ich stimme ihr zu, absolut durchgeknallt«, sagte Robert.

»Seid still«, sagte Rachel, ließ Edmund los und hob die Hand, um Pru und Robert zum Schweigen zu bringen. »Wie sieht der Plan aus?«

»Das Hamlet«, sagte Tim und kam zu ihnen. »Wir müssen sie irgendwo hinbringen, damit wir nachdenken können, was wir mit ihr machen.«

»Und wie sollen wir sie ins Hamlet schaffen, Einstein?«, fragte Robert ein wenig zu laut.

»Amber«, antwortete Tim leise.

»Was?«, kam es von dreien gleichzeitig – es spielte keine Rolle, von wem genau.

Tim sah sie der Reihe nach an.

Robert hob die Hände. »Das ist total gaga, Tim.«

»Ach ja?«

»Ja«, bekräftigte Robert schließlich.

»Lass ihn doch erst mal ausreden, okay?«, sagte Rachel. »Tim, bitte, was hast du vor?«

Tim nickte. Er war froh um ihre Anwesenheit, und hatte deswegen gleichzeitig ein schlechtes Gewissen. »Amber ist im Hamlet. Die Ackers sind alle verreist, sie haben ihr aber den Schlüssel gegeben, damit sie den Hamster füttern kann. Also hat sie beschlossen, dass sie gleich ganz da wohnen könnte. Sie wird uns helfen. Wir können dort erst mal unterkommen, wir können die Leiche verstecken, bis wir wissen, was wir damit machen sollen. Was anderes haben wir im Moment nicht.«

»Wir wollen sie wirklich in die Sache einweihen?«, fragte Robert. »Ich meine, wir sind nicht unbedingt die Scooby-Doo-Gang, aber so richtig gehört sie nicht zu uns. Woher wollen wir wissen, dass uns die Tussi nicht bei erstbester Gelegenheit verpfeift?«

»Weil sie auf mich steht«, sagte Tim. »Und so leid mir das auch tut, aber im Moment sollten wir das ausnutzen.«

Pru gab einen abschätzigen Laut von sich. »Mal ganz davon abgesehen, ob wir uns auf die verknallte Tussi verlassen, wollen wir wirklich das Hamlet – unseren Lieblingstreffpunkt – mit einer Leiche beehren?«

»Hat jemand eine bessere Idee?«, fragte Tim. Alle schüttelten den Kopf – sogar Pru. »Gut, sie hat einen Koffer dabei, wir können daher annehmen, dass sie vom Bahnhof kam. Das heißt, sie wohnt hier nicht. Das wiederum heißt, keiner wird sie suchen, zumindest nicht in nächster Zeit. Wir haben Zeit, um uns was zu überlegen. Wir schaffen das, okay. Also, Edmund, hol den Koffer – und achte darauf, dass du alles wieder reinstopfst, was rausgefallen ist. Rachel und Pru, sucht im Wagen nach Dingen, mit denen wir den Kofferraum auslegen können. Decken, Plastiktüten, Papier, was auch immer. Vielleicht gibt es auch noch Wasserflaschen oder etwas anderes Flüssiges – irgendwas, womit wir das Blut auf der Straße wegspülen können. Wir müssen nicht jeden Tropfen entfernen, aber zumindest so viel, damit es nicht auffällt. Der Verkehr in den nächsten Tagen wird schon für den Rest sorgen, vielleicht regnet es ja sogar. Robert« – er wandte sich an ihn –, »du und ich, wir müssen die Frau in den Kofferraum schaffen.«

Robert wirkte gekränkt und wütend. Er wollte etwas sagen, aber Tim legte ihm kurz entschlossen die Hand auf den Mund. »Wir hängen alle mit drin, Rob. Wir alle. So war es immer, so wird es immer sein. Wir brauchen jeden hier. Jeden mit seinen individuellen Stärken. Es gibt keine Schwachstellen. Nur zusammen sind wir großartig. Und du weißt, was das heißt? Das heißt, wenn du an der Reihe bist, dann bekommst du die Scheißjobs ab. Bist du noch mit dabei?«

Robert überlegte, dann nickte er.

»Gut«, sagte Tim lächelnd. Edmund wusste nicht, wie Tim in einer solchen Situation überhaupt lächeln konnte, aber er musste zugeben, dass es ihm danach besser ging. Tim nickte allen zu, dann teilten sie sich auf. Edmund war Tim unendlich dankbar dafür, dass er nicht die tote Frau ins Auto schaffen musste – die tote Frau … jetzt schien alles Wirklichkeit zu sein. So war das, wenn man sich um ein Problem kümmern musste. Zuerst musste man akzeptieren, dass es ein Problem war. Das war die Frau jetzt also – ein Problem? Nein, Edmund würde nicht vergessen, dass sie ein Mensch war, ein richtiger Mensch. Die Frau oder Freundin von jemandem, jemandes Tochter, vielleicht sogar jemandes Mutter (hier drehte sich ihm wieder der Magen um). Sie war nur zur falschen Zeit am falschen Ort gewesen – genau wie er. Wäre es andersherum, wäre er tot, würde er dann wollen, dass das Leben der Frau kaputt gemacht würde nur wegen eines einzigen kleinen Fehltritts? Er glaubte nicht – es würde an dem, was geschehen war, doch nichts mehr ändern, er würde nicht wieder lebendig werden, nein, er würde also wollen, dass sie ihr wunderbares Leben fortsetzte.

Er ging zum Koffer, der herausziehbare Handgriff war zerbrochen, der Koffer selbst stand nur halb offen und schien nicht so kaputt zu sein, wie er zunächst gedacht hatte. Er zog den Reißverschluss auf und sammelte die Sachen auf der Straße ein, unter anderem Teile ihrer Unterwäsche – es war ihm peinlich, die Intimwäsche einer Toten anzufassen. Aber alles in allem war das nicht das Schlimmste, was er am heutigen Abend getan hatte. Er warf den Handgriff darüber und zog den Reißverschluss zu. Mit dem Koffer auf den Armen lief er noch einige Meter die Straße ab, um sich zu vergewissern, dass er nichts übersehen hatte.

Dann schaute er zum Wagen und wünschte sich sofort, es nicht getan zu haben. Tim und Robert schleppten die Tote – Tim hatte sie an den Schultern gefasst, Robert an den Beinen. Ihr Kopf rollte leblos auf der Brust hin und her, aus der Stirn lief nach wie vor Blut und tropfte ihr auf die Brust. Tim und Robert wollten es so schnell wie möglich hinter sich bringen und rannten fast zum Wagen. Rachel stand am offenen Kofferraum, den sie mit einigen Decken ausgelegt hatte – einigen der Lieblingsdecken seiner Mutter. Es war ihm egal.

Nachdem Tim und Robert sie in den Kofferraum gehievt hatten, kam Pru mit Flaschen angelaufen, Lucozade und Coke. Edmund war froh, dass er es nur selten schaffte, seine Karre auszuräumen, und es ihm noch seltener gelang, seine Getränkeflaschen auszutrinken. Sie blieb bei jedem Blutfleck stehen und goss etwas Flüssigkeit darüber. Bei der größten Blutlache – wo die Frau gelegen hatte – verbrauchte sie eine ganze Flasche Wasser und eine halb volle Coke. Die leere Flasche unter den Arm geklemmt, wischte sie mit einem Lumpen das Blut weg. Es blieben nur nasse Flecken zurück, die irgendwie rot aussahen, aber eher an ein verschüttetes Getränk erinnerten und nicht an Blut. Zum Glück gab es nicht so viele davon, sodass sie kaum auffielen. Edmund sah dort zwar nur Blut, ein anderer würde allerdings wahrscheinlich keinen zweiten Blick darauf werfen, schon gar nicht, wenn er mit siebzig Stundenkilometern unterwegs war. Und wenn jemand dort wirklich Blut sehen sollte, würde er vermutlich auf einen Dachs oder ein Kaninchen tippen, die von einem Fahrzeug erfasst worden waren. Das passierte häufig auf dem Land.

Es könnte funktionieren.

Edmund ging zum Wagen. Pru gesellte sich zu den anderen, die um den offenen Kofferraum standen und die Tote betrachteten. Edmund verstand nicht, warum. Abgesehen davon, dass es ihm furchtbar leidtat, wollte er mit der Toten nichts zu schaffen haben. Was ihm nur noch mehr Gewissensbisse bereitete. Tim und Robert hatten sie anfassen, hatten seine Sauerei wegräumen müssen.

Wir hängen alle mit drin. Wir alle. So war es immer, so wird es immer sein. Wir brauchen jeden hier. Jeden mit seinen individuellen Stärken. Es gibt keine Schwachstellen. Nur zusammen sind wir großartig.

Das hatte Tim zu Robert gesagt, er wollte daran glauben. Es stimmte schon, sie alle steckten in Schwierigkeiten. Vielleicht waren ihre Schwierigkeiten nicht mit seinen vergleichbar, trotzdem war es so. Ließ man jemanden ans Steuer, von dem man wusste, dass er fahruntüchtig war, war das fast genauso ungesetzlich, als würde man selbst fahren. Trotzdem war er allen unendlich dankbar. Es würde sich nie so anfühlen, als hätte nicht er die Straftat begangen – jedenfalls nicht für ihn –, trotzdem waren alle da, um ihm zu helfen.

Edmund hörte ein Rascheln in einem Busch am Straßenrand. Die Pflanze war durch die Steinmauer gewachsen, die das dahinterliegende Feld umgab. Ein braunes Kaninchen saß unter dem Busch und beobachtete ihn, seine Nase hüpfte auf und ab – es witterte, während es mit seinen schwarzen glänzenden Knopfaugen Edmund beobachtete. Ein Zeuge, von dem er nichts zu befürchten hatte.

Aber unter dem Blick des Kaninchens erfasste ihn eine Welle der Scham. Was hatte er nur getan?

»Es tut mir leid«, sagte er zu dem Kaninchen. Er wusste nicht, warum. Als er sich in Richtung Wagen in Bewegung setzte, raschelte es wieder, die Zweige schwankten, und das Kaninchen war fort, war auf das Feld und in eine hellere Zukunft zurückgekehrt. Es wollte mit dem Ganzen hier nichts zu tun haben, wer konnte es ihm verdenken? Diese Finsternis gehörte ihm, Edmund, allein, gehörte ihnen allen, von nun an würden sie immer damit leben müssen. Selbst Tim war sein sonst so überbordender Optimismus vergangen. Pru und Rachel sahen aus, als würden sie jeden Moment in Tränen ausbrechen, und Robert, als würde er jeden Moment durchdrehen.

»Was?«, sagte Edmund. Eine neue Kälte kroch in seinen Kopf. Der Wind schien stärker zu werden. Sie traten zur Seite, damit er ebenfalls in den Kofferraum sehen konnte.

Dort lag die Frau in ihrem Regenmantel, die Gliedmaßen waren nicht minder verdreht als vorher. Blut verklebte ihre Haare, die ihr aber nicht mehr ins Gesicht hingen. Er konnte jetzt ihr Gesicht sehen. Mit einem Mal war alles ganz anders.

Sie betrachteten sie im engen Kofferraum. Eine Frau, zerschlagen, blutend aus den Schnitten im Gesicht. Es war real. Es war wirklich geschehen.

»Gut«, sagte Tim. »Bringen wir sie ins Hamlet.«

Er schloss den Kofferraum.

59

Drei Jahre zuvor …

Sie parkten hinter dem Hamlet, so nah am Lokal, wie es möglich war. Marsden schlief, alles war still und dunkel, keiner beobachtete sie. Gott sei Dank. Wäre der Unfall tagsüber geschehen, säßen sie bereits in einer Zelle. Tim hatte gesagt, Edmund solle nicht mehr fahren – wegen des Schocks –, nach einem kurzen Blick in die Runde sah es aber so aus, als wäre Edmund immer noch die beste Wahl. Alle anderen waren nach wie vor viel zu betrunken. Irgendwie, dachte Edmund, war er selbst nie nüchterner gewesen. Er würde die letzten fünfzehn Kilometer auch noch hinter sich bringen, immer ein Stück unterhalb der zulässigen Höchstgeschwindigkeit. Also fuhr er.

Die Fahrt verlief reibungslos.

Das Geräusch. Als sie auf der Straße aufgeschlagen ist.

Edmund versuchte, nicht daran zu denken. Tim sagte, er wolle mit Amber reden, er wolle ihr alles erklären, dafür sorgen, dass sie einsah, wie vernünftig ihre Idee war. Er schien zuversichtlich, schüttelte alle »Was, wenn du es nicht schaffst?«-Kommentare von Robert und »Was, wenn sie die Polizei ruft?«-Fragen von Pru ab. Er sagte nur, er würde das hinkriegen. Er stieg aus und verschwand in der Nacht.

Er war lange fort. Edmund ließ die Hände auf dem Lenkrad. Ließ er es los, begannen sie, unkontrolliert zu zittern. Sogar jetzt zuckten sie hin und wieder.

Er hatte das Gefühl, tot zu sein – als wäre er selbst die Person, die am Straßenrand gestorben war. Dann wurde ihm klar, dass er sich keineswegs so fühlte, als wäre er gestorben. Er wünschte es sich nur.

Keiner im Auto sagte etwas. Keiner atmete auch nur laut. Edmund schloss die Augen und fühlte sich allein – in vielerlei Hinsicht war er das auch. Er hätte den anderen so etwas wie Liebe entgegenbringen sollen. Den anderen, die mit ihm diese Tortur durchstanden. Aber aus irgendeinem Grund hatte er keine Liebe in sich. Er hatte Angst vor ihnen. Vor ihnen allen. Und am meisten wahrscheinlich vor Tim.

Das Radio plärrte los. Edmund schlug die Augen auf. Robert hatte sich vorgebeugt und es angestellt. Einige Rockmusik-Takte ertönten, bevor Pru dankenswerterweise das Gerät ausstellte. Robert protestierte nicht. Die gesamte Kommunikation lief schweigend ab, brachte aber mehr zum Ausdruck, als sie mit Worten hätten jemals sagen können.

Nach einer gefühlten Ewigkeit tauchte Tim aus der Nacht auf und öffnete die Beifahrertür. »Los.«

Sie stiegen alle aus. Edmund als Letzter. Noch jemand erschien in der Dunkelheit.

Amber.

Sie machte weder einen verängstigten noch einen sonst wie besorgten Eindruck. Sie wirkte völlig gleichgültig. Sie sagte nichts, sondern kam einfach zu ihnen.

Tim öffnete den Kofferraum und verzog bei dem Anblick, der sich ihm bot, leicht das Gesicht. Vielleicht hatte er wie Edmund gehofft, dass sich die Frau in Luft aufgelöst hätte, dass sie zu einer kollektiven Halluzination geworden wäre. Aber nein, sie war noch da.

Amber zog einen Schlüsselbund heraus und sperrte den seitlichen Lieferanteneingang des Hamlet auf. Tim und Robert brachten die Tote hinein – die Decken waren über sie gebreitet, damit nicht auf Anhieb zu erkennen war, was sie schleppten. Amber und Rachel schalteten vor ihnen das Licht an. Als Rachel die Lichter im Gastraum anstellen wollte, blaffte Amber ein wütendes »Nein«. Rachel zuckte zusammen. »Wir schaffen sie in den Keller. Dort unten können wir alle Lichter anmachen, keine Sorge. Vielleicht sogar den Kamin.« Rachel nickte, obwohl sie es nicht gewohnt war, dass jemand, der nicht zu ihnen gehörte, ihr Anweisungen erteilte. Edmund, der ihnen mit dem Koffer unter dem Arm folgte, und Pru, die leise vor sich hin murmelte, hatten noch nie erlebt, dass Rachel so angeblafft wurde, hatten nie mitbekommen, dass auch nur ein böses Wort an sie gerichtet worden war. Sie waren regelrecht geschockt.

Statt die Lichter anzumachen, stellte Rachel die Taschenlampe an ihrem Handy an und richtete den Lichtstrahl auf die steile Treppe. Langsam tasteten sich Tim und Robert nach unten, Tim ging dabei rückwärts. Unwillkürlich bewunderte Edmund, wie trittsicher er war. Die anderen folgten ihnen, als Letzte Amber, die anschließend die Kellertür verriegelte.

Rachel schaltete die Lichter an. Tim und Robert manövrierten um die Tische herum (jemand hatte seit ihrem letzten Besuch den Keller umgeräumt, sodass die Tische jetzt wieder einzeln standen) und legten die Tote vor dem Kamin auf den Läufer. Die beiden richteten sich auf, und Robert stieß einen Schrei aus. Auf seinem Mantel zeichnete sich ein großer Blutfleck ab. Sofort riss er sich das Kleidungsstück herunter und warf es neben die Tote auf den Boden.

»Mein Gott«, sagte Robert.

Amber sah die Frau jetzt zum ersten Mal. Edmund beobachtete sie. Jeder andere wäre beim Anblick der Toten zusammengezuckt, hätte sich übergeben, wäre ohnmächtig geworden. Nicht Amber. Sie betrachtete sie nur neugierig, ihre Augen flackerten im Licht. Und dann, das Seltsamste überhaupt, lächelte sie.

Angewidert sah Edmund weg.

»Können wir den Kamin anmachen?«, fragte Tim. »Mir ist eiskalt.«

»Ich übernehm das«, sagte Rachel und machte sich an die Arbeit. Bald darauf züngelten die ersten Flammen.

Sie standen alle um die Tote herum und wussten nicht, was sie tun sollten. Blut sickerte bereits durch die Decken in den Läufer, der unglaublich dick war und alles aufsog.

Amber hatte sich in die entfernte Ecke zurückgezogen und sah wie eine neugierige Unbeteiligte zu. Es war klar, sie würde nichts zum Gespräch beitragen, würde ihnen aber auch nicht in die Quere kommen.

»Genau«, sagte Pru. »Was zum Teufel machen wir jetzt?«

»Wir müssen eine Möglichkeit finden, um sie, ähm, zu entsorgen«, sagte Tim.

Wieder dachte Edmund, wie leicht seinem Freund solche Sätze über die Lippen kamen. Vielleicht gab es eine andere Seite an Tim, die nie jemand gesehen hatte. Ja, es hatte ihm immer Spaß gemacht, Probleme zu lösen, aber konnte das wirklich auch auf diese Situation zutreffen? Wie schlimm mussten die Probleme werden, bevor er aufsteckte?

»Mein Gott, Tim«, sagte Pru, die offensichtlich mit Edmund einer Meinung war. »Kannst du das nicht irgendwie weniger gruselig sagen? Wie wär's mit ›sie loswerden, sie verschwinden lassen‹ ... Nein, es hört sich alles gleich übel an.«

»Ich stelle mich bloß der Wirklichkeit«, sagte Tim mit der gleichen kalten Stimme, die er seit dem Unfall draufhatte. »Ich sehe, was uns bevorsteht, und überlege mir, wie wir die Sache lösen können. Wir können die Uhr nicht zurückdrehen, wir können es nicht ungeschehen machen. Es ist passiert als Folge unserer Handlungen ...« Trotz seiner Angst fühlte sich Edmund ihm nahe, als er von »unseren Handlungen« sprach. »Die Frau ist tot. Diese Frau, die zufällig auf der Straße unterwegs war, als wir im Wagen an ihr vorbeigefahren sind. Unsere Welt ist jetzt eine andere, egal, was noch geschieht. Wir können nicht mehr zu dem Zeitpunkt zurück, bevor es passiert ist. Nichts, was wir tun, wird daran irgendetwas ändern. Unsere Welt ist eine andere geworden. Ich versuche nur, sie etwas freundlicher zu machen.«

»Aber wie?«, fragte Edmund. »Wie können wir jemals wieder dieselben sein wie zuvor? Denn ... sie ist tot. Sie ist, verdammte Scheiße, tot. Und nur wegen mir.« Edmund begann wieder zu weinen.

»Nein«, sagte Robert mit steinerner Miene. »Wegen uns. Wir alle waren es.«

»Gehen wir rauf«, sagte Tim. »Setzen wir uns in einen der hinteren Räume, besorgen Edmund was zu trinken, dann reden wir darüber, wie es jetzt weitergeht.«

Rachel nickte. »Wir werden nicht weit kommen, wenn wir immer nur sie anstarren – die Tote, meine ich.«

»Das ist so abgefuckt«, sagte Pru. »Ich träume, oder? Das ist ein beschissener Albtraum.«

Edmund blickte zur Frau. Das Bild, das er jetzt sah, würde sich immer in sein Gedächtnis brennen. Wie sie hier vor dem Kamin lag. Das Blut aus der Wunde an der Stirn, das allmählich gerann. Die verdrehten Beine.

»Edmund«, sagte jemand. Tim.

Er sah sich um. Alle sahen ihn besorgt an. Sie sollten verdammt noch mal besorgt sein. Er hatte ... Mein Gott.

»Edmund«, wiederholte Tim. »Gehen wir nach oben. Und denken wir nach.«

Er wollte von der Toten fort. Also nickte er. Insgeheim wollte er aber auch bleiben. Das hast du getan, zwitscherte eine leise Stimme in seinem Kopf. Das hast du getan, und jetzt willst du davonlaufen? Was gibt dir das Recht dazu?

Edmund achtete nicht auf die Stimme und ließ sich von Tim nach oben führen. Pru, Robert und Rachel folgten. Amber wartete. Sie hörte, wie die anderen die Tür hinter sich schlossen, dann ging sie zur Toten und betrachtete sie fast mit so etwas wie Bewunderung. »Wie fühlt es sich an?«, flüsterte sie und wünschte sich, die Frau könnte antworten. »Wie fühlt es sich an, wenn einem alle Knochen im Leib gebrochen werden? Wie fühlt es sich an, ohne Hoffnung zu sein?« Sie warf ein weiteres Scheit in den Kamin und rückte den Feuerschirm davor. Dabei fuhr sie mit den Handgelenken über die Augen der Frau, die sich unmerklich rührten. »Wie fühlt es sich an, wenn man tot ist?«

Amber zuckte mit den Schultern. »Wohl ziemlich scheiße, wenn man an deiner Stelle ist.« Sie lächelte.

Sie nahm zwei Stufen auf einmal und blieb oben vor der Tür stehen – wo der Raum unten nicht mehr zu sehen war.

Ein Rascheln. Amber lauschte, war sich noch nicht mal sicher, ob sie überhaupt etwas gehört hatte – vielleicht war es auch nur das Knistern des Feuers gewesen. Sie wartete noch etwas, hörte nichts mehr und schloss hinter sich die Tür.

Niemand sah, dass die Frau vor dem Kamin die Augen aufgeschlagen hatte.

Ihr rechter Zeigefinger zuckte.

60

Drei Jahre zuvor …

Die letzte Person. Ein schwarzer Hund und ein Pferdekopf. Warum hatte sie sich daran erinnert?

Weil sonst … nur Finsternis war.

Schmerzen. Überall. In den Armen. Sie spürte ihre Arme nicht. Sie versuchte, sie zu bewegen. Der linke zuckte, aber der rechte war nicht da. Oder, er war schon da, aber er bewegte sich nicht. Ihre Beine – nichts, keine Bewegung.

Ihr war heiß, glühend heiß. Eine Hitze wie ganz in der Nähe eines offenen Feuers. Oder Kamins. Sie versuchte, die Augen aufzuschlagen. Das linke ging auf, aber das rechte brannte wegen irgendwas, einer roten Flüssigkeit, die hineinfloss. Sie roch sie – Blut. Auf dem linken Auge sah sie verschwommen, sie konnte nichts fixieren. Aber als sie blinzelte, wurde alles allmählich schärfer.

Verwirrung. Was war geschehen? Wo war sie? Woran erinnerte sie sich als Letztes? Zug. Ein Zug – sie war in einem Zug. Aber sie stieg doch aus, oder? Ja, sie war unterwegs. Zu Fuß. Es war dunkel. Etwas hatte keinen Strom mehr, und es wurde noch dunkler. Ihr Handy. Und dann, ein Geräusch. Das Geräusch eines … eines Fahrzeugs. Mein Gott, es hatte sie angefahren … und dann … war sie auf dem Boden aufgeschlagen. Sie hatte gedacht, sie wäre gestorben, aber … jetzt war sie hier.

Noch mal blinzeln, der Raum rückte in den Fokus. Ein Kellerraum – Tische, ein Kamin, Stühle, ein Läufer, auf dem sie lag.

Alles tat weh. Ihr Weiterleben war etwas, wofür sie zu

kämpfen hatte. Sie streckte einen Arm aus und tastete die Umgebung ab. Harter, kalter Boden, aber noch etwas. Etwas Weiches. Sie packte es und zog es heran, damit sie es sehen konnte.

Ein Mantel. Nichts, was ihr helfen würde.

Eine überwältigende Traurigkeit überkam sie. »Hilfe«, rief sie, brachte aber nur einen leisen, gurgelnden Ton zustande. Dann schloss sie den Mund.

Warum war sie nicht in einem Krankenhaus? Warum hatte man sie nicht gefunden? Es sei denn – derjenige, der sie angefahren hatte, hatte sie hierhergebracht. Und wenn das der Fall war, wollte sie ihn nicht auf sich aufmerksam machen.

Wie kam sie hier raus? Sie spürte ihre Beine nicht – an Gehen war nicht zu denken, vom Laufen ganz zu schweigen. Sie bewegte den Kopf, um sich umzusehen. Stufen. Stufen – sie konnte nicht hinaufgelangen. Sie saß hier fest.

Und Hilfe rufen? Sie konnte nicht rufen, aber vielleicht fand sie etwas, mit dem sie eine Botschaft verschicken konnte. Vielleicht ... wie hießen diese Dinger? Ein Handy, ja, ein Handy.

Der Mantel.

Wieder streckte sie die Hand aus und zog den Mantel noch näher zu sich. Sie betastete ihn, ohne zu erwarten, dass sie etwas finden würde. Aber da war etwas – in einer Tasche. Etwas Rechteckiges, Festes. Sie zog am Reißverschluss, jedes Mal kam aber der ganze Mantel mit. So funktionierte es nicht, wenn sie den Mantel nicht irgendwie festhalten konnte.

Ein Handy. Sie wusste, dass es ein Handy war. Aber wegen des verdammten Reißverschlusses kam sie nicht ran. Das Handy war für sie gleichbedeutend mit sofortiger Rettung – sie musste es nur benutzen, und schon würde die

Polizei eintreffen und ein Arzt und Sanitäter, die sich um sie kümmerten und alles wieder heil machten.

Wieder zerrte sie am Reißverschluss, mit demselben Ergebnis. Wie sollte sie …? Ihr fiel etwas ein. Sie zog den Mantel heran, sodass er vor ihrem Gesicht war und sie den Raum gar nicht mehr sehen konnte. Zog den Stoff so nah heran, wie sie konnte, und biss in eine Ecke der Tasche. Sie zog am Reißverschluss, der Stoff hielt. Die Tasche ging auf. Sie schob die Hand hinein und holte das Handy heraus.

Eine Welle der Erleichterung durchströmte sie. Das war es. Mehr brauchte sie nicht.

Sie tippte darauf. Gott sei Dank war es nicht passwortgeschützt. Sie tippte auf das Telefon-Icon und versuchte, den Notruf 999 zu wählen. Aber ihre Finger gehorchten nicht. Aus der Neun wurde immer eine Acht oder eine Sechs. Sie versuchte es noch einmal – immer wieder, mit dem gleichen Ergebnis. Dann ein letztes Mal, jetzt war es sogar schlimmer als zuvor – 856.

Etwas tat sich über ihr. Das Gebäude knarrte. Als wäre jemand da. Als würde er auf sie warten. Ein Ungeheuer, das sich Zeit ließ, bevor es kam, um sie zu verschlingen. Sie dachte an alle Ungeheuer, vor denen sie als Kind Angst gehabt hatte. Das Ungeheuer unter dem Bett, das Ungeheuer im Schrank, das Ungeheuer im Keller des Hotels in Skegness, in dem sie übernachtet hatten. Das Wesen über ihr vereinte in ihrer Vorstellung alle diese Ungeheuer in sich.

Sie durfte keine Zeit verschwenden, indem sie drei Ziffern einzutippen versuchte. Das hieß, sie konnte definitiv nicht Robins Nummer wählen … Robin … Robin war …? Also tippte sie einfach auf das Telefon-Icon und sah einen Namen ganz oben auf der Liste der letzten Anrufe.

Matthew McConnell.

Nur ein Name. Es gelang ihr, darauf zu drücken.

Sie hielt sich das Gerät ans Ohr.

Es wählte. Knistern. Rauschen. Klar, sie war in einem Keller. Kein Signal oder ein sehr schwaches Signal. Dann:

»... Hallo ...«

»Hallo«, flüsterte sie heiser.

»... wer ... ist da ...«

»Matthew ... McConnell?«

»... ja, wer ist da ...«

»Ich bin es, Sam.«

»Sam ...?«

»Sam Ferringham. Bitte helfen Sie mir. O mein Gott.«

»... wer ...«

Sie konnte ihn kaum hören. Sie musste ihm sagen, wo sie war. Sie bemühte sich, den Kopf zu heben, um Orientierungspunkte in der Landschaft zu erkennen, bis ihr einfiel, dass sie ja in einem geschlossenen Raum war. Sie konnte den Kopf nicht weit bewegen, bis etwas in ihrem Nacken knackte. Sie schrie vor Schmerzen auf und ließ es bleiben. Dann sah sie zum Kamin, soweit es ging. Zwei Ungeheuer sahen auf sie herab.

»Da ist ein ... schwarzer Hund ...«

»Was ... wovon reden Sie?«

»Ein schwarzer Hund ... und ein Pferdekopf.«

»Ein schwarzer ... und ... Pferde... was?«

»Der ... wer immer da oben ist ... der Pferdekopf ... kommt zurück.« Sie verstümmelte den Satz, hatte aber nicht die Kraft, ihn richtig zusammenzusetzen.

»Sind Sie in Gefahr?«

»Finde ihn ... finde Robin Ferringham ... wenn ... jemals ...«

»Was?«

»In Schwierigkeiten.« Sie wollte sagen, *ich bin in Schwierigkeiten*. Sie wollte Robin. Sie brauchte Robin.

Jetzt, das wusste sie. Robin war ihre Liebe. Warum hatte sie ihn jemals verlassen, warum war sie zur Arbeit weggefahren? Warum hatte sie nicht mehr Zeit mit ihm verbracht? Das würde sie jetzt bedauern.

Sie konnte sich nicht auf das Gespräch konzentrieren. Sie wusste noch nicht einmal, ob es so lief, wie sie es sich dachte. »*Warten Sie*, Clatter… Clatteridges, 19.30 Uhr, 18. August 1996.« Warum sagte sie das? Was hatte das mit alldem hier zu tun? Es war, als hätte sie sich in zwei unterschiedliche Personen aufgespalten. Die eine, die handelte, und die andere, die dachte. Die eine, die handelte, tat das doppelt so schnell wie die andere, die dachte.

»*Warten Sie!*«

»Hallo?«

Die Stimme am anderen Ende. Aber sie hörte etwas. Ein neues Geräusch von oben. Eine Tür, die aufging.

Sie beendete das Gespräch.

Tür. Dann Knarren. Treppe. Sie drückte das Handy in ihre Hand, damit es nicht zu sehen war.

Sie strengte sich an, damit sie mehr sah, sie wollte ihrem Ungeheuer wenigstens in die Augen schauen. Aber was sie sah, hatte sie nicht erwartet. Eine junge Frau. Hübsch. Sie sahen sich an. Als die Schmerzen zu viel wurden, schloss sie die Augen.

»Scheiße«, sagte das Mädchen und rannte nach oben.

Wieder die Tür. Sie bewegte sich wieder, damit sie das Handy sehen konnte. Sie musste es loswerden. Aber dann … Schnell, unter Schmerzen, nahm sie es ans Ohr. Und rief noch mal an. Als sie fertig war, drückte sie auf den roten Button und schleuderte es, ohne darüber nachzudenken, so weit von sich, wie sie konnte. Sie hörte es über den Boden schlittern und gegen etwas prallen. Das war eines der letzten Geräusche, die sie hörte.

61

Drei Jahre zuvor ...

»Sie lebt noch.« Amber stürzte ins Hinterzimmer und knallte die Hände auf den Tisch. »Sie ist verdammte Scheiße noch am Leben.«

»Was?« Edmunds Herz machte einen Satz.

»Schwach, aber sie lebt noch. Sie hat was gemurmelt.«

Edmund stand auf. »Wir müssen einen Krankenwagen rufen. Schnell.«

Sie hatten sich darüber unterhalten, wie sie die Tote verstecken wollten. Nach Ambers Vorschlag waren sie alle zu demselben Schluss gekommen. Die Bodendielen im Keller waren locker. Sie wollten sie herausnehmen, eine Grube ausheben, die Leiche mitsamt Koffer hineinpacken, das Loch zuschütten und die Dielen darüberlegen. Eine Tote unter dem Hamlet. Ihr Lieblingslokal wäre damit ruiniert, aber sie wollten es nicht riskieren, die Tote noch mal aus dem Haus zu schaffen. Selbst wenn die Leiche gefunden würde, was so gut wie ausgeschlossen war, wer konnte dann sagen, dass sie sie umgebracht hatten? Die Verdachtsmomente würden zunächst auf die Lokalbesitzer fallen. Alles paletti – die Gruppe hatte ja keinen Schlüssel für das Lokal. Es war vielleicht bedauerlich, wenn andere ihretwegen in Verdacht gerieten, aber mehr würde nicht passieren. Es gab keinerlei Beweise gegen sie. Und wie gesagt, das alles traf nur auf den sehr unwahrscheinlichen Fall zu, dass die Leiche überhaupt gefunden würde.

Amber schien sich überhaupt keine Sorgen zu machen, dass der Verdacht bei diesem Szenario vielleicht auf sie fallen könnte. In Wahrheit schien sie einfach nur zufrieden zu sein, dass sie mitmachen durfte. Edmund betrachtete sie mit angewiderter Faszination. Sie nahm alles unglaublich ungerührt hin. Viel zu ungerührt. War sie von Tim so besessen, dass sie alles für ihn tun würde? Sie war jemand, auf die man sich jederzeit hundertprozentig verlassen konnte, jeder Typ wünschte sich so was – bis sie den Spieß umdrehte und einen umbrachte. Dazu war sie fähig, Edmund zweifelte nicht daran.

Aber die Frau war noch am Leben. Damit änderte sich alles. Edmund zückte sein Handy, Tim schnappte es ihm weg.

»Was machst du?«, fragte Edmund ungläubig. Er wollte sein Handy wiederhaben. Tim zog die Hand weg. »Sie lebt. Es ist vorbei. Dieser Albtraum ist jetzt zu Ende.«

»So einfach ist es nicht«, sagte Tim. »Ich wünschte mir, es wäre so, aber so ist es nicht.«

»Du hast gesagt, sie ist tot«, sagte Robert zu Tim.

Tim sah ihn wütend an. »Ich bin verdammt noch mal Physiker, kein Arzt.«

»Sie hat mich gesehen«, sagte Amber. »Sie hat mein Gesicht gesehen, wer weiß, wen sie noch alles gesehen hat, als wir unten waren.«

»Tim«, sagte Rachel leise.

»Ich denke nach«, blaffte Tim und begann, im Raum auf und ab zu gehen.

»Ich verstehe nicht, was es hier noch zu überlegen gibt!«, schrie Edmund. »Sie ist da unten und lebt.«

»Ja«, sagte Tim und blieb stehen. »Aber wer weiß, wie lange noch? Sie ist schwer verletzt. Wer sagt, dass sie nicht im Krankenwagen stirbt oder im Krankenhaus, dann sind wir immer noch wegen Mordes dran. Oder wegen Unfall mit Todesfolge unter Alkoholeinfluss. Oder was auch immer. Wir wandern trotzdem in den Knast. Und was, wenn sie überlebt? Schwere Körperverletzung. Gefängnis. Fahren unter Alkoholeinfluss mit schwerer Körperverletzung. Gefängnis. Und dann haben wir noch versucht, alles zu vertuschen. Fahrerflucht. Gefängnis. Egal, wie du es drehen und wenden willst, am Ende landen wir in der Scheiße.«

»Aber sie lebt«, sagte Edmund.

»Ja«, entgegnete Tim, »und leider ist das zum jetzigen Zeitpunkt ein Problem.«

»Was sagst du da?«, kam es von Robert.

»Ich sage, sie lebt. Damit wir unseren Plan durchziehen können, hat sie aber ... nicht zu leben.«

Amber trat vor. »Wir müssen sie umbringen.«

Alle starrten sie an – Edmund wusste nicht, ob es daran lag, dass sie sich plötzlich eingemischt hatte, oder wegen der Konsequenzen, die ihr Kommentar bedeutete.

»Was?«, krächzte Edmund.

»Nein«, sagte Pru. »Tim hat recht. Amber hat recht.«

»Seid ihr alle völlig verrückt geworden?«, schrie Edmund. Er wandte sich an Rachel, deren warmer Blick sich merklich abgekühlt hatte. »Rachel, bitte ... wir können nicht ...«

Sie schüttelte den Kopf. »Tut mir leid, Ed. Es gibt keine andere Möglichkeit. Wir haben uns auf einen Weg begeben, und jetzt können wir nicht mehr umkehren. Wir müssen das bis zum Ende durchziehen.«

Edmund sah sie alle der Reihe nach an. Sie wirkten nicht glücklich, aber alle wussten, was jetzt zu tun war. »Ich glaube es einfach nicht. Ich kann ... ich will nicht ...« Er deutete auf Amber. »Hört nicht auf sie. Sie ist verrückt. Völlig durchgeknallt. Ich kann nicht einfach so danebenstehen ... ich kann niemanden umbringen.«

»Musst du auch nicht«, sagte Tim erst zu Edmund, dann zu Pru, Robert und Rachel. Amber stellte sich neben ihn. »Ich mach es.«

»Du kannst nicht …«, sagte Edmund.

»Doch, ich kann«, sagte Tim leise. »Nichts auf der Welt liebe ich mehr als die Menschen, die hier vor mir stehen. Ich würde alles für euch tun, und manchmal erfordert so eine Aussage auch eine konkrete Bestätigung.« Langsam knöpfte er seine Hemdsärmel auf und rollte sie hoch.

»Mein Gott.« Edmund sah weg, er würgte und hatte das Gefühl, sich wieder übergeben zu müssen.

»Nein«, hörte er Amber. Er klammerte sich an die letzte Hoffnung, dass sie alles doch noch aufhalten würde. »Du machst es nicht allein. Wir machen es zusammen.«

Tim nickte.

»Ist das wirklich euer Ernst?«, sagte Edmund. »Habt ihr alle den Verstand verloren? Wer ist diese Frau? Wir kennen sie nicht. Was zum Teufel geht hier überhaupt vor sich?«

Als Edmund aufblickte, sah er sie nur noch durch die Tür verschwinden.

62

Drei Jahre zuvor …

Sie gingen Hand in Hand die Treppe hinunter, Tim voran, Amber folgte. Die Frau, dieser leblose Körper, lag immer noch vor dem Kamin. Die Augen waren geschlossen. Sie sah tot aus. Das Blut an ihrer Stirn war jetzt verklumpt, das meiste hatte sich in den Haaren gesammelt, die feinen Strähnen waren verklebt und bildeten eine Art Gaze. Kaum vorstellbar, dass sie noch lebte. Jedenfalls hofften sie, dass sie tot war. Aber dann zuckte ein Finger.

»Vielleicht eine Reflexbewegung«, sagte Amber. »Tote Körper machen so was.«

Doch dann war ein langer, schwerer Atemzug zu hören.

»Scheiße«, sagte Tim. »Was machen wir?«

»Wir bringen sie um«, sagte Amber. »Ganz einfach.«

»Was soll das heißen, ganz einfach?«

»Erinnerst du dich noch an die Katze, bei der ich dir gesagt habe, dass du sie töten sollst? Meinen Kater?«, sagte Amber und krempelte ebenfalls die Ärmel hoch. »Dieses Scheißvieh hat immer die ganze Nacht gejault, weißt du noch? Er hat die ganze Straße aufgeweckt. Der Tierarzt hat gesagt, er ist rollig oder so. Und meine Mutter, die Schlampe, hat sich geweigert, ihm die Eier abschneiden zu lassen.«

»Ich weiß noch«, sagte Tim. »Ich erinnere mich an den Tag.«

»Ich auch. Ich hab ihn rausgelockt, dieses geile Drecksvieh. Weißt du noch, als es dann so weit war?« Amber sah ihn an.

Tim sah zum knackenden Feuer.

»Du warst nicht in der Lage dazu«, sagte Amber.

»Du hättest ihn nicht häuten müssen«, blaffte Tim sie an, so laut, dass er kurz innehielt und sich vergewisserte, dass es oben keiner mitbekam. Von oben war aber nur ein Knarren zu hören.

»Stimmt, hätte ich nicht tun müssen«, sagte Amber. »Ich hab mich bloß ein wenig hinreißen lassen. Scheiß drauf. Aber wenn ich mich recht erinnere, hast du dich danach auch ein wenig hinreißen lassen … draußen im Wald. Man könnte vielleicht sogar sagen, du hast dich etwas vorzeitig hinreißen lassen.« Ihr Gesicht strahlte. »An dem Tag habe ich mich in etwas anderes verwandelt. In etwas Neues. Vielleicht ist heute ja der Tag, an dem du dich auch in etwas Neues verwandelst.«

Tim seufzte. »Ich hab dich in diese Sache mit reingenommen, weil ich weiß, dass du gut bist bei solchen Sachen.«

»Deswegen die Katze.« Amber lachte.

»Deswegen die Katze«, stimmte Tim sehr viel weniger enthusiastisch zu. »Also, willst du jetzt helfen?«

»Klar helfe ich.« Ihr Blick loderte auf angesichts dessen, was bevorstand. »Wie sieht der Plan aus, Mr Claypath?«

Tim sah sich um, suchte etwas, mit dem er schnell das Ende herbeiführen könnte. Aber er fand nichts. Es war nur der Keller eines Pubs. Plastikspeisekarten und Bieruntersetzer. Nichts für einen schnellen Abgang. Oben gab es Messer und solche Sachen. Damit würde man aber eine Sauerei veranstalten.

Wieder seufzte er, und plötzlich wusste er, was sie zu tun hatten. Aber er wollte es nicht tun. Mein Gott, er wollte es nicht. Aber er musste. Er musste.

»Du musst ihre Beine und Arme festhalten«, sagte er.

Amber sah ihn an. »Wie soll ich das machen …« Sie

verstummte, dann machte es klick in ihrem Kopf. »Ach, was hast du mit ihr vor? Willst du sie ersticken? Erwürgen? Vielleicht solltest du sie einfach ins Feuer werfen oder ...«

Tim konnte ihr nicht in die Augen schauen. »Mach es einfach, ja?«

Amber ließ Tims Hand los und ging zu der Frau. Sie war unglaublich ruhig – vielleicht war es doch keine gute Idee gewesen, sie hierherzubringen. Amber war verrückt, Edmund hatte schon recht. Aber die ganze Situation war verrückt. Und alles würde noch viel schlimmer werden, bevor sie es hinter sich hatten.

Tim dachte an die Gruppe. Er sah sie vor sich. Er musste es tun – für sie. Oder es war vorbei. Sie würden sich nie wiedersehen. Alle würden in verschiedene Strafanstalten verlegt, würden hin und her geschubst werden, man würde ihnen irgendeine Pampe zu essen geben und sagen, wann sie pissen und scheißen dürften. Das war nicht das, was das Schicksal für sie vorgesehen hatte. Diese blöde hirnlose Schlampe hätte ihnen beinahe alles weggenommen, nur wegen ihrer dreisten Unfähigkeit. Sie hatte es nicht anders verdient.

Amber hockte sich auf die Beine der Frau, die aussahen, als würde sie sie nie mehr bewegen können, und umfasste ihre Handgelenke. Die Frau gab nicht zu erkennen, dass sie etwas davon wahrnahm. Sie war so weggetreten, dass sie gar nicht wusste, was hier ablief.

Schlampe.

Er setzte sich rittlings auf ihren Oberkörper und sah auf ihr verschrammtes Gesicht. Diese Schlampe ... lief mitten in der Nacht eine Straße entlang, ohne auf sich aufmerksam zu machen. Nur damit sie dann alle darunter zu leiden hatten.

Diese dumme kleine Schlampe.

Er umfasste mit beiden Händen ihren Hals.

Sie hatten so große Ziele, hätten so viel erreichen können, bevor sie aufgetaucht war. Jetzt mussten sie um ihr Überleben kämpfen. Nur ihretwegen.

Wut kochte in ihm hoch.

Er drückte zu. Fest. Er spürte die Muskeln an ihrem Hals, spürte, wie sie sich anspannten und lösten. Er drückte weiter. Beobachtete ihr Gesicht, sah, wie ihr das eine, sichtbare Auge aufklappte. Gut – er wollte, dass sie es spürte. Sie sollte wissen, wie es sich anfühlte, wenn das eigene Leben an einem vorüberzog.

Ihr ganzer Körper begann zu zittern, während er noch fester zudrückte. Es war leicht, ganz leicht. Zudrücken und zusehen, wie die Seele entschwindet, die Lebenskraft nachlässt. Sie verdrehte den Augapfel, schaumiger Speichel trat aus ihrem Mund.

Amber, die hinter ihm die zuckenden Glieder der Frau festhielt, gab einen Laut von sich – etwas zwischen Lachen und Weinen. Aber Tim lachte nicht. Er weinte auch nicht.

Er war ganz im Augenblick, fühlte sich stärker, mächtiger als je zuvor. Was für ein Gefühl – ein Leben in Händen zu halten. Derjenige zu sein, der bestimmte, wann es vorbei war. Er drückte noch fester zu, einfach so, und er musste kurz lachen.

Was für ein ... Spaß.

Dann röchelte sie ein letztes Mal, hechelte, und ihr Körper erschlaffte. Ihr Auge war wieder zu sehen. Starrte ihn an, würde ihn immer anstarren. Er wusste, dass sie tot war.

Dennoch drückte er weiter ihren Hals zu.

Wie lange – er wusste es nicht. Bald zwang Amber ihn

dazu, sich aufzurichten, sie umarmte ihn. Sie lachte, und er lachte auch. Dann weinte sie, und er weinte auch. Aber für ihn – für sie beide – waren es keine Tränen des Schmerzes, sondern Tränen der Freude.

Weil sie sich in etwas Neues verwandelt hatten.

63

Drei Jahre zuvor …

Sie saßen um den Tisch im Keller. Alle bis auf Edmund, der nicht stillsitzen konnte, als wäre das etwas, was zu normal war für diese verrückte Nacht. Sie hatten sich an die Arbeit machen wollen – hatten Schaufeln aus dem Schuppen des Hamlet geholt. Hatten einen Werkzeugkasten mit einem Brecheisen gefunden, mit dem man die Bodendielen aufhebeln konnte – auch wenn es nicht viel aufzuhebeln gab.

Keiner redete, keiner sah den anderen an – bis auf Amber und Tim. Sie unterhielten sich leise am Kopfende des Tisches, saßen so nah zusammen wie Liebende. Edmund beobachtete sie aus dem Augenwinkel und bemerkte, dass Rachel sie ebenfalls beobachtete.

Die Frau hatte sich seit zwanzig Minuten nicht gerührt. Sie war jetzt wirklich tot. Die Frage war nun, wie die Gruppe damit weiterleben konnte. Tim musste sich das nicht fragen, er würde kein Problem damit haben, Amber hatte es ihm schon gezeigt.

Aber die Übrigen. Sie spürten es alle. Spürten es ganz stark. Es würde ihr Leben zerstören. Die am Straßenrand liegende Frau würde sie immer verfolgen. Sie nahmen es ruhig zur Kenntnis, lediglich ein Gefühl der Reue war da. Aber Reue … war wie eine Welle, die eine Felsklippe erodiert – es war nur eine Frage der Zeit, bis diese einstürzte. Um ihr Leben zu retten, hatten sie es im Grunde ruiniert. Das musste er wieder zurechtbiegen. Tim musste die Gruppe, musste die anderen davon überzeugen, dass sie alle von diesem Verbrechen freigesprochen würden, sodass sie mit der Vertuschung fortfahren – alles bis ins kleinste Detail richtig machen – und ihr Leben fortführen konnten, ohne dass dieses im Schatten dieser Sache stand.

Er musste etwas finden, was sie überzeugte, dass es auch darüber hinaus ein Leben gab. Dass sie nach wie vor zusammenbleiben konnten. Das Zusammenbleiben war alles, was zählte. Tim sah sich um. Jeder starrte auf den Tisch. Das war nicht richtig – sie sollten voller Leben, mehr als das sein. Sie hatten gerade eine Grenze überschritten, die die allermeisten Menschen nie überschreiten würden. Sie hatten gemeinsam jemanden getötet. Das war schrecklich. Aber auch irgendwie schön. Sie hatten immer gesagt, ihre Freundschaft sei etwas Schönes. Sie hatten immer gesagt, ihre Freundschaft sei stark. Jetzt aber waren sie miteinander verbunden, wie sie es sich nicht hatten erhoffen können. Also stand er auf, Amber neben ihm tat es ihm gleich.

»Ich weiß, was wir tun müssen.«

Die anderen sahen ihn erwartungsvoll, hoffnungsvoll an. Sie hofften, er würde alles wieder geradebiegen. Vielleicht konnte er das sogar.

Tim lächelte, ein warmes, herzliches Lächeln, das ehrlich gemeint war, und sah auf die Gesichter der Menschen, die er liebte.

»Wir müssen sterben.«

64

Gegenwart ...

Robin. Robin ...« Die Stimme einer jungen Frau. Vertraut.

Jemand spritzte ihm Wasser ins Gesicht.

Er schlug die Augen auf. Er saß gegen die Tunnelwand gelehnt. Sein Kopf schmerzte, etwas tropfte ihm von der Stirn. Er war wieder in Marsden, dort, wo er so oft bewusstlos geschlagen wurde. Trotzdem hätte er fast gelacht.

Der stillgelegte Tunnel sah anders aus als zuvor. Er war erhellt – von einer kleinen, batteriebetriebenen Leuchte. Die er schon vor Monaten im Versteck des Monsters gesehen hatte. Jetzt konnte er deutlich die Gleise in der Tunnelmitte erkennen, den verstaubten, von Geröll bedeckten Boden, die Wasserlachen. Der Lichtkreis reichte nicht bis zur gegenüberliegenden Tunnelwand, er sah sie also nicht, wusste aber, dass sie da war. Wo genau im Tunnel waren sie? Lag hinter der Wand, an der er lehnte, der Kanal? Oder die Freiheit?

Er versuchte, sich zu bewegen, aber sein Körper gehorchte ihm nicht. Etwas lag an seiner Schulter. Sally. Sie atmete hastig ein und aus, ihre Augen waren halb geöffnet. »Hey«, sagte sie, »ich muss dir wohl nicht sagen, dass du besser nicht gekommen wärst.« Sie gluckste, was zu einem Sprudeln wurde. Sie spuckte Blut aus. Robin sah, dass sie die Arme um den Bauch geschlungen hatte – alles war voller Blut. »Es ist nicht so schlimm, wie es aussieht.«

»Was ist passiert?«, flüsterte Robin.

»Saublöde Sache. Ich bin angeschossen worden, und

jetzt verblute ich«, sagte Sally. Sie klang, als wäre sie lediglich ein wenig unpässlich. »Was zum Teufel machst du hier?«

»Es war Amber«, sagte Robin. »Sam hat sie damals gesehen. Sam hat einen Hinweis auf sie gegeben, als sie mit Matthew telefoniert hat. Ein schwarzer Hund und ein Pferdekopf. Amber hat das auf den Handgelenken tätowiert. Sie steckt hinter allem.«

»Die Eilmeldung kommt ein bisschen zu spät. Sie war es nämlich, die mich angeschossen hat. Hast du auch zu Tim Claypath irgendwelche Theorien?«

»Nein. Wie kann es sein, dass er auch hier ist?«

»Ich bin ja nur froh, dass du ihn ebenfalls gesehen hast.« Raspelnd holte sie Luft. »Ich dachte schon, ich hätte Visionen. Hat er bei dir auch auf einem rosaroten Krokodil gesessen?«

»Was?«

»War nur Spaß. Hab wenigstens so viel Anstand und lache. Ich sterbe nämlich.«

Als wollte er noch einmal bekräftigen, dass er wirklich hier war, ertönten knirschende Schritte im Tunnel. Robin sah auf. Vor ihm stand Tim Claypath.

»Wie?«, sagte Robin. »Wie zum Teufel bist du hierhergekommen?«

»Das ist nun wirklich die am wenigsten interessante Frage, die in diesem Augenblick gestellt werden kann«, sagte Tim. »Sehr viel relevanter wäre: Was passiert jetzt mit dir und deiner kleinen Freundin? Auch wenn dir die Antwort nicht gefallen dürfte.«

»Gönn ihm nicht die Genugtuung«, sagte Sally.

»Was hast du vor?«, fragte Robin trotzdem.

»Also«, sagte Tim und ging vor ihm in die Hocke, »du, Mr Robin Ferringham, bist nach Marsden gekommen, du bist Geistern und Ungeheuern und deiner liebreizenden Frau hinterhergejagt und warst nicht in der Lage, dir dein Scheitern einzugestehen. Also hast du Ms Morgan raus zum Standedge-Tunnel gelockt, hast sie ertränkt, bevor du dich selbst erschossen hast. Wirklich eine widerliche Sache. Wer so was macht, muss schon ziemlich krank im Kopf sein.«

»Aber ich werde das alles nicht machen«, sagte Robin.

Tim packte ihn mit beiden Händen am Kopf und schrie: »Ja, du Penner, das weiß ich doch. Wir werden die Schlampe ertränken, dann werden wir dich erschießen und es wie einen Selbstmord aussehen lassen. Ich dachte, du wärst so clever. Aber wir haben dich die ganze Zeit beobachtet, ich muss schon sagen, du hast eine ziemlich miese Performance abgeliefert.«

Robin hatte keine Zeit, das alles zu verarbeiten, und selbst wenn, hätte er keine Lust dazu gehabt, also fuhr er fort: »Was soll das heißen, ›wir‹?«

Und dann trat noch eine Person in sein Sichtfeld. Sie trug die beiden Metallplatten, die die Tür zum Versteck des Monsters gebildet hatten. »Ich hab die Beweisstücke.« Amber. Aber sie war anders als die Frau, die er kannte. Ihre Stimme war anders, genauso wie ihre Haltung. Sie lehnte die beiden Platten gegen die Tunnelwand. Robin sah, dass sie eine Waffe hatte.

»Ist das alles?«

»Keine Ahnung. Sieht so aus.«

»Bist du dir sicher?«

»Ich denke schon. Bring sie der Ingenieurin.«

Robin sah von Amber zu Tim. Tim reagierte nicht. »Prudence?« Bei der Erwähnung des Namens drehte sich Tim zu ihm um. »Sie ist auch am Leben?«

Tim schien mit sich zu ringen. »Sie sind alle noch am Leben.«

»Aber wie hast du es gemacht?«

»Nun«, sagte Tim, »wir haben nicht die Spalte in der Tunnelwand benutzt, auf die du zufällig gestoßen bist. Hätten wir davon gewusst, hätten wir nicht den ganzen Zinnober veranstalten müssen. Wir haben uns echt in den Hintern gebissen, als wir davon gehört haben.«

»Wenn nicht die Spalte, was dann? Wie habt ihr es gemacht? Zumindest das seid ihr mir schuldig.«

Tim lachte und sah zu Amber, die ebenfalls lachte. »Wir sind dir einen Scheißdreck schuldig. Du bist uns wahnsinnig auf den Sack gegangen. Du und deine verblutende Freundin.«

Robin schlug einen anderen Ton an. Er wollte, dass Tim weiterredete, er wollte das, was als Nächstes anstand, wenigstens hinauszögern. Wenn ihm noch etwas Zeit blieb, würde ihm vielleicht etwas einfallen, damit sie hier rauskamen. Im Moment hatte er nicht den Hauch einer Idee. Tim wäre sehr viel schneller als er, selbst wenn er nicht Sally mit sich schleppen musste. Und Amber war bewaffnet.

»Ihr habt auch Matthew, oder?«, sagte Robin. »Das hat Loamfield sagen wollen. Ich dachte, er meint, Matthew hätte den Unfall verursacht. Aber er hat dich gemeint, oder?«

Tim erwiderte nichts darauf.

»Und deine Schwester? Wo ist deine Schwester, Tim?«

Mit einer blitzschnellen Bewegung umklammerte Tim Robins Hals. Robin röchelte. »Halt's Maul.«

»*Tim!*«, schrie Amber. Tim ließ los. Robin glitt an die Wand zurück und rang nach Luft. »Wir halten uns an den Plan. Wir haben die Beweisstücke. Wir bereiten den Tatort vor.«

»Warum macht ihr das?«, fragte Robin, immer noch röchelnd. »Warum habt ihr das gemacht?«

Wieder lachte Tim. »Na, es hat eigentlich ganz einfach angefangen. Verstehst du, Robin, du hast hier die beiden Menschen vor dir stehen, die zufällig deine Frau umgebracht haben.«

65

Robin spürte nichts mehr. Alles Leben wich aus seinem Körper, und an dessen Stelle trat unendliche Trauer. Sam. Seine Sam ... war tot. Sie war nicht mehr hier, sie war nicht mehr in dieser Welt. Und das Schlimmste: Er hatte es gewusst. Vom ersten Tag an, seit ihrem Verschwinden vor drei Jahren hatte er es gewusst. Er hatte gewusst, dass sie nicht zurückkommen würde. Drei Jahre ungehemmte Trauer brachen in einem einzigen Augenblick über ihn herein.

Er weinte nicht, während er Tims Geschichte zuhörte. Er krümmte sich nicht vor Schmerz. Er versuchte nicht, wegzulaufen. Seine Stimme klang verzerrt, als wäre er unter Wasser, als würde er ertrinken.

»Robin, bist du noch da?«

Mit verschleiertem Blick sah er zu Tim. Er hatte gar nicht mitbekommen, dass Tim zu reden aufgehört hatte.

»Ihr habt sie umgebracht?«

»Ja, darum geht es in der Geschichte, die ich erzählt habe«, sagte Tim.

»Sie hat noch gelebt. Sie hat noch gelebt, und ihr ... Warum habt ihr ihr nicht geholfen? Warum habt ihr sie nicht ins Krankenhaus gebracht? Ihr musstet sie doch nicht ...«

In Tims Blick lag fast so etwas wie Mitleid. »Du kapierst es nicht. Sie war mitten in der Nacht auf der Straße unterwegs. Sie war so gut wie unsichtbar. Wir hätten sie auch überfahren, wenn wir stocknüchtern gewesen wären. Jeder hätte sie überfahren. Was deiner Frau zugestoßen ist – dafür war sie ganz allein verantwortlich.«

Robin spürte nur noch blanken Zorn. Er wollte sich auf

Tim stürzen, aber sein Körper gehorchte ihm nicht. Alles, was er zustande brachte, war ein kleiner Ruck.

Sallys Kopf auf seiner Schulter rollte hin und her. Sie sagte nichts mehr, er konnte nicht sehen, ob sie die Augen noch geöffnet hatte. Bitte, lass sie nicht tot sein, dachte Robin. Dann gab sie einen Laut von sich. Robin war erleichtert. Sie lebte. Noch.

»Warum hast du mir das alles erzählt?«, fragte Robin.

»Was?« Die Frage kam von Amber. Sie trat in sein Blickfeld und stellte sich neben Tim.

»Bringen wir es hinter uns«, sagte Tim.

»Nein.« Amber hob die Hand. »Was hast du gesagt, Robin?«

Robin sah zu ihr. »Ich hab gesagt, ›warum hast du mir das alles erzählt?‹. Warum hast du mir von Sam erzählt? Ihr hättet mich doch einfach töten können, damit ihr es endlich hinter euch bringt, und ich hätte es nie erfahren.«

»Ach, Robin«, sagte Amber und ging vor ihm in die Hocke. Sie wischte seine Tränen fort. »Ich hab dein Buch gelesen. *Ohne sie.* Und da ist mir eines klar geworden. Mir ist was klar geworden, was du wahrscheinlich selbst nicht kapiert hast. Aber ich hab's kapiert. Ich wollte, dass du es auch siehst. Und das tust du jetzt – du spürst es.«

»Wovon redest du?«, fragte Robin.

»Schau dir das an«, sagte Amber, erhob sich und breitete die Arme aus, als wollte sie alles hier umfassen. »Schau dir an, was du durchgemacht hast. Das alles, nur weil du herausfinden wolltest, was Samantha Ferringham zugestoßen ist, deiner kleinen geliebten Frau. Du bist so lange hinter der Wahrheit hergerannt, dass du nicht mehr anhalten konntest, um zu bemerken, dass du die Wahrheit gar nicht wissen willst. Du wolltest nie herausfinden, was mit ihr geschehen ist. Weil dann nämlich nichts mehr übrig wäre – außer dem Eingeständnis, dass du sie loslassen musst.«

Robin sagte nichts. Die Tränen flossen jetzt ungehemmt. Er rang nach Luft. Er konnte es nicht glauben – aber sie hatte recht. Sams Geschichte war vorbei. Und bald auch seine. Das war es, was Amber und Tim wollten. Sie hatten ihn brechen wollen. Jetzt war er gebrochen.

Es gab nur noch eins, was er wissen wollte.

»Wie bist du hierhergekommen, Tim?« Er war kaum zu hören. »Wie kannst du hier sein?«

Amber sah zu Tim und zuckte mit den Schultern.

Tim seufzte. »Gut. Ich verrat's dir. Aber du musst dich schon beeindruckt zeigen.«

66

Drei Tage vor dem Vorfall …

Nicht zu fassen, wie viele SMS Matt geschickt hat«, sagte Edmund und lachte, während er das Handy auf den Tisch legte. »Ich meine, hat der überhaupt kein Selbstwertgefühl?«

Sie waren da, wo sie sich üblicherweise trafen – im Keller des Hamlet. Die Leiche unter ihren Füßen lag seit knapp drei Jahren dort. Immer noch unentdeckt. Die Polizei war niemals aufgekreuzt, nie war auch nur eine einzige Frage gestellt worden. Als wäre die Frau einfach verschwunden, und die Welt hatte dafür nicht mehr als ein Achselzucken übrig. Ihr Plan aber hatte sich nicht geändert.

Robert beendete seine Patience und schob die Karten zusammen. »Langsam komme ich zu dem Schluss, dass er das nur macht, um uns zu nerven.«

Manchmal ertappte sich Edmund selbst dabei, dass er übers Ziel hinausschoss. Manchmal erinnerte er sich, dass Matt früher einer seiner besten Freunde gewesen war. Aber Matt war in jener Nacht nicht mit dabei gewesen. Das hatte Edmund ihm übel genommen. Das hatten ihm auch die anderen über kurz oder lang übel genommen, auch wenn Matt natürlich nichts dafür konnte. Zunächst hatten sie ihn vor der Wahrheit schützen wollen, aber das war bald umgeschlagen – schließlich musste er vor gar nichts geschützt werden. Eher war es so, dass sie geschützt werden mussten.

Amber saß an ihrem üblichen Platz an der Rückseite des Raums und gab sich ausschließlich mit Tim ab. In den letzten Jahren wirkte sie nicht weniger verrückt als vorher, und manchmal hatte es den Anschein, als würde sie Tim völlig beherrschen.

»Wir kennen alle den Plan, richtig?«, sagte Tim.

Rachel hob die Hand. »Das mit unserem Verschwinden, das ist mir noch nicht so richtig klar.«

Pru sprang auf und lief freudig die Treppe hinauf. Robert sah ihr mit gespieltem Genervtsein hinterher, ebenso genervt sah er dann zu Rachel. »Hast du das bloß gefragt, damit sie wieder ihre Show abziehen kann? Wir haben doch gesagt, wir lassen sie das nicht mehr machen.«

Pru kam mit einer Schüssel voller Wasser zurück. Darauf schwamm ein Modellboot. Sie stellte die Schüssel mitten auf den Tisch. »Das hier hab ich dazu angefertigt. Also, es ist ganz einfach. Es hat mit Swimmingpools zu tun.«

»Swimmingpools?« Rachel tat so, als hätte sie nicht die geringste Ahnung, und ignorierte Roberts Seitenblick.

»Ja. Bei meinem Praktikum für einen Whirlpool-Hersteller hab ich mir einige Tricks abgeschaut. Als ich bei denen war, haben sie dort was zur Perfektion gebracht, was mittlerweile gang und gäbe ist, den unsichtbaren Pool. Die Firma hat sich die Frage gestellt: Wie schafft man es, dass so ein Swimmingpool weniger Raum einnimmt? Sie sind auf folgende Idee gekommen. Was, wenn du einen Swimmingpool hättest, der nicht die ganze Zeit zu sehen wäre? Was, wenn er unsichtbar wäre, versteckt, und nur dann zum Swimmingpool wird, wenn man ihn als solchen braucht? Alles klar? Du hast also einen Swimmingpool unter dem Fußboden, der Fußboden kann sich einfach auf den Grund des Pools absenken. Dann kannst du schwimmen oder im Pool sitzen oder hineinpinkeln, und wenn du darauf keine Lust mehr hast, drückst du auf einen Knopf, und der Boden kommt wieder nach oben, und das Wasser fließt durch die Zwischenräume zwischen den einzelnen Dielen ab. Oben schließen sich die Dielen, du hast wieder festen Boden unter den Füßen, und das Wasser ist unten.

Also hab ich mich gefragt: Kann man das auch umgekehrt machen? Kann man was bauen, was das Wasser wegsaugt, sodass dort, wo vorher Wasser gewesen ist, ein Raum zurückbleibt? Dann könnte man von einem Moment auf den nächsten verschwinden. Und dann betätigst du einen Schalter, und der Raum verschwindet wieder.« Pru nahm das kleine Spielzeugboot, an dessen Rumpf unten eine andersfarbige Erweiterung angebracht war.

»Wahnsinnig geräumig«, sagte Rachel.

»Also«, fuhr Pru fort und hob die Hand, um Rachel zum Schweigen zu bringen, »wir quetschen uns alle in diesen geheimen Raum, okay? Matt liegt oben an Deck. Irgendwann hören wir vielleicht einen Typen, der das Boot entdeckt. Der ruft die Polizei. Aber wir rühren uns nicht. Stundenlang vielleicht. Wir warten auf unser Zeitfenster. Irgendwann wird Matt von irgendwem, der Polizei oder einem Krankenwagen, weggebracht, das ist dann der Moment, in dem sich unser Zeitfenster öffnet. Das dauert so lange an, bis die Polizei zurückkommt und den Tatort abriegelt.

Matt wird also weggebracht, aber bis die Polizei checkt, dass sechs Leute in den Tunnel reingefahren sind, aber nur einer herausgekommen ist, sind wir längst verschwunden. Wir müssen nur sehr vorsichtig sein, damit uns niemand sieht, wenn wir das Boot verlassen. Zumindest wissen wir, dass es dort keine Kameras oder so gibt. Wir schlüpfen ins Freie, ich drücke auf meinen Knopf, der zusätzliche Raum verschwindet, und das Luk, über das wir in den Geheimraum gekommen sind, wird geschlossen.«

»Okay, Spaß beiseite, genau das verstehe ich nicht«, sagte Rachel.

Pru lächelte versonnen, als wüsste sie etwas, was die anderen nicht wussten. »Ich hab das Luk so gemacht, dass es genauso groß ist wie die Grundfläche des Stauraums, der sich unter der Koje im Narrowboat von Edmunds Onkel befindet. Alle sichtbaren Fugen fallen also überhaupt nicht auf.«

»Wie clever«, sagte Rachel. »Du hast dir deine Vorführung redlich verdient.«

»Danke«, kam es pflichtschuldig von Pru. »Jetzt aber aufgepasst.« Sie hatte einen Schalter in der Hand und deutete zum Boot. Alle warteten gespannt. Es schwamm auf dem Wasser, der »Geheimraum« lag unter der Oberfläche. Pru drückte auf den Knopf. »Schaut genau hin«, sagte sie. »Jetzt seht ihr mich ...« Der verborgene Raum wurde kleiner – das Wasser floss in die Schale ab. Als er kaum noch zu erkennen war, lösten sich die Metallplatten, die die Seitenwände und den Boden gebildet hatten, und sanken auf den Grund der Schale. Zurück blieb das originale Narrowboat. »... und jetzt seht ihr mich nicht mehr.« Pru lächelte und war sichtlich mit sich zufrieden. »Die Metallteile sinken auf den Grund des Kanals, als wären sie irgendein Müll, der seit Jahren dort liegt.«

Es folgte kurzer Applaus, Pru nahm die Wasserschale und stellte sie auf den Boden.

»Toll«, sagte Tim. »Wir sind also alle einverstanden?«

»Ich bleibe zurück«, sagte Amber. »Jemand muss für euch in Marsden ja die Augen und Ohren aufhalten. Jemand muss das Hamlet bewachen. Es wird mir eine Ehre sein, das für euch zu tun.«

»Für uns oder bloß für Tim?«, murmelte Robert.

Tim knallte die Faust auf den Tisch. »Robert, hast du noch irgendwas anderes beizutragen?«

Robert schüttelte den Kopf.

»Gut. Ich hab uns ein Cottage im Sherwood Forest besorgt. Ohne Formalitäten. Bar auf die Hand. Dahin gehen wir als Erstes, wenn wir ›gestorben‹ sind. Wir dürfen uns nicht blicken lassen, zumindest solange Matthew nicht verurteilt ist. Wenn unsere Namen und Gesichter nicht mehr Thema in den Medien sind, können wir etwas mutiger werden. Anfangs wird sich Amber jeweils mit einem von uns treffen – wir wechseln uns dabei ab, an ebenfalls wechselnden Orten – und uns mit Lebensmitteln versorgen und uns auf dem Laufenden halten.«

»Sieht so aus, als wären wir dann ganz in deiner Hand«, sagte Edmund zu Amber.

Amber sagte nichts, sondern lächelte übers ganze Gesicht.

Er traute ihr kein bisschen.

67

Gegenwart ...

Bist du jetzt zufrieden?«, fragte Tim. »Ich hab doch gesagt, es ist nicht wichtig.«

»Die Metallplatten«, sagte Robin.

»Teile des Geheimraums, die abgeworfen wurden. Als wir gehört haben, dass das Monster sie hat und die Ermittlungen wiederaufgenommen wurden, hab ich mir gedacht, ich komm lieber selbst und hole sie«, sagte Tim. »Eigentlich hätten sie auf den Kanalgrund sinken und dort bleiben sollen, bis sie jemand als entsorgten Sperrmüll birgt. Bis dahin wären sie vielleicht schon den Kanal runtergeschwemmt worden. Aber dann musstest du auftauchen und die ganze Sache versauen.«

»Ihr habt das schon selbst versaut«, sagte Robin. »Es war nur eine Frage der Zeit, bis euch jemand draufgekommen wäre.«

Tim lächelte. »Du bist ein schlechter Lügner, Robin. Hat dir das schon mal jemand gesagt? Keiner hätte irgendwas spitzgekriegt. Wir wären einfach verschwunden. Matthew wäre verurteilt worden. Und deine Frau wäre da geblieben, wo sie ist. Unter den Füßen von Leuten, die sich dort volllaufen lassen und ihr Essen mampfen und sich am Kamin wärmen.«

»Warum der ganze Aufwand? Warum das alles? Wenn ihr Matthew reinreiten wolltet, warum habt ihr ihm dann nicht einfach die Sache mit Sam angehängt ...?« Er stockte und musste bei ihrem Namen aufschluchzen. Er konnte nicht weiterreden.

»Die Idee ist uns tatsächlich gekommen, aber das hätte nicht geklappt. Matt war zu Hause, als der Unfall passiert ist. Seine Tante hätte ihm ein Alibi verschafft. Und Matt hat kein Auto und fährt nicht, wie hätte er also eine Frau überfahren sollen? Außerdem wollten wir den selbstgefälligen Scheißkerl damals noch beschützen. Wir wollten ihn nicht reinreiten. Das kam erst später, als sich aus unserem Wunsch, ihn zu schützen, etwas anderes entwickelt hat.«

»Er ist dein Freund«, sagte Robin. »Wie kann jemand … Wie kannst du das deinem Freund antun?«

»Er ist nicht mein Freund. Nicht mehr.«

Amber trat vor. »Okay, Schluss jetzt. Es wird Zeit, endlich zur Sache zu kommen, Kumpel.« Sie hob die Waffe und richtete sie auf Robins Kopf. »Bist du bereit, unsere Ms Morgan hier zu ertränken? Oder wie immer sie heißt.«

Von Sally kam ein Ächzen. Sie war noch bei Bewusstsein. »Da musst du mich schon holen, du Schlampe«, presste sie hervor. Sie rührte sich nicht – sie konnte nicht mehr. Sie blutete aus ihrer Schussverletzung im Bauch und hatte viel Blut verloren. Selbst im fahlen Licht konnte Robin erkennen, wie geisterhaft blass sie mittlerweile war.

Aber dann überraschte Sally sie alle. Mit letzter Kraft sprang sie auf und rammte Amber den Kopf in den Bauch. Amber taumelte nach hinten, der Revolver flog ihr aus der Hand und fiel klappernd zu Boden.

Für Robin war es die einzige Chance – wenn schon nicht um seinetwillen, dann um Sallys willen. Er war rasend vor Wut. Als Amber und Sally zusammen zu Boden gingen, stieß er sich von der Wand ab und warf sich auf den völlig perplexen Tim.

Robin erwartete eigentlich, zusammen mit Tim gegen die gegenüberliegende Wand zu krachen, aber die Wand war gar nicht da – stattdessen knallten die beiden gegen ein Metallgeländer. Das Geländer gab nach. Zu spät erkannte Robin seinen Fehler. Sie hatten sich unmittelbar neben einem Querstollen aufgehalten, sodass er sie beide in den Kanaltunnel katapultiert hatte.

Robin und Tim flogen kopfüber in das eiskalte Wasser des Kanals.

68

Vorher ...

Die Raststätte am Sherwood Forest war voll mit Truckern und Ausflüglern. Alle hatten es eilig. Keiner achtete auf den Mann mit dem Vollbart und der tief ins Gesicht gezogenen Mütze, der einen Latte trank. Selbst als sich eine gut aussehende Brünette neben ihm niederließ, würdigte ihn kaum jemand eines Blickes.

»Jemand schnüffelt herum«, sagte Amber und schob ihm einen Karton mit Lebensmitteln hin. »Ein gewisser Robin Ferringham.«

Tim schüttelte den Kopf. »Wer ist das?«

»Ein Schriftsteller. Er hat dieses Buch geschrieben.«

Sie zog ein Exemplar von *Ohne sie* heraus. Tim betrachtete es – betrachtete die Bilder auf dem Cover. Ein Irrtum war ausgeschlossen.

»Sie.«

»Er ist ihr Mann. Keine Sorge, im Moment läuft er nur herum ohne die geringste Spur.«

Tim riss die Augen auf. »Was hat er vor?«

»Keine Ahnung. Das versuche ich noch herauszufinden. Aber vielleicht solltest du in Betracht ziehen, dass du jemanden in deinem Cottage hast, der den Mund nicht halten kann.«

»Einen Verräter?«

Sie nickte. »Wer weiß denn sonst davon? Keiner.«

»Okay. Ich kümmere mich darum. Bist du irgendwie weitergekommen beim Aufspüren der Beweise? Irgendwas Neues gefunden?«

Amber schüttelte den Kopf. »Die sind wahrscheinlich schon halb den Kanal runtergespült.«

Tim seufzte. »Okay.«

Amber stand auf. »Finde heraus, wer der Verräter ist. Und statuiere an ihm ein Exempel.«

Tim packte sie am Arm, bevor sie gehen konnte. »Was würdest du tun?«

»Fragst du die Barkeeperin des Hamlet oder die Katzenhäuterin?«

»Die, in die ich mich verliebt habe.«

Amber lächelte, dann gab sie ihm einen leidenschaftlichen Kuss. Bevor sie ihm in die Lippe biss, löste sie sich. »Verräter würde ich umbringen.«

Sie ging und ließ ihn mit seinem Latte und seiner leichten Lektüre zurück.

69

Vorher ...

Matthew ließ das Fenster herunter, erst das eine, dann das andere, und genoss es, sich den Wind übers Gesicht streichen zu lassen. Freiheit – es fühlte sich so viel besser an, als er sich jemals hätte vorstellen können. Robin Ferringham hatte es geschafft, er hatte Wort gehalten, jetzt war es an ihm, ebenfalls Wort zu halten. Er glaubte zu wissen, wo sein altes Handy war, er musste es nur aufladen. Er hatte ja alles abgespeichert.

Loamfield löste mit einer Hand seine Krawatte und warf sie zu Matthew nach hinten auf den Rücksitz. Er war auf der zweispurigen Schnellstraße nach Marsden unterwegs. Gleich wären sie zu Hause.

Es geschah wirklich. Er fuhr nach Hause.

»Ich hoffe, Sie können Robin Ferringham wirklich das geben, was Sie ihm versprochen haben«, sagte Loamfield und sah in den Rückspiegel. »Der Typ hat gerade Ihren Arsch gerettet. Große Klasse. Ich hätte das nicht hingekriegt. Wären Sie vor Gericht gekommen, hätten die Sie fertiggemacht.«

Matthew nickte, sagte aber nichts. Ein schwarzer Lieferwagen tauchte neben Loamfields Wagen auf. Dessen Fenster waren getönt, Matthew konnte also nicht ins Innere sehen. Aus irgendeinem Grund wurde ihm mulmig.

»Was macht denn dieser Idiot da?«, sagte Loamfield, als der Lieferwagen mit einem Mal auf ihre Fahrspur wechselte. Loamfield holperte kurz über den Schotter des Seitenstreifens. »Zu viel gesoffen, oder was?«

Die Seitenscheibe des Lieferwagens wurde herabgelassen. Loamfield sah ihn nicht, aber Matthew. Die Person am Steuer des Wagens.

Aber ... das konnte doch nicht sein ...

»Geben Sie Gas!«, schrie Matthew.

Der Lieferwagen touchierte die rechte Seite des Wagens, ganz sanft, dennoch spürte Matthew, wie ihr Fahrzeug immer weiter gegen den Straßenrand gedrängt wurde.

»Scheiße«, sagte Loamfield, »was zum ...«

»Mr Loamfield, beschleunigen Sie«, rief Matthew. »Er ist es.«

Der Lieferwagen schwenkte auf die andere Fahrspur zurück. Loamfield blickte zum Lieferwagen, auch er musste jetzt den Fahrer gesehen haben. »Einen Moment, was ...«

Da kam der Lieferwagen zurück und krachte gegen sie. Matthew wurde nach links geworfen, der Sicherheitsgurt schnitt ihm in den Hals. Loamfields Krawatte wurde aus dem offenen Fenster geweht. Der Wagen hob ab, flog von der Fahrbahn und schlingerte den Abhang hinunter in Richtung des Waldes.

Matthew sah nur noch die Bäume auf sie zukommen. Dann Schwärze.

Er war nur ein paar Sekunden bewusstlos, aber in diesen Sekunden hatte er das Gefühl, er würde ein anderes Leben leben. Schmerzen. Sein Arm. Sein linker Arm stand in Flammen. Er konnte die Augen nicht öffnen, vielleicht wollte er das auch nicht.

Eine Wagentür wurde geöffnet. Dann Hände, die ihn packten, ihn aus dem Wagen zogen. Jemand hievte ihn hoch, sein linker Arm hing schlaff nach unten.

Er öffnete die Augen und sah alles verschwommen. Überall Bäume. Er wurde getragen. Mit dem Kopf nach unten. Er sah Beine, die sich bewegten. Quer über die Schulter gelegt – so trug ihn jemand.

Die Bewusstlosigkeit kam und ging. Aber jedes Mal, wenn er aufwachte, waren sie noch da. Die Bäume. Jedes Mal. Sie legten einen weiten Weg zurück.

Dann blieben die Bäume stehen.

Sie waren stehen geblieben.

Motorengeräusche, die näher kamen, näher, näher, dann verstummten. Eine Schiebetür.

Plötzlich war er wieder in der Luft. Jemand warf ihn hoch, gleich darauf krachte er auf einen kalten Metallboden, der linke Arm unter ihm, er schrie vor Schmerzen auf. Er versuchte, sich aufzurichten, und sah, dass er hinten in einem Lieferwagen lag.

Der Typ, der ihn getragen hatte, war ganz in Schwarz gekleidet, er hatte eine Mütze auf, stieg nach ihm ein und ließ die Tür zugleiten. Matthew versuchte, sich umzusehen, aber sein Hals war steif.

»Fahr los«, sagte der Typ. Der Metallboden begann zu vibrieren, als der Motor angelassen wurde.

Der Typ nahm seine Mütze ab. Und lächelte. »Hey, Matt«, sagte Tim. »Lange nicht gesehen.«

70

Vorher ...

Tim schob sich durch die Cottagetür und schleifte Matthew am Kragen hinter sich her. Pru war an der Spüle, machte den Abwasch und lauschte dabei einem Podcast. Bei dem Lärm sah sie auf.

»Was ist los?«, fragte sie. »Ist das ...?«

Tim warf Matthew auf den Boden, wo der junge Mann bewusstlos zusammenbrach. Er blutete an der Stirn, entweder als Folge des Unfalls oder weil Tim ihm mit dem Revolvergriff einen Schlag verpasst hatte – so genau wusste Tim es nicht. »Haben wir ein Seil? Ich werde ihn im Keller fesseln.«

»Was hast du gemacht, Tim?« Eine weitere Stimme. Von einer Frau. Dann kamen sie alle in die Küche, Edmund, Robert, Rachel. Wie so oft fragte er sich, wer von ihnen es gewesen war. Wer hatte sie verraten? Wer hatte Ferringham geholfen? Wer war verantwortlich dafür, dass Matthew jetzt auf ihrem Küchenboden lag?

Verräter würde ich umbringen, hatte Amber gesagt.

»Scheiße«, sagte Robert.

Tim hatte den anderen nicht erzählt, was Amber ihm im Lieferwagen mitgeteilt hatte. Ferringham hatte einen anderen Weg in den Tunnel gefunden – eine Öffnung seitlich am Hang des stillgelegten Eisenbahntunnels. Wie war das möglich gewesen? Woher hatte dieser Ferringham das gewusst? Tim wollte es den anderen nicht erzählen – sie hätten sich eine Menge Arbeit sparen können, wenn ihnen diese Spalte bekannt gewesen wäre. Pru hätte nicht ihre

Konstruktion entwerfen und am Boot anbringen müssen – sie hätten viel leichter verschwinden können.

Matthew auf dem Boden stöhnte – er kam zu sich.

»Ich brauche ein Seil«, sagte Tim zu den entsetzten Gesichtern vor ihm.

Sie sahen zu Matthew. »Tim«, sagte Rachel, »du musst mit uns reden. Was ist los?«

Wütend funkelte Tim sie an. Amber hatte ihm erzählt, jemand hätte Edmunds Vater, James Sunderland, eine Karte geschickt. Er musterte Edmund, der den Blick abwandte. Tim starrte ihn weiterhin an.

»Was soll das Ganze?«, fragte Rachel. »Warum bist du der Einzige, der sich noch mit Amber treffen darf? Wir wollen doch nur, dass du mit uns redest.«

Tim riss sich von Edmund los und sah zu seiner Schwester. Sie blickte ihn flehend, liebevoll, mitleiderregend an. So waren sie alle. Mitläufer. Sie waren nicht stark genug, um selbst die Zügel in die Hand zu nehmen. Das zu tun, was nötig war. »Ein Seil«, blaffte er.

Pru fluchte leise und ging zum Küchenschrank unterhalb der Spüle. Sie zog ein Seil heraus und warf es Tim zu.

»Danke«, sagte er. Er packte Matthew am Kragen und schleifte ihn durch die Küche. Matthew stöhnte. Die anderen traten zur Seite und ließen ihn durch. Er sah sie nicht an, brachte es nicht über sich. Bei ihrem Anblick wurde ihm übel.

Er erreichte die Kellertreppe, stapfte hinunter und achtete darauf, dass Matthew mit dem Kopf gegen jede einzelne Stufe schlug.

»Was zum Teufel machst du, Tim?«, fragte Edmund hinter ihm.

»Ich mache das, was ich immer mache«, entgegnete Tim, ohne sich umzudrehen. »Ich räume euren Saustall auf.«

71

Vorher ...

Es war drei Monate her, dass Tim Matthew durch die Küchentür geschleift hatte. Jetzt saß Tim im Dunkeln am Küchentisch und hatte seine zweite Wodkaflasche zur Hälfte geleert.

Matthew war immer noch unten im Keller. Wie gern hätte er ihn umgebracht. Er wollte diesen Rausch wieder spüren – den Rausch, den er im Keller des Hamlet genossen hatte, als er die Frau erdrosselt hatte.

Sie waren im Wohnzimmer. Pru, Robert und Edmund. Spielten dort Karten oder irgendeinen anderen Schwachsinn – was völlig Belangloses jedenfalls.

Amber hatte ihn gerade wieder angerufen. Er hatte gedacht, mit seinen Problemen hätte es ein Ende, als Ferringham mit eingezogenem Schwanz nach London zurückgekehrt war. Anscheinend hatte aber diese Morgan weiter herumgeschnüffelt. Seiner Ansicht war es sowieso bloß eine Frage der Zeit, bis sich Ferringham wieder einmischte. Man musste sich um die beiden kümmern.

Tim nahm einen großen Schluck Wodka und kratzte sich mit dem Revolvergriff an der Stirn.

Die Küchentür ging auf, jemand, vom Mondlicht beschienen, kam herein. Rachel. Sie schaltete das Licht an. Als sie Tim sah, zuckte sie zusammen. »Mein Gott.«

»Wo bist du gewesen?«, fragte Tim.

»Spazieren«, sagte Rachel.

»Du gehst in letzter Zeit oft spazieren.« Tim verschliff die Worte.

Rachels Blick ging zur Waffe in seiner Hand. »Wie viel hast du getrunken, Tim? In deinem Zustand solltest du die Waffe weglegen.«

Tim ging nicht darauf ein. »Kann ich dich was fragen?«

»Leg den Revolver weg, Tim.«

Er richtete die Waffe auf sie. »Ich möchte dich was fragen.«

Rachel erstarrte. »Was?«

»Du warst es, richtig? Du warst es.«

»Wovon sprichst du?«

»Antworte mir!«, schrie Tim. Die Geräusche aus dem anderen Zimmer verstummten. Schritte waren zu hören, sie würden bald Publikum haben. Es war ihm egal.

»Du bist betrunken. Du bist nicht mehr zurechnungsfähig«, sagte Rachel. Genauso gut hätte sie in einer anderen Sprache reden können. Tim hörte nur noch Lügen.

»Tim.« Edmund. Dann Pru. Und Robert. Alle wollten was von ihm.

Tim spannte den Hahn – *klick*. »Sag es mir.«

»Ja!«, schrie Rachel. »Ja, ich war es.«

»Wir alle waren es«, sagte Edmund und trat vor Tim. »Die Sache ist zu weit gegangen, Tim.«

»Wer hat die Karte geschickt?«, fragte Tim.

»Ich«, sagte Pru. »Einer, der mit mir im Ingenieurs- und Konstruktionsseminar war, hat ein Praktikum beim Rivers Trust absolviert. Er hat die Spalte gefunden. Und sie auf Facebook gestellt.«

»Du hast sie an James Sunderland geschickt?«, fragte Tim. »Warum?«

»Weil die ganze Sache hier ein Ende haben muss, Tim«, sagte Robert.

Jetzt standen sie vor ihm. Alle vor der Waffe.

»Ihr undankbaren Arschlöcher«, sagte Tim. »Alles, was

ich getan habe, alles, wozu ich geworden bin, habe ich für euch getan.«

»Nein, Tim«, sagte Rachel und trat vor, »das, wozu du geworden bist? Das hast du ausschließlich für dich gemacht.«

Tim streckte den Arm mit dem Revolver aus, legte den Finger an den Abzug und drückte ihn halb durch. Rachel versteifte sich, sagte aber nichts. Er würde es jetzt tun, würde das Miststück einfach umnieten. Aber dann lief Rachel eine Träne über die Wange. Etwas in seinem wodkaumnebelten Verstand gebot ihm Einhalt.

Sie war doch seine Schwester. Seine Zwillingsschwester. Er konnte es nicht.

»Schafft euch in den Keller«, sagte er.

Die vier vor ihm zögerten. »Was?«, sagte Rachel.

»In den beschissenen Keller«, schrie Tim. »Ihr alle. Jetzt.«

Widerstrebend stiegen sie die Kellertreppe hinunter. Sie öffneten die Tür und gingen hinein, Robert, dann Pru, dann Edmund. Rachel blieb an der Tür stehen. Tim folgte ihr. Nach wie vor hatte er die Waffe auf sie gerichtet. Eine leere Drohung, sie wusste es auch.

»Ich hoffe, du weißt, was du tust, Tim«, sagte Rachel, bevor sie hineinging.

Tim knallte hinter ihr die Tür zu. Er schob den Riegel vor und sicherte alles mit einem Vorhängeschloss.

»Ich hab immer gewusst, was ich mache«, schrie Tim durch die Tür. »Und jetzt ist es an der Zeit, die Sache zu Ende zu bringen.«

72

Gegenwart ...

Eiseskälte.
Taubheit.
Schwärze.
Er sah kaum etwas – Luftbläschen sprudelten. Stechende Schmerzen in den Augen. Er schlug um sich, spürte neben sich Tim, der das Gleiche tat. Er stieß sich von Tim ab und brach durch die Wasseroberfläche. Erkannte das fahle Licht des Eisenbahntunnels und der Lampe. Rettung.

Da war eine Kante, Stufen – gar nicht weit entfernt. Robin wollte dorthin, wurde aber zurückgerissen. Tim hatte ihn am Arm gepackt.

»Du Scheißkerl«, röchelte Tim und zog Robin unter Wasser. Robin verschluckte sich, würgte und trat wild um sich. Er traf Tim in den Magen. Tim wurde weggestoßen und ließ Robins Arm los.

Wieder brach Robin durch die Wasseroberfläche. Auch Tim kam wieder hoch und packte Robin an den Armen, der ihm nicht rechtzeitig ausweichen konnte. »Für wen zum Teufel hältst du dich?«

Als Antwort schlug Robin Tim mit der freien Hand ins Gesicht. Tim schrie auf und ließ los. Robin stieß ihn weg und bekam mit einer Hand die Stufe zu fassen, wurde aber erneut von Tim nach hinten ins Wasser gezogen. Robin trat nach ihm, schob ihn weg und schaffte es schließlich auf die Stufe hinauf. In der Luft war es noch kälter als im Wasser, er zitterte unkontrolliert.

Tim platschte immer noch durchs Wasser.

Plötzlich bemerkte Robin, dass Amber über ihm stand. Sie zog ihn nun ganz aus dem Wasser, sodass er auf den Stufen zu liegen kam. »Das war sehr vielversprechend, was du hier gezeigt hast, Robin. Sehr vielversprechend.«

Robin rang nach Luft, die Kälte fraß sich bis in die Knochen. Tim schlug immer noch aufs Wasser ein und versuchte, sich an den Stufen festzuhalten.

»Töte ihn, Robin. Er hat deine Frau umgebracht. Werde zu einem besseren Wesen.« Ambers Stimme in seinem Ohr.

Robin packte Tim, in dessen Blick ein wenig Hoffnung aufflackerte, aber dann stieß er ihn weg und drückte ihn unter Wasser. Tim wand sich unter seinem Griff.

»So ist es gut, Robin. Wachse über dich hinaus.«

Und erst jetzt wurde Robin bewusst, was er hier tat. Amber hatte sich in seinen Kopf geschlichen, einfach so. Stand auch Tim unter ihrem Bann? »Du bist verrückt.« Er packte Tim und zog ihn aus dem Wasser.

»Was machst du da?«, fragte Amber völlig entgeistert.

»Er hat deine Frau umgebracht.«

Robin nickte. »Und dafür wird er ins Gefängnis gehen. Ich bin kein Mörder. Niemand wird heute sterben.«

Amber lächelte. »Ich weiß deine Rührseligkeit zu schätzen, Robin. Wir sind alle zu Menschen herangewachsen, haben voneinander gelernt, sind unseren Weg gegangen, aber genau da liegt der Haken.« Sie hob die linke Hand. Sie hatte ein Messer umklammert. »Irgendjemand muss immer sterben.« Amber kam auf ihn zu.

Plötzlich hallte ein Schuss. Robin und Amber sahen sich an, beide mit Verwirrung im Blick. Dann geriet Amber ins Straucheln. Sie sah an sich hinab. Ein Blutfleck breitete sich auf ihrer Brust aus. Sie sackte zu Boden.

Hinter ihr stand Sally mit dem Revolver in der Hand. »Ich hasse diese verdammten Kanäle.«

73

Der Tunnel hatte ihn wieder, genau wie an jenem Tag. Diesmal aber ging er auf das Licht und auf den Ausgang zu. Zumindest dachte, hoffte er das. Sie waren seit Stunden, Tagen, Monaten, Jahren unterwegs. So jedenfalls fühlte es sich an. Endlos. Die Erschöpfung brandete gegen ihn, so wie vorher das Wasser. Er glaubte, zu erfrieren, seine Gliedmaßen waren taub. Er hätte sie gar nicht mehr gespürt, wenn er nicht mit dem rechten Arm Sally gestützt und mit dem linken den bewusstlosen Tim Claypath mitgeschleift hätte. Seine Beine bewegten sich von ganz allein, als wollten sie einfach nur raus und sie alle retten.

Amber hatten sie zurückgelassen. Sie war tot. Ihre Geschichte war zu Ende.

Von Sally kam kein Ton, sie hatte die Augen geschlossen, war aber noch in der Lage, sich auf den Beinen zu halten, sie musste also noch bei Bewusstsein, noch am Leben sein.

Es war schwer zu glauben, dass es vorbei war. Im Grunde war es das auch nicht. Es gab nach wie vor einiges zu klären. Bei dem Gedanken liefen ihm leise die Tränen übers Gesicht.

Sam war im Keller des Hamlet verscharrt. Er war dort gewesen. Sie hatte direkt unter seinen Füßen gelegen, mein Gott. Der Leichnam musste geborgen werden. Jemand musste sie rausschaffen, dann musste er sie richtig beerdigen. Das musste getan werden. Es musste ein Ende finden. Was Amber gesagt hatte, stimmte – er hatte Angst gehabt; hatte Angst davor gehabt, dass es jemals zu Ende sein könnte. *Ihre Geschichte.* Jetzt war er dazu bereit. Er war endlich bereit, sie loszulassen.

Er zerrte Tim durch den Tunnel, stützte Sally und taumelte voran. Bei jedem Schritt dachte er, er könnte nicht mehr, doch jedes Mal machte er einen weiteren Schritt. Schließlich sah er das Licht.

Das Licht am Ende des Tunnels.

Er spuckte, lachte, als der dünne Lichtpunkt größer wurde. Die Größe einer Briefmarke annahm, einer Tür, schließlich des Eingangs.

Er beschleunigte seine Schritte, spürte, wie die Kräfte ihn verließen. Er schaffte es zum Zaun, schob Tim Claypath mit einer letzten Anstrengung hindurch. Er brachte Sally nach draußen, sie murmelte etwas, so, als wollte sie ihm danken.

Sie waren draußen. Alles würde gut werden.

»Was zum Teufel?« Er sah auf. Ein Mann in reflektierender Kleidung. Ein Wagen mit dem Logo des Canals and Rivers Trust stand neben dem Tunneleingang.

Das war alles, was er sah, bevor er zusammenbrach.

74

Zwei Monate später ...

Robin traf als Erster ein und bestellte zwei Kaffee. Er sah zum Motorway, auf dem die Fahrzeuge vorbeibrausten – Menschen, die es eilig hatten, an ihr Ziel zu kommen. Er erinnerte sich, wie es war, als er noch zu ihnen gehörte. Seit Sams Beerdigung konnte er sich zurücklehnen. Sollten die anderen es ruhig eilig haben.

Die beiden Kaffee kamen. Ob sie wohl auftauchen würde?

»Ist hier noch frei?«, hörte er in diesem Augenblick. Er sah auf. Sally stand vor ihm und lächelte. Sie glitt in die Sitzgruppe und legte ein Päckchen auf den Tisch. »Hallo, Robin.«

»Hey«, sagte er. Sie sah gut aus, viel besser als das letzte Mal, als er sie im Krankenhaus besucht hatte. Damals war sie unglaublich blass gewesen. Jetzt sprühte sie vor Leben. »Wie geht es dir?«

»Besser. Noch nicht fantastisch. Aber besser.« Sie lächelte. »Und dir?«

»Genauso«, sagte er und schob ihr den Kaffee hin.

Sally nahm einen Schluck. »Hast du schon gehört?«

»Dass alle fünf verhaftet wurden? Oder dass Matthew frei ist?«

»Weder noch. Roger Claypath ist heute zurückgetreten. Er hat vor aller Welt Abbitte geleistet und seinen Irrtum eingestanden. Er hat sich öffentlich bei Matthew und bei der gesamten Gemeinde entschuldigt. Es muss hart für ihn gewesen sein. Ich hab gehört, er und seine Frau wollen wegziehen. Sieht ihm ähnlich, dass er davonläuft«, sagte sie ganz nüchtern. »Das hab ich dir mitgebracht.« Sie schob das graue Päckchen in die Tischmitte.

»Was ist das?«, fragte Robin.

»Es ist von einem Freund.« Robin wollte es nehmen, aber Sallys Hand schoss vor und hinderte ihn daran. »Vielleicht machst du es erst auf, wenn ich weg bin. Man hat mir gesagt, dass es ausschließlich für dich bestimmt ist.«

Robin zog die Hand zurück. »Okay.«

Sally lächelte. »Ich kann nicht lange bleiben. Ich muss noch woandershin.«

Robin nickte. »Klar. Zurück zur Red Door?«

»Ja.« Sally lachte. »Aber über einen Umweg. Ich bin an einem anderen Fall dran.«

»Obwohl du beim letzten fast ums Leben gekommen wärst?« Es war nur halb witzig gemeint.

»Nie fühlt man sich lebendiger, als wenn man dem Tod gerade von der Schippe gesprungen ist. Außerdem passiert immer irgendwo was Verrücktes. Und wenn es so weit ist, sollte The Red Door darüber berichten.«

Robin nickte.

»Du hast es mir nie erzählt. Was ist mit Clatteridges? Was Sam Matthew erzählt hat. Was dich dazu bewogen hat, ihm zu helfen.«

Robin schwieg, dann erzählte er es ihr doch. »Clatteridges ist ein Restaurant. Dort sind wir uns am 18. August 1996 um 19.30 Uhr zum ersten Mal begegnet. Eigentlich war ich wegen eines Dates dort, das ein paar Freunde arrangiert haben. Es war fürchterlich, das Mädchen (ich hab mir noch nicht mal ihren Namen gemerkt) ist noch vor dem Kaffee gegangen. Ich sitze also allein rum, dann kommt die Bedienung und bringt mir die Rechnung. Und das war sie. Samantha. Die schönste Frau, die ich jemals gesehen habe. In diesem Augenblick habe ich gewusst, dass ich sie heiraten werde. Ich habe gewusst, dass ich mein Leben mit ihr verbringen werde. Und das habe ich getan.«

»Warum hast du im Buch nichts darüber geschrieben?«

»Weil diese Erinnerung mir gehört.«

Sally sagte nichts, sie nickte nur. »Du kommst wieder auf die Reihe?« Sally nahm einen Schluck vom Kaffee, dann stand sie auf.

Robin lächelte. »Ja.« Er meinte es ernst. »Auf Wiedersehen, Sally.«

Sally machte zwei Schritte, dann kam sie noch mal zurück. »Ich heiße nicht Sally. Ich heiße Rhona Michel.«

Robin nickte. »Gut, auf Wiedersehen, Rhona.«

Sie lächelte. »Mach dein Päckchen auf.« Damit ging sie.

Robin sah ihr nach, dann nahm er das Päckchen zur Hand, in dem sich etwas Rechteckiges befand. Er öffnete es und ließ den Inhalt auf den Tisch gleiten. Ein altes Handy.

Er sah im Päckchen nach und fand einen Zettel. Er zog ihn heraus und las ihn.

WIE VERSPROCHEN, MATTHEW (PASSWORT 1234, HÖR DIR DIE GESPEICHERTEN ANRUFE AN)

Matthew? Matthew hatte ihm ein Handy geschickt? Warum? Er nahm es, drehte es hin und her, bis er die Power-Taste gefunden hatte. Er schaltete es an, gab das Passwort ein und ging zu den Anrufen. Zögernd hielt er es ans Ohr.

»Robin, ich bin's.« Sams Stimme. Seine Augen füllten sich mit Tränen. Ihre Stimme. »Ich möchte dir sagen, dass ich dich sehr liebe. Und du sollst wissen, dass du mich so glücklich gemacht hast, wie ich nie zuvor gewesen bin. Aber ich glaube, das ist jetzt vorbei. Du musst allein klarkommen. Das musst du, Robin. Du musst weiterleben. Und du musst fantastisch sein. Sei bitte ganz fantastisch. Mir zuliebe. Ich liebe dich so sehr. Ich werde dich immer lieben.«

Robin wartete, bis aufgelegt wurde. Dann wartete er weiter, lauschte dem dumpfen Ton einer toten Leitung. Er saß da und weinte. Er weinte, bis er nicht mehr weinen konnte. Er weinte um Sam, um sich und um jeden auf diesem Weg.

Als er damit fertig war, wischte er sich die Tränen weg und trank seinen Kaffee. Und beschloss, darüber nicht mehr zu weinen. Schließlich hatte Sam ihm gesagt, was er tun sollte.

Er steckte das Handy ein, stand auf und zahlte.

Und fing an, ganz fantastisch zu sein.

Dank

Der Tunnel – Nur einer kommt zurück war ein großes Projekt und das erste, das an einem realen Schauplatz spielt. Marsden ist ein wunderschöner Ort, der Standedge-Tunnel ist außergewöhnlich unheimlich und ebenso faszinierend. Ich möchte all jenen danken, denen ich bei meinen Aufenthalten dort begegnet bin, sowie der Crew, die mich durch den Tunnel geschippert hat. Eine Fahrt durch den Standedge-Kanaltunnel sei jedem empfohlen, der zufällig mal in Marsden ist.

Wie immer danke ich meiner #SauvLife-Crew – Fran Dorricott, Jennifer Lewin und Lizzie Curle; sie haben mich unterstützt, wenn es nötig war, und mir eine digitale Whatsapp-Schulter geboten, an der ich mich immer ausweinen durfte, wenn mal wieder was schiefgelaufen ist.

Seit dem Erscheinen von *Escape Room - Nur drei Stunden* ist mir der Waterstones Durham Crime Club zu einem wunderbaren Zuhause geworden, dort habe ich viele Autoren und Leser getroffen, die mich angeregt haben und die ich jetzt zu meinen Freunden zähle. Dazu gehören die wundervolle Fiona Sharp, die ich, als ich dort ein Buch kaufen wollte, ganz zufällig kennenlernte – und die mittlerweile der Grund für gut 70 Prozent meiner Buchkäufe dort ist; Daniel Stubbings, der dieses Buch in einer frühen Fassung gegengelesen und mir, als ich ziemlich am Boden war, ehrliches und ermutigendes Feedback gegeben hat; Claire Johnson und Dave Dawe, die mich mit freundlichen und motivierenden Worten unterstützt haben; Liam, Not Andy, Mick, Helen, die Autorenkollegen Robert Scragg und Judith O'Reilly und alle anderen aus der Gruppe, deren Leidenschaft für Krimis mich dazu angespornt hat, nicht aufzugeben und jedes Buch zum bestmöglichen zu machen.

Dank auch meinen Kollegen vom Creative-Writing-Studium, die mir in den frühen Stadien dieses Buches geholfen haben.

Dank an Claire McGowan und A.K. Benedict, ohne die ich nie dahin gekommen wäre, wo ich jetzt bin.

Dank an meine wunderbare Agentin Hannah Sheppard, die eine unglaubliche Unterstützung ist und immer am Telefon Zeit für mich hat, wenn mir nach Plaudern zumute ist. Dank meiner fabelhaften UK-Lektorin Francesca Pathak und allen bei Orion sowie meinem US-Lektor Peter Joseph – ihr seid alle fantastisch.

*Ein Hotelzimmer, fünf Verdächtige, eine Leiche –
und nur drei Stunden Zeit, um den Mörder zu finden*

CHRIS McGEORGE
Escape Room
Nur drei Stunden
Thriller

TV-Star Morgan Sheppard erwacht in einem fremden Hotelzimmer, mit Handschellen ans Bett gefesselt.

Außer ihm befinden sich noch fünf weitere Personen im Raum – und eine Leiche in der Badewanne, bei der es sich um Morgans Psychiater Simon Winter handelt.
Über den Fernseher meldet sich ein maskierter Mann: Morgan habe drei Stunden Zeit, unter den Anwesenden Winters Mörder zu enttarnen.

Gelinge das nicht, würden sie alle sterben. Aus dem Zimmer gibt es kein Entkommen, und während die Uhr gnadenlos heruntertickt, greifen Panik und Misstrauen immer mehr um sich, bis die Situation eskaliert.

*Rasanter Thriller im Tunnel-Wirrwarr
der Londoner U-Bahn*

Toby Faber

869 – Die einzige Zeugin

Thriller

Rushhour in London: Laurie Bateman wird Zeugin, wie ein älterer Herr direkt vor die einfahrende U-Bahn stürzt. Für die Polizei ist die Sachlage klar: ein weiterer Selbstmord.

Doch Laurie erinnert sich an das freundliche Lächeln des Mannes kurz vor dem Zwischenfall – und daran, dass er ein seltsames Ding in der Hand gehalten hat. Einen Schlüssel? Könnte dieser noch auf den Gleisen liegen?

Laurie findet heraus, dass man die U-Bahn-Tunnel nachts gefahrlos betreten kann, bevor das System wieder hochgefahren wird. Sie fühlt sich verpflichtet, nach dem Schlüssel zu suchen – und rennt kurz darauf in den dunklen Tunneln um ihr Leben…

»Ein Thriller zum Nägelkauen,
der Sie die ganze Nacht wachhalten wird.«
Emily Koch